U0463267

本书系

国家社会科学基金项目研究成果

翻译理论与文学译介研究文丛　总主编　许钧

刘云虹　著

中国文学外译批评研究

南京大学出版社

图书在版编目（CIP）数据

中国文学外译批评研究/刘云虹著. —南京：南京大学出版社，2023.9
（翻译理论与文学译介研究文丛／许钧主编）
ISBN 978-7-305-26499-3

Ⅰ.①中… Ⅱ.①刘… Ⅲ.①中国文学-文学翻译-翻译理论-研究 Ⅳ.①I046②I206

中国国家版本馆 CIP 数据核字（2023）第 027833 号

出版发行	南京大学出版社		
社　　址	南京市汉口路 22 号	邮　编	210093
出 版 人	王文军		

丛 书 名　翻译理论与文学译介研究文丛
总 主 编　许　钧

ZHONGGUO WENXUE WAI YI PI PING YAN JIU
书　　名　中 国 文 学 外 译 批 评 研 究
著　　者　刘云虹
责任编辑　黄　睿

照　　排　南京紫藤制版印务中心
印　　刷　江苏凤凰通达印刷有限公司
开　　本　635 mm×965 mm　1/16　印张 23　字数 281 千
版　　次　2023 年 9 月第 1 版　2023 年 9 月第 1 次印刷
ISBN　978-7-305-26499-3
定　　价　95.00 元

网址:http://www.njupco.com
官方微博:http://weibo.com/njupco
官方微信号:njupress
销售咨询热线:025-83594756

* 版权所有，侵权必究
* 凡购买南大版图书，如有印装质量问题，请与所购
　图书销售部门联系调换

在我国新的历史时期,翻译具有特别的意义,担负着重要的使命。从翻译实践层面看,中国翻译界从翻译世界发展到翻译中国,外译中与中译外并举,有力推进中外文化交流、文明互鉴,为人类命运共同体的构建做出了实实在在的努力与贡献。面对翻译的新发展、新使命,翻译理论界勇于担当,以前所未有的理论敏感性,积极回应,努力探索新的翻译现象,思考新的翻译问题,提出新的翻译思想,取得了丰硕的研究成果,刘云虹教授的《中国文学外译批评研究》堪称新时期中国翻译批评研究最具代表性的成果之一,有着多重的价值与意义。

一、对实践的积极介入

新世纪以来,中国翻译事业蓬勃发展,翻译活动呈现出一些新的特点,学界予以了充分关注,提出应该重新为翻译定位。谢天振曾提出:"越来越多的国家和民族开始积极主动地把自己的文化译介出去,以便世界更好地了解自己,这样两千多年来以'译入行为'为主的翻译活动发生了一个非常重要的变化,民族文化的外译也成为当前翻译活动的一个重要领域。相应的,文化外译,包括相应的文化外译理论,正成为当前翻译研究的重要内容。"①作为翻译批评学者,刘云虹对此有着清醒的认识。她敏锐地指出,在中华民族伟大复兴的进程中,翻译肩负着中国文学对外译介、中华文化对外传播的历史使命。基于这一认识,她以积极的介入姿态,明确选择了中国文学外译活动作为其思考、探索和研究的对象。她申报的课题"中国文学外译批评研究"于2016年获得国家社科基金立项,五年后提交的研究成果《中国文学外译批评研究》获得了学界的高度肯定,结项等级为优秀。

《中国文学外译批评研究》一书突出地体现了一个翻译批评学者的责任担当,作者敢于直面新的历史时期围绕中国文学外译出现的种种疑虑、质疑和模糊的观点,在尽可能全面了解中国文学外译活动的现状、把握其本质特征的基础上,指出:"目前中国文学外译的相关讨论和研究中存在一些值得关注的问题,至少体现在以下方面:1) 对中译外实践中的翻译方法、文学接受以及两者之间关系等问题,存在模糊不清的认识,某些观点甚至有绝对化、功利性的倾向;2) 围绕中译外实践中凸显或折射出的翻译根本性问题,学界虽已形成一定共识,但在理解与把握上仍有明显分歧;3) 中译外理论探讨较集中于文本批评和个案研究,针对文学译介过程和机制的系统性研究显得不足。"②如果翻译批评如刘云虹一直倡导的那样,要引导翻译实践的理性发展、拓展翻译活动的可能性、保障翻译活动评价的科学性,那么,"当前翻译批评面临两大任务:一是在实践层面,翻译批评要在场并积极介入翻译活动;二是在理论层面,翻译批评要不断探索与构建自

---

① 谢天振:《现行翻译定义已落后时代的发展——对重新定位和定义翻译的几点反思》,《中国翻译》2015 年第 3 期,第 15 页。

② 刘云虹:《中国文学外译批评研究》,南京:南京大学出版社,2023 年,"前言",第2 页。

身理论"①。细读《中国文学外译批评研究》，我们可以清晰地看到，刘云虹正是立足于实践与理论这两个层面，以批评学者的勇气与清醒，持续展开充满挑战的思考与探究。

介入实践，需要有对中国文学外译活动的深刻认识与本质把握。在《中国文学外译研究》的第一章，刘云虹明确提出："在全球化时代背景下，文学译介与文化交流更在维护文化多样性、构建人类命运共同体的进程中肩负着重要使命。当我们切实立足于这样的目标来看待中国文学外译时，如何以主动的姿态与开放的立场，促进中国文化更真实地走向世界并在与他者的碰撞和对话中进一步认识自我、传承民族的文化血脉，则理应成为我们探讨中国文学、文化'走出去'的基本出发点。"②由此认识出发，刘云虹全面观照中国文学外译活动的历史、现状和发展进程，聚焦中国文学主动外译的必要性、中国文学外译的方法以及中国文学外译的接受这三个具有根本性、普遍性和全局性的问题，针对学界或译界对中国文学外译的种种质疑，以动态的翻译历史观为指导，进行深刻的分析和锐利的批评，提出了具有针对性的观点：一是对中国文学外译问题的讨论应跳出单一的语言层面，进而在更广阔的历史文化视野中展开，同时也要真正从文化交流共生、文明交融互鉴的高度充分认识与把握文学译介的深层次目标和必要性；二是翻译方法问题不应被孤立看待，而应从翻译忠实性、翻译观念、译者主体性、文化接受的阶段性与不平衡性以及中国文学外译的根本诉求等多方面进行更为全面的探讨；三是对翻译原则与方法的认识、对翻

---

① 刘云虹：《中国文学外译批评研究》，南京：南京大学出版社，2023年，"前言"，第1页。

② 刘云虹：《中国文学外译批评研究》，南京：南京大学出版社，2023年，第9页。

译价值的把握以及对译介效果的评判，都不能仅以读者接受为导向，而必须立足于对翻译活动的深刻理解，以一种历史的目光，充分关注文学译介的阶段性和文化交流的不平衡性。

积极的介入，不仅要直面实践，更要以理论照亮实践、引领实践。在《中国文学外译批评研究》中，刘云虹并不限于对中国文学外译现状进行梳理、加以描写，而是以坚定的介入立场，"将实践批评与理论探讨相结合，将个案分析与总体思考相结合，一方面为探索中国文学外译的途径、模式与方法提供理论参照，推进系统性、前瞻性的中译外研究；另一方面也积极拓展翻译批评的理论视野，进一步深化翻译批评研究"①，有力发挥翻译批评对于中国文学外译活动的导向作用。为此，她提出要从四个方面入手，关注现实，聚焦问题，不断进行理论探索："1) 在目前已有研究的基础上，立足文化史观、翻译价值观和跨学科视野，拓展中译外研究，力求考察并把握中译外实践的整体状况及其中凸显出的根本性问题；2) 切实加强对翻译过程的考察，通过对一手资料的挖掘，真正深入翻译过程中，进而充分认识译者在文学译介过程中的能动作用，揭示翻译场域内各个要素之间的互动关系；3) 真正深入文本，通过扎实、细致的文本比较分析，展开有理有据的翻译评价，以避免一切印象式或标签化的主观判断；4) 坚持文化自觉，从精神建构与文明交融互鉴的高度定位中国文学外译，促使文学译介实现其推动中外文化平等、双向交流的根本目标。"②从全书的结构与内容安排来看，上述四个方面既有全局的照应，也有重点的探究。实践与理论的有机互动，就像一条红线贯穿其间，为整个研究起到了纲举目张

---

① 刘云虹：《中国文学外译批评研究》，南京：南京大学出版社，2023 年，"前言"，第 2 页。

② 刘云虹：《中国文学外译批评研究》，南京：南京大学出版社，2023 年，第 21 页。

的作用。作者以对实践的介入为出发点和立足点,通过理论的探索,为中国文学外译定位、导向,推动中外文学外译,为中华文化"走出去"做出一个翻译批评学者应有的积极贡献。

二、价值观的坚守

近年来,我本人一直非常关注中国文学外译问题。在《关于深化中国文学外译研究的几点意见》一文中,我曾指出值得特别关注的三点:一是在中国文化"走出去"的战略实施进程中,中国文学外译被赋予了新的社会和文化意义,在很大程度上,具有中国文化的构建力量;二是中国文学外译活动更为复杂多样,除了外国自发的中国文学译介活动之外,近 20 年来中国主动的"译出行为"得到不断加强,形成了新的态势,被学者称为"中译外"路径,其中涉及许多值得思考的重要理论与实践问题;三是中国文学外译中有组织的"译出行为"的必要性和有效性受到了质疑,其关涉的翻译动机、翻译方法与翻译效果等方面尤其引起了学界持续的关注、思考和研究。[1] 我特别欣喜地看到,《中国文学外译批评研究》一书对上述三个方面都有深入的思考和全局性的把握。刘云虹在研究过程中,对新时期翻译活动的"丰富性、复杂性和创造性"有着独特的理解,在她看来,"作为人类跨文化交流的重要活动,翻译不仅具有悠久的历史,而且深刻影响着人类精神生活、社会发展与文化交流的方方面面。通过翻译,各民族的文明成果得以交流、传承与发展,从而实现在空间上的不断拓展、在时间上的不断延续。正因为如此,随着社会的发展以及人类交流与沟通的需要,翻译

---

[1] 许钧:《关于深化中国文学外译研究的几点意见》,《外语与外语教学》2021 年第 6 期,第 69 页。

活动呈现出越来越丰富多样的形式与内容。在我们的时代,社会对翻译的需求越来越广泛而深入,而翻译在形式、方法、内容、手段等方面发生的变化也是前所未有的。可以说,翻译在历史的演变中不断发展,同时也推动着历史、社会、文化的革新与发展"①。以此观点为依据,以发展的目光去看中国文学外译活动的起因、目标与诉求,有关这一活动的必要性与有效性的许多疑惑就有可能消解。

在刘云虹看来,中国文学外译活动是在新的历史阶段必然出现的新的翻译现象,既是中国主动走向世界、融入世界、为世界文化增添光彩的自觉行动,也是对世界了解中国的内在需求的积极呼应。同时,她也清醒地意识到,当下"汉语在全球范围内仍然是非主流语言,中国文学在世界文学中仍然处于边缘地位,中华文化在整个世界文化格局中也相对处于弱势地位,中国文学的对外译介、传播与接受必然遭遇困难和波折"。但是,"无论哪个时代、何种语境下的'现阶段'都是随着历史发展过程中不同语言文化之间相互关系的变化而不断变化的,任何阶段性的翻译观念和方法都不应遮蔽中国文学、文化'走出去'的本质目标与根本追求"②。在这里,刘云虹再次表明了她一贯坚持的观点,要着眼于翻译本质、翻译的根本目标,动态发展地去看待翻译的问题、清除翻译的障碍、评价翻译的接受效果。然而,对于刘云虹来说,建立翻译的动态历史发展观,只是问题的一个方面,与此紧密相关的另一面,便是如何评价中国文学外译的真正价值,这里关涉的是翻译的价值观。

在《中国文学外译批评研究》中,作者专辟一章,在对翻译定位的

① 刘云虹、许钧:《如何把握翻译的丰富性、复杂性与创造性? ——关于翻译本质的对谈》,《中国外语》2016年第1期,第98页。
② 刘云虹:《中国文学外译批评研究》,南京:南京大学出版社,2023年,第34页。

基础上,专门讨论"中国文学外译语境下翻译价值的把握"问题。刘云虹认为,评价翻译活动,必须要有翻译价值观的指导,具体到如何评价中国文学外译,有两个层面需要有清醒的认识。第一,"中国文学外译以中国文化'走出去'为旨归,其根本目标并非局限于文学本身,而是在于向世界展示中国优秀文化、思想与价值观念,在多元文化的交流与对话中增强中国文化在海外的影响力,进而为建设国家的文化软实力发挥积极作用。这就意味着,中国文学的对外译介必须以构建中华文化价值观为基础"①。这一层面是基础性的,中国文化走出去,到底要展现的是怎样的文化? 没有中华文化价值观的指导,我们走出去容易失却方向,容易为功利所迷惑,容易盲目地追求眼下的效果,而忘却了根本的目标。"只有形成了明确、有力的中华文化价值观,文学译介才能有助于避免中国文化在西方国家遭受误读甚至曲解、有助于树立真实的中国形象;也只有形成了明确、有力的中华文化价值观,文学译介才能真正从文化交流与对话的意义上发挥作用。"②第二,要深刻认识中国文学外译的价值所在。认识翻译的价值,需要区分翻译的物质性与精神性。翻译的物质性价值,可以表现在翻译的信息传递、知识的传播和生产、交流与沟通、语言服务等功能上。而对翻译的精神性价值的认识,则应考虑翻译在社会发展、文化传承与交流、思想创造以及国家建设等方面究竟应该发挥怎样的作用、体现怎样的价值。就此,刘云虹明确指出:"翻译活动涉及并作用于人类社会发展、文化交流和文明传承的方方面面,乃至渗透在人们日常物质生活与精神生活的时时处处,某种程度上可以说,翻译对于一个国家和民族的价值观

---

① 刘云虹:《中国文学外译批评研究》,南京:南京大学出版社,2023年,第6页。

② 刘云虹:《中国文学对外译介与翻译历史观》,《外语教学理论与实践》2015年第4期,第7页。

的形成、精神世界的建构以及思想文化的丰富与发展都具有重要意义。尤其在以和平与发展为时代主题的今天,翻译对于推动社会进步和维护文化多元所具有的特殊价值是我们应予以特别关注和思考的。从历史来看,人类正是在各种文明几千年的相互交流与交融中得以发展的。"①

在把握中华文化价值观基础上,进一步认识中国文学外译的多元价值,对于理解与评价中国文学外译的重大意义无疑具有指导性,同时对中国文学外译实践本身也具有导向作用。在《中国文学外译批评研究》一书中,刘云虹始终坚持价值的导向。在她看来,"翻译价值观的最终形成,既有赖于对翻译本质的认识、对翻译历史语境的考察,有赖于对翻译目的、翻译过程以及翻译模式和方法的探究与思考,又反过来有助于我们对翻译根本性问题进行合理的认识和把握,进而更有效地发挥翻译之用、推进翻译事业的发展"②。

三、理论性的探索

翻译批评,既指向实践,也指向理论。如果说在实践的层面,刘云虹以其坚定的介入立场,提出了一系列学界不能回避、必须思考的问题,那么在理论的层面,刘云虹则以其一贯的探索精神,着力于翻译批评理论的反思与自身构建。

长期以来,刘云虹一直在翻译批评领域探索。作为她的本科、硕士、博士论文的指导老师,后来又作为她的同事,我一路见证了她为翻译批评的理论建设所付出的努力。她的第一部专著,也是她的博士学

---

① 刘云虹:《中国文学外译批评研究》,南京:南京大学出版社,2023年,第63页。
② 刘云虹:《中国文学外译批评研究》,南京:南京大学出版社,2023年,第63—64页。

位论文,题目叫《文本意义与翻译批评研究》,提出"翻译批评应当关注'意义'这一翻译的核心问题,从翻译的本质中探寻理论构建的有效途径"。据此,她"借助语言哲学、现代解释学与文学批评的观点与理论,论述对文本意义的关注为翻译批评研究带来的重要启示与可靠的理论资源,并由此探讨翻译批评研究的可能途径,力求使翻译批评从经验主义的种种矛盾对立中摆脱出来,重构从单一走向多元、从独白走向对话的翻译批评观念"。①她的第二部著作为《翻译批评研究》,对于该书,我曾写了长篇评论,发表在《外语教学与研究》上。该书"立足于翻译批评的现状,关注翻译、翻译理论与翻译批评之间的关系,关注翻译批评理论途径的建构,在较为系统地论述翻译批评的本质、价值、标准、原则、功能、精神与视野的基础上,着力探讨以文本意义、翻译过程和译者主体性为核心概念的翻译批评的意义研究途径,同时注重翻译批评理论与实践的结合与互动,力求探寻、展现并深化翻译批评在理论与实践两方面所具有的建构性价值"②。刘云虹这次奉献给学界的《中国文学外译批评研究》,在理论的探索之路,又有了多重的收获。以我之见,《翻译批评研究》是对翻译批评理论的系统建设,而《中国文学外译批评研究》则有着理论的重点突破。

第一,对"异质性"做了深度的理论探析。无论是把握中国文学外译活动的本质特征,还是评价其多元价值,刘云虹坚定地坚持双向交流的观点,认为翻译活动应该建立一种对话、互动性的关系。她指出:"真正的文化交流应该是一种双向的、平等的交流。这不仅是翻译价

---

① 许钧:《〈文本意义与翻译批评研究〉序》,许钧:《译道与文心——论译品文录》,杭州:浙江大学出版社,2018年,第124页。

② 刘云虹:《翻译批评研究》,南京:南京大学出版社,2015年,第3页。

值得以实现的保证,更是世界多元文明真正得以交流互鉴的保证。"①刘云虹提出这样的观点,是有针对性的。在中国文学主动外译的初期,学界存在不少模糊甚至错误的观点,有一种为了译本的接受性而不惜牺牲原本的异质性、为了一时效果而失却了长远目标的倾向。针对这种倾向,刘云虹进一步指出:"翻译沟通两种语言、两种文化,它应建立并反映的是自我与他者之间的对话关系,而远非一种单向、狭隘的接受与被接受关系。任何单一目的语价值取向的翻译行为不仅违背了翻译伦理,在很大程度上也是对翻译根本价值的遮蔽。因此,在目前中国文化'走出去'的时代语境下,翻译界必须增强文化双向交流、平等交流的意识,在功利性的被广泛接受与文化特性真正被认识、被尊重之间做出理性选择,克服狭隘、功利和单向的翻译观念。"②文学译介与交流的双向性和对话关系中,核心的问题之一,就是要保证原文本异质性的理解、传达与接受。翻译因异而起,为异而生,翻译的价值与翻译的伦理,都涉及对原文本异质性的处理。刘云虹紧紧抓住这一根本问题,在"中国文学外译中的异质性问题"一章中,深刻探讨了作为翻译缘起的"异"及其属性,强调尊重差异,认为传达原文本的文学异质性与文化异质性是中国文学外译应该坚守的伦理要求。如她所言,从世界文学的视角来看,不同民族的文学之间根深蒂固的差异性和不平等性深刻决定着翻译必然面临"异"之考验。作为一个坚持双向与平等交流观的翻译批评学者,刘云虹认为译者应该努力接受"异"的考验,"以高度的翻译自觉,尊重差异并尽可能传达差异,有意识地维护文化多样性,警惕中外文化交流中可能出现的文化霸权主义

---

① 刘云虹:《中国文学外译批评研究》,南京:南京大学出版社,2023年,第68页。
② 刘云虹:《中国文学外译批评研究》,南京:南京大学出版社,2023年,第68页。

倾向,是翻译不可推卸的历史使命"①。

第二,提出了文学翻译生成论。"生成"之说,学界似乎早有讨论。我本人在《翻译论》一书中也有提及,但对其概念与涉及的问题没有进一步的思考与探讨。就我所知,刘云虹是第一个提出"文学翻译生成论"的学者,她撰写的《试论文学翻译的生成性》一文发表于《外语教学与研究》2017 年第 4 期。② 当下,有一种理论创新热,对此我一直保持警惕,因为在我看来,理论创新不应该是一种时髦的追逐,也不应该是一种所谓概念的游戏,空对空,自我消遣。一种理论的提出,应该扎根于实践,回答实践中提出的问题,为理解翻译、克服翻译障碍拓展新的可能。文学翻译生成论,正是着眼于新时期翻译活动的丰富性、复杂性,尤其是针对中国文学外译遭遇的认识与实践问题,提出新的思考路径。首先,文学翻译生成论揭示了文学翻译的本质性特征:无论对原文的理解、阐释,还是意义的再生、译作的接受,翻译的整个过程都呈现出生成性的特征;其次,提出应该"从文本生命诞生、延续与发展的整个历程出发,从翻译活动所处的以自我与他者关系为中心、包含文本内外多重要素的互动系统出发去理解翻译、把握翻译的本质特征"③;最后,首次提出了"翻译的成长性"这一重要概念,认为译本的诞生远不是翻译过程的完结,而恰恰是在"异的考验"中翻译成长历程的开始。翻译的生成性不仅体现于翻译之"生",同样

---

① 刘云虹:《中国文学外译批评研究》,南京:南京大学出版社,2023 年,第 89 页。

② 该文发表后,受到了学界的普遍关注与充分肯定,截至 2023 年 2 月 28 日,该文已在知网被下载 1612 次,引用 62 篇次,其中 CSSCI 来源期刊引用 33 篇次。该文于 2020 年获得江苏省哲学社会科学优秀成果一等奖。

③ 刘云虹:《试论文学翻译的生成性》,《外语教学与研究》2017 年第 4 期,第 608 页。

体现于翻译之"成"①,而翻译之"生"与翻译之"成"相互关联、互为补充,共同构成翻译永远面向未来、面向其存在之真的生成历程。② 从以上三个方面,可以看到文学翻译生成论,既具有翻译本质特征的揭示力,也具有对复杂的翻译活动的解释力,更具有对翻译实践活动的指导性。正如刘云虹所说,"从翻译生成的角度来认识翻译、把握翻译,将有助于我们丰富对翻译本质的理解,探寻翻译活动之所以具有创造性、历史性等特征的内在机制,也将有助于我们在深入理解翻译的动态性、系统性与成长性的基础上,用历史的目光去看待翻译理论研究与当下翻译实践中遭遇的一些问题与困惑"③。

第三,提倡展开积极有效的审美批评。在《中国文学外译批评研究》中,刘云虹提出了"中国文学外译批评的审美维度"问题。这一问题的提出,有其现实的考量,也有其理论创新的追求。从现实层面看,中国文学外译遇到种种障碍,其中之一便是西方往往从社会、政治与意识形态的角度来理解、接受阐释中国文学作品,有学者曾指出:"仔细观察中国文学在西方的译介情况,我们可以非常清楚地发现,接受国的主流意识形态像一张巨大的网,控制着中国当代文学译介的方方面面和从文本选择、翻译方法到译本传播的整个过程。"④中国文学作品所蕴含的文学与文化特质往往被遮蔽。面对当前中国文学外译接

---

① 刘云虹:《试论文学翻译的生成性》,《外语教学与研究》2017 年第 4 期,第 614 页。

② 刘云虹:《试论文学翻译的生成性》,《外语教学与研究》2017 年第 4 期,第 617 页。

③ 刘云虹:《试论文学翻译的生成性》,《外语教学与研究》2017 年第 4 期,第 617 页。

④ 许多:《中国当代文学在西方译介与接受的障碍及其原因分析》,《外国语》2017 年第 4 期,第 100 页。

受中的非文学性倾向,刘云虹明确指出:"为推动中国文学真正走向世界,以其真实的形象参与世界文学的建构,进而促进中外文化之间的平等对话与交流互鉴,学界应积极开展审美批评,从原文的审美把握、译文的审美再现与接受等多个层面充分展现作品的文学性,进一步凸显中国文学的根本价值与丰富内涵。"①字里行间,透出了一个翻译批评学者的责任担当。刘云虹身体力行,就中国文学外译批评的审美维度展开了理论思考与途径探索,分别从"中国文学外译审美批评的必要性""主体的审美批评意识""中国文学外译审美批评的若干要点"三个方面阐述了自己的批评主张和核心观点,并针对中国文学外译所遭遇的问题,着重就"明晰化倾向与文学的含混性""归化翻译策略与陌生化""局部变通与整体审美把握"三种关系展开深刻的论述,提出了值得翻译批评界深思的问题。作为课题的阶段性成果,《中国文学外译批评的审美维度》一文发表后不久,不仅在翻译学界得到了积极的肯定,在中国文学批评界也产生了影响,"文艺批评"公众号推出全文,《中国社会科学文摘》2022 年第 1 期予以摘录。相信刘云虹提出的加强审美批评的主张,将会在中国文学外译的进程中,"引导译者把握与传达作品的文学特质,引导读者感知作品的文学魅力,将有助于中国文学以更'文学'的姿态同世界展开对话,为中外文化在真正的平等交流中实现自我丰富与共同发展提供新的可能"②。

在《中国文学外译批评研究》中,始终贯穿着对现实的观照,闪现出可贵的理论探索之光。书中关于中国文学外译主体的研究,对雷威安、葛浩文、杜特莱等代表性个案的深入探讨,既展现了个体的独特经

---

① 刘云虹:《中国文学外译批评的审美维度》,《外语教学》2021 年第 4 期,第77 页。

② 刘云虹:《中国文学外译批评的审美维度》,《外语教学》2021 年第 4 期,第82 页。

验,也从中发掘了普遍的价值。在中国文学译介的视域下,对莫言作品异域新生命的考察,让我们看到了中国文学走向世界、积极参与世界文学构建的可能与希望。该书最后一章从事件角度对《红与黑》汉译讨论及中国文学外译批评加以探究,力求揭示文学翻译批评事件对翻译理论的建构作用,更是体现了作者广阔的历史视野与敏感的理论意识。新时期中国文学外译这一伟大实践,理应也必然促进思考,催生出具有重要价值的理论与思想,热切地期待中国翻译学界在未来的探索中做出新的贡献。

是为序。

许　钧

2023 年 3 月 1 日

于南京黄埔花园

目录

　　有翻译,就需要有批评,翻译批评的重要性不言而喻。引导翻译实践的理性发展,离不开翻译批评;拓展翻译活动的可能性,离不开翻译批评;保障翻译活动评价的科学性,也离不开翻译批评。就根本而言,当前翻译批评面临两大任务:一是在实践层面,翻译批评要在场并积极介入翻译活动;二是在理论层面,翻译批评要不断探索与构建自身理论。

　　21世纪以来,我国翻译领域出现了多方面重大变化。尤其在中国文化"走出去"战略背景下,无论是蕴含中国思想精髓的文学典籍,还是透视中国社会与文化的现当代文学作品,"中译外"成为一个越来越重要的翻译方向。学界对"中译外"与"外译中"并重的新态势非常重视,有学者敏锐地提出这是当今时代翻译领域中正在发生的一个"根本性的变化"[①]。针对我国翻译实践活动经历的这一转变,译学界从不同角度、不同层面展开了较为深入的理论探讨,内容涉及中译外的各个环节,从翻译选择、译本生成到文学的接受与传播。

---

　　① 谢天振:《翻译巨变与翻译的重新定位与定义——从2015年国际翻译日主题谈起》,《东方翻译》2015年第5期,第4—5页。

总体来看,目前中国文学外译的相关讨论和研究中存在一些值得关注的问题,至少体现在以下方面:1) 对中译外实践中的翻译方法、文学接受以及两者之间关系等问题,存在模糊不清的认识,某些观点甚至有绝对化、功利性的倾向;2) 围绕中译外实践中凸显或折射出的翻译根本性问题,学界虽已形成一定共识,但在理解与把握上仍有明显分歧;3) 中译外理论探讨较集中于文本批评和个案研究,针对文学译介过程和机制的系统性研究显得不足。这些问题亟待翻译界尤其是翻译批评界给予深切关注,以一种批评的目光与在场的姿态,立足实践,在理论上不断探索与反思。

　　笔者长期致力于翻译批评研究,前期主要研究成果《翻译批评研究》对翻译批评的本质、价值、标准、原则、功能与批评精神进行了系统思考,并着力探讨翻译批评的理论研究途径,构建以理解和对话为本质属性、关注翻译过程、强调译者在翻译活动中的中心地位和能动作用并以建设性为根本诉求的翻译批评。基于对翻译与翻译批评本质的认识,笔者提出翻译批评应深入考察翻译过程以及翻译主体在特定历史文化语境和审美情趣下所做的选择,并从历史发展与文化交流的高度看待翻译策略、翻译标准、文化立场和价值重构等翻译活动中的重要问题,引导并推动翻译事业的健康发展。在此基础上,笔者把目光从翻译批评自身理论构建转向中国文学外译活动,关注现实、聚焦问题,对当下具有重要意义的"中译外"翻译实践展开批评性研究。本研究力求将实践批评与理论探讨相结合,将个案分析与总体思考相结合,一方面为探索中国文学外译的途径、模式与方法提供理论参照,推进系统性、前瞻性的中译外研究;另一方面也积极拓展翻译批评的理论视野,进一步深化翻译批评研究。遵循这样的研究思路与目标,本书由正文十一章、结语和附录部分组成。

第一章立足于对中国文学外译评价的整体把握,指出就目前中国文学外译的批评性探讨而言,中国文学主动外译的必要性、中国文学外译的方法及中国文学外译的接受是三个主要方面。通过相关梳理与考察,本章认为中国文学外译评价在各方观点的汇聚与交锋中呈现出丰富、多元、不断发展的特点,但也在评价依据的科学性、评价视角的合理性及评价方法的有效性等方面存在某些亟待解决的问题。对此,译学界应积极推进中译外研究,切实加强对翻译过程的探究、对文本的比较分析,同时坚持文化自觉,从精神建构与文明交融互鉴的高度认识中国文学外译的根本目标。

第二章立足中国文学外译面临的诸多困惑与挑战,指出在中国文化走向世界这一迫切愿望下,各界对中国文学外译或多或少存在着一种急于求成的心态。基于这样的认识,本章强调应从翻译历史观出发,对中国文化"走出去"进程中的"现阶段"有清醒的意识,对文学译介中的阶段性方法、模式与翻译的根本价值、目标之间的关系有理性的思考。绝对化或功利性的观念无益于在中外文明对话的深层次意义上推进中国文学外译,唯有坚持历史、发展与开放的立场,才能为建立开放而多元的翻译空间、为实现不同文化间平等而长远的交流创造条件。

第三章着重探讨翻译的定位与中国文学外译语境下翻译的价值。定位翻译的关键,首先在于把握翻译的本质,对翻译的根本属性有深刻认识;其次在于历史性地考察翻译活动与其赖以进行的历史、社会和文化语境之间的关系,并辩证地看待翻译的作用与价值;最后还在于充分认识翻译的自治性,从翻译活动自身的本质特征与基本规律出发,深刻理解丰富且复杂的翻译活动。而把握翻译价值,则应区分翻译的精神性与物质性,尤其要在精神层面考虑翻译对社会发展、文化传承与交流、思想创造及国家建设所体现的价值。本章指出，立足中国文化"走出去"的时代语境，翻译界应增强文化双向交流意识，在功利性接受与文学文化特质真正被认识、被尊重之间做出理性选择，从而科学把握并彰显翻译的价值。

第四章首先考察作为翻译缘起的"异"及其基本属性，通过追溯"异"的词源并梳理哲学、翻译领域中对"异"的主要认识，论述"异"所具有的外在性、间距性、侵入性、非同一性、对立性与互存性。在此基础上，本章提出，翻译活动中的一个关键问题就是如何对待文化差异，中译外语境下翻译所遭遇的挑战归根结底都与这一问题息息相关。当今时代不同文明的交往既面临发展契机，也遭遇多重危机，在这个意义上，中国文学外译实践与评价应以翻译伦理的坚守为根本诉求，而尊重他者、尊重差异正是实现翻译伦理目标的基础。

第五章针对当前中国文学外译接受中存在的非文学性倾向及其对中国文学文化"走出去"的现实影响，提出译学界与批评界应进一步重视中国文学外译批评的审美维度，在树立明确的审美批评意识基础上，充分认识文学作为一种语言艺术的根本审美属性，以审美价值为导向探析文学译介从生产到接受的整个生成性过程。就中国文学外译展开评价，需要特别关注明晰化翻译倾向与文学的含混性、归化翻译策略与陌生化、局部变通与整体审美把握等方面，深入探讨将文学审美转化为翻译审美的可能性与效果。本章认为，进一步明确中国文学外译审美批评的必要性并切实展开相关批评实践，通过对原文和译文审美价值的揭示、阐释与评价，有意识地引导译者对作品文学性的把握与传达，引导读者对作品文学特质的感知与理解，将有助于中国文学以更"文学"的姿态同世界展开对话。

第六章首先从文本生命诞生、延续与发展的整个历程出发，从翻译活动所处的以自我与他者关系为中心、包含文本内外多重要素的互动系统出发，针对文学翻译的本质展开深入思考，提出翻译应被视为一种文本生命存在的方式，其最核心、最重要的本质特征在于生成性。无论就文本新生命的诞生、文本意义的理解与生成，还是就译本生命的传承与翻译的成长而言，翻译是一个由生成性贯穿始终的动态发展过程，以自身生命在时间上的延续、在空间上的拓展为根本诉求。在理论思考的基础上，本章通过考察《西游记》在德语世界的译介、《三国演义》在日本的译介、《红楼梦》《水浒传》在法国的译介等具有代表性的中国古典文学名著外译个案，指出文学接受与文学翻译本身一样，处于不断更新与完善、不断丰富与拓展之中，具有鲜明的阶段性、时代性和发展性特征。

第七章以法国著名翻译家、汉学家雷威安对中国古典文学的译介为考察对象，首先梳理他为中国文学在法语世界的译介与传播做出的杰出贡献，进而从重视翻译文本的完整性、翻译与研究的深刻互动以及在"不可能"中寻求翻译可能三个方面，揭示作为翻译主体的雷威安在法国汉学发展的历史进程中，译研并重，以全译本揭示作品真实面貌的执着追求。本章着重阐述雷威安在自身明确的翻译理念与原则指引下，通过灵活的翻译方法，对新的语言系统和文化语境中拓展翻译可能性所做的不懈探索。

第八章主要关注美国著名翻译家、汉学家葛浩文对中国现当代文学的译介。围绕所谓"连译带改"的葛浩文式翻译，翻译界、文学界和批评界出现了不同观点的交锋，对此，本章认为有必要进一步深入思考中国文学外译的方法问题，从翻译忠实性、翻译观念、译者责任以及文化接受的不平衡性等与之密切相关的方面澄清某些模糊或片面的认识。立足个案考察并通过梳理目前国内葛浩文翻译研究的代表性成果,本章力图探寻葛浩文独特的翻译经验对中国文学外译的实践开展和理论研究两方面可能具有的普遍意义。

第九章进一步论述翻译主体的选择,结合"翻译什么"和"如何翻译"这两个涉及文学译介的根本性问题,深入探析法国著名翻译家、汉学家杜特莱30多年来致力于译介中国当代文学的发现、选择与坚守之路。本章分析指出,在杜特莱译介中国当代文学的过程中,不仅有美好的相遇、敏锐的发现和理性的选择,更有一种弥足珍贵的对翻译伦理的坚守,这主要表现在两个方面:一是恪守翻译的忠实性原则,二是以灵活方式应对翻译的障碍与困难。正是通过在尽可能再现原文的语言文化异质性与译文的可接受性之间寻求一种平衡,杜特莱的翻译在法国获得了巨大成功,为推动中国当代文学在法语世界乃至全球范围内的传播做出了极为重要的贡献。

第十章考察文学译介视野中的莫言,提出应借助"他者之镜",在中外文学交流的场域中探寻莫言作品在异域的新生命旅程。通过考察莫言作品的异域生命空间、阐释参照与莫言作品的经典化之间的关系以及原作生命丰富性的拓展三个方面,本章指出,借助译介及其拓展的阅读空间,莫言作品的世界性传播持续推进,而跨文化的参照式阐释凸显出莫言作品的独特性与普遍价值并促使莫言作品逐步实现其经典化。总体来看,西方读者和评论界较多从文学本身来阅读、阐释与评价莫言的作品,既关注莫言作品对普遍人性的探求与展现,也注重莫言作品在叙事技巧上的革新,促使莫言作品的新生命不断丰富与拓展。

第十一章从中外文学互译的双向视角,选取在我国文学翻译批评史上产生了广泛影响的《红与黑》汉译讨论及当下正在发生的中国文学外译批评这两个代表性案例,借助事件理论的相关概念对其中某些规律性的内容与特征加以探讨,揭示具有事件性的文学翻译批评在翻译理论的建构与深化中所发挥的积极作用。本章强调,翻译批评事件对创新翻译理论意义重大,但它并非自行生成,而是需要借助一定的契机,经由问题驱动,并通过批评主体的明确意图和有效策略才能得以构建。

结语部分对本研究着重论述的中国文学外译语境中的翻译定位、翻译方法、译本接受、审美批评等问题进行总结性回顾,概述理论创新目标下各主要问题的探讨路径与核心观点,并对未来的研究加以展望。

本研究从批评的视角对中国文学外译进行系统探索,在理论与实践互动的基础上综合考察"中译外"所涉及的根本性问题。出于总体结构安排的考虑,仍有某些方面未能在正文各章中得到全面探讨。为此,笔者将作为本研究阶段性成果的两篇学术论文以附录形式呈现,它们不仅是对正文所探讨问题的有机补充,也为今后继续拓展本研究的思路提供一定的基础。《走进翻译家的精神世界——关于加强翻译家研究的对谈》一文指出,翻译家是翻译过程中居于核心地位并发挥能动作用的主体,因而也是翻译活动最为活跃的因素之一,为跨文化交流与人类文明发展做出了积极贡献。但由于翻译本身具有的一些特性及人们对翻译认识的某种局限,翻译家的存在状态往往是隐形的,其重要价值未得到充分彰显。所以,翻译界应重新认识翻译家的在场,并在此基础上从深刻把握翻译本质与翻译价值、积极评价翻译家的历史贡献、深入探索翻译家的精神世界、依据第一手资料考察翻译过程等方面出发,切实加强翻译家研究。《中西翻译批评研究的共通与互补——以许钧和安托万·贝尔曼为例》一文以许钧和安托万·贝尔曼这两位中西翻译批评研究领域的代表性人物为例,通过梳理、分析揭示出中西翻译批评研究在如何由经验导向理性思考、如何从现实出发拓展翻译批评的理论途径、如何立足本质以构建翻译批评理论体系等方面存在共性,而在理论资源和翻译批评标准等方面却具有各自的特性。该文认为,中西翻译批评研究在共通与互补中呈现出齐头并进的发展态势,共同为翻译批评理论建设做出了重要贡献,在这一认识的基础上把握翻译批评研究的核心问题,有助于促使翻译批评在理论与实践两个层面发挥其应有作用。

第一章 中国文学外译评价的几个基本问题

进入新世纪,尤其是近十年来,随着全球化进程的加快以及我国文化"走出去"战略的实施,中国文学外译受到各界的热切关注,也引发了广泛讨论。涉及中国文学外译的方方面面,包括译介方法与模式、主体与内容、接受与传播等问题,都或多或少成为学界在探究中国文学如何更好地"走出去"时关注的焦点。围绕这些问题,既形成了一定的共识,也有不同观点的交锋,同时还存在着某些有待澄清的疑问与困惑。可以看到,关于中国文学外译,各种评价不断出现,一方面折射出新的历史时期我国翻译活动的丰富性与复杂性;另一方面也需要学界,特别是翻译界和批评界,在直面现实的基础上展开深入探讨,以期深化相关研究,为推动中国文学的对外译介和中国文化的对外传播发挥应有作用。就目前而言,在针对中国文学外译的评价中,中国文学主动外译的必要性、中国文学外译的方法及中国文学外译的接受应该说是无法绕过的三个重要方面。

第一节　中国文学主动外译的必要性问题

中国文化"走出去"在新的时代语境下具有重要意义,是建设社会主义文化强国、增强国家文化软实力的战略举措。2002 年,时任文化部部长孙家正在全国文化厅局长座谈会上指出:"要以更加开放的姿态融入国际社会,进一步扩大对外文化交流,实施'走出去'战略,着力宣传当代中国改革和建设的伟大成就,大力传播当代中国文化,以打入国际主流社会和主流媒体为主,充分利用市场经济手段和现代传播方式,树立当代中国的崭新形象,把我国建设成为立足亚太、面向全球的国际文化中心。"①就文化界而言,2001年,汤一介提出"拿来主义"与"送去主义"应双向互动,认为"在进入21世纪的时刻,我们把中国文化传播到其他国家和民族时应更加有'自觉性'和'进取'精神",也就是说,"在我们和国外的文化交流上应是双方面的,一方面积极吸取国外的一切优秀文化,另一方面主动地向外面传播我们的优秀文化,在文化的对话和讨论中共同推进人类文化的发展"②。季羡林也曾明确表示:"我一向特别重视文化交流的问题,既主张拿来主义,也主张送去主义。"③

文学是民族精神与文化的集中展现,文学外译因此被视为最好的文化传播与推广方式之一,在中国文化"走出去"的国家战略背景下,其必要性和迫切性毋庸置疑。然而,中国文学是否有必要主动地外译,主动地走出去,这在各界的探讨与评价中成了一个另当别论的问题,争议和批评的声音时有出现,甚至有学者认为,"实行与'拿来主义'相对称的'送去主义',主动将中国优秀文化作品译成西方语言供西方读者阅读,则实在看不出有达到其预定目标的任何可能性"④。总

---

① 杨利英:《新时期中国文化"走出去"战略的意义》,《人民论坛》2014年第8期,第186页。

② 汤一介:《"拿来主义"与"送去主义"的双向互动》,《中华读书报》2001年9月19日。

③ 季羡林:《东学西渐与"东化"》,《光明日报》2004年12月23日。

④ 刘亚猛:《"拿来"与"送去"——"东学西渐"有待克服的翻译鸿沟》,胡庚申主编:《翻译与跨文化交流:整合与创新》,上海:上海外语教育出版社,2009年,第64页。

体来看,持反对意见者的观点可以归结为三点:一是中国文化在世界范围内处于弱势地位,目前把弱势的中国文学与文化主动向占据强势地位的西方文化译介,是一种逆势而行的译介行为,违背了文化译介的基本规律;二是中国与西方主流意识形态存在显著差异,以宣传中国文化为目标的文学译介似有强行输出意识形态之嫌,难以达到预期效果;三是以自我为出发点的主动译介基本上依赖于主观判断,与国外读者的需求与期待相距甚远,如此一厢情愿的结果只能是事倍功半。在实践层面,被最多提及的三个个案是新中国成立初期创办的《中国文学》、改革开放初期由杨宪益等人推动设立的《熊猫丛书》以及从 1995 年延续至今的《大中华文库》,它们往往被视作主动译介不成功的有力证明。这三次由政府主导的中国文学外译虽然时代背景和译介模式不尽相同,但最终的境遇和效果被认为十分相似,《中国文学》和《熊猫丛书》最后都“难以为继”,乃至“黯然收场”,《大中华文库》虽仍在继续,但“绝大多数已经出版的选题都局限在国内的发行圈内”[1],最终那“一本本堆放在各地高校图书馆里的翻译成外文的中国文学、文化典籍”只有惨遭“无人借阅、无人问津”的命运。[2] 总之,三者“并没有促成我们的中国文学、文化切实有效地‘走出去’”[3]。

这些看法与评价显然是对中国文学主动外译的一种怀疑甚至否定,对此,不少学者认为有必要予以回应。首先,针对每每被举为反例的《熊猫丛书》和《大中华文库》,许钧认为“文化走出去既是文化发展

---

① 谢天振:《中国文学走出去:问题与实质》,《中国比较文学》2014 年第 1 期,第 2 页。
② 谢天振:《中国文学走出去:问题与实质》,《中国比较文学》2014 年第 1 期,第 6 页。
③ 谢天振:《中国文学走出去:问题与实质》,《中国比较文学》2014 年第 1 期,第 5 页。

战略，那么对其效果也应从战略高度去评价"①。他特别强调不应仅从接受层面对文学译介的成功与否加以简单判定，而要从思想开放与文化交流的高度进行历史性评价，"在经历30年的中西隔绝之后，这些图书的翻译出版向西方介绍了真实的中国文学与文化，为渴望了解中国文化的西方读者打开了一扇大门，其作用不应该仅仅从文学接受的层面加以论定，还应该从思想的开放与文化的交流层面去探讨"，而就实际的译介成果与影响而论，也应看到"《大中华文库》对外译介工程在对外介绍中国文化之源流、构建系统的中国文化价值观、培养国内高水平翻译与语言服务人才方面都具有不可忽视的价值"②。

其次，中国文学外译以中国文化"走出去"为旨归，其根本目标并非局限于文学本身，而是在于向世界展示中国优秀文化、思想与价值观念，在多元文化的交流与对话中增强中国文化在海外的影响力，进而为建设国家的文化软实力发挥积极作用。这就意味着，中国文学的对外译介必须以构建中华文化价值观为基础。倘若没有明确的中华文化价值观，文学译介就无法助力中国形象的真实构建、中国文化的有效传播，故而也难以发挥其应有的作用，更遑论在促进中外文化平等交流的意义上肩负起历史赋予的使命。构建中华文化价值观，就必须依赖于立足自我、立足文化主动"走出去"的"中国选择"。翻译活动中的选择涉及方方面面，与中国文学主动外译密切关联的一个方面是拟译文本的选择，持怀疑或否定论者认为我们"送出去"的作品未必甚至难以满足海外受众的审美需求与阅读期待。对此，姑且不论国外读

---

① 许钧：《当下翻译研究中值得思考的几个问题》，《当代外语研究》2017年第3期，第5页。

② 许钧：《当下翻译研究中值得思考的几个问题》，《当代外语研究》2017年第3期，第5页。

者对中国文学的标签化和猎奇式阅读心态以及所谓审美期待的不确定性,仅就当下的文学输出质量而言,有学者指出,"传播出去的文学作品中,能够代表中国文学精华的还不够多,不足以反映中国文学的全貌,一些质量不高甚至质量低劣的作品掺杂其中,导致海外读者对中国文学的印象不够客观"①,甚至部分作品"反映出的政治倾向非常明显"②。无论中国文学外译的根本目标,还是中国文学外译的现实状况,都突显出"中国选择"在文本选择中的重要性,通过"中国选择","体现的是中华文化的价值观,中国人依照自己的价值观念,选择本民族文化的经典著作进行推介,有助于系统全面地反映中国文化的精髓,对于其他国家与民族译介中国文化,可以起到引导与示范的作用"③。坚持"中国选择",发挥文化传播的主动性,理应是现阶段中国文化软实力建设中的必要举措。如学者所言,"要想服务于文化软实力建设的大战略,要想扩大中国文学在海外的影响,坐等他国主动来引进翻译我们的文学作品是不现实的。即便对方引进了,也未必符合我们的期待,更不可能达到我们的目的。我们必须主动作为,把我们挑选出来的作品主动送出去,从源头上对中国文学的传播效果加以干预,减少甚至是杜绝低劣的、负面的文学作品在海外的流通,引导甚至塑造海外受众对中国文学和文化的看法"④。

最后,不少学者对以官方意识形态输出为由诟病中国文学主动外译的观点持不同意见。张春柏认为,关于"有效去除官方意识形态"的

---

① 韩子满:《中国文学的"走出去"与"送出去"》,《外国语文》2016 年第 3 期,第 105 页。
② 韩子满:《中国文学的"走出去"与"送出去"》,《外国语文》2016 年第 3 期,第 106 页。
③ 许多、许钧:《中华文化典籍的对外译介与传播——关于〈大中华文库〉的评价与思考》,《外语教学理论与实践》2015 年第 3 期,第 14 页。
④ 韩子满:《中国文学的"走出去"与"送出去"》,《外国语文》2016 年第 3 期,第 106 页。

建议"既不可取,也不可能","因为意识形态是深深扎根在文学作品中的东西,它们本身就是'中国故事'中不可或缺的部分。我们无法想象当代中国文学作品要是去除了这些东西还会剩下些什么。恐怕走出去的已经不是中国文化了。更重要的是,我们不能为了迎合西方'读者'而刻意淡化甚至改变自己的意识形态。这是任何文化都不可能做的事"。① 中国文学之所以如学者所论述的,在中国文化走出去进程中居于"核心地位"②,一个重要原因在于文学具有显著的文化属性,在本质上就是一种文化现象,而"文化与意识形态又是同质的:文化诸形式的经验表达,并非纯粹的符号行为,而是与观念和思想体系——意识形态的价值规定相关的社会行为;意识形态是占统治地位的阶级、政党的精神文化体系,制约规范着整个社会文化的表现内容,主流文化价值体系的核心内容就是意识形态"③。这就意味着,文学译介也绝不是单纯的语言活动,其中必然具有深厚的意识形态色彩。因此,在任何一个国家的文化输出中,意识形态内涵都是不可避免的,与西方国家的文学译介与文化传播相比,中国文学主动外译中的意识形态因素不应被刻意强化。有学者则依据我国文化"走出去"的实际成果,明确指出,"走出去的文化涵盖的范围非常广泛,仅从对外译介的作品来看,既包括当代文学作品,也包括文化典籍,涉及中国文学、美学、哲学、政治、伦理的方方面面,是中华民族几千年来精神财富的结晶,远

---

① 张春柏:《如何讲述中国故事:全球化背景下中国文学的外译问题》,《外语教学理论与实践》2015 年第 4 期,第 10 页。

② 郝雨:《中国文学在文化走出去战略中的核心地位与意义》,《文艺报》2017 年 2 月 17 日。

③ 陈伟:《中国文学外译的基本问题反思:软实力视角》,《当代外语研究》2014 年第 10 期,第 55 页。

非'意识形态'几个字可以草草概括"①。

从以上对中国文学主动外译相关评价的梳理与论述中不难发现，围绕中国文学主动外译的必要性问题，各方观点针锋相对。尽管文学、文化主动"走出去"的成功个案已越来越多，但问题的提出或争议本身仍具有不可低估的意义，它揭示出，中国文学是否应主动外译，这不但涉及文化交流的途径，而且与我们对文学外译从文本选择到文学接受的整个过程的关注与认识密切相连，同时也深刻关系到文学外译的立场与根本诉求。因此，探讨这个具有根本性意义的问题，首先必须明确一点，即中国文学的对外译介与传播究竟出于怎样的需要和目标。翻译研究的文化转向使翻译活动的跨文化交际行为本质得以凸显，而这一本质有必要从两个方面加以理解，我们既要看到对翻译问题的讨论应跳出单一的语言层面，在更广阔的历史文化视野中展开，也要真正从文化交流共生、文明交融互鉴的高度充分认识与把握文学译介的深层次目标。在全球化时代背景下，文学译介与文化交流更在维护文化多样性、构建人类命运共同体的进程中肩负着重要使命。当我们切实立足于这样的目标来看待中国文学外译时，如何以主动的姿态与开放的立场，促进中国文化更真实地走向世界并在与他者的碰撞和对话中进一步认识自我、传承民族的文化血脉，则理应成为我们探讨中国文学、文化"走出去"的基本出发点。

---

① 许钧:《当下翻译研究中值得思考的几个问题》,《当代外语研究》2017 年第 3 期,第 5 页。

第二节　中国文学外译的方法问题

文学译介首先是一种语言活动,涉及两种语言之间的转换。转换必然依赖于方法,由于语言自身的多样性与不同语言之间显著的差异性,方法问题成为文学译介的核心问题之一,无论从我国翻译史还是西方翻译史来看,都是如此。在我国的翻译历史上,佛经翻译的文质之争、清末民初的"豪杰译"以及中国文学翻译史上具有传奇色彩的"林译"现象等等,无一不是关乎翻译方法并具有重要影响的经典个案。就中国文学外译而言,翻译方法的选择与运用直接影响译作的风格与品质,因而也对中国文学在海外的接受与传播具有决定性意义。究竟应该如何翻译? 在各界围绕中国文学外译的探讨中,尤其是莫言获诺贝尔文学奖以来,翻译方法成为各方热议和争论的一个重要话题。

一方面,媒体纷纷认为以葛浩文(Howard Goldblatt)、陈安娜(Anna Gustafsson Chen)为代表的外国译者对莫言获奖发挥了至关重要的作用,尤其将莫言获奖归功于葛浩文式"连译带改"的翻译方法。翻译界的部分学者对此持认同态度,明确提出要破除翻译的语言中心主义,在中国文化"走出去"语境中更新翻译观念与翻译方法。《文汇报》2013 年 9 月 11 日刊登了一篇题为《"抠字眼"的翻译理念该更新了》的文章,矛头直指翻译的忠实性原则:"做翻译就要'忠实于原文',这几乎是绝大多数人对于翻译的常识。但沪上翻译界的一些专家试图告诉人们:常识需要更新了! 这种陈旧的翻译理念,已经成了影响中国文学和文化'走出去'的绊脚石",并进一步指出,莫言的获奖与葛浩文的成功带给翻译界的启示应该是"好的翻译可'连译带改'"①。媒体的助力下,葛浩文的翻译似被认定为中国文学外译的唯一可行模式。另一方面,文学界和评论界对葛浩文式的翻译方法却不断发出批评的声音。作家余华坚持"尊重原著应该是翻译的底线"②;旅美作家高尔泰因无法接受葛浩文对其作品的删改,直言作品"被如此糟蹋,说惊讶已太温和"③,最终拒绝了葛浩文的译本;文学评论家李建军则认为不恪守忠实性原则的改写式翻译近乎一种欺骗,他指出,"将原作的风格和真貌,真实地介绍给读者,才是最为重要的事情——倘若无'信',所谓'雅'和'达',便没有了意义,便是华丽而顺通的谎言"④。

不难看出,伴随着葛浩文式翻译所引发的各种观点的对立与交锋,翻译方法问题已经成为中国文学外译语境中一个重要的现实问题,翻译界就此展开了多方面冷静的思考与理论探究,形成了不少值得关注的评价,其中较有代表性的主要包括以下几点:一是在中西方文化存在巨大差异的现实背景下,现阶段的中国文学外译有必要采取适度"改写"的策略,因为"适度'改写'是取得文化认同的基础,在缺乏文化认同的情况下一味坚持'原汁原味''本真原貌',只会造成中国文学走向世界的阻碍"⑤;二是文学译介与传播问题既关乎翻译观念、翻译目标与译者责任等主观因素,也涉及中外文化关系、目的语文学接

---

① 樊丽萍:《"抠字眼"的翻译理念该更新了》,《文汇报》2013年9月11日。

② 高方、余华:《"尊重原著应该是翻译的底线"——关于中国文学译介与传播》,《中国翻译》2014年第3期,第60页。

③ 高尔泰:《草色连云》,北京:中信出版社,2014年,第92页。

④ 李建军:《为顾彬先生辩诬》,《文学报》2014年2月13日。

⑤ 姜智芹:《中国当代文学对外传播中的几组矛盾关系》,《南京师范大学文学院学报》2014年第4期,第159页。

受语境、赞助人系统等客观因素,具有十分复杂的内涵,葛浩文"对翻译策略和方法的选择与运用是特定历史时期中主客观多重因素共同作用的结果,具有显著的历史感和时代氛围,也强烈体现着译者的主体意识",不应将葛浩文的翻译方法绝对化、唯一化和模式化,否则将"无益于在中国文化、文学'走出去'的深层次意义上来讨论翻译的作用和价值等根本问题"①;三是对于葛浩文的翻译,不应仅仅依据原文和译文的对比就得出"忠实"与否的简单结论,而要充分考虑翻译"忠实"概念的丰富内涵,切实关注翻译过程并深入考察其中蕴含的多方面因素,基于翻译过程的评价视角有利于"把静态的翻译结果分析扩展为动态的翻译过程讨论,并将其置于广阔的文化交流和历史语境中加以探索"②,从而避免认识的简单化和评价的片面性;四是葛浩文的翻译方法本身并非一成不变,而是呈现出动态性与复杂性,简单地将之标签化或盲目对其定性都是值得商榷的,应该看到"随着莫言在英语世界影响的不断扩大,随着读者的兴趣和要求的改变,葛浩文的翻译策略也逐步调整,越来越注重传达莫言小说所传达的中国文化的差异性特征和小说本身的文学性特征"③;五是全球化背景下中西方文化交流的一个必然结果是译入语文化的需求以及译入语读者对中国文化的期待与理解力都在逐步发生变化,实际上"许多在霍克斯时代倾向于归化的东西,现在异化翻译已经完全可以为译入语读者接受,其

<hr>

① 刘云虹、许钧:《文学翻译模式与中国文学对外译介——关于葛浩文的翻译》,《外国语》2014 年第 3 期,第 16 页。

② 许诗焱:《基于翻译过程的葛浩文翻译研究——以〈干校六记〉英译本的翻译过程为例》,《外国语》2016 年第 5 期,第 98 页。

③ 孙会军:《葛浩文和他的中国文学译介》,上海:上海交通大学出版社,2016 年,第 41 页。

至期待了"①,因此翻译方法也不应一味固守归化原则,"如果几十年前中国文学的外译应该以归化为主、异化为辅的也就是尽量考虑目的语读者的阅读和接受习惯的策略,现在和今后一段时间的译介则应采用异化为主、归化为辅的也就是尽量保留源语文本的要素、原汁原味地移译成目的语的译介策略"②;六是中国文学外译要以文化平等交流为根本目标,建立在文化自信与文化自觉的基础上,避免过度倾向西方价值观、过于认同西方文化,"中国文学走出去,要首先考虑优秀的文学作品优先走出去,但绝不是有些人认为的那样要改头换面,要曲意逢迎,要削足适履,要委曲求全,要适合西方人的价值观"③。

纵观近年来学界就中国文学外译的方法问题展开的探讨,可以发现,其中既有不同观点之间的矛盾与对抗,也有各种看法的相互认同、补充或深化。从总体而言,评价至少呈现出两方面的变化。首先,在中国文学与文化"走出去"的背景下,针对究竟应该如何翻译这一问题,各方的认识与评价随着探讨和研究的深入而不断发展。莫言获诺贝尔文学奖之初,学界和媒体对"连译带改"式的翻译方法多有推崇,甚至依据葛浩文译介中国文学的成功经验将之视为中国文学译介的唯一正确模式,上文提及的《文汇报》2013 年 9 月 11 日文章中的言论便是颇具代表性的观点。而后,随着理论研究与实践关注的推进,学界越来越意识到翻译方法问题不应被孤立看待,并从翻译忠实性、翻译观念、译者主体性、文化接受的阶段性与不平衡性以及中国文学外

---

① 张春柏:《如何讲述中国故事:全球化背景下中国文学的外译问题》,《外语教学理论与实践》2015 年第 4 期,第 13 页。

② 朱振武:《中国文学走出去的多元透视专栏"主持人按语"》,《山东外语教学》2015 年第 6 期,第 56 页。

③ 朱振武:《文化外译要建立在自信基础之上》,《社会科学报》2018 年 8 月 2 日。

译的根本诉求等多方面进行了更为全面的探讨,同时着力于澄清对中国文学外译方法问题的某些模糊认识。这一发展从以上对翻译界主要观点的梳理中可见一斑,不仅如此,媒体对翻译方法问题的认识与评价也呈现出变化趋势。同样是《文汇报》,2018 年 8 月 7 日刊登了一篇文章,题为《中国文学要带着"本土文学特质"飞扬海外》。仅从标题便可看出,原先对文学外译要"连译带改"的观点的宣扬,现在已经变为对"中国文学应该如何更好地带着文学特质'走出去'"的考量,文章明确指出,"随着中国文化和中国文学在世界上的影响力进一步扩大,世界各地的读者对中国文学的兴趣必将逐步聚焦于中国文学本身",并强调中国文学外译过程中"应积极引导海外读者欣赏中国文学的审美,而不是一味迎合市场"[①]。中国文学外译评价中的这一发展可谓是根本性的。

其次,针对究竟应该如何译介中国文学这一问题,各方的认识与评价逐步趋于理性。这着重表现在对葛浩文翻译方法的合理把握上。葛浩文的翻译不仅是中国文学外译中一个引人瞩目的成功个案,更像一个多棱镜,折射出文学译介活动方方面面复杂而丰富的内涵,在引发国内学界对翻译问题广泛的关注和探讨的背后,实际上也揭示了翻译的诸多根本性问题,亟待学界予以重新审视。对此,翻译界没有停留在印象式或人云亦云的主观判断上,而是一方面将葛浩文对翻译方法的选择置于其翻译理念与原则的基础之上加以整体把握;另一方面通过文本分析及对翻译过程的考察,尽可能做出有理有据的客观评价,既注重探析一个具有深刻影响的代表性翻译家的独特经验,又注重挖掘其独特翻译经验可能带来的普遍意义,从而最大限度地使翻译

---

① 钱好:《中国文学要带着"本土文学特质"飞扬海外》,《文汇报》2018 年 8 月 7 日。

评价真正回归文本、回归理性。依据俄克拉荷马大学中国文学翻译档案馆中收藏的大量葛浩文翻译资料,许诗焱对《干校六记》《手机》《天堂蒜薹之歌》等葛译本作品翻译过程进行的细致分析,许诗焱、许多就葛译本《推拿》翻译过程中译者与作者之间的积极互动展开的深入探讨,是非常重要、很有代表性的研究。无论葛浩文夫妇在翻译《推拿》过程中向毕飞宇提出的 131 个问题,还是葛浩文就出版社提出的删改要求在作家与出版商之间进行沟通的信件,都是对葛浩文翻译方法与策略研究中珍贵的一手资料,在此基础上做出的翻译评价才更具说服力。

第三节　中国文学外译的接受问题

文学译介是文本生命的生成过程。译本的诞生并不是文学译介活动的完结,相反,恰恰意味着作品在不同时空中新生命的开始。而在这一段新的生命历程中,译本的接受显然是非常重要的一环。目前学界一个较为普遍的观点是,"译出去"不等于"走出去",上文提到的《中国文学》《熊猫丛书》《大中华文库》常常被视为译出去了却没有真正走出去的代表性案例。《红楼梦》的杨宪益译本则是另一个被用来说明中国文学"走出去"境遇和效果不佳的个案,主要原因也正在于该译本的海外接受不尽如人意。有学者研究指出,尽管"杨译本的质量和水平在我国翻译界一直备受推崇",但在走出去的实际过程中,"与霍译本相比,杨译本在英语世界的传播、接受和影响(从译本的印刷数、再版数、图书馆的借阅人次数以及译本的被引用率、相关重要文学选本的入选率等数据看)却远不如霍译本"①。另有学者从世界文学的主要界定特征出发,将中国文学"走向世界"的标志表述为"作品在接受文学体系中'活跃'地存在下去",而满足这一要求的前提是"文学译作必须同时以'流通'及'阅读'两种模式在接受体系中得到自我实现,缺一不可"②。不难看出,无论是理论探讨还是实践观照,一个基本认识就是,中国文学是否或能否"走出去",关键在于译本的海外接受与传播。

如有论者所指出的,"译本的接受效果是传播和翻译过程不可分割乃至最为重要的环节,只有达到预期的接受效果,传播和翻译过程才能得以完成,文本价值才能得以实现,文学和文化输出才有意义"③,也就是说,在文学译介的整个过程中,译本的接受一方面与翻译过程中涉及的模式、策略、方法等层面的抉择密切相关,另一方面也决定着文学与文化传播的效果,进而对中国文学与文化走出去的进程产生重要影响。因此,在围绕中国文学外译的探讨与评价中,被普遍关注的重要问题之一就是文学接受的问题。

文学接受的中心概念之一是读者期待。接受美学认为,未被阅读的作品仅仅是一种"可能的存在",只有通过阅读,作品才能转化为"现实的存在"。在文学译介的语境中同样如此,翻译始终面向读者,中国文学外译无论在过程中还是在效果上,都与读者的期待和接受息息相关。同时,就目前而言,中国文学整体"出海"不畅仍然是不争的事实,由此各界在中国文学"走出去"过程中的翻译、接受和文化认同等方面

① 谢天振:《中国文化走出去不是简单的翻译问题》,《社会科学报》2013年12月5日。
② 刘亚猛、朱纯深:《国际译评与中国文学在域外的"活跃存在"》,《中国翻译》2015年第1期,第5页。
③ 夏天:《走出中国文学外译的单向瓶颈》,《中国社会科学报》2016年7月18日。

都或多或少产生了某种担忧。其结果是,中国文学外译的接受问题很大程度上着眼于当下海外读者的期待与认同,而后者又往往直接影响对翻译策略与方法的选择,于是类似"以读者接受为导向制定翻译策略"[①]的观点成为相关探讨中颇有代表性的主张。论及《熊猫丛书》海外接受效果不佳的原因,有学者认为其中非常重要的一点就是,译者遵循严格的直译,"没有考虑西方读者的阅读习惯和中西读者接受的差异"[②],故而译作与目的语读者的期待相距甚远。

对此,学界多有不同看法。首先,部分学者认为不应概念化地理解所谓的"读者期待",无论"读者是谁",抑或"期待什么",都不是可以简单定论的。对于"读者是谁",有观点认为应关注读者因素的复杂性,将中国文学外译的读者分为文本外的真实读者、理想读者与文本内的隐含读者,并指出,"中国文学外译的真实读者既包括译者、对于中国文学作品感兴趣的普通读者、具有专业背景的学者和批评者,也包括出版社、编辑、文学代理人、文化政策制定者等把关人"[③]。此外,从更宽泛的角度来看,"读者"实际指向的是译介受众,即"译介效果具体体现者和最终实现者"[④],在这个意义上,专业人士、普通受众、西方主流媒体,乃至图书馆馆藏和文学奖项等,[⑤]都有理由成为对文学接受与传播效果的考察中应切实关注的广义读者。而对于"期待什么",不

---

① 夏天:《走出中国文学外译的单向瓶颈》,《中国社会科学报》2016 年 7 月 18 日。
② 姜智芹:《中国新时期文学在国外的传播与研究》,济南:齐鲁书社,2011 年,第 6 页。
③ 周晓梅:《中国文学外译中的读者意识问题》,《小说评论》2018 年第 3 期,第 122—123 页。
④ 鲍晓英:《从莫言英译作品译介效果看中国文学"走出去"》,《中国翻译》2015 年第 1 期,第 14 页。
⑤ 鲍晓英:《从莫言英译作品译介效果看中国文学"走出去"》,《中国翻译》2015 年第 1 期,第 14—16 页。

少学者对其是否可以被把握也存有疑虑。如张春柏指出，"'读者期待'本身是个有点'诡异'的概念，特别是严肃的文学作品的读者"，他们对文学作品的期待并不一致，"有的读者读书只是为了消遣，他们需要的只是有趣的'故事'，还有一些读者则期待真正的文学经典"①。另有学者认为，"读者阅读需求总会因时而变，甚至变动不居。以目标语文化某一时的读者阅读需求为依据，制定文学对外传播策略，往往收不到应有的效果"②。在他们看来，读者的阅读期待与需求固然是中国文学外译中应受到高度重视的因素，但必须对此有更为理性的认识，实际上读者期待本身既非确定可测，也非一成不变。

其次，不少学者注意到，在全球化背景下，随着中西方文化交流的深入，海外读者对中国文学的认识与接受立场不断变化，理解和接受能力也相应地逐渐有所提高。在相当长的时间里，对于所谓的读者期待，翻译界和出版界的基本判断是外国读者阅读中国文学的主要目的在于了解中国社会或满足一种对遥远东方的猎奇心理。"性爱、政治和侦探"三类小说不仅是葛浩文概括的美国读者的阅读取向和兴趣，③也几乎成为各界对外国读者的中国文学接受期待的标签式解读。事实上，如媒体所指出的，随着中国文学文化持续走向世界，对作品文学性本身的关注会越来越显著并促使"海外读者必然会对中国文学作品的艺术忠实度有越来越高的追求"④。《解密》的成功被认为有不少"机缘巧合"的成分，但有学者分析指出，"麦家通过自己的作品，讲述了中

---

① 张春柏:《如何讲述中国故事:全球化背景下中国文学的外译问题》,《外语教学理论与实践》2015年第4期,第13页。
② 韩子满:《中国文学的"走出去"与"送出去"》,《外国语文》2016年第3期,第104页。
③ 季进:《我译故我在——葛浩文访谈录》,《当代作家评论》2009年第6期,第47页。
④ 钱好:《中国文学要带着"本土文学特质"飞扬海外》,《文汇报》2018年8月7日。

国英雄的故事，以意志的力量克服了人类弱点和人类局限，将'信仰'上升为一种沟通中西、超越时空的精神与品格，这才是麦家作品打动中西读者的最重要的力量"[①]。也就是说，《解密》之所以受到海外读者的喜爱和欢迎，很重要的一个原因就是作品对世界、对人性的深入探索与深刻揭示，即作品本身的文学价值。近期，鲁羊的小说《银色老虎》发表于《纽约客》杂志，在随文配发的作家专访中，《纽约客》就作品的创作技法、叙事视角及意向的象征意义等进行了有相当深度的提问，媒体认为这不仅彰显出其"对中国当代文学的深入洞察"，也说明了一个问题，即"小说没有被当成社会分析样本或者猎奇媒介，而是回归文学本源，关注文学创作的技巧和意义，呈现作家对人类生存状态和精神世界的探讨"[②]。这样的个案并非鲜见，法国著名翻译家、汉学家、中国当代文学最重要的法译者之一杜特莱（Noël Dutrait）曾坦言，文学性是他选择翻译中国文学作品时的首要考量，他之所以喜爱并翻译了莫言的多部代表作，不仅因为作品具有丰富的主题和很强的介入性，更因为莫言"从来没有忽视文学本身的品质"[③]。季进曾分析指出，中国当代文学的英译与传播呈现出"从政治性向审美性的转变""从边缘向热点转移""从单一性向多元性的转变"，认为从这三方面的转变可以看出，"中国文学的确开始走出被冷落、被边缘的困境，显示出不

①　季进：《从中国文本到世界文学——以麦家小说为例》，《人民日报》（海外版）2018 年 4 月 11 日。

②　韩梁：《海外"识珠者"将中国文学带向世界》，新华网，2018 年 6 月 17 日，http://www.xinhuanet.com/politics/2018-06/17/c_129895774.htm（2018 年 8 月 12 日读取）。

③　刘云虹、杜特莱：《关于中国文学对外译介的对话》，《小说评论》2016 年第 5 期，第 40 页。

一样的文学特质,成为世界文学不容忽略的组成部分"①。中国文学在世界文学中的位置之所以能逐步改善,一方面离不开中国社会的巨大进步与发展,另一方面也得益于中国文学国际影响力的整体提升,西方读者对中国文学抱有的通过文学了解社会的认知诉求和出于东方想象的猎奇阅读心态正在逐渐转变为对作品文学性本身的审美期待。

读者接受在文学译介中的重要性不容置辩,以上针对中国文学外译的接受问题的相关评价正是基于这一共识展开的。在充分重视文学接受的情况下,学界对接受问题的探讨趋于深入,尤其对其复杂性和发展性有了更深入的认识。概括而言,不少学者清醒地看到,读者接受固然对于文学译介意义重大,但这不应导致中国文学外译中的唯接受论。对翻译方法的选择运用、对翻译价值的把握以及对译介效果的评判,都不能仅以读者接受为导向,而必须立足于对翻译活动的深刻理解,以一种历史的目光,充分关注文学译介的阶段性和文化交流的不平衡性。从深层次来看,文学接受正是一种文化关系的体现。无论译介与传播活动的客观规律,还是中国文学与文化在世界的相对边缘地位,都告诉我们,一蹴而就或一劳永逸的接受并不现实。同时,任何阶段性的产物都必然处于不断的演变与发展之中,基于不同的时代背景,各国对异域文学和文化的认可程度与接受状况也并非固定不变。因此,在中国文学外译及其评价中,学界应高度重视并警惕唯接受论以及由此可能导致的"翻译焦躁症与市场决定论"②等倾向,而这同样需要我们真正从文化双向交流与精神建构的层面来理解翻译、定

---

① 季进:《作为世界文学的中国文学——以当代文学的英译与传播为例》,《中国比较文学》2014年第1期,第28—29页。

② 许钧:《当下翻译研究中值得思考的几个问题》,《当代外语研究》2017年第3期,第2页。

位翻译。

在中国文学外译受到学界和媒体广泛关注的背景下,中国文学外译的评价也日益丰富,并聚焦于其核心问题,在不同观点的交锋中呈现出一定的发展性。这一点值得肯定。但我们同时看到,当下的中国文学外译评价在评价依据的科学性、评价视角的合理性及评价方法的有效性等方面仍存在某些需要重视和解决的问题,如定性研究较多而定量研究不足、对翻译结果的评判较多而对翻译过程的关注不足、感性评价较多而理性分析不足等。因此,在中国文化"走出去"的时代语境下,就今后的中国文学外译评价而言,译学界应着重关注以下几个方面:1) 在目前已有研究的基础上,立足文化史观、翻译价值观和跨学科视野,拓展中译外研究,力求考察并把握中译外实践的整体状况及其中凸显出的根本性问题;2) 切实加强对翻译过程的考察,通过对一手资料的挖掘,真正深入翻译过程中,进而充分认识译者在文学译介过程中的能动作用,揭示翻译场域内各个要素之间的互动关系;3) 真正深入文本,通过扎实、细致的文本比较分析,展开有理有据的翻译评价,以避免一切印象式或标签化的主观判断;4) 坚持文化自觉,从精神建构与文明交融互鉴的高度定位中国文学外译,促使文学译介实现其推动中外文化平等、双向交流的根本目标。

评价是一种目光,也是一种立场,中国文学外译评价对中国文学外译实践具有导向作用,唯有推动其进一步彰显科学性与合理性,才能有助于加深对中国文学外译的途径、方法与接受等根本性问题的认识,有助于构建开放而多元的翻译空间、促使中国文学与文化更好地"走出去"。

第二章　中国文学外译与翻译历史观

翻译旨在打破文化隔阂、促进不同文化之间相互了解与融合,是涉及自我与他者的一种双向交流活动。因此,在文化、社会、历史以及意识形态等多重因素的作用下,译入翻译和译出翻译必然在共性的基础上存在显著的差异性。以往,无论是实践层面还是研究层面,翻译界主要把目光投向"外译中",相比之下,对"中译外"的关注、实践和思考都存在某种程度的忽视。随着中国文化"走出去"成为当前我国文化建设的重要战略,被视为最好的文化传播与推广方式之一的文学对外译介受到各方的热切期待与普遍关注。翻译路径、形式和目标在新的历史语境下发生的根本变化促使译学界对于涉及中国文学译介和传播的一系列问题展开探讨与思考。鉴于此,译学界应在翻译历史观的观照下,从历史和发展的角度深入思考并积极应对当前中国文学外译所面临的挑战,积极有效地推动中国文学"走出去"。

第一节　中国文学外译的困惑与挑战

　　我们知道,在大力实施中国文化"走出去"战略的进程中,无论政府部门还是关心文化建设的各界人士,对中国文学的对外译介与传播都寄予很高的期望,也付出了相当的努力。就政府层面而言,我国政府对文学的对外译介一直积极推进并大力扶持,20世纪八九十年代起通过《熊猫丛书》《大中华文库》等国家重大出版工程,向世界系统推介中华文化经典,近些年来更有"中国图书对外推广计划""中国当代文学百部精品译介工程""中国文学海外传播工程""中国当代少数民族文学对外翻译工程"等诸多文学对外译介扶持项目,重视程度不可谓不高,支持力度也不可谓不大。然而,尽管随着莫言摘得诺贝尔文学奖、阎连科获卡夫卡文学奖、刘慈欣的《三体》获雨果奖最佳长篇小说奖以及麦家的《解密》、姜戎的《狼图腾》等作品在海外热销,中国文学在国际舞台的认知度和影响力有了一定提高,中国文学海外传播处境堪忧却依然是不争的事实。

由于期待与现实之间的巨大落差,中国文学"走出去"不仅受到了翻译界、文化界乃至整个学界的共同关注,也令各界产生了焦虑。作为文学和文化传播的重要途径,翻译面临诸多困惑与挑战。

第一,究竟应该翻译什么? 无论就"译入"翻译还是"译出"翻译而言,相对于"如何翻译",更为首要的问题是"翻译什么"。"择当译之本"不仅关系到翻译成果在异域文化的影响力和生命力,更决定着中国文学、文化"走出去"的内涵与实质。也就是说,代表中国文学、文化"走出去"的究竟应该是什么样的作品、什么样的文学? 从翻译史的角度来看,各国在文学译介与传播的进程中都首先将本民族最优秀的、最具代表性的经典作品介绍出去,我国在文化"走出去"战略的实施中首先依托的也是《大中华文库》这样向世界系统推介中国文化典籍的重大出版工程。但目前各界对这一问题持不同观点,有文化工作者从新媒体时代"如何定义'什么值得翻译'"的角度表达了疑虑:"传统对外译介的扶持目标,常常集中于成套的经典、长篇小说、大部头的作品,仿佛把中国文化变成世界级经典'送出去、供起来'就是文化译介的最佳出路"①;也有汉学家以瑞典通俗作家史迪格·拉森的"千禧三部曲"的成功译介为例,对严肃文学在文学外译与传播中的地位发出责问:"严肃文学是否为一个国家唯一应该向外传播的类型? 是不是只有某一种类型的小说能够走出去?"②到底是被认为面向"小众"、似有曲高和寡之嫌的严肃文学,还是更"好看"因而受众面更广的通俗文学应该最先"走出去",这俨然成为中国文学外译中一个两难的选择。

第二,究竟应该如何翻译? 自从莫言的获奖与葛浩文的翻译在学界引发广泛讨论以来,翻译方法是当下中国文学外译语境中倍受各方关注的问题。部分学者和媒体推崇删节、改译甚至"整体编译"的翻译方法,将这种"不忠实"的翻译方法视为译介中国文学唯一可行的翻译策略。文学界和评论界对此却有不同的看法,李建军不仅指出"葛浩文式的'偷天换日'的'改写',实在太不严肃,太不诚实,简直近乎对外国读者的欺骗"③,甚至对中国文学外译中的翻译问题深表忧虑,认为包括诺奖评委们在内的国外读者阅读到的实际上是"经过翻译家'改头换面'的'象征性文本'"④,而不是真正的中国文学和中国文化。作家高尔泰则因无法接受葛浩文对其作品的删改,最终"不识抬举"地坚决拒绝了葛浩文的译本,在他看来,葛浩文对原著的处理中,"所谓调整,实际上改变了书的性质。所谓删节,实际上等于阉割"⑤。对于葛浩文式"连译带改"的翻译,高尔泰直言,受到文化的过滤,"被伤害的不仅是文字,还有人的尊严与自由"⑥。可见,如何选择恰当的翻译方

---

① 蒋好书:《新媒体时代,什么值得翻译》,《人民日报》2014 年 7 月 29 日。
② 葛浩文:《中国文学如何走出去》,《文学报》2014 年 7 月 7 日。
③ 李建军:《为顾彬先生辩诬》,《文学报》2014 年 2 月 13 日。
④ 李建军:《直议莫言与诺奖》,《文学报》2013 年 1 月 10 日。
⑤ 高尔泰:《草色连云》,北京:中信出版社,2014 年,第 92—93 页。
⑥ 高尔泰:《草色连云》,北京:中信出版社,2014 年,第 89—90 页。

法,到底是忠实于原著还是连译带改,这是目前中国文学外译中亟待各界探讨、澄清与回答的问题。

　　第三,究竟如何才算"走出去"? 在当前中国文化"走出去"背景下的文学对外译介中,对"当译之本"的选择和对翻译方法的选择仍然是翻译界首先必须面对的。翻译不会发生在真空当中,选择意味着立场与态度,也就是说,"翻译什么"与"如何翻译"在很大程度上取决于主体对翻译价值目标的认识和理解。因此,这样的双重之问实际上指涉着另一个问题,即中国文学究竟如何才算"走出去"? 尽管目前恐怕还没有一个统一的标准来界定和判断是否"走出去",但走不出去的事实似乎比比皆是,正如有学者所例举的,"无论是长达半个世纪的英、法文版《中国文学》杂志,还是杨宪益主持的《熊猫丛书》以及目前仍然在热闹地进行着的《大中华文库》的编辑、翻译、出版,……这些'合格'的译文除了极小部分外,却并没有促成我们的中国文学、文化切实有效地'走出去'"①。如此,即便有优秀翻译家的准确翻译,即便是着力推介中国文化典籍的国家出版工程,中国文学"走出去"的境遇和效果依然远远不容乐观,《中国文学》"国外读者越来越少,最终于2000年停刊",《熊猫丛书》"最后也难以为继,而于2000年黯然收场",《大中华文库》则仅有"个别几个选题被国外相关出版机构看中购买走版权"②。不难看出,这些观点意欲表明的是,中国文学的"走出去"与否就根本而言取决于读者的接受,只有得到了读者的广泛接受,这样的译介才是成功而有意义的。读者接受对于文学译介的重要性自然是不言而喻的,但同样有学者明确指出,"评价一部书或一套书,尤其是评价像

---

① 谢天振:《中国文学走出去:问题与实质》,《中国比较文学》2014年第1期,第5页。
② 谢天振:《中国文学走出去:问题与实质》,《中国比较文学》2014年第1期,第2页。

《大中华文库》这样的具有战略意义的出版物,仅仅以当下的市场销售与读者接受情况来衡量便得出否定性的结论,是值得商榷的"①。究竟如何评定中国文学"走出去"的效果,如何看待文学译介中的读者接受以及更深层次的文学"走出去"的目标与价值等问题,这需要学界尤其是翻译界进行全面的审视。

第二节　功利性翻译与文学译介的阶段性

随着国际文化交流的日益频繁,翻译活动越来越呈现出丰富性和复杂性。翻译观念、翻译选择和翻译接受的问题一直是文学译介与传播中的基本问题,而在中国文化"走出去"的时代语境中,相关的探讨也频频出现。有学者直言,"当代中国文化界普遍被一种'被翻译焦虑'裹挟",并且在他们看来,这一状况"使得葛浩文关于'翻译可以只考虑海外受众而不必重视原文'的论调成为翻译界的主流"②。无论是翻译的困惑,还是"被翻译焦虑",在很大程度上都与文学译介中的观念和心态有关。从以上涉及翻译什么、如何翻译以及中国文学究竟如何才算"走出去"的各种问题中,我们不难发现,在"走出去"的迫切愿望下,翻译界和文化界对于中国文学的对外译介与传播或多或少地表现出一种急于求成的心态。概括来看,这种心态往往表现在以下三个方面:

---

① 许多、许钧:《中华文化典籍的对外译介与传播——关于〈大中华文库〉的评价与思考》,《外语教学理论与实践》2015年第3期,第13页。
② 邵岭:《当代小说,亟待摆脱"被翻译焦虑"》,《文汇报》2014年7月14日。

第一，希望中国文学一经翻译便马上被接受。中国本土作家的作品终于得到诺贝尔文学奖的肯定，以莫言为代表的一批中国当代作家在海外逐渐受到更为广泛的关注，这确实提高了中国文学的国际影响力，文学界乃至整个文化界都为之欢欣鼓舞。然而，当悠久的"外译中"历史让我们今天对外国文学作品充满热情时，我们能否一厢情愿或理所当然地认为中国文学作品在国外的境遇也同样美好？有媒体指出，"当代文学难掀海外图书市场波澜，少数作品走红未能形成规模效应"①，这可以说是目前中国对外译介与传播现状的写照。面对如此的现实，在所谓的"后诺奖时代"，各界对中国文学"走出去"的期待和热情中已经越来越多地呈现出某种"强势认同焦虑"，以及随之而来的对创作、对翻译、对出版与传播的焦虑，等等。于是有人提出，中国作家应该按照"国际公认的文学标准"也就是西方小说的标准来写作，也有人认为，"译者被急于得到翻译的中国文坛'宠坏'"，甚至"'被翻译焦虑'裹挟之下的当代文学创作，没有产生很多给人留下深刻印象的作品"②。

文学翻译与文化传播是一种双向交流，而中西方在文化交流上存在显著的"时间差"，西方国家不仅对中国文化十分陌生，"更缺乏相当数量的能够轻松阅读和理解译自中国的文学作品与学术著述的读者"③。同样，翻译活动的基本事实在于，翻译涉及的不仅是语言和文本，还要受到多种其他因素的影响与制约，基于不同的时代背景、接受环境、集体规范、意识形态、读者期待等，各国对异域文学和文化的认可程度与接受情况也会存在差异。或许，如麦家所预言的，"今天我们

---

① 肖家鑫、巩育华、李昌禹：《"麦家热"能否复制》，《人民日报》2014 年 7 月 29 日。
② 邵岭：《当代小说，亟待摆脱"被翻译焦虑"》，《文汇报》2014 年 7 月 14 日。
③ 谢天振：《中国文化走出去不是简单的翻译问题》，《社会科学报》2013 年 12 月 5 日。

是怎么迷恋他们,明天他们就会怎么迷恋我们"①。无论如何,中国文学在异域的接受前景值得期待,但从今天的遥远、陌生到明天的青睐甚至迷恋需要时间和等待,译介与传播活动的基本事实、客观规律以及中国文学在世界文学中的相对边缘地位都告诉我们,文学接受是一个漫长的过程。

第二,仅以当下的读者接受为考量。没有异域读者的积极参与,就无法形成有效的跨文化交流,这是学界对于中国文学外译的一个共识。诚然,对任何一部作品而言,如果没有读者的广泛接受,就不可能形成有效的传播,其译介和出版的价值也无从体现。但同时,我们应该看到,文学译介与传播的途径多种多样,对文学译介与传播效果的考察也包含不同的层次和内容,除了读者的认可和市场销量,国外获奖情况、图书馆馆藏量、海外汉学研究等同样是有必要密切关注的方面。况且,仅就读者而言,也有专业读者和普通读者之分,阅读目的和价值取向各不相同,普通读者更是一个相当庞杂的群体,因审美情趣、文化素养和阅读期待的不同而可能存在显著的个体差异,难以一概而论。作为美国译者,葛浩文可以旗帜鲜明地坚持"为读者翻译",也可以在很大程度上"只考虑美国和西方的立场"②,然而从增强国家文化软实力和中华文化国际影响力的战略高度来看,倘若仅仅以当下的读者接受为考量,并对经典文学在文学译介中的地位、对政府主导的传播模式、对翻译求"真"的本质追求提出疑问,甚至让市场销量和畅销书排行榜成为衡量中国文学是否"走出去"的唯一标准,这显然值得商

---

① 张稚丹:《麦家谈〈解密〉畅销海外:我曾被冷落十多年》,《人民日报》(海外版)
2014 年 5 月 23 日。

② 李雪涛:《顾彬中国现当代文学研究三题》,《文汇读书周报》2011 年 11 月 23 日。

权。不同文化的相遇需经历碰撞和冲突的过程,才能逐渐走向理解、认同与融合,更何况中西文化迥然相异,一味地迎合与被动适应并非明智的选择。

第三,为"走出去"而"走出去"。我们看到,在各界关于"中译外"翻译方法的讨论中,翻译在某种程度上同诸如"影子""包装""欺骗"等颇具负面色彩的用语关联在一起,同对中国文学、文化的误读和曲解联系在一起。试想,如果关心的只是中国文学是否"走出去",而不问"走出去"的究竟是什么,如果关心的只是中国文学是否被接受,却不问被接受的是不是真正的中国文学与文化,那么这样的"走出去"到底还值不值得期待?中国文学外译承载着中国文化对外传播与交流的战略意义,而"思想文化的传播恰恰是当前中国对外文化传播中最薄弱的环节"①。正因为如此,虽然中国戏曲、中国功夫等传统文化在国外颇受青睐,但中国文化经典在西方遭到误读甚至歪曲的例子屡见不鲜。因此,无论对译介内容的选择,还是对翻译方法的运用,都应基于把中国文化中最本质、最精华的部分介绍给世界这个根本目标。为了更好看、更易于接受的目的而对原著进行文化过滤,淡化甚至抹平中国文学在语言文化的异质性,或者为了适应市场的需求而使严肃文学和经典文学让位于通俗文学,这样的翻译即使走出去,也无法促进多元文化之间的深层次交流,也就难以承担起中国文化"走出去"的历史使命。

如何真正以平等的双向文化交流为目标来推动中国文学外译,这是译学界应充分予以重视并深入加以思考的关键所在。我们知道,翻译活动涉及语言、文化、社会、意识形态等诸多要素,而这些密切关联、

---

① 王彦:《"文化逆差"致中国经典频遭误读》,《文汇报》2014年12月3日。

相互影响的要素无一例外都是特定时代的产物,具有鲜明的时代特征。当法国著名文论家、翻译家亨利·梅肖尼克(Henri Meschonnic)提出"翻译的概念是一个历史概念"时,他意欲强调的正是"时代可能性"对翻译活动的制约。[①] 同时,如梅肖尼克所言,"每一种语言文化都有其自身的历史性,不可能与其他语言文化具有完全对应的同时代性"[②],因此,作为"一种文化建构",翻译在两种语言文化相互碰撞、交融的过程中呈现出深刻的历史性,是一种处于不断发展之中的、具有阶段性特征的活动。正是在这个意义上,歌德提出翻译的三个阶段以及与之相对应的三种翻译方法:第一阶段,为了帮助读者理解外来事物,译者力图让外国作品中的异域色彩自然融化在译语中;第二阶段,译者按照译语文化规范进行改编性翻译,不仅注重语言层面的归化,更力求思想、内容、观念层面的归化;第三阶段,译者通过逐句直译,追求译作与原作完全一致、真正取代原作。[③] 法国著名翻译家、翻译理论家安托万·贝尔曼(Antoine Berman)也有类似观点,在他看来,从一种语言文化到另一种语言文化的"文学移植"有其不同的阶段和形式:异域文学作品首先有一个被发现、被本土读者关注的过程,此时它还没有被翻译,但文学移植已经开始;接着,如果它与本土文学规范之间的冲突过于激烈,它很可能以"改写"的形式出现;随后,便会产生一种引导性的介绍,主要用于对这部作品所进行的研究;然后,就是以文学本身为目的、通常不太完善的部分翻译;最终必定出现多种重译,并迎来

---

① Henri Meschonnic, *Pour la poétique Ⅱ*, *Epistémologie de l'écriture*, *Poétique de la traduction*, Paris: Éditions Gallimard, 1973, p.321.

② Henri Meschonnic, *Pour la poétique Ⅱ*, *Epistémologie de l'écriture*, *Poétique de la traduction*, Paris: Éditions Gallimard, 1973, p.310.

③ 谭载喜:《西方翻译简史》(增订版),北京:商务印书馆,2004年,第105—106页。

真正的、经典的翻译。[①]

　　可见,对异域文化的接受是一个具有历史性和阶段性的过程,翻译的形式、方法与目标等也不可能是单一绝对或静止不变的。这是文学译介与文化传播中应得到充分关注的基本事实。就当前中国文学、文化"走出去"的特定语境而言,这一基本事实提醒我们至少应在以下两个层面明确认识并展开思考:一是,汉语在全球范围内仍然是非主流语言,中国文学在世界文学中仍然处于边缘地位,中华文化在整个世界文化格局中也相对处于弱势地位,中国文学的对外译介、传播与接受必然遭遇困难和波折。二是,无论哪个时代、何种语境下的"现阶段"都是随着历史发展过程中不同语言文化之间相互关系的变化而不断变化的,任何阶段性的翻译观念和方法都不应遮蔽中国文学、文化"走出去"的本质目标与根本追求。

第三节　翻译历史观之下的中国文学外译

　　翻译具有历史性,认识和理解翻译也应树立明确的历史观和历史价值观。对此,许钧曾有深入的思考,提出树立翻译的历史价值观在于两个方面的内容:首先,要充分认识翻译对于人类历史的发展所做的实际贡献;其次,要从历史的角度来看翻译的可能性。[②] 从翻译历史

---

① Antoine Berman, *Pour une critique des traductions*: *John Donne*, Paris: Éditions Gallimard, 1995, pp.56 - 57.

② 许钧:《翻译论》(修订本),南京:译林出版社,2014年,第273页。

观出发,针对目前中国文学外译的现状,一方面要对中国文化"走出去"进程中的"现阶段"有清醒的意识,用更具有现实意义的目光来看待并应对中国文学外译中的困惑与问题;另一方面应以辩证的目光更加理性地看待文学译介和传播中的阶段性方法、模式与翻译的根本价值、目标之间的关系,充分认识到,面向一种双向的、平等的因而也才能是真正的文化交流,一个开放而多元的翻译空间仍亟待有效地建立。在这个意义上,历史性、发展性和开放性应是我们在推进中国文学外译过程中必须坚持的立场与态度。

1. 历史性

翻译是两种文化之间的交流与互动,但从翻译史的角度来看,目前中国文化的输出与异域文化的输入之间存在明显的不平衡。中国对外国文学尤其是西方文学的接受已经经历了相当长的历史,相反,中国文学在西方国家的译介,无论在时间上、数量上还是效果上都相差甚远,据媒体统计:"目前作品被译介的中国当代作家有 150 多位,只占中国作家协会会员的 1.3%。中国每年出版的引进版外国当代文学作品数量却巨大。在美国的文学市场上,翻译作品所占比例大概只有 3%左右,而在 3%的份额中,中国当代小说更是微乎其微。"[①]长期存在的出版物版权贸易逆差虽然近年来已逐步缩小,但"相对于庞大的全球图书市场,我国出版业的海外市场容量还极为有限"[②]。蓝诗玲对中国文学在海外出版窘迫和受关注度微乎其微的现状曾有描述:"你若到剑桥这个大学城浏览其最好的学术书店,就会发现中国文学

---

① 刘莎莎:《莫言获奖折射我国文学翻译暗淡现状》,《济南日报》2012 年 10 月 24 日。
② 王化冰:《出版这十年版权贸易逆差逐渐缩小》,《人民日报》2011 年 9 月 7 日。

古今(跨度 2000 年)所有书籍也不过占据了书架的一层而已,其长度不足一米。"①她的这番话多次被媒体和学界引用,也确实很能说明问题。"现代中国文学取得主流认可的步伐依旧艰难"②,这不仅是这位英国汉学家对中国文学"走出去"的忧虑,更是中国文学外译过程中必须正视和积极应对的现实。中西方文化接受上的严重不平衡导致的结果就是,中国与西方国家在文化接受语境和读者接受心态两方面存在显著差距。当中国读者易于也乐于接受异域文学,并对阅读原汁原味的翻译作品有所追求甚至有所要求时,西方国家无论在整体接受环境还是读者的审美期待与接受心态上,对中国文学作品的关注和熟悉程度仍然处于较低水平。在这样的情况下,如何最大程度地吸引西方读者的兴趣,从而让他们对中国文学作品的态度从陌生、排斥到了解、接纳乃至喜爱,就成为译者在选择翻译方法与策略时必然要考虑和重视的问题。因此,在对作品中语言文化异质性的保留与尽量消除文化隔阂、加强作品可读性的实际需要之间,就应加以权衡,甚至做出某种妥协。也就是说,目前阶段,译者有必要根据目的语读者的审美情趣与阅读习惯,在翻译中采取相应的调整措施,以促使译作被最广泛的读者群所接受、所喜爱。

基于这样的认识,对于目前中国文学外译中存在的删节、改译等在某种程度上有悖于翻译忠实性原则的翻译策略与方法,学界应充分考虑到中西文化交流的差异性与阶段性,以历史的目光对其合理性与

① 蓝诗玲:《让中国感受到排除和边缘化的全球文化究竟是什么》,新浪读书,2010年 8 月 14 日,http://book.sina.com.cn/news/c/2010 - 08 - 14/1201271809.shtml(2017年 1 月 26 日读取)。

② 蓝诗玲:《让中国感受到排除和边缘化的全球文化究竟是什么》,新浪读书,2010年 8 月 14 日,http://book.sina.com.cn/news/c/2010 - 08 - 14/1201271809.shtml(2017年 1 月 26 日读取)。

必要性予以理性看待。

2. 发展性

两种语言文化之间不可能具有"完全对应的同时代性",同样,从翻译史和文化交流史的角度来看,某一种语言文化背景下的"译入"翻译与"译出"翻译在其生产、传播与接受等诸多层面也必定呈现出差异。如有学者所指出的,"当今西方各国的中国文学作品和文化典籍的普通读者,其接受水平相当于我们国家严复、林纾那个年代的阅读西方作品的中国读者"①。因此,在当下的中国文学外译中,出于对接受语境和读者的考虑而采取的删节、改译等翻译方法应被视为合理且必要的。而翻译活动具有历史性与阶段性,这就意味着任何历史语境以及阶段性的模式和特征都不会静止不变,相反,所有历史的都必然是发展的,都将随着各种具有显著时代特征的因素的演变而发生变化。正因为如此,林纾的翻译以及他采用的删节、改译等"意译"翻译方法尽管在中国近代翻译文学史上书写了灿烂的一页,但也随着历史的变迁、随着中国对西方文化了解和接受程度的提高而最终成为一段历史。

目前,中国的快速发展和经济实力的不断上升促使中外交流的广度和深度日益拓展,"世界对中国的信息需求越来越多,中国各个领域前所未有地全方位呈现在国际社会面前"②,以推动跨文化交流为根本目标的翻译也因而承担着更为重要而迫切的责任。"讲好中国故事""传播好中国声音""展示好中国形象",这不仅是我国推动对外文化交

---

① 谢天振:《中国文学走出去:问题与实质》,《中国比较文学》2014 年第 1 期,第 9 页。
② 周明伟:《重视"中译外"高端人才培养》,《人民日报》2014 年 8 月 1 日。

流的需要，实际上也正符合世界了解中国、了解中国文化的愿望。不少作家都对此有深切体会，麦家在接受采访时就曾表达这样的感受："随着中国经济的崛起，中国的影响力与日俱增，这使得他们对中国的好奇心不断积累，渴望了解中国。……正是这种强烈的好奇心和缺乏了解之间的反差，让当地媒体蜂拥而来，他们不仅仅关注我的作品，更是十分希望通过我来了解中国文化、了解中国。"①据《中国图书版权对外贸易发展报告（2009—2018）》，我国版权贸易"逆差的幅度呈逐年递减的趋势"，2010 年引进输出比率是 3.39：1，"到 2017 年，这一比率降至 1.43：1"②。不难看出，我国"译入"与"译出"之间的逆差近年来逐步缩小，这至少也从一个侧面说明了中西文化关系正在历史发展和时代演变中不断发生着变化。

随着中国经济实力的进一步增强以及中国文化国际影响力的提升，中西文化交流的差距和障碍将逐渐缩减，西方读者对中国文学的接受程度也会有明显改善。当然，这个过程也许会很漫长，但一切都在可以合理想象和预见的范围内。在这个意义上，用历史的、发展的目光来看待中国文学外译，我们应充分意识到，任何为"现阶段"需要而采取的翻译策略和翻译方法既不能被绝对化，也不能被模式化，更不应被视为唯一正确的方法。也就是说，无论翻译什么，还是如何翻译，都体现出一种历史的选择，对于当下引人瞩目的删节、改译等不尽忠实的翻译方法，在肯定其某种合理性的同时，我们也要辩证地认识到，这样的翻译方法只是在中西文化交流明显不平衡的情况下，为了促进中国文学更好地"走出去"而采取的一种选择、一种"权宜之计"。

---

① 肖家鑫：《文化传播是个慢活》，《人民日报》2014 年 7 月 28 日。
② 孙俊新、王曦：《中国图书版权对外贸易发展报告（2009—2018）》，李小牧主编：《中国国际文化贸易发展报告（2019）》，北京：社会科学文献出版社，2020 年，第 63—64 页。

可见,"将目前获得成功和认可的翻译方法视为中国文学对外译介中唯一正确的方法、唯一可行的模式,这同样是一种片面的认识"①。原汁原味的翻译不仅是翻译求"真"的本质诉求,也是历史发展的必然趋势,可以想见,当世界对中国文化的了解与接受达到较高水平时,异域读者极有可能不满足于"改头换面"式的翻译,进而"会对翻译的忠实性和完整性提出更高的要求,毕竟原汁原味的译本才能最大限度地再现文学的魅力"②。

3. 开放性

翻译过程中,每一次有意识的选择都在很大程度上取决于翻译的价值目标,也就是说,以解决翻译中遭遇的各种矛盾并实现翻译价值为目标。因此,在探讨中国文学如何更好地"走出去"时,首先要弄清楚的一个问题就是:中国文学"走出去"究竟出于什么样的诉求?我们知道,翻译既有历史性,也有深刻的文化和社会属性。翻译深深地作用于文学史的书写,同时与一个国家或民族的思想史、文化交流史乃至整个社会的发展史密切相关。在这个意义上,中国文学"走出去"不仅是某位作家、某部作品的诉求,也不仅是某个社会群体或某种文学类别的诉求,更不是一时一事、不计长远的"权宜"或"迎合",而是中国文化走向世界、与异域的他者文化进行平等交流与对话的诉求。我们应真正立足于这样的目标来探讨文学译介活动,切实推动中国文化更真实、更有效地走向世界,向他者开放、向异质文化开放。目前,中国

---

① 刘云虹、许钧:《文学翻译模式与中国文学对外译介——关于葛浩文的翻译》,《外国语》2014 年第 3 期,第 16 页。

② 刘云虹、许钧:《文学翻译模式与中国文学对外译介——关于葛浩文的翻译》,《外国语》2014 年第 3 期,第 16 页。

文学在世界文学中仍处于相对边缘的位置,更迫切需要将中国文学的对外译介与传播置于中国文化与世界多元文化相知相融、共同发展这个开放的视野下来考察。这既是翻译的本质属性所决定的,也是我们这个多元、发展的时代所要求的。

在当今全球经济一体化时代,尤其在目前中西方文化交流具有明显不平衡性的背景下,推进中国文化的对外开放、交流与传播,必须坚持文化自觉,也就是说,"首先要认识自己的文化,理解所接触到的多种文化,才有条件在这个正在形成的多元文化的世界里确立自己的位置,经过自主的适应,和其他文化一起,取长补短,共同建立一个有共同认可的基本秩序和一套与各种文化能和平共处、各抒所长、联手发展的条件"①。因此,在中国文学外译中,首先要构建一种中华文化价值观,有意识地从文化史和思想史的角度对历史悠久的中华文化进行梳理,对于中华民族五千年历史中积淀下来的最本质、最优秀的文化价值真正做到有"自知之明",进而有选择地将最能代表这样一种核心价值的文学作品翻译、推介到异域文化中。只有形成了明确、有力的中华文化价值观,文学译介才能有助于避免中国文化在西方国家遭受误读甚至曲解、有助于树立真实的中国形象;也只有形成了明确、有力的中华文化价值观,文学译介才能真正从文化交流与对话的意义上发挥作用,否则,即便得到广泛接受,翻译所制造的似乎也只能是一些缺少自身独立的精神价值和思想内涵的"产品"。

中国文学外译不仅要具有文化自觉的意识,更应体现出国家、民族在文化交流层面的一种自主的立场与选择。在围绕中国文学外译

---

① 费孝通:《全球化与文化自觉——费孝通晚年文选》,方李莉编,北京:外语教学与研究出版社,2013年,第83页。

的讨论中,始终有学者对政府主导下的主动译出模式持保留态度,认为一厢情愿的"送出去"不符合文学译介与传播的基本规律,与国外读者的需求与期待也相距甚远,所产生的效果自然不好。对此,我们同样需要用开放的目光,将中国文学外译置于中国文化走向异域、融入世界的视野下来看待。就历史发展的角度而言,从封闭走向开放,主动地以开放的心态与异质文化进行交流与对话,在自我和他者的碰撞与融合中理解自身、丰富自身,这是人类文明发展的必由之路,也正是翻译的历史价值和创造精神的体现。从目前各国向世界推广本国文化的做法来看,法国、德国、西班牙、日本、韩国等许多国家都在以政府主导下的各种模式来推进本国文化更好地"走出去"。例如,法国设立的资助翻译出版的"傅雷计划"、德国的歌德学院、西班牙的塞万提斯学院等都是政府主导的对外文化交流与文学译介的推广平台;又如,日本文化厅从 2002 年就开始实施一个名为"现代日本文学翻译与普及事业"的文学译介推广项目,到目前为止,已选定翻译出版包括夏目漱石等名家的经典作品在内的 123 种优秀现当代文学作品;[1]再如,韩国政府在文化体育观光部下设韩国出版文化产业振兴院和文学翻译院,两家机构共同实施韩国文学与出版产业"走出去"战略。可见,政府在文学对外译介中发挥支持和导向作用,这应该说是各国在推进文学、文化"走出去"进程中一个比较普遍的做法。就中国文学外译而言,在西方文化长期强势存在的历史语境中,为避免中国文化遭受标签式或猎奇性的误读与曲解,必须在构建中华文化价值观基础上,以鲜明的立场和自主的选择对文学译介加以引导和示范。因此,对于政府主导下的主动译出模式,不能局限于当下的读者接受来评判,而应

---

① 戴铮:《日本文学急于"走出去"》,《东方早报》2010 年 3 月 28 日。

将其置于文化双向交流的长期目标和宏观视野下来认识。

翻译是不同语言、文化之间消除隔膜和相互沟通的必经之路,跨文化交流既是翻译活动的本质特征,也是其目标与价值所在。在新的时代语境下,中国文学外译成为推进中国文化"走出去"战略的一个重要路径,肩负着传播中国文化、向世界展示真实立体全面的中国的历史使命。正如莫言所说,"世界需要通过文学观察中国,中国也需要通过文学来展示自己的真实形象"①。然而,文学译介和文化传播之间的密切关联并不必然或直接意味着我们对于翻译活动的认识与理解被真正置于多元文化交流的立场和视野下。目前看来,如何充分关注文学译介的阶段性和文化交流的不平衡性,切实从跨文化交流这一翻译的本质属性与根本目标来考察翻译活动,这仍然亟待译学界进行深入的思考。

在当前中国文学外译一方面受到各界深切关注,另一方面也面临诸多实际困难的情况下,任何片面认识或短视观念都无益于在中国文化走向世界的深层次意义上来推进中国文学的对外译介与传播。为此,我们更需要立足翻译的历史价值观,以一种历史的、发展的、开放的目光,为建立开放而多元的翻译空间、为实现不同文化间平等而长远的交流创造条件。

---

① 刘莎莎:《莫言获奖折射我国文学翻译暗淡现状》,《济南日报》2012年10月24日。

第三章 翻译定位与中国文学外译语境下翻译价值的把握①

---

① 许钧教授参与了本章撰写。

翻译不仅历史悠久，而且形态多样、内容丰富，从早期的佛经翻译，到近代的西学翻译，再到改革开放以来的各类文学、社科、经贸与科技翻译，从被视为"正宗"的全译，到编译、节译、译述等"变译"，翻译活动呈现出丰富的形式与内涵。鉴于此，对翻译的理解、对翻译活动复杂性的认识必须在翻译研究的不断发展中才能逐步得以深化。进入 21 世纪后，随着经济全球化进程加快与科学技术发展，翻译活动不仅形式更为多样，内涵也更为丰富。尤其在中国文化"走出去"的国家战略进程中，翻译的路径和目标发生了重要变化。在实践层面，译入翻译占主导地位的局面已经改变，文学、经贸、学术等领域的中译外占比呈明显的上升趋势；在研究层面，以往对翻译的探讨很大程度上基于对我国翻译史上三次翻译高潮的考察与反思，而现在，翻译界越来越把关注目光从译入翻译转向译出翻译，着力探讨中国文学文化的译介与国际传播。这一切都对传统的翻译认识提出了挑战。尤其是，基于当下中国文学外译的现状，学界和媒体对翻译在中国文学和文化走向世界的进程中究竟能够扮演何种角色、发挥何种作用表示出一定的担忧。所以，重新认识翻译、定位翻译，不仅是翻译研究和翻译学科发展的需要，在某种程度上甚至是翻译如何在新的历史语境、新的时代发展中安身立命并发挥其重要价值的根本性诉求。

第一节　翻译定位：本质把握与历史观照

当今世界，翻译活动在人类精神生活、社会发展和文化交流中发挥着不可替代的作用，同时也受到来自方方面面众多因素的影响，其中特别值得关注的一点是信息技术与翻译科技的突飞猛进。翻译方式和翻译手段由此产生的巨大变革显而易见。当今时代既是全球化时代，也是大数据时代，人工智能、机器翻译和计算机辅助翻译技术等迅猛发展，翻译和翻译研究面临机遇，但在某种程度上也遭遇着困惑与挑战。2016 年 9 月，谷歌公司宣布发布 Google 神经网络机器翻译系统，并称该翻译系统能降低 55%～85% 的翻译错误率且十分接近人类译员的翻译水平。[①] 一石激起千层浪，对 AlphaGo 还记忆犹新的人们不禁对翻译的未来既充满期待又满怀忧虑，有人称之为"翻译界的重大突破"，有网友表达了身为翻译从业者的"忧虑和恐惧"，等等。尽管这些看法只是网络上的众说纷纭，但应该看到，在信息技术与翻译科技高速发展的时代背景下，翻译与机器、与技术空前紧密地联系在一起，翻译的语言服务功能也由此被一再凸显并备受关注。新世纪以来，"中国国际语言服务大会""语言服务与全球化论坛"等以语言服务为主题的国际国内重要会议不断召开，中国翻译协会近年的年会几乎都与语言服务紧密关联，如"2016 中国语言服务业大会暨中国翻译协

---

① 佚名:《Google 神经网络机器翻译系统发布，实现重大突破》，搜狐网，2016 年 9 月 28 日，https://www.sohu.com/a/115250898_389703(2017 年 1 月 26 日读取)。

会年会""'一带一路'中的话语体系建设与语言服务发展论坛暨 2017 中国翻译协会年会""改革开放 40 年与语言服务创新发展论坛暨 2018 中国翻译协会年会";2014 年第 20 届世界翻译大会的主题定为"人工翻译与机器翻译——翻译工作者与术语学家的未来",2017 年第 21 届世界翻译大会以"颠覆与多样化"为主题,"聚焦翻译技术、全球化趋势、政策因素和经济因素带给语言服务行业的颠覆和改变"[①];中国翻译协会也将"翻译能力培训与评估(TICAT)"更改为"语言服务能力培训与评估(LSCAT)"。甚至有学者提出翻译学的技术转向,认为"翻译学在继语言学转向、文化转向等之后已开始技术转向",并且指出翻译学技术转向的重要影响包括"重构了翻译学的学科构架""给传统的翻译定义造成了冲击""为翻译研究也带来了新的视角——语言服务"等,[②]也有学者提出应在翻译的定义中"加入更多科技内涵",将翻译重新定义为"在科技辅助下将一种语言转换成另一种语言"[③]。随着大数据时代里翻译技术的日新月异以及以翻译为中心的语言服务业的蓬勃发展,语言服务功能在当前各界对翻译的认识与定位中似乎占据越来越重要的地位。

"译何为"这个问题似乎很简单,在许多人看来,翻译的作用显而易见。实际上,相关探讨既可以是描写性的,也可以是探究性的。描写性的研究侧重于对历史的梳理与总结,而探究性的思考则是从一定的翻译观和翻译价值观出发,对翻译应该具备何种功能、凸显何种价

---

① 佚名:《世界翻译大会》,中国服务贸易指南网,2018 年 10 月 17 日,http://tradeinservices.mofcom.gov.cn/article/zhishi/jichuzs/201810/71498.html(2019 年 12 月 2 日读取)。

② 张成智、王华树:《论翻译学的技术转向》,《翻译界》2016 年第 2 期,第 104—113 页。

③ 陈善伟:《翻译科技新视野》,北京:清华大学出版社,2014 年,第 325—326 页。

值进行深入的理论研究。就目前而言，在对翻译功能的认识上，一般有三种比较有代表性的看法。

首先是翻译的沟通功能，尤其是跨文化交流与传播的功能。符号的创造、使用与转换是人类存在与思维的一种根本性方式，而任何翻译活动从根本上看都是符号转换行为，经由翻译过程中实现的符号转换性创造，人类的思想疆界才得以拓展，人类各民族、各文化之间的交流与发展才成为可能。在这个意义上，促进思想沟通与文化交流是翻译的根本任务所在。其次是翻译的建构功能，翻译的缘起和必要性都在于一个"异"字，思维之异、语言之异、文化之异等等，这些根本性的差异既是翻译的障碍所在，也构成了翻译创造的可能性与空间。从历史的角度来看，无论在语言层面，还是文化与思想层面，翻译都具有建构性的功能。鲁迅所提倡的翻译"不但在输入新的内容，也在输入新的表现法"[①]，瞿秋白所指出的"问题根本不在于'顺不顺'，而在于'翻译是否能够帮助现代中国文的发展'"[②]，都揭示和强调了翻译在语言建构上的创造性价值。季羡林先生在谈到翻译的作用时，曾以中华文明的发展为例，进行了非常精辟的阐述："英国的汤因比说没有任何文明是能永存的。我本人把文化（文明）的发展分为五个阶段：诞生，成长，繁荣，衰竭，消逝。问题是，既然任何文化都不能永存，都是一个发展过程，那为什么中华文化竟能成为例外呢？为什么中华文化竟延续不断一直存在到今天呢？我想，这里面是因为翻译在起作用。我曾在一篇文章中说过，若拿河流来作比较，中华文化这一条长河，有水满的

---

① 鲁迅：《鲁迅和瞿秋白关于翻译的通信——鲁迅的回信》，罗新璋、陈应年编：《翻译论集》（修订本），北京：商务印书馆，2009年，第346页。

② 瞿秋白：《再论翻译——答鲁迅》，罗新璋、陈应年编：《翻译论集》（修订本），北京：商务印书馆，2009年，第350页。

时候,也有水少的时候,却从未枯竭。原因就是有新水注入,注入的次数大大小小是颇多的,最大的有两次,一次是从印度来的水,一次是从西方来的水。而这两次的大注入依靠的都是翻译。中华文化之所以能长葆青春,万应良药就是翻译。翻译之为用大矣哉!"①这段话对我们从文化建构与发展的角度来认识与理解翻译的功能,无疑具有十分重要的指导作用。最后是翻译的服务功能,在当今时代,翻译的形式、内容与媒介以及对翻译的需求都发生了很大变化,加之语言服务行业自身的快速发展,这一切使得翻译的服务功能受到前所未有的关注,也促使译学界深化在翻译学科发展、翻译研究和翻译人才培养等方面的思考。这确实很重要。但同样重要的是,我们一方面要看到时代发展给翻译活动带来的变化;另一方面也必须清醒地认识到,翻译的功能与价值是多方面的,不能顾此失彼,仅仅把翻译定位于"语言服务"的功能。翻译界普遍认为,在中国,翻译的社会地位不高,翻译的价值和译者的贡献都没有得到应有重视。法国哲学家、媒介学者雷吉斯·德布雷(Régis Debray)认为,"功能决定地位,而不是地位决定功能"②。翻译和译者的地位在很大程度上取决于翻译的功能,若将翻译的主要功能和价值定位于工具性和服务性,过于从翻译行业和翻译职业的角度来认识翻译,这并不利于我们把握翻译活动的丰富性、复杂性和创造性,也不利于我们真正理解与实现翻译的价值、合理评价翻译的地位。

对翻译与翻译价值的认识面临着如何看待"传统"的问题。目前

---

① 季羡林、许钧:《翻译之为用大矣哉》,许钧等:《文学翻译的理论与实践——翻译对话录》,南京:译林出版社,2001年,第3页。

② 雷吉斯·德布雷:《媒介学宣言》,黄春柳译,南京:南京大学出版社,2016年,第23页。

译学界提出要更新翻译观念,打破陈旧翻译理念的束缚,进而"重新"定位翻译,这显然针对的就是翻译的"传统"。在《现代性的五个悖论》中,法国学者安托万·贡巴尼翁(Antoine Compagnon)指出,"人们曾长期将'传统的'和'现代的'对立起来",笃信"凡与传统决裂的就是'现代的',凡抗拒现代化的就是'传统的'"①。而在他看来,如果说每一代都在与过去决裂,那么决裂本身也就构成了传统,"对新的迷信"因此就成为现代性的悖论之一。换言之,现代性的一个显著特点就是掉转头来否定自身,而这又悖论式地构成现代的一个传统,因此"现代即是对传统的否定,也就必然是否定的传统"②。贡巴尼翁强调,"从词源学来看,传统是对一种模式或一种信仰的传承,从一代传向下一代,从一个世纪传向另一个世纪:它意味着对某种权威的效忠和对某种根源的忠诚"③。事实上,人类的认识确实有一种趋新的倾向,然而无论从理论研究角度来说,还是从历史发展来看,对于传统从来不是全然的否定,即任何新的事物或思想对传统的否定并非一种断裂。如贡巴尼翁所言,传统是在时代延续更替中的传承,我们应该将之视为否定和进步的基础。对于当前的翻译研究,至少应从两个维度来探讨这个问题。

首先,所谓的传统翻译观念究竟是什么? 这个问题看似简单,但是翻译界的认识始终难以达成一致。有学者认为,过去对翻译的认识基本可以归结为"翻译就是两种语言之间的简单转换","只要把原文

① Antoine Compagnon, *Les cinq paradoxes de la modernité*, Paris: Éditions du Seuil, 1990, p.7.

② Antoine Compagnon, *Les cinq paradoxes de la modernité*, Paris: Éditions du Seuil, 1990, p.8.

③ Antoine Compagnon, *Les cinq paradoxes de la modernité*, Paris: Éditions du Seuil, 1990, p.7.

的意思正确、完整地传达出来，就算完成了翻译的使命"，也有学者指出，"一般来说，翻译是要非常'忠实地'把原文的意思说得很清楚、很准确。这是一种非常根深蒂固的思想"。[①] 在这样的认识下，对传统翻译观念的质疑和诟病似乎指向的就是翻译的语言问题和"忠实性"问题。而我们知道，从中国的译学发展来看，随着翻译研究的不断深化，人们对翻译的认识、对翻译复杂过程的理解逐步深入，早已不再把翻译视为孤立的语言转换行为，而是充分意识到文本内部和文本之外的各种要素对翻译活动的制约与影响作用，同时，对翻译忠实性的理解也不再局限于语言和文字上，而是更加理性地看待忠实性原则中可能存在的不同层面与维度。那么，对于翻译，是否真的还停留在"翻译就是两种语言之间的简单转换"的认识阶段？要破除的是否就是"忠实性"的翻译观念？

其次，时代日益发展，翻译思考需要不断有所创新，这一点显而易见，翻译研究中出现的各种转向和目前颇受关注的对"重新"定位与定义翻译的讨论，其出发点就是要对翻译进行新的思考、新的认识。各种不同的理论视角或途径为深化翻译认识提供了方法论的参照，但同样应明确，不同的理论视角和途径之间，并非构成否定性的关系，所谓的转向或重新定位，都不是从根本上对"传统"的彻底否定，而是某种补充、深化或丰富。翻译是一项内涵极为丰富的跨文化交流活动，从历史上看，不同时期、不同流派的学者立足于各自对翻译活动的理解以及各自的研究角度，对"翻译"提出了林林总总的定义，并且对翻译的各种界定之间往往并非相互否定或替代，而是呈现出并存和互补的

---

① 谢天振、王宏志、宋炳辉：《超越文本超越翻译——当代翻译和翻译研究三人谈》，《东方翻译》2015 年第 1 期，第 5—6 页。

关系。这就意味着,所谓对传统的否定都不是也不应是一种彻底的决裂,因为在任何具有趋新倾向的认识和思想中,都必然存在某种权威的和根源的东西需要坚守。在《译学研究叩问录——对当下译学研究的新观察与新思考》一书中,张柏然对数字时代大背景下的翻译与翻译研究进行了深入探讨,他指出:"从本质上来说,本来就没有什么网络翻译、纸质翻译之分,在每次媒介革命过后,只有'翻译'才是永恒的命名。纷繁芜杂的网络翻译和大数据语言服务,只不过是翻译研究洪流中的具体时代现象,只要还是翻译,就必然共享着翻译的特征,承载着翻译的使命,人们可以据此展开与时俱进的思考,而无需解构传统的翻译定义,另起炉灶地重新定义翻译。"[1]谭载喜也持类似的观点,他认为,翻译研究领域之所以出现形形色色"让人头晕目眩、迷失方向"的"转向",究其原因,"是因为伴随这些'转向'的出现,人们往往会对翻译本质产生不正确的理解或解读"。在他看来,"无论我们怎样谈论翻译的'转向',或试图提出怎样的'转向',都必须首先解决有关翻译的最根本问题,那就是:翻译到底是什么?它具有怎样的属性?翻译'转向'之于翻译本质,到底属于何种关系?等等。不解决这些问题,一切所谓'转向'都只会是无源之水,无本之木"。[2]

基于以上两方面,我们应认识到,不论时代如何发展,也不论时代发展为翻译活动带来怎样的变化,如何认识翻译、定位翻译,其关键仍然在于把握翻译的本质,对翻译的本质属性与特征有深刻理解。否则,对翻译的重新定位就有可能流于表面,难以真正推动翻译研究的深入。而把握翻译的本质,首先必须对翻译的符号转换性有明确认

---

① 张柏然、辛红娟:《译学研究叩问录——对当下译学研究的新观察与新思考》,南京:南京大学出版社,2016年,第253页。
② 谭载喜:《破除翻译"转向"的迷思》,《社会科学报》2016年9月8日。

识，它是翻译活动最根本的特征。符号的创造是人类最重要的创造或者最伟大的创造。如果没有符号，人类无法认识自身，也无法认识世界、表达世界与构建世界。符号既具有普遍性，也具有多样性，语言符号仅仅是符号的一种，此外，人类在感知和表达世界的过程中还创造了音乐符号、绘画符号、图像符号、形体符号、声音符号等符号系统。借助这些符号，人类才得以对自身和世界进行理解、传达与思考，才产生了音乐、绘画、戏剧、文学等一系列的创作和创造。从狭义翻译过程来看，翻译最本质的特征正是符号转换性。一切翻译活动都以符号的转换为手段。因此，对翻译的认识、对翻译本质的把握，首先必须正确认识符号创造在人类社会中的地位、对于人类自身发展与社会发展的重要贡献以及人与符号之间的关系。符号的创造、使用与转换是人类存在的一种根本性方式，经由转换的符号性创造，人类的思想疆界才得以拓展，人类各民族、各文化之间才得以交流与发展。在这个意义上，翻译是人类存在的根本方式之一。通过翻译，人类的思想和文化在空间上不断拓展，在时间上不断延续。这样认识翻译，才有可能真正把握翻译的本质，也才能真正认识到翻译是人类语言、文化与社会发展中的一种建构性力量，并在此基础上对翻译进行科学的定位。

为翻译定位，不仅要立足于对翻译本质的认识与把握，还必须有一种历史目光，从历史事实出发，考察翻译活动与其赖以进行的历史、社会与文化语境之间的关系，辩证地看待翻译的作用与价值。这一点同样非常重要。从翻译的历史进程看，一方面，翻译在对目的语的影响与改造、对思想和意识形态的塑造以及不同文化之间的交流与沟通等方面都发挥了积极而重要的作用；而另一方面，我们也不难发现，在翻译的理想目标与翻译活动发挥的实际作用之间存在着不可忽视的差距,翻译产生反作用和负面影响的例子并不鲜见。就翻译的沟通功能而言,人们期待翻译能够促进不同民族文化间的交流、理解与沟通,但历史上不乏对原著随意删改,甚至视其为"文学战利品"而任意宰割的翻译事实,最典型的例子就是罗马在军事上征服希腊之后,在翻译中对希腊的文学作品大加删改,丝毫不顾及原作的完整性,完全将翻译当作一种自我展现和凌驾于他者之上的途径。"为翻译定位"这一说法来自印度文化研究学者特贾斯维莉·尼南贾纳(Tejaswini Niran-jana)的《为翻译定位:历史、后结构主义和殖民语境》。她强调"翻译"一词"并非仅指一种跨语际的过程,而是对一个完整问题系的称谓"[①],因为"在后殖民的情境下,翻译的问题系成了引发有关再现、权力以及历史性这诸多问题的一个意义重大的场点"[②]。由此,我们看到,尼南贾纳眼中的为翻译定位,不是以规定性的手段简单地说明翻译应发挥何种作用,而是通过对具体翻译事实的分析,揭示出翻译在历史中发挥的作用远远没有被人们所认识,尤其是翻译所起的负面作用和所扮演的不光彩角色。尽管通过对翻译活动的历史考察,我们可以看到翻译总体上所起的作用是积极的,但在意识形态和不平等权力关系的作用下,翻译有时也会产生负面影响,甚至沦为文化霸权或殖民统治的工具。劳伦斯·韦努蒂(Lawrence Venuti)把翻译最重要的作用归结于"对文化身份的塑造",很大程度上就是因为他清醒地看到,"翻译是

---

① 特贾斯维莉·尼南贾纳:《为翻译定位:历史、后结构主义和殖民语境》,袁伟译,许宝强、黄德兴校,许宝强、袁伟选编:《语言与翻译的政治》,北京:中央编译出版社,2001年,第122页。

② 特贾斯维莉·尼南贾纳:《为翻译定位:历史、后结构主义和殖民语境》,袁伟译,许宝强、黄德兴校,许宝强、袁伟选编:《语言与翻译的政治》,北京:中央编译出版社,2001年,第117页。

一个不可避免的归化过程"①,通过对异域文本的改造,翻译可以促使目的语文化形成一种对异域文化的基本态度,这种态度既可能是"尊重",也可能是"蔑视"或"仇恨"。甚至在特定条件下,翻译有时竟充当着强势文化侵略弱势文化的帮凶。考察中西方翻译史,可以看到翻译的理想目标与实际作用之间出现的负面的偏差并非个别现象,尤其在后殖民语境下,翻译的作用与反作用更成为人们非常关注的问题之一。

在这个意义上,翻译的历史定位以及对翻译价值的思考实际上与翻译伦理息息相关。韦努蒂之所以提出翻译的"差异性伦理",认为翻译的伦理目标在于拓展对不同于本土语言的另一种语言和文化的理解与尊重,原因就在于他明确认识到翻译在本质上是一种文化政治行为,通过对文化身份的塑造,翻译对社会产生着持续而深远的影响。他指出:"翻译以巨大的力量构建着对异域文化的再现。对异域文本的选择和翻译策略的制定,能为异域文学建立起独特的本土典律,这些典律遵从的是本土习见中的美学标准,因而展现出来的种种排斥与接纳、中心与边缘,都是与异域语言里的潮流相背离的。本土对于拟译文本的选择,使这些文本脱离了赋予它们以意义的异域文学传统,往往使异域文学被非历史化,且异域文本通常被改写以符合本土文学中当下的主流风格和主题。这些影响有可能上升到民族的意义层面:翻译能够制造出异国他乡的固定形象,这些定式反映的是本土的政治与文化价值,从而把那些看上去无助于解决本土关怀的争论与分歧排斥出去。翻译有助于塑造本土对待异域国度的态度,对特定族裔、种

---

① 劳伦斯·韦努蒂:《翻译与文化身份的塑造》,查正贤译,刘健芝校,许宝强、袁伟选编:《语言与翻译的政治》,北京:中央编译出版社,2001年,第359页。

族和国家或尊重或蔑视,能够孕育出对文化差异的尊重或者基于我族中心主义、种族歧视或者爱国主义之上的尊重或者仇恨。从长远来看,通过建立起外交的文化基础,翻译将在地缘政治关系中强化国家间的同盟、对抗和霸权。"①同样,贝尔曼的"尊重他异性的翻译伦理"也是源于他对西方翻译传统中长期存在的"民族中心主义翻译"和"超文本翻译"的深刻反思。他认为,这两种翻译形式引发了人们对翻译活动的批评和谴责,都可以被称之为"糟糕的翻译",其根本原因就在于,它们都以自我文化为中心和归宿,只注重对出发语文本中意义的传达,进而"在可传达性的外衣下对异域作品的异域性进行系统否定"②。在贝尔曼看来,这是与翻译所肩负的"通过异域的媒介来丰富自我"③这一最终目标背道而驰的。在世界经济走向一体化的今天,如何警惕和抵抗文化霸权是人类共同面临的挑战,应对挑战的首要途径就是坚决维护世界文化的多样性。无论从翻译的沟通与交流的根本属性来看,还是就翻译维护文化多样性的历史使命而言,对他者的尊重、对异质性的保留与传达都是翻译伦理的本质诉求。翻译活动反映的是自我与他者的关系,因此构成主导民族间相互交往方式的一种重大力量。只要处于不对等状态中的各种语言和文化之间的权力关系存在,以"尊重"为核心的翻译伦理诉求就始终存在,也就更需要我们从翻译本质出发、从历史语境出发,对翻译进行准确定位,辩证地认识与把握翻译的价值。

---

① 劳伦斯·韦努蒂:《翻译与文化身份的塑造》,查正贤译,刘健芝校,许宝强、袁伟选编:《语言与翻译的政治》,北京:中央编译出版社,2001 年,第 359—360 页。

② Antoine Berman, *L'Épreuve de l'étranger*, Paris: Éditions Gallimard, 1984, p.17.

③ Antoine Berman, *L'Épreuve de l'étranger*, Paris: Éditions Gallimard, 1984, p.16.

此外,特别值得关注的是,为翻译定位,需充分认识翻译的自治性。在中外译学界关于如何确定翻译地位的思考与探讨中,多元系统理论颇具代表性。它将翻译视为目的语系统内的一个事实,从而将翻译置于社会文化实践的过程中、置于目的语整个文学与文化系统中加以考察,其主要内容之一就是确定翻译文学在文学多元系统中的地位。对多元系统论的某些重要观点进行再思考,可有助于进一步把握翻译本质,立足翻译的自治性,科学、合理地理解与定位翻译。

以色列文化研究学者伊塔玛·埃文-佐哈(Itamar Even-Zohar)认为,"翻译文学不仅是文学多元系统中不可分割的一部分,还是其中最为活跃的系统",并在《翻译文学在文学多元系统中的地位》里,就翻译文学在文学多元系统中所处地位究竟如何这一问题给出了明确回答:"由于翻译文学在文学研究中处于边缘地位,人们很有可能由此推断,翻译文学在文学多元系统中也长久处于边缘地位,其实事实绝非如此。"[1]他提出,在三种情况下翻译文学可能在文学多元系统中处于中心地位,即"(a) 当某种文学系统还没有明确成型,也就是说,当文学处于'幼嫩'的、形成之中的阶段;(b) 当文学处于'边缘'(在相互联系的各国文学当中)或'弱势'地位,或两种情况兼而有之;(c) 当文学中出现了转折点、危机,或文学真空的情况"[2]。在此基础上,埃文-佐哈指出,"不仅是翻译的文学—社会地位是由它在多元系统中的地位所决定的,翻译实践本身也从属于这一地位"[3]。也就是说,翻译实践与翻

---

① 伊塔玛·埃文-佐哈:《翻译文学在文学多元系统中的地位》,江帆译,谢天振主编:《当代国外翻译理论导读》,天津:南开大学出版社,2008年,第221页。

② 伊塔玛·埃文-佐哈:《翻译文学在文学多元系统中的地位》,江帆译,谢天振主编:《当代国外翻译理论导读》,天津:南开大学出版社,2008年,第222页。

③ 伊塔玛·埃文-佐哈:《翻译文学在文学多元系统中的地位》,江帆译,谢天振主编:《当代国外翻译理论导读》,天津:南开大学出版社,2008年,第226页。

译结果的产生取决于翻译文学在整个文学—文化多元系统中的地位，译文与原文之间的等值程度也主要受制于多元系统及其业已形成的规范。当翻译文学处于中心地位时，它往往是创新力量的重要组成部分，并表现出一种旨在打破传统规范的革命性，翻译策略的选择倾向于体现译文的"充分性"，翻译会成为更接近原文的充分翻译；当翻译文学处于边缘地位时，它便趋于保守，翻译策略的选择倾向于体现译文的"可接受性"，译文往往是不充分的翻译，对原文的忠实度因而大大降低。

诚然，多元系统论以文学的系统概念为基础对翻译进行描述性而非规定性的考察，摒弃了价值评判式的传统翻译研究模式，为翻译研究带来了全新的视野与途径，但对于埃文-佐哈的上述观点，我们认为至少在以下两个方面存在疑问，有必要进一步思考。

首先，翻译文学到底在文学多元系统中处于何种地位？只有明确这一点，才有条件论及翻译、翻译实践与翻译文学在多元系统中的地位之间的所谓"从属"与"决定"关系。然而，对这个根本性问题，埃文-佐哈的观点明显存在自相矛盾的地方。尽管他认为翻译文学在文学多元系统中既可能处于中心地位，也可能处于边缘地位，但同时他又明确表示："迄今为止，从多元系统的观点进行分析的历史材料是很有限的，还不能提供任何深刻结论，以说明翻译文学处于特定地位的概率。像我一样，其他很多学者在这一领域已开展了研究工作，研究结果表明，翻译文学'一般'倾向于处于边缘地位。"[①]这就不能不令人疑惑，是否埃文-佐哈对于翻译文学在多元系统中占据中心地位的判断

---

① 伊塔玛·埃文-佐哈：《翻译文学在文学多元系统中的地位》，江帆译，谢天振主编：《当代国外翻译理论导读》，天津：南开大学出版社，2008年，第224页。

仅存在理论上的可能性,且他提出的翻译文学可能在文学多元系统中处于中心地位的三种情况也只是翻译史上的个别现象,并不具有普遍意义? 倘若如此,是否可以进一步推论认为翻译文学在文学多元系统中实际上往往处于边缘而次要的地位?

其次,如果说翻译实践本身取决于翻译文学在整个文学—文化多元系统中的地位,具体而言,即翻译策略的选择以及翻译结果的充分性和忠实度都在根本上由这一地位所决定,那么翻译活动本身固有的创造性本质特征该如何看待? 埃文-佐哈指出,当翻译文学在多元系统中处于边缘地位时,"它对重要的文学进程不产生影响,它所模仿的是译语文学中的主导类型早已确立的传统规范"[①]。即当译者在翻译过程中面临抉择时,他必须以目的语为价值取向,所依据的只能是在目的语文学—文化系统中已经形成并固定下来的规范。 由此,他认为,"这就出现了一个非常有趣的悖论:翻译本来是向文学引入新观点、新内容、新特点的方式,现在却变成维护传统品味的方式"[②]。也许,悖论的并不是埃文-佐哈眼中的翻译本该如何与翻译事实如何,而在于他对翻译活动的创造性本质没有给予深刻的揭示。作为一项历史悠久的跨文化交流活动,翻译具有自身稳固的本质特征,而创造性就是翻译的根本属性之一,体现在翻译活动所涉及的多个层面。无论语言的成长,还是文化的丰富与社会的发展,都离不开经由翻译实现的沟通与交流,离不开经由翻译创造而引入的异质语言文化因子。

不难看出,以上两方面其实指向的是一个关键问题:埃文-佐哈虽

---

① 伊塔玛・埃文-佐哈:《翻译文学在文学多元系统中的地位》,江帆译,谢天振主编:《当代国外翻译理论导读》,天津:南开大学出版社,2008 年,第 223 页。

② 伊塔玛・埃文-佐哈:《翻译文学在文学多元系统中的地位》,江帆译,谢天振主编:《当代国外翻译理论导读》,天津:南开大学出版社,2008 年,第 223 页。

然明确主张将翻译文学纳入文学多元系统中加以考察并强调"翻译文学在特定文学的共时与历时的演进中，都具有重要影响和作用"①，从而，如不少学者所指出的，为翻译文学这个"弃儿"找到了归属，但理想和现实之间似乎难以逾越的鸿沟让他在"中心"与"边缘"之间无法抉择，并最终导致对翻译文学在多元系统中的定位缺乏明确、科学的把握。那么，翻译文学在文学多元系统中所处地位究竟如何？对这个问题，贝尔曼的观点深具启发性。他认为，就文学翻译所做的任何考察与分析，都应在关于"文学移植"的总体理论中进行，因为从异域文学作品被发现、被关注，到产生引导性的介绍，再到通常不太完善的部分翻译，最终迎来真正的、经典的翻译，文学移植有其自身不同的形式与阶段，而"翻译文学"的概念混淆了文学移植与"翻译"这一文学移植的中心时刻。② 因此，在他看来，"翻译文学的地位既不是边缘的，也不是中心的"③，实际上，"翻译文学并非融合于本土文学"，"而是构成一个单独的、自治的区域，其中混杂并存着预翻译、引导性介绍及以上提到的多种文学移植形式"④。

翻译具有自治性，其本质特征与基本事实不容忽视。无论在何种历史语境下定位翻译，都必须立足于翻译活动的自治性，从翻译活动自身的本质特征与基本事实出发，唯有如此，才能真正地理解翻译。

---

① 刘军平：《西方翻译理论通史》，武汉：武汉大学出版社，2009 年，第 338 页。

② Antoine Berman, *Pour une critique des traductions*：*John Donne*, Paris：Éditions Gallimard, 1995, pp.56 - 57.

③ Antoine Berman, *Pour une critique des traductions*：*John Donne*, Paris：Éditions Gallimard, 1995, p.54.

④ Antoine Berman, *Pour une critique des traductions*：*John Donne*, Paris：Éditions Gallimard, 1995, p.58.

第二节　翻译的精神性与翻译价值观

　　要认识翻译的价值,必须区分翻译的精神性与物质性。具体而言,在物质方面,可以彰显翻译的语言服务功能与行业特征,这一点值得重视;在精神方面,则应考虑翻译在社会发展、文化传承与交流、思想创造以及国家建设等方面究竟应该发挥怎样的作用、体现怎样的价值。在《翻译论》中,许钧提出翻译的根本属性在于其社会性、文化性、符号转换性、创造性和历史性,认为这五方面的根本属性既是对翻译的基本理解,也是对翻译价值的基本认识。具体来说,翻译的社会价值主要体现在它对社会交流与发展的强大推动作用。翻译对社会的推动作用,首先在于翻译促进人类社会从相互阻隔走向相互交往,从封闭走向开放,从狭隘走向开阔。借助翻译,人类社会不断交流其创造的文明成果,互通有无,彼此促进。其次在于对民族精神和国人思维方式的影响。精神的塑造和思维的改造是推动社会变革的基本力量,而翻译对于这两者所起的作用往往是直接而深刻的。考察中西方翻译史,这方面的例证非常丰富,鲁迅在他毕生的翻译活动中所竭力追求的,就是通过翻译实现精神的塑造和国人思维方式的改造。最后在于对社会重大政治运动和变革实践的直接影响。翻译的文化价值与人类相互交流的发展需要密不可分。任何一个民族想谋发展,都必须走出自我封闭的窠臼,无论自身的文化多么辉煌、多么伟大,都不可避免地要与其他文化进行交流,在不断碰撞,甚至冲突中逐渐相互理解、相互交融。正是翻译,促进了民族文化在空间上的拓展、在内涵上的丰富。翻译的语言价值从根本上说就是翻译活动对语言产生的作用和影响。翻译对于语言改造和语言建设所发挥的特殊作用在历史的进程中不断得以体现,这方面的例子很多,国外如德国马丁·路德的《圣经》翻译促进了现代德语的诞生,国内如"五四"时期的翻译推动了白话文运动,对现代汉语的形成功不可没。翻译的创造价值体现在社会、文化和语言等多个层面,从社会角度看,翻译作为一种社会活动,必须以交流为基础,交流有利于思想疆界的拓展,而思想的解放又构成了创造的基础;从文化角度看,翻译中导入的任何"异质"因素,都是激活目的语文化的因子,具有创新的作用;从语言角度看,要实现原作生命的延续与丰富,并真正保留和传达原作的异质性,翻译中就不可避免地要进行语言的创造性转换。当"本我"意欲打破封闭的自我世界,向"他者"开放,寻求交流并打开新的疆界时,自我向他者的敞开本身就孕育着一种求新求异的创造精神。正是这种创造精神构成了翻译的创造价值的源泉。翻译的历史价值蕴含在翻译对于人类历史的发展所做出的实际贡献中。考察人类文明发展史,我们会发现,历史的每一次重大进步与发展都离不开翻译,每一次重大的文化复兴都往往以翻译为先锋,都伴随着翻译的高潮。为此,我们要树立翻译的历史价值观,从历史的发展来看翻译活动不断丰富的内涵和不断扩大的可能性。从本质上看,翻译的社会性重交流,翻译的文化性重传承,翻译的符号转换性重沟通,翻译的创造性重创造,而翻译的历史性重发展。立足于对翻译本质的把握,我们就不难发现,翻译的价值是多方面的,交流、传承、沟通、创造与发展,这五个方面恰好构成了翻译的本质价值,从某种意义上说,它们也正是翻译精神的体现。[1]

---

① 许钧:《翻译论》(修订本),南京:译林出版社,2014年,第264—274页。

翻译活动涉及并作用于人类社会发展、文化交流和文明传承的方方面面，乃至渗透在人们日常物质生活与精神生活的时时处处，某种程度上可以说，翻译对于一个国家和民族的价值观的形成、精神世界的建构以及思想文化的丰富与发展都具有重要意义。尤其在以和平与发展为时代主题的今天，翻译对于推动社会进步和维护文化多元所具有的特殊价值是我们应予以特别关注和思考的。从历史来看，人类正是在各种文明几千年的相互交流与交融中得以发展的。而从现实来看，在当今世界的经济一体化进程中，如何警惕和抵抗文化霸权、谋求各民族的共同发展，是人类共同面临的挑战。习近平总书记曾多次在讲话中强调世界各民族文明交流互鉴的重要性，如在纪念孔子诞辰2565周年国际学术研讨会上的讲话中，他指出"推进人类各种文明交流交融、互学互鉴，是让世界变得更加美丽、各国人民生活得更加美好的必由之路"，同时就如何正确对待不同国家和民族的文明、如何正确对待传统文化和现实文化，明确提出了四项原则，即维护世界文明多样性、尊重各国各民族文明、正确进行文明学习借鉴和科学对待文化传统。[①] 应该看到，在维护语言与文化的多元，进而推动人类进步与世界和平发展的时代诉求中，翻译因其自身具有的交流、传承、沟通、创造与发展等精神价值而扮演着举足轻重的角色。同时，如何认识翻译、如何把握翻译的本质与翻译的精神，这在当前的历史语境下就更加凸显出具有某种战略意义的迫切性和重要性。

翻译价值观的最终形成，既有赖于对翻译本质的认识、对翻译历史语境的考察，有赖于对翻译目的、翻译过程以及翻译模式和方法的

---

① 习近平:《在纪念孔子诞辰 2565 周年国际学术研讨会上的讲话》,新华网,2014年 9 月 24 日,http://www.xinhuanet.com//politics/2014－09/24/c_1112612018_2.htm(2017 年 2 月 3 日读取)。

探究与思考，又反过来有助于我们对翻译根本性问题进行合理的认识和把握，进而更有效地发挥翻译之用、推进翻译事业的发展。目前，就中国文学外译展开的讨论中，以忠实为原则的翻译观念、翻译方法以及译者作为翻译主体在翻译过程中的价值判断与选择等一系列问题在翻译界、文学界乃至整个文化界都引发了不同的观点，翻译的合法性与价值甚至在某种程度上遭受拷问。对此，翻译界不应拘泥于对问题或现象的表面化探讨，也不应局限于单纯的文本研究和个案研究，而要从翻译具有的多元价值出发，从中国文化走向世界、与异域的他者文化进行平等交流与对话的诉求出发，以历史的目光、发展的立场和开放的视野，对中国文化"走出去"这一时代语境下的文学对外译介问题进行深刻反思。只有这样，才能抵御某些急功近利的不良倾向，从而真正有效地推进文学的译介与文明的交流互鉴。同样，翻译价值观的最终形成，有助于我们准确认识与把握翻译主体在翻译过程中的选择及其意义，深化对翻译主体与翻译过程的研究。考察"外译中"的历史并以之为参照，不难发现，无论是林纾的"意译"，还是鲁迅的"直译"，在很大程度上都取决于他们心目中翻译所承载的价值，也就是说，在翻译救国新民、翻译重构文化等不同目标与理想下，林纾和鲁迅在翻译过程中做出了各自的选择。而傅雷的翻译之所以被视为中国翻译史上的一座里程碑，正因为在傅雷那里，翻译不仅与他的赤子之心、人文情怀相连，与他的翻译精神相连，更与时代、国家和民族的命运紧密相连。对于傅雷的翻译，我们应从社会、文化和历史等多个方面认识和把握其价值。就社会价值而言，傅雷作为"五四精神"的继承者，始终肩负开启民众之心、激发民众之情的社会责任，在风雨飘摇的时代，他选择翻译罗曼·罗兰的《巨人三传》和《约翰·克利斯朵夫》等作品，完全出于他对民族命运的深切忧虑，出于他希望将激情和光明带给国人的拳拳爱国之心。通过翻译启迪民心、拓展民智、振奋民情，这既对当时中国社会的发展产生了重要影响，也对当时苦闷而迷惘的中国青年有着莫大的激励，其社会价值不可谓不重大。就文化价值而言，首先，傅雷的翻译对法国文学和文化在中国的传播发挥了不可估量的作用。罗曼·罗兰和巴尔扎克在中国的巨大影响很大程度上得益于傅雷的精妙翻译。其次，傅雷翻译的文化价值还着重体现在中国传统思想与西方美学思想的结合上，在毕生的翻译活动中，傅雷坚持以沟通东西方文化为己任，并始终选择站在人类文化的高度思考东西方文化问题，主张以"化"和"通"的方式融合东西方文化。这种思考蕴含着重要的时代意义。立足当下，跨文化交流的根本目标是既要保持中华民族传统文化的灵魂，又要吸取西方文化的精华，将二者结合起来以创造出与时代相适应的独特的中国新文化。这是傅雷翻译给予我们的最大启示。就历史价值而言，傅雷既是一位翻译家，也是一位思想家，他的翻译不仅具有文字和文学的价值，更具有深厚的文化思想价值。傅雷的翻译是与其知识分子的精神、文艺家的追求和思想家的胸怀相契合的，傅雷翻译的价值通过历史文化的空间保存下来并将不断发扬光大，同时也必将随着社会历史的发展而不断得到丰富和拓展。简而言之，要真正理解傅雷和他的翻译，必须对"翻译"二字有深入的理解，只有立足于翻译的精神性，深刻把握翻译在多方面具有的独特价值，才能打开一条通路去认识和理解傅雷的翻译以及翻译背后的傅雷。

第三节　在中外文化双向交流中彰显翻译价值

　　无论为翻译定位,还是认识与把握翻译的价值,都要考察翻译在何种历史、社会与文化语境中展开,并思考翻译活动在这样的语境中所欲达到的目标。在当前时代的翻译研究中,这一点尤为重要。进入21世纪后,随着中国经济实力和综合国力的进一步增强,中国在国际上的影响力不断扩大,中西、古今关系发生了根本性变化。"在民族复兴的振兴语境中,新世纪的中西关系出现了以'中国文化走向世界'诉求中的文化自觉与文化输出为特征的新态势;而古今之变,则在民族复兴的语境中对中华民族的五千年文化传统与精华有了新的认识,完全不同于'五四'前后与'旧世界'和文化传统的彻底决裂与革命。"[1]具体而言,"变化之一,涉及中西,便是由西学东渐而转向中国文化走出去。变化之二,涉及古今,便是从与'旧世界'的根本决裂转向对中国传统文化、中华民族的价值观的重新认识与发扬"[2]。对翻译界而言,时代语境发生了如此根本性的变化,翻译活动与翻译研究的语境也相应发生改变,总的来看是机遇与挑战并存。一方面,随着中国文化"走出去"战略的实施与推进,政府和各界越来越关注并重视翻译,其根本原因就在于翻译对建构国家形象、增强国家文化软实力及提升中国文化国际影响力发挥着独特而重要的作用;而另一方面,译学界面临着

---

① 许钧:《中西古今之变下的翻译思考》,《中国外语》2015年第4期,"扉页"。
② 许钧:《中西古今之变下的翻译思考》,《中国外语》2015年第4期,"扉页"。

亟待深入关切与探究的新问题:翻译在中国文化"走出去"的战略进程中应承担怎样的责任? 中国文学、文化是否能够经由翻译得到真实而有效的传播? 如何从中国文化与世界多元文化平等交流、共同发展这个开放的视野下来认识与理解翻译? 如何促使翻译在社会发展、文化建设以及中国文化软实力与国际影响力的提升中彰显其应有价值?

在当前对翻译的认识中,除了上文提到的工具性定位倾向之外,还存在一种值得注意和警惕的倾向,即对翻译的单向性定位,把翻译活动看作一种单向性的活动,只重输出或只重接受,而没有真正以文化双向平等交流为根本目标来思考相关翻译问题。这一点在中国文学外译与传播中表现得较为明显,并导致了诸如希望中国文学一经翻译便马上被接受、仅以当下的读者接受为考量以及为"走出去"而"走出去"等急功近利的心态。这往往给翻译带来负面的评价,使得各界或多或少地将翻译活动与中国文学、文化遭遇的误读和曲解联系在一起。对此,如前面所探讨的,翻译界应从历史发展的角度对中国文学外译语境下的翻译价值进行科学把握。翻译活动处于不断发展的进程之中,同样,作为历史的存在,人们对翻译的认识和理解也必然被烙上深深的时代印记,我们应清醒地认识到这一点,不能把对翻译的阶段性认识当作对翻译的终极性理解,把一时的变通当作恒久性的普遍准则。举个简单的例子,以文化交流来看,世界上一切交流的基本原则和核心目标就是互通有无,"自我"在与"他者"的交往中所寻求的永远是独特的东西,是我无你有的差异性存在。在这个意义上,对异质性的保留与传达是翻译活动的本质诉求。以异质性的抹平来谋求国外读者对翻译更大程度的接受,这只能是一种阶段性的权宜之计。从我国翻译历史来看,今天的翻译与林纾时代的翻译已大不相同,现在,无论译者还是读者,大多追求原汁原味的"忠实性"翻译。以史为鉴,可以试想，目前国内对"连译带改"式翻译方法的推崇倾向正是现阶段中国和西方在文学译介上的不平衡性的体现，那么，随着历史发展与交流深入，西方会不会像我们今天一样，对异质性的他者有更多的理解、接纳乃至渴望？实际上，任何阶段性的方法和观念都只是某个特定历史语境的产物，相反，翻译的根本特征和本质诉求是不会改变的。

真正的文化交流应该是一种双向的、平等的交流。这不仅是翻译价值得以实现的保证，更是世界多元文明真正得以交流互鉴的保证。翻译沟通两种语言、两种文化，它应建立并反映的是自我与他者之间的对话关系，而远非一种单向、狭隘的接受与被接受关系。任何单一目的语价值取向的翻译行为不仅违背了翻译伦理，在很大程度上也是对翻译根本价值的遮蔽。因此，在目前中国文化"走出去"的时代语境下，翻译界必须增强文化双向交流、平等交流的意识，在功利性的被广泛接受与文化特性真正被认识、被尊重之间做出理性选择，克服狭隘、功利和单向的翻译观念，力求科学把握并充分彰显翻译的价值，进而通过翻译来实现和促进中外文化间的有效对话。

第四章　中国文学外译中的异质性问题

文学翻译中有一个贯穿始终的问题，即语言文化异质性的认识、把握与再现。就根本而言，对"异"的理解、对"异"的立场决定着文本理解、文本处理及文本的接受与传播等翻译整个动态过程的每个阶段，并突出表现于翻译策略与方法的选择运用。在中国文学外译的理论思考与相关评价中，由于中国文化"走出去"的迫切愿望与中国文学在海外接受状况整体不尽如人意的现实之间的落差，如何认识文化差异、如何看待与处理中国文学的特质等问题成为翻译界着重探讨的内容。我们看到，针对中国文学外译中的异质性问题，出现了不同的观点，有学者认为应充分意识到"异"与"同"的辩证关系及保护语言文化"异质"的重要性；也有学者明确提出，在中外文化交流的不同阶段，面对多元文化间客观存在的差异，如"语言差"和"时间差"[①]，要更新翻译观念、变通翻译手段，以促使中国文学在域外得到更好的接受。面对关于异质性问题的各种相异甚或对立的看法，有必要首先厘清所谓"异"之于翻译活动的意义，考察"异"的基本属性，并在此基础上以文化双向平等交流为最终目标，明确我们在文学译介中的基本立场。

---

① 参见谢天振：《中国文学、文化走出去：理论与实践》，《东吴学术》2013 年第 2 期；谢天振：《中国文化走出去不是简单的翻译问题》，《社会科学报》2013 年 12 月 5 日；谢天振：《中国文学走出去：问题与实质》，《中国比较文学》2014 年第 1 期等。

第一节　作为翻译缘起的"异"及其基本属性[①]

翻译因"异"而起，为"异"而生，翻译的缘起和必要性都在于一个"异"字。首先是语言的差异，就像雅克·德里达（Jacques Derrida）所言，巴别塔的故事喻指的是"语言混乱的起源"，是"方言的多样性"，因而也是翻译的"*作为不可能性的必要性*"[②]。语言的多样性不仅存在于语言之间，也体现在语言内部，对此，德里达有明确认识："即便在我们自己所说的语言内部，比如我所说的法语，也可以说存在着内部翻译的问题。法语中存在着有许多意义的词，也存在着一些意义无法确定的词，本质上，我的整个工作一直被尝试思考翻译及我所继承的其他语言中那些具有几个相互矛盾意义的词所标识。"[③]语言无处不在的差异性和多样性最直接地构成了翻译的必要性。除了语言层面的"异"，还有与之相关的思维、文化等更深层的"异"。我们知道，语言反映的是思维和文化，不同语言表达着不同的世界观，因而学者指出："一种语言不仅是一个词汇集合，它同样且尤其是一种思维、梦想、想象和看待世界的方式。从一种语言到另一种语言，人们在观念联合、心理建

---

① 过婧博士参与了本节初稿的撰写。

② Jacques Derrida, Des tours de Babel, *Psyché. Inventions de l'autre*, Paris: Éditions Galilée, 1987, p.208.

③ 雅克·德里达：《书写与差异》，张宁译，北京：生活·读书·新知三联书店，2001年，"访谈代序"，第22页。

构和理性思考方面各不相同。"①正是在这个意义上,联合国前秘书长布特罗斯·布特罗斯-加利(Boutros Boutros-Ghali)曾断言,随着一种语言的消失,"与之相关的传统、创造、思考、历史和文化也都不复存在"②。

"异"既是翻译的缘起,也是导致翻译障碍的最重要因素。翻译是一项极为复杂的活动,从译本生产到传播的整个翻译过程无时无刻不遭遇着来自思维、传统、社会、文化等方方面面的差异与困难。在《高老头》重译本的《序》中,傅雷对翻译者在翻译活动中所能遭遇到的各种"异"进行了全面梳理,总结出11个"不同":"两国文字词类的不同,句法构造的不同,文法与习惯的不同,修辞格律的不同,俗语的不同,即反映民族思想方式的不同,感觉深浅的不同,观点角度的不同,风俗传统信仰的不同,社会背景的不同,表现方法的不同。"③不仅翻译家有如此的切身体会,很多翻译研究者对"异"及其带来的翻译障碍也有过深入的分析和阐释,如尤金·A.奈达(Eugene A. Nida)归纳了生态环境、物质文化、社会习俗、宗教文化等方面的差异,而乔治·穆南(Georges Mounin)既从语言的意义单位、句法结构、形式功能、交际环境等方面梳理了不同民族语言之间的差异,也分析了文化具有的多样性和差异性对翻译构成的障碍,除文化、社会、宗教等方面之外,他还特别强调了意识形态上的差异。正因为对翻译活动必定遭遇的各种

---

① 转引自 Michaël Oustinoff, *La traduction*, Paris: Presses Universitaires de France, 2003, pp.118-119.

② 布特罗斯·布特罗斯-加利:《世界化的民主化进程——加利答伊夫·贝尔特罗问》,张晓明、许钧译,南京:南京大学出版社,2003年,第163页。

③ 傅雷:《〈高老头〉重译本序》,罗新璋、陈应年编:《翻译论集》(修订本),北京:商务印书馆,2009年,第623—624页。

差异有深刻理解,穆南提出:"翻译不总是可行的。它仅在某种程度上、在某些限度中可行。"①

进一步来看,翻译的根本任务实际上同样在于一个"异"字。也就是说,它一方面要克服"异"造成的各种障碍以使交流成为可能;另一方面要促使不同民族的"异"之间在碰撞中融合、在融合中相互渗透,以实现彼此丰富、共同发展的目标。

翻译的缘起、障碍和根本任务都与"异"息息相关,那么究竟什么是"异"? 对这一问题的回答可在一定程度上有助于更好地理解翻译的生成机制,理解翻译所承担的使命。通过追溯"异"的词源并梳理哲学、翻译领域中对"异"的认识,可以发现,"异"具有六大基本属性,即外在性、间距性、侵入性、非同一性、对立性与互存性。

首先,"异"具有外在性与间距性。"异"在英语中一般译为 *foreign*,源自拉丁语 *foras*,意思是"在外面"(outside)。在法语中,"异"的主要对应词是 *étranger*。根据《新小罗贝尔法语词典》,*étranger* 的意思是"不属于或被认为不属于某个(家庭的、社会的)群体"②。"不属于"意味着不在其中,即为外在者,与"在其中"者之间必定存在某种距离。这种间距性也可以在"异"的词源中寻找到踪迹。"异"在法语中还有一个对应词是 *autre*,根据《罗贝尔法语词源词典》,印欧语系中存在这样一组词:当元音字母后面接有"l"这个元素时,很可能意指"远方的物体",如 *autre* 的希腊语词源 *allos* 及拉丁语词源

---

① Georges Mounin, *Les problèmes théoriques de la traduction*, Paris: Éditions Gallimard, 1963, pp.273-274.

② *Le Nouveau Petit Robert*, Paris: Édition Dictionnaires Le Robert, 2000, p.937.

中国文学外译批评研究

074

alius 和 *alter* 中,元音字母"a"的后面都接有"l"①,而"远方"正意味着距离遥远。

德里达提出的"延异"(différance)"是不完全的、非简单的'本源',是各种差异的结构的、有区别的本源"②,它也与"距离"有着密切关联,因为它"是产生或导致不同事物和差异的分裂、分割过程"③。"分裂"和"分割"都意味着拉开距离、形成间隔,所谓"延异"实际上就是"时间上的延搁与空间上的间距"④。瓦尔特·本雅明(Walter Benjamin)在《译者的任务》里将"纯语言"比作完整的花瓶,无论原文还是译文,任何语言作品都是它的碎片。这个比喻向来以晦涩著称,然而若从"距离"的角度去思考,其内涵或许不难理解:器皿的破碎意味着整体的分裂,所谓分裂,即彼此之间拉开了距离,差异由此产生。保罗·德曼(Paul de Man)在解读中进一步认为,"译文就是碎片的碎片,它打碎了碎片——所以器皿不断分裂下去,持续分裂下去——永远不能复原"⑤,因为翻译把不同的语言转换成更多不同的语言,从而产生了更多的"异"。而且,语言之"异"一旦产生便不可能完全消除,就像花瓶一旦破碎,碎片之间的缝隙不可能弥合如初。故此,本雅明强调"相互吻

---

① Jacqueline Picoche, *Dictionnaire étymologique du français*, Paris: Éditions Dictionnaires Le Robert, 2010, pp.28−29.

② Jacques Derrida, La différance, *Marges de la philosophie*, Paris: Éditions de Minuit, 1972, p.12.

③ Jacques Derrida, La différance, *Marges de la philosophie*, Paris: Éditions de Minuit, 1972, p.9.

④ Jacques Derrida, La différance, *Marges de la philosophie*, Paris: Éditions de Minuit, 1972, p.10.

⑤ 保罗·德曼:《评本雅明的〈译者的任务〉》,陈浪译,谢天振主编:《当代国外翻译理论导读》,天津:南开大学出版社,2008 年,第 362 页。

合"地将花瓶的碎片"重新拼在一起"①,而并非消弭距离式的"粘连"。

其次,"异"的"外在性"与"间距性"决定了它在翻译中具有"侵入性",否则两种不同的语言文化就无法打破距离,彼此接触,更无法经由碰撞与理解而形成交流。"异"的"侵入性"可以在乔治·斯坦纳(George Steiner)的翻译思想中找到呼应。在《巴别塔之后:语言与翻译面面观》一书中,斯坦纳将翻译分为信赖(trust)、侵入(aggression)、吸收(incorporation)和补偿(restitution)四个步骤,其中第二步就是"侵入",指的是对充满语言文化异质性的原文进行理解的阶段。他指出,从词源学来看,"理解(comprehension)除了认知上的含义,还指包围和摄取",因此,"在语际翻译中,理解行为的演习很明显具有侵略性和摧毁性"②。随后,斯坦纳援引圣·哲罗姆(Saint Jérôme)的著名比喻"意义是译者擒回的俘虏",进一步阐述理解的侵入性,在他看来,"我们'破译'一个密码:破译是解剖性的,必须击碎外壳,层层剥离内核",也就是说,"译者对原文侵入、榨取,而后占为己有"③。

再次,"异"还具有"非同一性"与"对立性"。根据《汉语字源字典》,"甲骨文的异字,正像一个人头戴奇特的大面具而手舞足蹈的样子。因面具表情凶恶狰狞,不同于常人,所以异字就有了奇特、怪异之义,引申为不同的、特别的等义"④。与"异"密切相关的法语词 *autre* 有希腊语和拉丁语两个源头,其中来自拉丁语的词源 *alius* 意为"不同

---

① 瓦尔特·本雅明:《译者的任务》,陈永国译,陈永国主编:《翻译与后现代性》,北京:中国人民大学出版社,2005年,第9页。

② 乔治·斯坦纳:《阐释的步骤》,刘霁译,谢天振主编:《当代国外翻译理论导读》,天津:南开大学出版社,2008年,第107页。

③ 乔治·斯坦纳:《阐释的步骤》,刘霁译,谢天振主编:《当代国外翻译理论导读》,天津:南开大学出版社,2008年,第107页。

④ 谢光辉、李文红编著:《汉语字源字典》,北京:北京大学出版社,2000年,第142页。

的";希腊语词源 *allos* 的常见相关词汇有 *allégorie* 和 *allergie*，前者指"不同的语言"，后者指"不同的反应"①，其内涵都是"不同"。

"异"与"同"在本质上与另一对概念有密切关联，即"自我"与"他者"。自埃德蒙德·胡塞尔（Edmund Husserl）"主体间性"范畴的提出，现象学等哲学领域一直关注不同于"自我"的"他人"的存在。胡塞尔在《笛卡尔沉思》中写道："无论如何，在我之内，在我的被先验还原了的纯意识生命的限度内，我把世界（包括他人）——按其经验意义，不是作为我和人的综合组成，而是作为不只是我自己的，作为实际上对每个人都存在的、其客体对每个人都可理解的一个主体间的世界去加以经验。"②尽管伊曼努尔·列维纳斯（Emmanuel Levinas）质疑胡塞尔"把他者作为另一个自我（alter ego）"，也就是"将他者的绝对相异性中立化"③，德里达却认为，在胡塞尔那里，"作为先验他者（世界定向中的另一个绝对本源和另一个零点）的他者永远无法以原初方式、亲自地被给予我，而只能通过类比间接呈现的方式。运用类比间接呈现的必要性，远非意味着将他者向同一进行一种类比的、同化的还原，而是证实和尊重分离以及（非物质）中介的不可超越的必要性"④。这种类比间接呈现方式"正好是对一种我与他者之原初距离的承认"⑤，表明他者的不可还原性，即他者存在的必要条件，否则他者将不再是他者。

----

① Jacqueline Picoche, *Dictionnaire étymologique du français*, Paris：Éditions Dictionnaires Le Robert，2010，p.29.

② 转引自王岳川：《现象学与解释学文论》，济南：山东教育出版社，1999 年，第 30 页。

③ Jacques Derrida, *L'écriture et la différence*, Paris：Éditions du Seuil，1967，p.180.

④ Jacques Derrida, *L'écriture et la différence*, Paris：Éditions du Seuil，1967，p.182.

⑤ 王嘉军：《存在、异在与他者》，上海：上海社会科学院出版社，2019 年，第 328 页。

列维纳斯将这种"不同"推向极致,强调他者的"彻底的他异性"。《总体与无限》由对阿蒂尔·兰波(Arthur Rimbaud)诗句的改写开篇:"'真正的生活是不在场的。'但我们在世界之中。"[1]接着,列维纳斯写道:"从我们所熟悉的世界[……]出发,从我们所居住的'家'(un 'chez soi')出发,向着一个陌异的他乡、一个别处而去。"这个运动的终点被称为"卓越意义上的他者",趋向这个意义上的他者,即"趋向完全相异的事物,趋向绝对他者"[2]。于是,在世界之中的我与不在我之世界的绝对他者被距离阻隔,呈现出绝对的非同一性。因此,在列维纳斯那里,"他者,作为他者,不只是另一个自我。他是我所不是者"[3]。

自我与他者不仅是非同一的,也往往具有对立性。对立主要表现为自我对他者的压制。在西方传统哲学语境中,他者始终遭到压制,如列维纳斯所言,"西方哲学在绝大多数情况下曾是存在论"[4],而存在论中,"与存在的关系并不是一种与他者本身的关系,而是把他者转变为同一"[5]。把他者转变为同一,意味着自我的意愿并非与他者和平相处,相反是对他者的压制、占有乃至消灭。正是在这个意义上,列维纳斯的哲学就是"与西方哲学的总体性、同一化思维进行抗争,抗争其对

---

① Emmanuel Levinas, *Totalité et infini. Essai sur l'extériorité*, La Haye: Martinus Nijhoff, 1971, p.21.

② Emmanuel Levinas, *Totalité et infini. Essai sur l'extériorité*, La Haye: Martinus Nijhoff, 1971, p.21.

③ 转引自 Jacques Derrida, *L'écriture et la différence*, Paris: Éditions du Seuil, 1967, p.184。

④ Emmanuel Levinas, *Totalité et infini. Essai sur l'extériorité*, La Haye: Martinus Nijhoff, 1971, p.33.

⑤ Emmanuel Levinas, *Totalité et infini. Essai sur l'extériorité*, La Haye: Martinus Nijhoff, 1971, p.37.

他者的压制,以解放他者、拯救他者"①。在让-保罗·萨特(Jean-Paul Sartre)关于他者的思想中,"他人成为一种与我争夺自由的力量,我与他人总是处于互为对象化的纠缠和矛盾之中"②,于是在自我与他者的"冲突"中,双方形成了另一种关系,即相互钳制的关系。萨特在《存在与虚无》中写道:"我努力把我从他人的支配中解放出来,反过来力图控制他人,而他人也同时力图控制我。这里关键完全不在于与自在对象的那些单方面的关系,而是互相的和运动的关系。相应的描述因此应该以'冲突'为背景被考察。冲突是为他的存在的原始意义。"③

最后,"异"具有"互存性",即异与同,或自我与他者之间相互依存的关系。上文提到,在萨特那里,自我与他者处于冲突之中,但即便存在冲突,两者的关系也是相互的:相互在场、相互对峙。保罗·利科(Paul Ricœur)的"好客"概念更是直指"异"与"同"的互存。利科认为"拜访权"揭示了"好客"一词的本质:"《罗贝尔词典》对该词的定义是'在家中接待某人,让他留宿,向他免费提供食物'。此定义似乎偏重食宿;我想再加上对话。[⋯⋯]因为正是在言语交换这一层面,家庭成员和外来者之间最初的不对称开始被具体地纠正。"④言语交换的过程意味着让"异"进入、让"异"停留并实现"异"与"同"的交往互动。不难看出,通过主客间的对话,利科意欲凸显自我与他者之间不是一方给予、另一方接受的单向关系,而是一种相互敞开、平等相处的互存

_____

① 朱刚:《从"多元"到"无端"——理解列维纳斯哲学的一条线索》,列维纳斯:《总体与无限:论外在性》,朱刚译,北京:北京大学出版社,2016年,"附录",第316页。

② 胡亚敏、肖祥:《"他者"的多副面孔》,《文艺理论研究》2013年第4期,第168页。

③ 萨特:《存在与虚无》,陈宣良等译,北京:生活·读书·新知三联书店,2014年,第446页。

④ Paul Ricœur, La condition d'étranger, *Esprit*, 2006(3), p.270.

关系。

总体来看,在翻译活动的整个动态过程中,"异"构成了翻译生成的驱动力。"异"的"非同一性"与"对立性"决定了"异"的侵入必定会对译入语系统形成强烈的刺激,迫使其做出反应。当该系统具备足够的容纳能力时,"异"会以本真的姿态进入并被接纳,经由他者与自我的融合而使原有体系得到扩充。当该系统不具备足够的条件和能力时,"异"的闯入就会打破原有的平衡。为重建平衡,译入语系统需进行重组、改造等行为,同时"异"也会发生相应的变化,直至获得新的平衡。这种从平衡到不平衡再到平衡的循环运动推动着系统的自我革新。整个过程不是单向、封闭的,而是在交互作用中不断生成,"异"的外在性与间距性为这种生成提供了必要的空间,"异"的互存性则为自我与他者相互敞开怀抱以实现彼此渗透、互动和交融提供了可能。

第二节 尊重差异:中国文学外译的伦理守望

翻译活动中,不同语言间的传译也是不同文化之间的交流。面对异质语言、异质文化,翻译难免遭遇一场严峻考验。"异"的考验不仅表现为语言差异给翻译造成的障碍与困难,更深刻体现在对待异域文化的态度上。

上文提到,探讨"异"与"同",必然涉及"他者"与"自我"的问题。作为以沟通为主要功能的活动,翻译是对自我与他者关系的一种反映,所以翻译所面临的来自"异"的考验"归根结底都在于'自我'与'他者'的关系,或者,更确切地说,在于对'自我'与'他者'关系的认识与理解、立场与态度"①。"他者"与"自我"彼此对立,但同时,两者之间又具有相互依存的关系。无论在国家、民族层面,还是在文化、个体层面,概莫能外。如法国学者帕斯卡尔·卡萨诺瓦(Pascale Casanova)曾明确指出:"任何'民族'实体并非经由自身并依赖自身而存在。某种意义上,没有什么比民族国家更为国际的:它只有在与其他国家的相互关系之中,且往往是在相互对抗中才得以建立。[……]也就是说,无法从现代意义上描述一个自治的、分离的,可以在自身找到其存在和一致性本原的实体。"②因此,她认为,"每个国家都由其缔结的关系而形成","国家是一个关联性现实,民族是民族间性的"③。论及"他者"与"自我"的关系,萨特的"他人即地狱"是绕不开的经典之语。《禁闭》中的这句台词究竟有何深意?在谈到这部戏剧的诞生过程时,萨特表示人们对这一说法有所误解,并就此予以解释:"人们认为,通过这句话我想说我们与他人之间的关系始终是恶劣的,始终是一种地狱般的关系。而我想说的是另一回事。我想说,如果与他人的关系是扭曲、污浊的,那么他人只能是地狱。为什么?因为,他人实际上是令我们得以认识自身的最重要的东西。当我们思考自身,当我们试图了解自己,其实我们运用的是他人已经对我们形成的认知。我们通过他人拥有的、用以评判我们的方式来自我评判。无论我关于自己说些什么,总有他人的评价包含其中。这就是说,如果我与他人的关系不好,我把自己置于对他人的完全依赖中,那么我便身处地狱。而世界上确

① 刘云虹、许钧:《异的考验——关于翻译伦理的对谈》,《外国语》2016 年第 2 期,第 72 页。

② Pascale Casanova, *La République mondiale des Lettres*, Paris: Éditions du Seuil, 2008, p.64.

③ Pascale Casanova, *La République mondiale des Lettres*, Paris: Éditions du Seuil, 2008, pp.64 - 65.

有一部分人身处地狱,因为他们过于依赖他人的评判。但这只是表明,所有他人对我们中的每一个都极为重要。"①显然,萨特意欲强调的是"自我"与"他者"之间相依相融的紧密关系,我们与他人实际上都存在于彼此的凝视之下。可见,在"自我"与"他者"的交往中,双方互为他者,并通过对方这一面"他者之镜"不断认识自己、丰富自己。翻译应对这样的关系有深刻把握,进而以促进各具独特性的异质文化间积极、深入、平等的交流为己任。

然而,如何认识异质文化、对待文化差异,始终是翻译活动中一个不可忽视的现实问题。所谓的"应然"与"实然"之间往往存在一定距离。在《文化差异与翻译》一文中,许钧曾指出针对文化差异的七种需要警惕的态度:一是以傲慢的态度对待差异,不尊重异域文化,随意"宰割",任意侵犯;二是自信有点石成金、以石攻玉或移橘为枳的义务和权利,把翻译变成借体寄生、东鳞西爪的写作;三是不负责任的异想天开,无中生有、指鹿为马,以所谓的创造之名行偏离之实;四是唯原文是尊,忘却翻译的"沟通"职责,对原文亦步亦趋,不越雷池一步,不考虑译语文化的接受能力和消化能力,"输血"不成,反致"溶血";五是目光短浅、视野狭窄,不识异质文化之真谛,浅尝辄止,错以糟粕为精华,在无谓的冲突中牺牲译语文化的利益;六是视翻译为万能,不承认有障碍,不承认有差异,不认识文化翻译"异"中有"同","同"中有"异",有时需要做出牺牲以进行调和、折中的特殊性,一味地追求所谓的"等值";七是拜倒在原语文化脚下,不顾译语读者的文化背景、审美

---

① Jean-Paul Sartre, *La naissance de Huis Clos*, in Michel Contat et Michel Rybalka, *Les écrits de Sartre*, Paris: Éditions Gallimard, 1992, p.101.

情趣和要求,以所谓的"愚忠",反起离间读者的负作用,隔断了交流的机会。① 总体而言,上述态度可以归结为对待不同文化的两方面倾向:要么无视、轻视或仰视异域文化,要么对异域文化的价值不识或误判。二者密切关联,在很大程度上互为因果。而在翻译过程中,译者对异域文化所持的态度将对翻译策略的选择以及最终的译介结果产生直接影响。考察中外翻译史,罗马人对希腊文化的译介正是这一影响最具代表性的体现。据《西方翻译简史》,从公元前 3 世纪起,"罗马人便开始把希腊文化移植本土,大规模地翻译、汲取希腊的典籍,通过翻译和模仿继承了希腊文化"②。那时,"罗马势力刚刚兴起,希腊文化依然高出一筹,或者说罗马文化才开始进入模仿希腊文化的阶段,希腊的作品为罗马的译者奉为至宝,因而在翻译中亦步亦趋,紧随原文,唯一目的在于传达原文内容,照搬原文风格。比如恩尼乌斯所译欧里庇得斯的悲剧,普劳图斯和泰伦斯所译的希腊喜剧,都突出地反映了这种态度"③。然而,随着历史进程的发展,罗马与希腊的相互关系发生变化,罗马在军事上征服了希腊,在面对希腊文化时也以胜利者自居,于是罗马人"一反以往的常态,不再把希腊作品视为至高无上的东西,而把它们当作一种可以由他们任意'宰割的''文学战利品'"④。在翻译中,他们"对原作随意加以删改,丝毫也不顾及原作的完整性",目的在于通过与"原文'竞争'","表现出罗马'知识方面的成就'"⑤。这种对

---

① 许钧:《文化差异与翻译》,《江苏社科名家文库·许钧卷》,南京:江苏人民出版社,2017 年,第 102 页。

② 谭载喜:《西方翻译简史》(增订版),北京:商务印书馆,2004 年,第 16 页。

③ 谭载喜:《西方翻译简史》(增订版),北京:商务印书馆,2004 年,第 18 页。

④ 谭载喜:《西方翻译简史》(增订版),北京:商务印书馆,2004 年,第 18—19 页。

⑤ 谭载喜:《西方翻译简史》(增订版),北京:商务印书馆,2004 年,第 19 页。

希腊文学作品采取的自由意译方法,正反映了弗里德里希·威廉·尼采(Friedrich Wilhelm Nietzsche)所说的翻译"是某种形式的征服"①。在尼采看来,"翻译是一种颠覆和反叛原语文本和原作者的行为,译者通过翻译征服的不仅仅是原文文本,更重要的是重新评价它的价值"②。在文化征服的目标下,翻译难免沦为某种程度的曲解、变形或改写。

从世界文学的视角来看,不同民族的文学之间根深蒂固的差异性和不平等性决定着翻译必然面临"异"之考验。如卡萨诺瓦所言,"文学世界是由各种对抗力量构成的场所"③,其间既充满差异,也存在着显著的不平等。在她看来,文学与生俱来的民族性是导致文学世界不平等的根源:"民族的(政治、经济、军事、外交、地理……)历史各不相同,但也是不平等的(因此是竞争性的),所以始终带有民族烙印的文学资源本身就是不平等的,且被不均衡地分布在各个民族。"④正因为文学资本在文学世界里的差异性分布,文学史得以书写的基础不是民族的编年史,也不是某一时期一系列文学作品的汇集,而是"连续的反抗与解放",文学史即文学财富"积累、集中、(不平等)分配、散布和被侵占的历史"⑤。而翻译不是文化交流的简单中介,相反,它"是所有参与者之间全球对抗的关键赌注和武器,是世界文学空间内部斗争的特

---

① 刘军平:《西方翻译理论通史》,武汉:武汉大学出版社,2009年,第249页。
② 刘军平:《西方翻译理论通史》,武汉:武汉大学出版社,2009年,第251页。
③ Pascale Casanova, *La République mondiale des Lettres*, Paris: Éditions du Seuil, 2008, p.165.
④ Pascale Casanova, *La République mondiale des Lettres*, Paris: Éditions du Seuil, 2008, p.69.
⑤ Pascale Casanova, *La République mondiale des Lettres*, Paris: Éditions du Seuil, 2008, p.76.

殊形式之一"①,换言之,翻译对民族间相互交往方式与文化关系的形成具有极为重要的主导性作用。在这个意义上,卡萨诺瓦敏锐地指出翻译的双重性,"它既是由特别机构及其向文学国际的合法开放所赋予的进入文学共和国的方式,同时也是系统地归并于核心美学范畴的一种机制,是篡改、误读、曲解甚至断章取义的根源"②。故此,在经由翻译积累文学资本或改变文学资本分配的文学史进程中,文学场域各要素相互作用,往往出现对抗、阶段性的妥协、争斗等各种情况。弗拉基米尔·纳博科夫(Vladimir Nabokov)是最重要的几位进行"自我翻译"的作家之一,促使他走上自译之路的,应该说就是文学世界的不平等以及翻译在其中可能扮演某种"同谋"角色这一事实。1935 年,他在阅读《暗屋》的英语版时说:"译文不够确切、笨拙、草率、充斥着严重错误和遗漏;译文缺乏生气和活力,英语也十分平淡乏味,简直令我无法读完。这对作者来说是难以忍受的,他在写作中力求精确并竭尽所能想达到这一目标,却看到译者静静地摧毁了每一个好句子。"③尽管对英译本感到失望,纳博科夫却只得听由该译本面世,以免自己的作品失去首个英语出版的机会。但随后,他决定自己翻译第二本书《误解》,因为他清楚地知道,"作为在欧洲以被统治语言写作且没有民族支持的作家,除了自译作品,没有其他办法获得文学存在"④。

---

① Pascale Casanova, *La République mondiale des Lettres*, Paris: Éditions du Seuil, 2008, p.199.

② Pascale Casanova, *La République mondiale des Lettres*, Paris: Éditions du Seuil, 2008, pp.226 - 227.

③ Pascale Casanova, *La République mondiale des Lettres*, Paris: Éditions du Seuil, 2008, p.207.

④ Pascale Casanova, *La République mondiale des Lettres*, Paris: Éditions du Seuil, 2008, p.207.

目前的中国文学外译及其引发的广泛探讨中，我们同样可以看到，翻译在处理"自我"与"他者"问题时面临着重大考验。如前几章所论及的，中国文学外译语境下的文本选择、翻译方法、文学译介的接受与文化传播等问题引发了各界的普遍关注，其中既有深入探讨基础上形成的共识，也不乏对立的观点或模糊不清的认识。就翻译方法而言，翻译界的部分学者推崇葛浩文式"连译带改"的翻译，将之视为推动中国文学"走出去"的灵丹妙药，并由此对翻译的忠实性原则提出异议，甚至有学者提出应依据外国读者的阅读习惯和审美期待来选择翻译策略。文学界和文学评论界对此却并不认同，毕飞宇在与许钧的一次对话中谈到自己对翻译的理解，他说："对我来说，任何时候面对翻译，我从来不把它看成 A 语言和 B 语言之间的关系。我觉得翻译是一个桥梁，翻译真正的作用就在于构建新文明，构建新文化。"①从文化构建的高度来认识，翻译就不可能是某种归化或妥协，唯有以革新的姿态不断引入异质文化因子，才能经由差异引发新的思想和观念、促使新的文明与文化的生成。文学评论界则有观点认为，葛浩文式的改写是一种不严肃、不诚实的做法，其结果几乎是对外国读者的欺骗，也在很大程度上导致中国文化在世界范围内被误读、被曲解。对以外国读者接受为导向的所谓"变通"翻译，杜特莱、何碧玉（Isabelle Rabut）、高立希（Ulrich Kautz）、罗流沙（Aleksei Rodionov）等多位汉学家也持不同意见，在他们看来，对中国文学作品中的语言文化异质性的再现与维护具有文学、美学和文化等多方面的重要价值。如中国当代文学的主要法译者之一何碧玉认为，"东方美学有东方美学的标准，西方美学

---

① 佚名：《许钧对话毕飞宇：翻译与中国的现代化进程》，中国作家网，2019 年 12 月 14 日，http://www.chinawriter.com.cn/n1/2019/1214/c403994 - 31506147.html（2020 年 7 月 30 日读取）。

有西方美学的标准,两者有着明显的区别,比如按中国的美学传统,写作是要无限贴近现实生活的,而琐碎之美正是中国美学的一部分"。她明确表示:"我实在没有办法想象《红楼梦》和沈从文的作品怎么合乎西方美学的标准。"①从翻译主体的角度,她特别强调译者应主动传达中国文学的异质性特征,并直言:"我们做翻译的不能忘记,人们选择中国作家的书来看,就是要看中国、中国人是怎么样的,不能把陌生文化的每个因素都抹平,不能都法国化德国化,要留点中国味儿,否则就干脆读本国作品就行了。"②谈及中俄文学交流时,俄罗斯著名汉学家罗流沙则强调文化异质性的彰显在跨文学交流中的重要性,他指出:"那种过分倚重西方文学范式,而不彰显中华文化历史底蕴与优良传统的文学作品,难以在俄罗斯产生多大的影响力。"③

我们知道,翻译策略与方法的运用表面上看是翻译的语言层面和技术层面问题,但根本上与文化交流的立场直接相关。究竟是在某种急于"走出去"而不问是否能真正"走进去"并"走下去"的心态中,使翻译沦为文化误读或文化过滤的同谋,还是坚持翻译在其跨文化交流本质下的根本目标,促使翻译切实成为中外文化交流、中外文明互鉴的积极推动者,这首先需要以平等的姿态,深刻把握自我与他者文化的关系。由此来看,翻译活动中涉及的许多重要问题,就其本质而言,是伦理层面的,因为伦理正是对自我与他者之间合理关系的界定。换句话说,跨文化交流中翻译必须直面与深度思考的,是翻译的伦理问题。自贝尔曼 1984 年提出"翻译伦理"的概念并呼吁展开翻译伦理研究以来,对翻译伦理的关注一直是翻译研究中不可或缺的内容。翻译伦理

---

① 傅小平:《中国作家的思想还未真正走向世界?》,《文学报》2014 年 5 月 8 日。
② 石剑锋:《"中国文学走出去,还需要几十年"》,《东方早报》2014 年 4 月 22 日。
③ 胡燕春:《提升当代文学海外传播的有效性》,《光明日报》2014 年 12 月 8 日。

有着十分丰富的内涵,民族、身份各异的研究者可能对翻译的定位不同,对翻译价值的理解也相异,而且一种翻译伦理观的提出,往往基于某一时代背景下翻译活动所触发的特定伦理危机。正因为这样,我们可以看到,翻译伦理在不同民族、不同身份、不同翻译观和不同时代背景的研究者那里呈现出形而上的、政治的、功能主义的不同特征。贝尔曼主张"尊重他异性"的翻译伦理,提出翻译伦理意味着尊重他者作为相对于自我的另一种存在的他异性,即"翻译的伦理行为在于把'他者'当作'他者'来承认和接受"①。韦努蒂清醒地认识到,翻译伦理不仅与文化密切相关,更是一种翻译政治的深刻体现,因此他提出翻译的"差异性伦理",提倡保留异域文本的异域性的"异化翻译"和对抗本土文化的主流价值利益与意识形态的"少数化翻译",并通过这两种话语策略实现翻译的伦理,即在翻译中给予语言文化差异更多的尊重。此外,也有克里斯蒂安·诺德(Christiane Nord)的"功能"加"忠诚"的翻译伦理、雪莉·西蒙(Sherry Simon)的"彰显女性差异"的翻译伦理、佳亚特里·斯皮瓦克(Gayatri Spivak)的"保留第三世界语言文化差异"的翻译伦理,还有安德鲁·切斯特曼(Andrew Chesterman)的再现伦理、服务伦理、交际伦理、基于规范的伦理和承诺伦理五大伦理模式,以及安东尼·皮姆(Anthony Pym)的从文化间性出发的译者伦理等。尽管存在形形色色的翻译伦理观,但其中具有普遍意义的关键概念之一就是"差异"。在伦理视角下,翻译深切关注的就是如何对待不同语言和文化之间的差异性问题。若从翻译活动应具有的沟通与建构功能出发,可以进一步说,翻译伦理的核心在于尊重差异。

---

① Antoine Berman, *La Traduction et la lettre ou l'auberge du lointain*, Paris: Éditions du Seuil, 1999, p.74.

当今时代是民族间交流日益繁荣的时代，也是发展与危机并存的时代，翻译不仅是不同民族、不同文化之间相互沟通的必然途径，也会对不同民族、不同文化之间相互关系的演变产生深刻影响，并由此对世界和平文化的建设发挥至关重要的作用。从这个角度，可以明确看到，翻译具有内在的伦理属性和伦理目标。立足中国文化"走出去"的历史语境，中国文学外译实践及评价中对翻译伦理的坚守更凸显出重要的现实意义。就文化层面而言，中国文化以更加开放的姿态走向世界，所谋求的是不同文化间真正能够导向互融互鉴的一种交流与对话。而对话与融合的必要前提是多元文化的和谐共存，在此基础上才有可能构建世界和平文化。这就意味着，以高度的翻译自觉，尊重差异并尽可能传达差异，有意识地维护文化多样性，警惕中外文化交流中可能出现的文化霸权主义倾向，是翻译不可推卸的历史使命。就文学层面而言，中国文学寻求更好地融入世界文学场域，根本目标在于经由文学交流讲好中国故事，传播好中国声音，展示真实、立体、全面的中国。为此，翻译伦理的坚守同样十分关键。不同民族的文明交往中，异质性是文学的根本所在，也是文化的根本所在。为了方便阅读和推广而抹去一部作品的异质性，这样的翻译从短期成效上看或许会更易于接受和传播，但最终导致的结果只能是对作品文学价值的遮蔽、对文化的误读与曲解以及对读者的欺骗，因而与翻译内在的伦理要求是背道而驰的。

新的时代背景下，翻译不断遭遇问题和挑战，无论翻译在中外文化交流中应承担怎样的责任，还是如何促使中国文学与文化得到真实、有效的传播，从根本上看，都与翻译整个生成过程中对"异"的认识、对"异"所采取的态度息息相关。应该认识到，"中国文学的对外译介承载着中国文化对外传播与交流的战略意义，在目前'忠实'概念不断遭到质疑和解构的现状下,对'忠实性'的坚守,既是翻译伦理的要求,也是思想与文化继承和传播的必要条件"①。任何翻译方法的选择、翻译观念的树立都应基于把中国思想文化中最本质、最精华的部分真实地传达给世界这个根本目标。这里的"真实"首先意味着对异质性最大程度的承认、接受和尊重。就中国文学外译展开探讨与评价时,必须坚守翻译伦理,因为这并非简单的"好"与"坏"的评判,而是一种价值导向的深刻体现。

---

① 刘云虹、许钧:《异的考验——关于翻译伦理的对谈》,《外国语》2016 年第 2 期,第 76 页。

第五章 中国文学外译批评的审美维度

为推动中外文明的交流,译学界围绕中国文学文化的对外译介与传播展开了广泛探讨,关注视角也呈现出多元化特征,包括文学外译历程梳理、译文与原文关系分析、翻译理念与基本问题反思、译介机制与接受效果考察等。就根本而言,其中大部分可归于批评的范畴。近年来,随着中国文学外译批评的不断深入,各界关注并认识到中国文学,尤其是中国当代文学,总体译介效果不佳的重要原因之一在于中国文学外译接受中的非文学倾向,以及由此导致的对中国文学文化的曲解、误读与功利性价值取向。鉴于此,学者和媒体纷纷表明立场,认为中国文学外译应注重文学性,强调中国文学的审美是文化交流与文学外译中的重要组成部分。一旦文学性被忽略,文学作品的根本价值便无从体现,中外文学文化交流的真正意义也就难以实现。针对这样的情况,有学者提出在译介过程中应破除一味迎合读者期待的市场化原则,另有观点认为需采用更有效的话语方式在海外媒体推介中国文学,积极引导海外读者关注并欣赏中国文学的文学特质,也有研究者倡议加强中国文学主动外译,通过中国文化机构组织的翻译活动,实现构建中国文学真实形象的目标。就中国文学外译批评来说,一个不可或缺的方面是展开积极有效的审美批评,切实彰显批评对于中国文学译介的导向作用,从而推动中国文学带着"本土文学特质"更好地走出去。目前批评界对此已有所关注,围绕风格再现从修辞、句法、词语的翻译等层面对译文与原文关系进行了有价值的分析,但具有明确的审美批评意识与整体性审美批评特征的中国文学外译批评仍有待加强。

第一节　中国文学外译审美批评的必要性

文学接受是中国文学"走出去"进程中的重要环节,很大程度上决定着中国文学外译与传播的效果。从其基本属性来看,文学接受首先是一种审美活动。因为,"文学作品作为一种特殊的精神文化形态和话语产品,其最基本的属性是审美的价值属性,文学的审美价值是文学艺术显著地区别于其他意识形态的特质之所在"[①]。实际上,审美需要和审美趣味的满足,正是读者阅读文学作品最基本也最常见的动机之一。同时,文学接受也具有认识属性,"表现为一种特殊的认识活动,即具有审美特性的审美认识活动",文学作品往往被喻为映照人生的"镜子"或探视社会的"窗口",原因就在于"文学作品通过生动的艺术形象,反映社会生活的各个方面,揭示自我人生的丰富本质,因而具有一种为读者提供认识社会生活、认识人类自身本质的价值属性"[②]。应该说,审美属性和认识属性是文学接受的多重文化属性中最为重要的两方面,其中又以审美属性为根本,正是文学接受的审美价值"使文学接受的其他价值获得了独特的形式和载体"[③]。就中国文学的外译和接受而言,如许钧所强调的,"跨国的文学交流当然有增进认知的功

[①]　童庆炳:《文学理论教程》,北京:高等教育出版社,2018年,第338页。
[②]　童庆炳:《文学理论教程》,北京:高等教育出版社,2018年,第340—341页。
[③]　童庆炳:《文学理论教程》,北京:高等教育出版社,2018年,第340页。

能,但更重要的是审美期待的互换。剥离了文学性,实际上就等于背离了文学作品的根本价值。中国文学走出去,应当让海外读者在了解中国社会的同时,也学会欣赏中国文学的审美"①。

那么,中国文学外译接受中的实际情况如何？季进曾分析指出,1980年代以来,中国当代文学的英译与传播呈现出三个方面的重要转变,第一个方面就是"从政治性向审美性的转变",此前"更多着眼政治意识形态的意涵,往往将当代文学作为了解中国社会、中国政治的社会学文献来阅读"的译介和接受发生了很大的转变,"当代文学作品开始得到比较全面的译介,不再局限于作品的意识形态意涵,而更多地从文学与审美的层面选择"②。或许,这是一种相对乐观的观点,若整体考察中国文学外译与传播的情况,不难发现中国文学外译接受中的非文学倾向仍较为明显。据学者就英国主流媒体对当代中国文学的评介与接受的分析,英国主流媒体对中国当代文学的接受与阐释中存在多种误解,"在评价时往往以政治批评代替审美批评,有明显的把读者往禁书上引、把文学往政治上引、把小说往现实上引的倾向"③。另有学者考察中国现当代文学在英语世界的译介现状,指出"对于贴上中国禁书标签的作品,英美出版商似乎情有独钟,而不管这类文学作品的质量如何"④,正是这种对文学价值的"不见"导致英美译者对中

---

① 转引自钱好:《中国文学要带着"本土文学特质"飞扬海外》,《文汇报》2018年8月7日。

② 季进:《作为世界文学的中国文学——以当代文学的英译与传播为例》,《中国比较文学》2014年第1期,第28页。

③ 陈大亮、许多:《英国主流媒体对当代中国文学的评价与接受》,《小说评论》2018年第4期,第159页。

④ 马会娟:《英语世界中国现当代文学翻译:现状与问题》,《中国翻译》2013年第1期,第67页。

国现当代文学作品的翻译选材缺乏系统性,没有尽可能将真正富有文学内涵与艺术价值的中国文学作品加以译介。即便在文化开放性和包容性较强,译介中国文学作品数量相当可观的法国,多数情况下,对中国文学的接受也首先强调其认识社会的功能,对作品的文学价值本身的重视显得不足。因此我们看到,"在法国主流社会对中国现当代文学的接受中,作品的非文学价值受重视的程度要大于其文学价值,中国文学对法国文学或其他西方文学目前很难产生文学意义上的影响"①。

这种忽略文学性的译介与接受倾向往往使文学作品服务于历史、社会、政治等各种文学之外的目的,中国文学的核心价值无法得到真实而全面的呈现。因此,针对当前中国文学外译接受中的非文学性倾向,为推动中国文学真正走向世界,以其本真的面貌参与世界文学的建构,进而促进中外文明之间展开积极有效的对话,译学界应积极开展审美批评,从原文的审美把握、译文的审美再现与接受等层面充分展现作品的文学性,进一步凸显中国文学的根本价值与丰富内涵。

第二节　主体的审美批评意识

文学翻译是一个具有生成性本质特征的动态发展过程,对文学翻译的审美批评应贯穿于翻译的整个生成过程,包括翻译之"生"中译者

---

① 许钧:《我看法国现当代文学在法国的译介》,《中国外语》2013 年第 5 期,第 11—12 页。

对原文审美价值的把握与再现,也包括翻译之"成"中读者、批评者对译文审美价值及原文审美与译文审美关系的把握、接受与评价。我们知道,翻译不是对原文的描摹或复制,创造性是翻译活动的根本属性之一。作为翻译再创造过程中的能动主体,作为将原作及其语言文化与目的语语言文化以特定方式联结在一起的"中点",译者的价值取向从根本上决定着翻译的最终结果。如汉斯-格奥尔格·加达默尔(Hans-Georg Gadamer)所言,翻译"是一种突出重点的活动。谁要翻译,谁就必须进行这种突出重点活动。翻译者显然不可能对他本人还不清楚的东西予以保留"①。因此,在中国文学外译的语境中,作品的文学性能否得到关注与接受,首先在于译者能否从审美维度认识原文的价值,即译者能否发现原文中蕴含的美。

德尼·狄德罗(Denis Diderot)曾提出"美在关系"的美学观点,认为"美只存在于特定的关系中",也就是说美不是可以即刻捕捉的自在之物,文学作品中可能存在的美只有与特定的审美主体相结合,才能获得意义,成为一种现实存在。翻译中的审美也同样是审美客体与审美主体深刻互动的结果,原文中的美只有被主体"审美地把握",才能激起人的审美感受,"而审美主体的审美感知、联想、想象、情感、意志等等心理因素必然因人而异,由这些因素组成的心理结构在进行审美判断时的运作过程、特色和成果也必然因人而异"②。此外,相比一般意义上的审美,翻译审美还要面临来自语言差异、文化隔阂与时空间距等方面的限制和困难。因此,在翻译审美中,译者必须要有高超的

---

① 汉斯-格奥尔格·加达默尔:《真理与方法——哲学诠释学的基本特征》,洪汉鼎译,上海:上海译文出版社,1999年,第492—493页。

② 刘宓庆:《翻译美学导论》(修订本),北京:中国对外翻译出版公司,2005年,第168页。

艺术修养,如傅雷所指出的,"总之译事虽近舌人,要以艺术修养为根本;无敏感之心灵,无热烈之同情,无适当之鉴赏能力,无相当之社会经验,无充分之常识(即所谓杂学),势难彻底理解原作,即或理解,亦未必能深彻领悟"①。除了艺术修养,翻译审美更不可缺少的是译者的主观能动性,即一种主体的审美自觉。高超的文学艺术修养固然是感受美、领悟美的基本条件,但这"最终属于一种客观的条件"②,而精神领域的活动,尤其是审美这种复杂的精神活动,则在更大程度上依赖于审美主体的主观姿态。若缺少必要的审美自觉与审美追求,客观条件再好,也无法保证取得令人满意的结果。在这方面,傅雷先生堪称典范,他强调:"任何作品,不精读四五遍决不动笔,是为译事基本法门。第一要求将原作(连同思想、感情、气氛、情调等等)化为我有,方能谈到迻译。"③正因为他具有"热情、认真、执着的主观姿态与精神品格"④,才能"深彻领悟"原作的文学内涵,才能与原作者发生心灵深处的共鸣,也才能深刻把握原作的审美价值。

翻译活动实际上具有某种批评的性质,中外不少学者都对此有所关注,斯坦纳曾说:"某些翻译就是批评性阐释的杰作,其中分析的智慧、历史的想象以及对语言完全的驾驭构成了一种批评性的评价,这种评价同时也是一种非常合理而清晰的阐述。"⑤因此,从翻译的本质

---

① 傅雷:《论文学翻译书》,罗新璋、陈应年编:《翻译论集》(修订本),北京:商务印书馆,2009年,第773页。

② 许钧、宋学智、胡安江:《傅雷翻译研究》,南京:译林出版社,2016年,第170页。

③ 傅雷:《论文学翻译书》,罗新璋、陈应年编:《翻译论集》(修订本),北京:商务印书馆,2009年,第773页。

④ 许钧、宋学智、胡安江:《傅雷翻译研究》,南京:译林出版社,2016年,第170页。

⑤ Georges Steiner, *Après Babel*, Lucienne Lotringer (tr.), Paris: Éditions Albin Michel, 1978, p.376.

属性和批评性特征来看,把握原作的美是文学翻译审美批评的第一步,那么第二步就是传达和再现原作的美。在《文学翻译批评研究》一书中,许钧就翻译的审美层次进行了深入分析,认为在探讨如何传达原作的美之前,"首先应该回答能否传达的问题",他指出:"不同语言的审美特征的共性是感受、传达原作美的基础;而它们之间的差异性则构成了传达原作美的障碍。"①对原作之美的传达主要受到三方面因素的制约与影响:"首先是人们审美关系上存在的差异。必须看到,人们的审美关系在横向与纵向两个方面都存在着差异,横向表现在民族、国度、地域、阶级、阶层甚至个人之间的不同,纵向表现在时间及不同历史时期的审美对象的差异。其次是作品的美学特性往往以诱发方式来激发译者(即欣赏者)的美感,这种诱发所引起的想象与联想经常因人而异。再次就是文学作品的美要通过语言来表现,而不同语言的表美手段存在实际差异。"②在《翻译美学导论》一书中,刘宓庆也细致探讨了翻译审美再现中可能存在的限制,认为主要包括原语形式美可译性限度、原语非形式美可译性限度、双语的文化差异和艺术鉴赏的时空差四个方面。同时,他特别强调翻译出发语和目的语之间存在的语义、语法、表达法和思维层面的差异使得通过双语转换再现原文之美具有特别的困难,需要"一代一代的人倾其才情、竭其心志地探索以求"③。可见,在翻译中传达与再现原文的美是一项高难度的工作,应对困难不仅需要译者运用适当的策略与方法,更需要译者具有高度的自觉意识,充分发挥其主观能动性,以孜孜不倦的审美追求跨越翻

---

① 许钧:《文学翻译批评研究》(增订本),南京:译林出版社,2012年,第9页。
② 许钧:《文学翻译批评研究》(增订本),南京:译林出版社,2012年,第9—10页。
③ 刘宓庆:《翻译美学导论》(修订本),北京:中国对外翻译出版公司,2005年,第173—177页。

译的重重障碍,在"不可能"中不断寻求突破,努力将原文之美转化为译文之美。这也是翻译自觉的一个重要方面。

中国文学外译的审美批评不仅应体现在译本诞生的过程中,也要体现在对翻译的阐释与评价中。针对中国当代文学在海外接受中文学价值被忽视的问题,有学者提出应通过有效的话语方式推介中国当代文学,提高中国当代文学在海外的文学地位,而关键在于"如何文学地评介中国当代文学的文学价值,如何阐释中国当代文学的'中国经验'的本土性与世界性,如何认识中国当代文学中本土性与世界性相辅相成、共生融通的关系"①。针对西方读者对中国文学的接受中存在的误解或偏见,通过审美性的解读和评论,揭示中国文学的文学特质,建构中国文学的真实形象,并推动中国文学以文学应有的姿态走向世界,这正是中国文学外译审美批评的重要方面,学界必须予以重视。但我们也看到,在中国文学外译的语境中,文学推介的根本目的并不是文学阐释或文学评价本身,而在于引导海外读者走向文本,走向蕴含着中国独特的文化与风情的中国文学作品。在这个意义上,译本能否尽可能原汁原味地再现中国文学的魅力,就构成中国文学外译评价中必须深度关切的问题。

诚然,近年来翻译批评研究较多关注语言、文化、历史、伦理等方面,对翻译审美批评的集中探讨并不充分,但在翻译批评实践层面,尤其在对外国作品汉译的评价中已有相当深入的审美批评,如《文学翻译研究批评》就《追忆似水年华》译本的长句处理、隐喻再现、风格传达等内容的探讨,又如《傅雷翻译研究》对傅雷翻译风格的整体把握与细

---

① 查明建、吴梦宇:《文学性与世界性:中国当代文学海外译介的着力点》,《外语研究》2019 年第 3 期,第 14 页。

致分析等。反观中国文学外译的相关批评,批评界就整体而言缺乏必要的审美批评意识,从审美维度展开的讨论与评价并不多见,且相关成果主要体现在更为成熟的批评实践领域,如针对莫言作品译介和葛浩文翻译的批评性研究。在这一方面,我们看到,有学者就莫言小说中意象话语的英译进行探讨,考察葛浩文对意象的处理方式,认为"对照分析葛译莫言小说中的意象话语,可以发现很多文化个性较强的意象话语都得到了保留,增强了译文本身的文学性"[1];有学者探析叙事模式在《生死疲劳》英译本中的转变,"通过对比中文源文本与目标文本在叙事层次上的差异,考察叙事角度的转换对译作的影响以及对中国文学在域外接受所起的作用"[2];有学者通过梳理《丰乳肥臀》中的乳房隐喻和动物隐喻,分析葛浩文对原作隐喻性表达的处理方式,指出"葛氏的处理既保证了原文主题的呈现,又确保了译文在目标语读者心目中的接受程度,可以说在最大程度上做到了忠实于原作"[3];也有学者细致考察《红高粱家族》中说唱唱词的翻译,分析葛浩文对删减、意译、改写和直译方法的灵活运用并进行相关评价,如认为葛浩文通过意译方法"将中文方言、口语以及习语这些阻碍目标语读者理解的元素转化为地道、平易近人的英语,从而增加了译本的可读性"[4],直译则"既还原了莫言的语言风格、修辞手法,又给译文增添

---

① 冯全功:《葛浩文翻译策略的历时演变研究—— 基于莫言小说中意象话语的英译分析》,刘云虹主编:《葛浩文翻译研究》,南京:南京大学出版社,2019年,第341页。

② 邵璐:《翻译中的"叙事世界"——析莫言〈生死疲劳〉葛浩文英译本》,刘云虹主编:《葛浩文翻译研究》,南京:南京大学出版社,2019年,第364页。

③ 梁晓晖:《〈丰乳肥臀〉中主题意象的翻译——论葛浩文对概念隐喻的英译》,刘云虹主编:《葛浩文翻译研究》,南京:南京大学出版社,2019年,第395页。

④ 黄勤、范千千:《葛浩文〈红高粱家族〉英译本中说唱唱词之翻译分析——基于副文本的视角》,刘云虹主编:《葛浩文翻译研究》,南京:南京大学出版社,2019年,第511页。

了几分异域色彩"①等。如果说,中国文学外译审美批评至少意味着整体性把握作品的文学性与作家的独特风格,意味着以明确的审美价值导向探析翻译从生产到接受的整体生成性过程,那么真正从审美维度展开的中国文学外译批评仍明显不足。概括而论,目前已有的从审美维度对中国文学外译展开的批评中存在两个较为突出的问题:一是对翻译审美问题的考察在一定程度上附属于或服务于对翻译策略与方法的讨论;二是对翻译审美问题的考察往往侧重于译文在目的语语境中的可接受性,突出中国文学的丰富内涵与独特魅力的价值导向不明确。这两点实际上正是批评主体的审美批评意识不强所导致的。因此,开展中国文学外译的审美性批评,批评界首先要树立明确的审美批评意识,进而以充分的审美批评自觉,立足翻译文本以及翻译的生产与接受过程,发挥应有的阐释、评价与引导作用。

第三节　中国文学外译审美批评的若干要点

　　总体上,翻译批评应充分认识翻译活动的本质特征与内在规律,遵循翻译文本分析与翻译过程考察结合、局部的微观检视与整体的宏观评价并重的原则,同时体现出较强的针对性与导向性,避免泛泛而谈或缺少明确合理的价值观。展开中国文学外译评价,除了遵循这一

<hr />

①　黄勤、范千千:《葛浩文〈红高粱家族〉英译本中说唱词之翻译分析——基于副文本的视角》,刘云虹主编:《葛浩文翻译研究》,南京:南京大学出版社,2019年,第516页。

总体原则之外,还需要特别重视并深刻把握文学作为一种语言艺术的根本审美属性,并立足于此考察、探讨将文学审美转化为翻译审美的可能性与效果,具体来看至少应着重关注以下几方面:

1. 明晰化翻译倾向与文学的含混性

文学是一种具有审美属性的语言艺术,"是特定社会语境中人与人之间从事沟通的话语行为或话语实践"[1],并且文学话语有"蕴藉"的特点,不同于科学、哲学、政治等其他话语。童庆炳认为话语蕴藉这一概念"是将现代'话语'概念与我国古典文论术语'蕴藉'相融合的结果",指的是"文学活动的蕴藉深厚而又余味深长的语言与意义状况,表明文学作为社会话语实践蕴含着丰富的意义生成可能性"[2]。也就是说,无论是文学活动,还是作为文学创造产物的文本,都具有意义生成与阐释的无限可能性。中国古典文论主张立足生命体验,通过"以意逆志"的审美方法与文本进行心灵对话,以领悟文字背后隐藏的曲折意味,这正是因为文学作品往往追求"言简意深",或在有限的话语中蕴藏无限的意义可能,或在看似确定的话语中隐含不确定的多重含义。在现代文学批评的视野中,含混性或多义性也是一个重要概念。英美新批评派代表人物之一威廉·燕卜荪(William Empson)认为文学作品的词语和形象普遍具有多重性,这种"朦胧"(ambiguity)构成文学的本质特征。在他看来,"一个词语可能有几个不同的意义,它们互相联系,互相补充,不可截然分割开来:这几种意义也可能结合起来,使这个词意指一种关系或一种过程",而"朦胧"一词本身"可以指

---

① 童庆炳:《文学理论教程》,北京:高等教育出版社,2018年,第77页。

② 童庆炳:《文学理论教程》,北京:高等教育出版社,2018年,第80—81页。

你自己的未曾确定的意思,可以是一个词表示几种事物的意图,可以是一种这种东西或那种东西或两者同时被意指的可能性,或是一个陈述有几重含义"①。现代阐释学同样认为,文本意义不可能是一种固定不变的客观存在,加达默尔强调存在一种"语词的辩证法,它给每一个语词都配列了一种内在的多重性范围:每一个语词都像从一个中心进出并同整体相关联,而只有通过这种关联语词才成其为语词。每一个语词都使它所附属的语言整体发出共鸣,并让作为它基础的世界观整体显现出来。因此,每一个语词作为当下发生的事件都在自身中带有未说出的成分,语词则同这种未说出的成分具有答复和暗示的关系"②。于是,在加达默尔看来,文本属于"一种意义域"③,每个阅读文本的人都将参与这个意义域,并在其中面向意义的展开与解释的无限可能。

由于文学的含混性与文本意义的开放性,在文学翻译中,译者总是面对着如何处理一词多义、语义含混、言外之意等复杂情况的难题,并且,出于某种翻译心理,译者往往表现出将词语或意义明晰化的倾向。采用所谓"浅化"方式把原文的多义性词语变为单义性词语,或采用解释性翻译方法把原文中"折叠"的意义展开,或对原文里被认为过于简单、直白的表达加以丰富,都是明晰化翻译的体现。在《被背叛的遗嘱》中,米兰·昆德拉(Milan Kundera)曾就弗兰兹·卡夫卡(Franz Kafka)的《城堡》中一段描述文字的法译进行分析,他发现译者倾向于

---

① 威廉·燕卜荪:《朦胧的七种类型》,周邦宪、王作虹、邓鹏译,杭州:中国美术学院出版社,1996年,第7页。

② 汉斯-格奥尔格·加达默尔:《真理与方法——哲学诠释学的基本特征》,洪汉鼎译,上海:上海译文出版社,1999年,第585页。

③ 汉斯-格奥尔格·加达默尔:《真理与方法——哲学诠释学的基本特征》,洪汉鼎译,上海:上海译文出版社,1999年,第501页。

在翻译中丰富卡夫卡所使用的"最最简单、最最基本的动词",甚至"总是想尽一切办法找一个他们认为不那么平凡的词来代替它们",于是"有"变为"不停地感受到"或"重新找到","是"变为"深入""推进""走路"等等。① 而词汇相对有限,恰恰"表明了卡夫卡的美学意图,是他散文的美的区别特征之一"②。从翻译审美角度来看,这种明晰化翻译倾向直接构成对原作风格的损害,甚至在更深层次上与译者有意识或无意识的审美麻木或审美误判相关联,因为在翻译活动中方法从来都不是纯粹技术性的,而首先由某种观念和认识所决定。从文学接受角度来看,这种明晰化翻译倾向将作品可能存在的多重"读法"局限于一种"读法",看似使作品更为清晰而易于理解,实则不仅对读者在阅读中的想象与理解空间造成很大限制,也很可能把原作深长的意味变得浅薄,甚至会导致伟大作品的平庸化。作为带着特殊任务的读者和批评者,译者在翻译理解与表达的过程中应以充分的自觉意识,积极"抵抗任何把作品简化成可确定的意义的做法"③,从而促使作品在其"无限渐进的动向"里绽放灿烂的生命光彩。对此,批评界应予以关注,从审美批评的维度进行必要的探讨与引导。

2. 归化翻译策略与陌生化

就审美维度而言,除含混性之外,文学的另一个重要特征在于文学创作的陌生化艺术手法。"陌生化"是俄国形式主义的核心概念,具

---

① 米兰·昆德拉:《被背叛的遗嘱》,余中先译,上海:上海译文出版社,2003年,第113—114页。

② 米兰·昆德拉:《被背叛的遗嘱》,余中先译,上海:上海译文出版社,2003年,第114页。

③ 恩斯特·贝勒尔:《德国浪漫主义文学理论》,李棠佳、穆雷译,南京:南京大学出版社,2017年,第159页。

有"使之陌生、奇特、不同寻常"①等含义。"陌生化"概念的提出与俄国形式主义者对文学性的关注息息相关,罗曼·雅各布森(Roman Jakobson)指出,"文学科学的对象不是文学,而是文学性,即使一部既定的作品成其为文学的东西"②。在俄国形式主义者看来,无论从作者心灵、现实生活,还是文学经验、文学题材中都无法找寻文学性,文学与非文学的本质区别在于表现形式,因此文学的本质特性只能从作品本身发掘。维克托·什克洛夫斯基(Viktor Shklovsky)主张"艺术是一种设计",认为"艺术存在的目的,在于使人恢复对生活的感受;它的存在,在于使人感知事物,在于使石头显示出石头的质感。艺术的目的,在于让人感知这些事物,而不在于指导这些事物。艺术的技巧使对象变得'陌生',使形式变得困难,增加感觉的难度和长度,因为知觉过程自身就是审美目的,必须予以延长"③。这种指向感觉的艺术设计就是"陌生化",其目的在于"阻断常规语言与社会传统的交流方式,迫使读者以新颖的、批判的眼光看待对象,使读者更持久、更诗意地把握世界",也在于"将感受者的注意力引向艺术形式自身,而摒弃社会的、心理的、政治的派生物对读者的影响"④。什克洛夫斯基曾说,"诗歌语言是变了形的语言",诗歌语言之所以区别于日常实用语言,不仅因为它包含新颖的词汇或句法,也因为它将韵律等形式手段运用于普通词语,从而构成一种独特的表达。

陌生化是文学审美的一种根本诉求,因而也就是文学翻译要特别予以关注的方面。在翻译过程中,译者应充分发挥主体的审美意识,重视原作的写作手法、叙事方式、语言、结构、意象、修辞、文体等内部

---

① 郑海凌:《"陌生化"与文学翻译》,《中国俄语教学》2003年第2期,第43页。
② 转引自金元浦:《接受反应文论》,济南:山东教育出版社,2001年,第80页。
③ 转引自金元浦:《接受反应文论》,济南:山东教育出版社,2001年,第83页。
④ 金元浦:《接受反应文论》,济南:山东教育出版社,2001年,第85页。

构成与形式,以期最大限度地实现从原文审美向译文审美的转化,从而使译文读者能够在新颖的审美体验中感受文学的魅力。考察当前中国文学外译的实践与评价,不难发现一个较为常见的观点,即以当下海外读者的接受为导向来决定文学译介中拟译文本的选择与翻译策略的运用。就后者而言,以考虑西方读者的审美期待与阅读习惯之名,归化翻译往往成为读者接受导向下更受青睐的一种翻译策略。在各种归化式删改中,调整原作的结构是一种比较典型的做法。如刘震云《手机》开篇对历史的回忆被认为很难吸引美国读者,于是其英译本的开头变为小说第二章中讲述现在故事的内容。尽管译者认为"没有把书改坏"①,作者也对这一调整表示认可,但我们仍不免有所疑虑:改变小说叙事结构,尤其是开头或结尾这样具有举足轻重意义的布局,把陌生的对象熟悉化,把对艺术技巧和形式的接受易化,如此处理是否有违作者的创作意图? 是否有悖于翻译在保留差异的基础上再现原作的独特审美价值这一本质追求? 文学的美是一种整体性存在,完整而构思精巧的结构对作品审美价值的形成有重要意义。亚里士多德(Aristotle)曾就恰当的情节"结构"做出规定:"悲剧是对自身完整、具有一定长度的行动的模仿[……]。所谓一个整体就是有开头、中间和结尾。开头是指必然不是上承其他事情,而自然会有其他事情续接其后的事;结尾指的自然是发生在某事之后,作为该事的必然或常规结果,而以后再无其他事发生的事;中间从性质上说是指承前启后之事。因此,一个布局得当的情节是不能随意开头和结尾的,而必须遵照刚刚描述的方式。"②昆德拉认为,小说是关联、融合、紧密的整体,

---

① 谢勇强:《葛浩文:我翻译作品先问有没有市场》,刘云虹主编:《葛浩文翻译研究》,南京:南京大学出版社,2019年,第648页。

② 亚里士多德:《诗学》,拉曼·塞尔登编:《文学批评理论——从柏拉图到现在》,刘象愚、陈永国等译,北京:北京大学出版社,2000年,第287页。

"一部作品中的所有时间、所有片段都有一种同等的美学价值"①,因此"为创造结构中真正的统一性,这种结构就必须是无法分割的"②。无论结构调整,还是遣词造句上的改变,译者采用归化翻译策略的一个直接目标就在于使译文产生透明流畅的阅读感受,从而消解翻译作品可能给目的语读者带来的疏离感。实际上,那些以方便读者阅读、易于读者接受为考量的翻译倾向,无异于对读者的欺骗,弗里德里希·施莱格尔(Friedrich Schlegel)说,"每打开一本书就是一个新的场景和一个新的世界"③,打开一本外国文学的译作更意味着对异域文化与风情的渴望,恐怕不会有读者在主观上期待一个变形走样的场景、一个被改头换面的世界。在中国文学外译批评中,可读性不应成为评价翻译活动、引导翻译行为的首要价值取向,正如昆德拉在《小说的艺术》中所论及的那样,"译者是否有勇气保存并捍卫所有那些奇特而独创的语句"④,也就是说译者是否有勇气捍卫原作对陌生化、对作品赖以存在的生命特质的追求,这一点有必要得到批评界的进一步重视。当然,由于翻译活动的复杂性与阶段性特征,当前的中国文学外译批评仍要切实关注文学翻译场域中的各方面因素,深入探讨文学再创造的"度"的问题,在展现原文的语言文化特质与译文的可接受性之间更为理性地建立一种平衡。

---

① 米兰·昆德拉:《被背叛的遗嘱》,余中先译,上海:上海译文出版社,2003 年,第166 页。

② Jean-Dominique Brierre, *Milan Kundera : une vie d'écrivain*, Paris:Éditions Ecriture, 2019, p.220.

③ 转引自恩斯特·贝勒尔:《德国浪漫主义文学理论》,李棠佳、穆雷译,南京:南京大学出版社,2017 年,第 156 页。

④ 米兰·昆德拉:《小说的艺术》,董强译,上海:上海译文出版社,2004 年,第166 页。

3. 局部变通与整体审美把握

整体性是文学作品的重要美学原则,亚里士多德在《诗学》中就明确提出,"一个活的东西,以及由部分组成的每一个整体,若是美的,就不仅要呈现其各个部分的有序的排列,还要有一定明确的长度"①。塞缪尔·泰勒·柯勒律治(Samuel Taylor Coleridge)认为,"诗的特点在于向自身提供源自整体的快感,同时又与源自各个组成部分的独特满足相协调"②。在英美新批评那里,诗被比作"一株植物",诗的各部分也如植物的各部分一样服务于整体,共同构成其生机勃勃的生命存在。这就是说,具有审美价值的文学作品是一个有机的整体,各部分之间绝非机械的堆砌,而是表现为一种紧密结合、和谐共生的相互关系。施莱格尔在提到小说中每一个独立部分与整体的关系时,则强调一种辩证的审美目光,"每个独立章节各异的性格应该能够充分地解释整体的条理。但当从部分适当地渐进至整体时,观察和分析一定不能迷失于过于微小的细节中"③。由此推及文学翻译中的审美,可以认为,翻译活动应注重对原作的美的整体感知与把握,着力从作品整体审美价值出发完成对原文的意义传达与风格再现。作为文学译介的主体,译者在翻译过程中一方面要灵活运用"去字桎、重组句、建空间"④的方法,避免对原文生搬硬套式的机械转换,而在字句章有机统

---

① 亚里士多德:《诗学》,拉曼·塞尔登编:《文学批评理论——从柏拉图到现在》,刘象愚、陈永国等译,北京:北京大学出版社,2000 年,第 287 页。

② 塞缪尔·泰勒·柯勒律治:《文学传记》,拉曼·塞尔登编:《文学批评理论——从柏拉图到现在》,刘象愚、陈永国等译,北京:北京大学出版社,2000 年,第 289 页。

③ 转引自恩斯特·贝勒尔:《德国浪漫主义文学理论》,李棠佳、穆雷译,南京:南京大学出版社,2017 年,第 156 页。

④ 许钧:《翻译论》(修订本),南京:译林出版社,2014 年,第 132—134 页。

一的基础上进行必要的翻译再创造;另一方面须有意识地警惕对原文的过度阐释与过度翻译,特别要注意避免以局部的美化损害译文对原文的整体审美重构。文学翻译中一种不可忽视的危险倾向就是译者在某种主体性的驱使下自动减少原文中词语的重复,如昆德拉在卡夫卡《城堡》的法译本中所观察到的那样,绝大多数译者并没有视作者的个人风格为最高权威,而是"服从另一种权威:美的法语"①。但在作家眼中,不仅"词汇的丰富本身并不能表现任何价值",并且"任何一个有一定价值的作者都违背'优美文笔'"②。重复绝不意味着表达的贫乏或无趣,相反极有可能在语义、逻辑、节奏等层面承载重要意义。通过词语重复,作者在他的作品中引入具有观念特征的关键词并由此展开思索,抑或词的重复与作品的旋律联系在一起,成为构建作品旋律美的一种方法,如卡夫卡《城堡》中"多次的重复减慢了旋律的速度,赋予句子以一种忧伤的韵律"③。因此,对于词的重复使用这类看似单调、缺乏美感的写作手法,译者要能敏感地体会到作者在艺术创作中的匠心独运,捕捉到细微之处所蕴含的构建作品整体审美价值的特别意义,并予以忠实再现。

文学译介的审美批评同样应有整体性,面对译文也要处理好部分与整体的关系,既有对遣词造句的微观剖析,也有对篇章结构的宏观考察,同时更重要的是始终把译文作为一个整体对待,从整体与部分相互依存、相互制约的张力中审视翻译的审美再现。从文学审美维度

① 米兰·昆德拉:《被背叛的遗嘱》,余中先译,上海:上海译文出版社,2003年,第115页。

② 米兰·昆德拉:《被背叛的遗嘱》,余中先译,上海:上海译文出版社,2003年,第114—115页。

③ 米兰·昆德拉:《被背叛的遗嘱》,余中先译,上海:上海译文出版社,2003年,第118页。

进行考量,译者应在翻译过程中努力完成一项真正的文本创造工作,以生成作品为根本诉求,也就是说,译文必须与原文一样具有文本的内在生命力,呈现出统一的节奏、连贯的风格与和谐的体系,即成为真正意义上的作品。正是在这个意义上,贝尔曼强调文学翻译批评者要以诗学标准衡量翻译结果,善于在译文中发现"可疑的文域":译文和谐的节奏突然被打破;译文的行文显得过于自如、过于流畅;译文中突兀地使用有碍整体协调的词汇和语句;译文受原语语言干扰,充斥着来自原语的表达习惯。① 在中国文学外译批评视野下,把握文学作品与审美批评的整体性原则,有利于引导译者在翻译过程中自觉追求完成真正的文学作品,最大限度地再现原文魅力,从而为海外读者提供尽可能原汁原味的文学审美体验,促进中国文学在异域获得真正文学性的接受。

在目前中西方文学文化交流不平衡、对中国文学的误读与曲解仍明显存在的背景下,如何推动中国文学更真实、更有效地走向世界,理应成为译学界尤其是翻译批评界深切关注的一个具有现实意义的问题。马修·阿诺德(Matthew Arnold)认为,"批评的任务仅仅就是彻底地认识世界上人们所知所想的最好的东西,并让世人知晓,从而形成真实而有新意的思想的潮流"②。如果说文学批评的根本在于对"真"与"美"的追寻,文学翻译批评也同样如此。进一步认识中国文学外译审美批评的必要性并切实展开相关批评实践,通过对原文与译文审美价值的揭示、阐释与评价,有意识地引导译者对作品文学性的把

---

① Antoine Berman, *Pour une critique des traductions*: *John Donne*, Paris: Éditions Gallimard, 1995, p.66.

② 马修·阿诺德:《当代批评的功能》,拉曼·塞尔登编:《文学批评理论——从柏拉图到现在》,刘象愚、陈永国等译,北京:北京大学出版社,2000年,第536页。

握与传达,引导读者对作品文学性的感知与理解,将有助于中国文学以更"文学"的姿态与世界展开对话,为中外文化在真正的平等交流中实现自我丰富与共同发展提供新的可能。

第六章　文学翻译的生成性与中国古典文学名著外译接受

新的历史时期,学界普遍认为,翻译的主流内容与形式等发生了变化,文学翻译不再是关注的重点,基于文学翻译理论思考与实践经验的传统翻译研究已经无法适应翻译新形势的需要,因此对翻译要重新定位,翻译观念与方法也要随之转变。2015 年 3 月,由《中国翻译》和《东方翻译》杂志发起主办的"何为翻译?——翻译的重新定位与定义"高层论坛对这一呼声做出了积极回应,与会学者从不同角度就重新界定翻译的问题进行了深入探讨。《中国翻译》2015 年第 3 期以"何为翻译——翻译的重新定位与定义专题论坛"为题,设立专栏,刊登了论坛部分学者根据各自发言内容撰写的专稿,在翻译研究领域产生了一定的反响,其中不乏重要而有影响的观点,如仲伟合认为"重新为翻译定义和定位,应充分考虑翻译的特征、翻译的作用、翻译的本质、翻译活动及翻译学科发展出现的变化"[1],王宁提出应从"跨学科和视觉文化的视角"[2]重新界定翻译,谢天振强调"现行翻译定义已落后于时代的发展"[3],呼吁结合当下的历史语境,对翻译进行重新定位和定义。

如许钧所言,要回答"什么是翻译"这一关乎翻译自身存在的根本

---

[1]　仲伟合:《对翻译重新定位与定义应该考虑的几个因素》,《中国翻译》2015 年第 3 期,第 10 页。

[2]　王宁:《重新界定翻译:跨学科和视觉文化的视角》,《中国翻译》2015 年第 3 期,第 12 页。

[3]　谢天振:《现行翻译定义已落后于时代的发展》,《中国翻译》2015 年第 3 期,第 14 页。

性问题,"其关键在于对翻译本质的认识与把握"①。就此,他进一步指出两方面原因:"首先,翻译研究在很大程度上取决于研究者的翻译观,有学者认为,有怎样的翻译观,就有怎样的翻译研究,可以说翻译观直接决定了翻译研究者对翻译的认识深度和研究广度,而翻译观建立的必要基础就是对翻译本质的深刻认识与理解。其次,如果我们从翻译历史来看,会发现不管人类社会如何发展,也不论翻译形式、内容、手段、媒介等如何变化,翻译的本质都不会发生改变。无论是语言翻译,还是图像翻译,翻译都具有转换性和建构性。[……]而不断发生变化的只是人类对符号与符号形式的认识,以前人们所理解的符号较为局限,主要是语言符号,现在则开始关注文字符号、图像符号、艺术符号等多种符号之间的相互转换与阐释。"②把握翻译本质、深入认识翻译,这是翻译理论建构与深化的出发点,不仅在翻译研究的普遍意义上如此,对中外文化交流互鉴语境下的翻译探索而言更是如此。中国文化要走出去,中国文学的外译是必经之路。近年来,国内译学界对中国文学外译的一些基本问题展开了多方面探讨,但由于对翻译本质存在模糊的认识,对翻译方法与翻译价值的讨论往往难以切中要害。因此,有必要立足于文学文本的生成全过程,进一步深入认识与理解翻译的本质特征。

作为跨文化交际的重要媒介,翻译活动使中国的经典文学和传统文化得以走出国门,在世界文学之林延续其生命历程。然而,中国文化"走出去"战略背景下的文学译介绝非一味单向输出,正如不少学者

---

① 刘云虹、许钧:《如何把握翻译的丰富性、复杂性与创造性? ——关于翻译本质的对谈》,《中国外语》2016年第1期,第96页。

② 刘云虹、许钧:《如何把握翻译的丰富性、复杂性与创造性? ——关于翻译本质的对谈》,《中国外语》2016年第1期,第96页。

所关注并探讨的,对中国文学的译介与中华文化的传播来说,重要的不仅在于如何"走出去",更在于如何能更好地"走进去",真正实现中外文明的交流与对话。在目前针对中国文学外译问题的讨论中,学界认为中国文学的海外传播与接受不力是导致中国文学整体"出海不畅"的重要原因之一,因而也是中国文学外译研究中一个迫切需要重视并解决的关键问题。2017 年 3 月,瑞士译者林小发(Eva Luedi Kong)凭借其翻译的首个德文全译本《西游记》摘得"莱比锡书展图书奖"的翻译类大奖。从 1914 年德国汉学家最初的片段翻译至此,《西游记》在德语世界的译介与接受已走过了一百多年历程。这部耗时 17 年的译著一经出版便在德国掀起了一波"西游热",也引发了国内学界和媒体对中国古典名著外译的进一步关注与思考。如果将文学翻译视为文本生命的生成过程,那么文学接受就是文本生命生成中的重要一环。同时,翻译也如文学作品一样始终面向读者,无论译介模式的确立,抑或翻译策略与方法的选择,总是与读者的接受息息相关。

基于以上认识,有必要从翻译之"生"到翻译之"成"的整个过程出发,从翻译与其赖以形成和存在的文本内外多重制约因素的相互关系出发,对翻译动态过程加以整体思考,力求深化对翻译本质特征的把握,探寻翻译作为一种生命延续与拓展的存在之真。同时,从文学翻译的生成性本质出发,通过考察四大名著外译历程中具有代表性的案例,对中国古典文学名著在海外的译介与接受所呈现出的主要特征加以探讨,以期在一定程度上揭示处于不断更新、丰富与发展之中的文学接受历程。

第一节　文学翻译的生成性

翻译在其漫长的实践历史中不断经历新的变化、遭遇新的问题，也不断面临新的挑战。对于翻译理论研究而言，这些"新"不仅具有现实意义，也从根本上向我们揭示一个事实，即翻译是一项内涵极为丰富、过程极为复杂的活动，对翻译的认识与理解不可能终结性地完成，而是和翻译活动本身一样，始终处于发展之中。因此，翻译研究必须以对翻译行为及其本质特征的认识与把握为基础，否则，任何所谓理论思考只能是无源之水、无本之木，甚至导致偏见和谬误。

翻译的本质究竟是什么？从历史上看，不同时代、不同流派的学者都试图从各自对翻译的经验与研究视角对这个问题进行回答，在某些层面上也形成了一定的共识。其中一个具有代表性的观点认为，翻译的本质在于其语言转换性。中西译论中都不乏体现这种认识的翻译定义：唐朝贾公彦所撰《周礼义疏》中提到"译即易，谓换易言语使相解也"[①]；宋朝法云在《翻译名义集》自序中认为"夫翻译者，谓翻梵天之语转成汉地之言"[②]；约翰·坎尼森·卡特福德（John C. Catford）提出翻译是"用一种等值的语言（译语）的文本材料去替换另一种语言（原

[①] 罗新璋：《我国自成体系的翻译理论》，罗新璋、陈应年编：《翻译论集》（修订本），北京：商务印书馆，2009年，第1页。
[②] 法云：《翻译名义集自序》，罗新璋、陈应年编：《翻译论集》（修订本），北京：商务印书馆，2009年，第94页。

语)的文本材料"①;奈达对翻译的定义是"从语义到文体在译语中用最近似的自然对等值再现原语的信息"②;巴尔胡达罗夫(Barkhudarov)将翻译定义为"把一种语言的话语在保持其内容意义不变的情况下(即等值)改变成另外一种语言的话语的过程"③;等等。这些对翻译的定义在表述上虽然各不相同,但基本上都强调了翻译的语言转换过程,将语言转换性视为翻译最重要的本质特征。从原作到译作必然要经历语言上的"变易",从形式上看,翻译的确是一种"转换",没有经由符号转换实现的语言转换,翻译就无从谈起。"转换"是一切翻译活动的根本手段和基本属性。然而,无论从一种语言的文本材料到另一种语言的文本材料,还是从一种语言的话语到另一种语言的话语,"转换"说的意义在于一种形式向另一种形式的改变,可以视作两种语言、两个文本之间一种平移式的转变,注重翻译的狭义过程及其最终结果,而往往缺乏对翻译活动整个动态过程与内在机制的深入考察。因此,如果仅从语言转换的层面来认识翻译的本质,不可避免会产生直译与意译、形式与内容、归化与异化等僵化的二元对立,并由此导致对文本等值与翻译忠实性等问题的片面看待。

在人们对翻译本质特征的不同认识中,除了语言转换性之外,较为重要的还有翻译的创造性和翻译的历史性。尤其是翻译研究的文化转向以来,对原文中心论的批判与反思使"价值判断式的"翻译观念失去其权威地位,翻译研究转而着重考察"控制翻译产生和接受过程的规范与约束机制"以及翻译作品在"特定文学和不同文学互动过程

---

① 廖七一编著:《当代西方翻译理论探索》,南京:译林出版社,2000年,第100页。
② 廖七一编著:《当代西方翻译理论探索》,南京:译林出版社,2000年,第88页。
③ 廖七一编著:《当代西方翻译理论探索》,南京:译林出版社,2000年,第145页。

中的地位与作用"①。翻译活动的复杂性、译者在翻译过程中的能动性以及翻译在文学史、思想史乃至整个社会发展史中的地位得到空前的关注，翻译所具有的创造性和历史性等根本性特征也更广泛、更深入地得以凸显。如果说，翻译是一种自我向他者的敞开，这本身就孕育着一种求新求异的创造精神，而且作为一种历史的存在、一种革新的力量，翻译在社会与历史的发展中切实推动跨文化的交流与传播、参与语言思想文化的建构，那么翻译的创造性和历史性以及翻译的沟通与建构功能是如何形成、如何实现的？

面对以上提及的局限和疑问，翻译界迫切需要就"什么是翻译？"这一命题展开更深入的思考。从不同的角度考察翻译活动，就会对翻译的本质形成不同的认识和理解。从形式上看，翻译是一种转换；从过程上看，翻译是一种选择；从功能上看，翻译是一种沟通；从目标上看，翻译是一种建构；等等。而倘若我们在综合考察翻译的形式与内容、过程与要素、内部机制与外部影响的基础上，将翻译作为一种文本生命的存在方式来看待，那么可以说，翻译最核心、最重要的本质特征在于其生成性。翻译的生成性关乎文本生命从诞生、延续到发展的整个历程，也涉及翻译主体、时代语境、自我与他者关系等作用于其间的翻译活动全过程。

1. 原作新生命的诞生

翻译的生成性首先在于翻译之"生"。不同民族、不同文化之间存在着语言内外的多重差异，而世界只有在各种文明的交流交融、互学

---

① 西奥·赫曼斯：《翻译研究及其新范式》，江帆译，谢天振主编：《当代国外翻译理论导读》，天津：南开大学出版社，2008年，第309页。

互鉴中才能得以发展,这就从根本上决定了翻译在人类发展进程中的不可或缺性,翻译的目标与价值正在于打破隔阂、促进思想的沟通与文化的交流,进而推动人类文明的共同进步。翻译因"异"而生,但翻译并非语言与文化多样性的单向结果。从另一个方向来看,翻译的沟通与交流功能决定着,翻译之"生"同样是应语言、文化的成长与发展的呼唤而出现。"每一种语言都在孤独中萎缩、贫瘠、停滞、病态",正是通过翻译,"一种语言给予另一种语言它所缺乏的东西,并且是和谐地给予,语言之间的这种交叉保证了语言的成长"[1],这就意味着,一种语言如果没有与其他语言发生交流,没有从其他语言中得到补偿和丰富,那么它将无法获得成长、丰富、发展的力量,无法在"永恒生存"与"无限再生"中享有一种健康的存在,甚至将在贫瘠中萎缩,在停滞中消亡。从根本上说,语言与思想、与生命的存在息息相关,因此健康的状态、成长的动力与永恒的多样性对语言而言是一种本质的需要。语言无法在孤独中生存与发展,同样,自我封闭、与他者文化相隔绝的文化也是不可想象的。"任何一个民族想发展,必须走出封闭的自我,不管你的文化有多么辉煌,多么伟大,都不可避免地要与其他文化进行交流,在不断碰撞中,甚至在冲突中,渐渐相互理解,相互交融。"[2]从历史来看,人类文明正是在相互交往中得以发展的,对一个民族而言,唯有不断更新、不断创造,才能从根本上保证其文化的延续,而更新与创造的动力同样直接来源于不同文化间的深刻交融。在全球化背景下的今天,谋求各民族共同发展的重要性更加凸显,习近平总书记曾明确指出,"文明因交流而多彩,文明因互鉴而丰富","文明交流互鉴,是

---

① Jacques Derrida, Des tours de Babel, *Psyché. Inventions de l'autre*, Paris: Éditions Galilée, 1987, p.233.

② 许钧:《翻译论》(修订本),南京:译林出版社,2014 年,第 268 页。

推动人类文明进步和世界和平发展的重要动力"。①

　　就文学翻译而言,一部好的作品必然呼唤翻译、等待翻译。法国著名文论家居斯塔夫·朗松(Gustave Lanson)深刻地指出:"人有生命,书也有生命。活着就要变化。"②关于生命的观点不仅对文学批评意义非凡,对于我们把握翻译的生成本质也具有重要的启示性。只要我们承认作品是一种生命的存在,那么延续和发展就是作为生命个体的作品的必然诉求。莫里斯·布朗肖(Maurice Blanchot)在《未来之书》中这样说:"大写的书就如此,谨慎地呈现于'生成'过程,反过来,'生成'或许就是大写的书的意义,意义或许又在循环地生成。"③可见,作品的意义与价值就在于其生命的敞开和生成,或者说,作品在其生命的敞开和生成中获得意义与价值。而在翻译中,译文源出于原文,与原文之间有着割不断的血脉亲缘关系,这一翻译伦理所决定的事实表明,译文经历语言层面的"脱胎换骨",以新的形式,在新的时间和空间里呈现出作品新的生命。在这个意义上,一旦被翻译,作品就进入了新的生命历程,开启其"来世的生命",翻译是作品生命延续的一种根本性方式,因为"在译文中,原作的生命获得了最新的、继续更新的和最完整的展开"④。

────────────

① 习近平:《在联合国教科文组织总部的演讲》,新华网,2014 年 3 月 28 日,http://www.xinhuanet.com/politics/2014-03/28/c_119982831.htm(2017 年 2 月 3 日读取)。
② 居斯塔夫·朗松:《〈沉思集〉百周年》,昂利·拜耳编:《方法、批评及文学史——朗松文论选》,徐继曾译,北京:中国社会科学出版社,1992 年,第 486 页。
③ 莫里斯·布朗肖:《未来之书》,赵苓岑译,南京:南京大学出版社,2015 年,第 334 页。
④ 瓦尔特·本雅明:《译者的任务》,陈永国译,陈永国主编:《翻译与后现代性》,北京:中国人民大学出版社,2005 年,第 5 页。

从哲学层面看,翻译既是必要的又是不可能的,所谓的"不可能"是指"完全同一"的不可能。译文和原文之间是继承与发展的关系,这一关系必须以翻译伦理为保证。但这种伦理诉求下的亲缘关系在相当长的时间里直接导致了翻译的附属性或第二性,译文往往被认为是对原文的描摹或复制,是原文"苍白的影像"和"回声"①,当下中国文学批评界也有学者将翻译称为"影子"②或"象征性文本"③。对于如何"掌握原文与译文之间的真实关系",本雅明在《译者的任务》中有深入论述,他认为:"如果翻译的终极本质是努力达到与原作的相似性,那么,任何翻译都是不可能的。因为在其来世生命中——如果不是对活的东西的某种改造和更新的话就不能如此称呼之——原文经历了一次变化。"④不难看出,本雅明的这番话至少揭示了两个重要方面:首先,作品是一种活生生的、有生命的存在;其次,翻译必定是对原文的某种改造和更新,以成就其来世的生命。因此,正如德里达在解读本雅明时所说,"如果被翻译的文本与正在翻译的文本之间确实存在从'原文'到译文的关系,那么这一关系也不可能是*再现的或繁殖的*。翻译既不是一种镜像,也不是一种复制"⑤。翻译中似乎总是处于"必要性"与"不可能性"的两难之中,其结果就是,一方面译文脱胎于原文,与原文血脉相连;另一方面翻译不断放弃原文语言这一"肌体",超越

---

① Antoine Berman, *Pour une critique des traductions*:*John Donne*, Paris:Éditions Gallimard, 1995, p.92.

② 李建军:《为顾彬先生辩诬》,《文学报》2014 年 2 月 13 日。

③ 李建军:《直议莫言与诺奖》,《文学报》2013 年 1 月 10 日。

④ 瓦尔特·本雅明:《译者的任务》,陈永国译,陈永国主编:《翻译与后现代性》,北京:中国人民大学出版社,2005 年,第 5—6 页。

⑤ Jacques Derrida, Des tours de Babel, *Psyché. Inventions de l'autre*, Paris:Éditions Galilée, 1987, p.215.

语言形式,并力图穿越差异导致的重重障碍与困难,实现对作品生命的延续、对作品异质生命因子的传承。翻译不是也不可能是简单的转换或复制行为,在"异"的考验中,翻译的使命在于"对原文的一种馈赠",既在生命的意义上,也在历史的意义上。

2. 文本意义的理解与生成

翻译的根本任务在于文本意义的再生。奈达所说的"翻译,即译意"正是对此最言简意赅的表达。法国释意派翻译理论代表人物之一的玛丽亚娜·勒代雷(Marianne Lederer)指出:"无论针对何种语言、涉及哪个文本,优秀译者所采取的方法从根本上说是一致的。寻找意义和重新表达是所有翻译的共同目标。"[1]许钧提出:"翻译是以符号转换为手段,意义再生为任务的一项跨文化的交际活动。"[2]刘宓庆认为:"翻译过程始于意义把握,终于意义表达,始终以意义为中心,一步一步推进。"[3]可见,翻译活动首先是一个文本意义的理解过程,意义问题是翻译的核心问题。

我们知道,自从传统的语言观和意义理解模式被打破之后,语言失去其"透明性",语言符号与语言的意义之间不再具有"一一对应的关系"。于是,确定的、权威的并可以完整被捕捉或重构的意义不复存在,取而代之的是阐释的无限可能性。单一的意义演变为多元的意义,封闭的文本成为开放的文本。现代阐释学认为,"通过文字固定下来的东西已经同它的起源和原作者的关联相脱离,并向新的关系积极

---

① Marianne Lederer, *La traduction aujourd'hui. Le modèle interprétatif*, Paris: Éditions Hachette, 1994, p.9.

② 许钧:《翻译论》(修订本),南京:译林出版社,2014年,第50页。

③ 刘宓庆:《翻译与语言哲学》,北京:中国对外翻译出版公司,2001年,第280页。

地开放"①。理解从根本上说就是一个对话事件,通过阅读,理解者与理解对象之间形成一种问答模式的对话关系。在这一循环往复的对话过程中,理解者和理解对象都超越原有的视界,达到"视界融合"。通过双方视界的融合,文本意义得以敞开,并为新的经验和新的解释提供可能。因此,文本意义不可能是一种固定不变的客观存在,也无法被一次性完整地获得,它通过解释学循环不断生成、更新,处于多元的无限可能之中。正如威拉德·奎因(Willard Quine)的行为主义与整体主义意义观所强调的,意义既取决于主体的"感觉经验",也取决于"广义语境",只有当主体将自身的感觉经验与时代的广义语境相融合,他才能让"文本说话",才能把文本中潜在的意义具体化为一种当前的意义。在翻译活动中,不管译者"如何力图进入原作者的思想感情或是设身处地把自己想象为原作者,翻译都不可能纯粹是作者原始心理过程的重新唤起,而是对本文的再创造,而这种再创造乃受到对本文内容的理解所指导"②。译者历史性地存在于变动不居的时代语境中,并主体性地存在于过去与现在、文本与世界的视域融合中,翻译活动对文本意义的汲取远不是一种复制行为,而是一个永无止境的生成过程。

翻译被喻为"解释学的杰出的楷模"③,同样,翻译也是"解构所专注与关切的东西"④。德里达曾说:"在某个既定时刻,我曾说过如果要

① 汉斯-格奥尔格·加达默尔:《真理与方法——哲学诠释学的基本特征》,洪汉鼎译,上海:上海译文出版社,1999 年,第 505 页。

② 汉斯-格奥尔格·加达默尔:《真理与方法——哲学诠释学的基本特征》,洪汉鼎译,上海:上海译文出版社,1999 年,第 492 页。

③ 蔡新乐、郁东占:《文学翻译的释义学原理》,开封:河南大学出版社,1997 年,第 8 页。

④ 雅克·德里达:《书写与差异》,张宁译,北京:生活·读书·新知三联书店,2001 年,"访谈代序",第 23 页。

我给'解构'下个定义的话,我可能会说'一种语言以上'。哪里有'一种语言以上'的体验,哪里就存在着解构。"①翻译涉及两种语言,无时无刻不经历着语言差异性与多样性的考验,同时,翻译活动深受语言之外、文本之外的各种因素的影响和制约,"是那在多种文化、多种民族之间,因此也是在边界处所发生的东西"②,无时无刻不经历着贝尔曼所说的"异的考验"。在这个意义上,德里达明确指出:"翻译对我来说,对一般的解构来说就不是各种问题中的一个:它就是问题本身。"③译文源于原文,就形式而言,翻译是一种彻底的"脱胎换骨",但就意义而言,翻译所转换的绝不是意义的整体。翻译所力图实现的一种语言向另一种语言、一个文本向另一个文本的转换,似乎只能是巴别塔隐喻下的"一种差异游戏"④。在解构主义语境中,能指与所指一一对应的关系被彻底颠覆,德里达认为,"所指概念从不是自我在场的,不会在一种自我指涉的充分在场中呈现。从权利和本质上来说,任何概念都处于链条或系统内,其中,概念通过系统的差异游戏指涉他者,指涉其他概念。这样一种游戏,延异,因此就不再仅仅是一个概念,而是概念化的可能性,是普遍的概念过程和系统的可能性"⑤。这就意味着,表示"意义"的所指处于一种不稳定状态,无法自在也不能指涉自身,只有通过系统中的种种差别而存在。因此,意义从来不是稳定和自行

① 雅克·德里达:《书写与差异》,张宁译,北京:生活·读书·新知三联书店,2001年,"访谈代序",第23页。

② 雅克·德里达:《书写与差异》,张宁译,北京:生活·读书·新知三联书店,2001年,"访谈代序",第22页。

③ 雅克·德里达:《书写与差异》,张宁译,北京:生活·读书·新知三联书店,2001年,"访谈代序",第22页。

④ 陈永国主编:《翻译与后现代性》,北京:中国人民大学出版社,2005年,第2页。

⑤ Jacques Derrida, La différance, *Marges de la philosophie*, Paris: Éditions de Minuit, 1972, p.11.

在场的,而是差异运动的踪迹,永恒地处于时间上的"延异"和空间上的"播撒"之中,处于生生不息、永无止境的生成之中。解构主义意义观同样向我们揭示,在文本意义的理解这一首要过程中,翻译的任务不可能是捕捉客观存在于原文中的意义并通过语言转换使之在译文中再现,意义的多元性和文本的开放性使得翻译行为必然面临文本、意义与理解之间的复杂关系,也就从本质上决定了翻译活动是一个理解不断深入、意义不断丰富的生成过程。

3. 译本生命的传承与翻译的成长

在翻译活动的传统认识中,译本的诞生就意味着翻译的完结,对翻译活动的考察与探讨也因此很大程度上局限于从狭义的翻译过程来看"译本是如何产生的"或从既定的翻译结果来看"译本是如何被接受的"这一类问题。然而,我们知道,翻译因作品的呼唤而生,也因不同文明间交流互鉴的根本目标而生,翻译的使命是在新的历史语境和文化空间里赋予原作崭新的生命、打开原作所承载的一段语言文化相互碰撞与交流的崭新历史。这就是说,翻译与作品生命的延续和传承息息相关,并且,作为作品"来世的生命",翻译本身也是具有建构力量的一种生命存在。针对"作品与生成的秘密",布朗肖看到,书是"既存在又运动变化的作品",是生成过程的一个载体,并反过来经由生成的过程而铺展开来,[①]因此对于"大写的书",写作的结束远非作品的完结,相反,"结束即作品的起点、全新的开始"[②]。只要我们从作品生命

---

① 莫里斯·布朗肖:《未来之书》,赵苓岑译,南京:南京大学出版社,2015年,第330页。

② 莫里斯·布朗肖:《未来之书》,赵苓岑译,南京:南京大学出版社,2015年,第334页。

传承的意义上来理解翻译,那么,译本的诞生也远远不是翻译过程的完结,而恰恰是在"异的考验"中翻译成长历程的开始。翻译的生成性不仅体现于翻译之"生",同样体现于翻译之"成"。

首先,翻译之"成"在于译本生命在目的语社会文化语境中不断的延续、丰富与传承。关于翻译,一直存在"只有不朽的创作,没有不朽的译作"的说法,倘若撇开翻译"附属性"的成见不谈,这个说法并非没有道理。"不朽的译作"意味着理想的范本、翻译的定本,那么究竟是否存在不朽的、理想的翻译定本呢? 许钧曾就这个问题进行了深入探讨,指出"定本"至少包含三种意思:首先,定本"无论就理解而言,还是就表达而言,都达到了尽善尽美的境地";其次,定本"可以超越时间,无论哪一个时代,只以此译为定译,不必随着时代的变化、语言的变化、读者审美情趣的变化而对译本有所修改,定而'不变',一劳永逸";再次,定本"是一种理想的范本,以此为'准',定而为'本',原作的'本'被译本的'本'取而代之,一切译作皆要以此本为本"。① 事实上,影响翻译活动的多重因素不但紧密相连、相互交织,形成翻译赖以产生和生存的错综复杂的目的语接受系统,对翻译活动产生制约,而且无一例外地被烙上深深的时代印记,呈现出显著的时代特征。因此,翻译不仅是一个内涵丰富的复杂过程,也是一项深受变动不居的时代因素影响的历史性活动,译者的"可为"空间不仅涉及主体层面,也从根本上被限定在一个"有限可能性"的范围内。这就意味着,翻译要在新的语言系统、新的文化语境中获取生命力,就必然不断遭遇多重矛盾和冲突,接受各种"考验",必须通过适应、对抗、妥协等阶段性策略来寻求解决矛盾、化解冲突。同时,翻译具有的语言、社会、文化、历史等属性决

---

① 许钧:《生命之轻与翻译之重》,北京:文化艺术出版社,2007年,第19—20页。

定着,译者的"可为"空间随着时代发展而始终处于变化与拓展中,译本对于原作的生命"馈赠"不会一次性完成,而只能在不断延续与更新的过程中趋向原作生命之真。因此,无论从以上关于"定本"的哪一层含义来看,翻译都不可能有所谓的"定本",译本在其遭遇矛盾与解决冲突相交织的生命历程中不断得以更新、丰富与完善。考察我国翻译史,可以发现复译现象普遍存在,究其原因,既有纠正前译的理解偏差与表达之误,也有增强时代气息,以满足当代读者的审美需求,更有丰富对原作的理解,突显原作的多元性意义与价值,等等。归根结底,复译的必要性正在于翻译动态发展过程中译本自我更新与成长的需要。

译本生命的传承与丰富不仅取决于一个又一个与原作有着血脉亲缘关系的译本的延续本身,也取决于一代又一代读者对译本的创造性阅读与阐释。作品总是为读者而创作的,未被阅读的作品仅仅是一种"可能的存在",并只有在阅读过程中才能转化为"现实的存在"。从接受美学的角度来看,一部作品的意义和价值不是固定不变的,无论文本意义还是审美价值,都有赖于读者在阅读中的发现与阐释。文学作品这个既是具体又是想象出来的对象只有在作者与读者的共同努力下才能出现,正如萨特所说,"只有为了他人,才有艺术,只有通过他人,才有艺术"①。尤其对于经典作品而言,"其独特的价值呼唤着人们去阅读,去阐释,其生命的不朽,就在于不断的阅读与生成过程"②。可见,作品的生命力不在于瞬间的绽放,而在于超越时空的延续、拓展与传承。译本面向读者,每一个生命的个体、每一个时代的读者,都是从

---

① Jean-Paul Sartre, *Qu'est-ce que la littérature?*, Paris: Éditions Gallimard, 1948, p.68.

② 许钧:《经典的阅读、理解与阐释——〈法国文学经典译丛〉代总序》,安托万·德·圣埃克苏佩里:《小王子》,刘云虹译,南京:南京大学出版社,2017年。

自身的经验、情感、期待与视界出发,怀着内心潜藏的对探寻意义和寻找共鸣的渴望去阅读作品、阐释作品。在这样的阅读与阐释中,在过去和现在、文本与阐释者视域融合的无限可能中,读者发掘文本潜在的意义、赋予文本鲜活的生命,并由此与作品建立一种独特的关系,塑造属于自己的经典。同时,经由读者具有显著个体性与时代性特征的阅读,译本意义阐释的可能性不断扩大,译本的价值与影响在新的历史文化语境不断得到丰富和拓展,译本也因而获得了超越时间与空间的持久生命力。文学的经典性正是在每一次当下的阅读和阐释中历史性地生成。

其次,翻译之"成"在于翻译自身的成长。翻译"总是发生在一个连续体当中,而不会发生在真空当中,对译者而言,存在着文本的和文本之外的各种约束"①。无论翻译赖以发生的"连续体",还是翻译始终面临的约束机制,实际上都意味着翻译活动与其影响和制约因素之间的相互关系。翻译是交流与沟通,是行动与对话,但归根结底,翻译就是建立联系,促成各种关系的发生。翻译在其可为的空间中经历了一种双重过程:做出选择的过程和建立关系的过程。正是在这个意义上,贝尔曼指出,"翻译要么处于关联之中,要么什么都不是"②。在布朗肖看来,"语言是一个系统,由无比复杂的空间关系构成,无论寻常的地理空间,还是实际生活空间都无法像它那样独特"③,基于语言又超乎语言的翻译同样如此,它以自我与他者的关系为中心,构建包含

---

① 苏珊·巴斯奈特:《文化研究的翻译转向》,江帆译,谢天振主编:《当代国外翻译理论导读》,天津:南开大学出版社,2008 年,第 284 页。

② Antoine Berman, *L'Épreuve de l'étranger*, Paris: Éditions Gallimard, 1984, p.16.

③ 莫里斯·布朗肖:《未来之书》,赵苓岑译,南京:南京大学出版社,2015 年,第 322 页。

语言、文化、社会、历史、意识形态等多重要素的互动系统,翻译自身的存在、翻译行为的展开永远都指向系统内部各要素的关系范围,并深受各种关系变化的关联和影响。只要时代在发展,翻译所赖以进行的各种关系与各种条件就同样处于发展变化之中,条件的积累和关系的发展将为翻译的发生与成长提供直接可能。翻译与时代共生,尽管也正因为如此,翻译从本质上看永远是一种生成,面向未来,面向翻译居于自我与他者关系中的无限可能性。

和而不同是一切事物发生与发展的规律,和实生物,同则不继,异质性是世界文明多样性的内在诉求,也是翻译生命力的根本保证。翻译因而具有双重伦理目标:既要克服差异,使翻译成为可能,又要表现差异,使作品的异质生命因子得以传承。翻译之所以被认为是一场"异"的考验,正由于不同语言文化之间客观存在的深刻差异既从根本上构成了翻译的必要性,也无以复加地导致了实际的翻译障碍与困难。翻译是"作为不可能性的必要性",似乎命定地处于悖论之中,德里达认为,"正是那种抗拒翻译的东西在召唤翻译"①,同样,那些翻译的障碍和限制之处恰恰构成了翻译的成长空间。吉尔·德勒兹(Gilles Deleuze)说过:"如果不进入远离平衡的区域,我们还能够进步吗?"②也许,在翻译中,语言文化异质性的客观存在、同时代性的不可能在某种程度上就是对平衡状态的疏离,就是在极限处获得成长的潜在能量。对身处自我与他者关系中、与时代共生共成的翻译而言,"当下"并不具有某种终极意义,而仅仅意味着未来的前一站。随着两种

① 雅克·德里达:《书写与差异》,张宁译,北京:生活·读书·新知三联书店,2001年,"访谈代序",第 24 页。

② 吉尔·德勒兹:《批评与临床》,刘云虹、曹丹红译,南京:南京大学出版社,2022年,第 239 页。

语言文化间关系的改善及其带来的翻译条件的积累,极限被延伸、被打破,可能性得以拓展,翻译将在"困境"处"绝处逢生",像德勒兹所言的块茎式生成那样,曲折迂回地寻找新的生长点,孕育出译本新生命的无限可能,也迸发出翻译自身的创造性与建构性力量。

通过上文的探讨与分析,可以看到,无论就原作新生命的诞生、文本意义的理解与生成,还是就译本生命的传承与翻译的成长而言,翻译是一个由生成性贯穿始终的复杂系统,不断在自我与他者关系的维度内寻求并拓展可为的空间,同时,翻译也是一个具有生成性本质特征的动态发展过程,以自身生命在时间上的延续、在空间上的拓展为根本诉求。翻译之"生"与翻译之"成"相互关联、互为补充,共同构成翻译永远面向未来、面向其存在之真的生成历程。从翻译生成的角度来认识翻译、把握翻译,将有助于我们丰富对翻译本质的理解,探寻翻译活动之所以具有创造性、历史性等特征的内在机制,也将有助于我们深入理解翻译的动态性、系统性与成长性,用历史的目光去看待翻译理论研究与当下翻译实践中遭遇的一些问题与困惑。例如,在目前各界关注的中国文学、文化"走出去"的战略进程中,如何真正从文化双向交流的目标出发去理解翻译忠实性问题?如何深刻认识中国文学外译当前遭遇的困境与未来发展的可能?如何动态地看待语言文化之间的差异性、切实关注译本在新的历史文化语境中的成长,力求有效推进中国文学尤其是中国当代文学的对外译介与接受?若从认识与把握翻译生成性本质的基础上,就中译外研究与实践所涉及的这些问题展开进一步探讨,或将对深化相关研究具有启发意义。

第二节 从节译到全译：文学接受的阶段性①

翻译是涉及两种语言与文化的再度语境化过程，必然面临来自语言差异性的挑战，同时历史性地处于既定时代的社会主流意识形态、集体规范以及读者的审美情趣、文化素养和期待视野等诸多因素的共同作用下。这就意味着，文学译介与接受不可避免地随着历史发展而呈现出具有生成意义的阶段性特征。

纵观我国古典文学名著在海外的译介历程，它们在不同的语言和文化语境中都大致经历了从节译、转译到全译的不同阶段。就《西游记》在德语世界的译介与接受而言，林小发的全译本诞生之前，《西游记》在德国曾先后经历了漫长的一个世纪的节译、编译和转译过程。早在1914年，德国汉学家卫礼贤（Richard Wilhelm）就将《杨二郎》（"Yang Oerlang"）、《哪吒》（"Notscha"）、《江流和尚》（"Der Mönch am Yangtsekiang"）和《心猿孙悟空》（"Der Affe Sun Wu Kung"）四篇译文收录进他编译的德文本《中国通俗小说》（*Chinesische Volksmärchen*），这是德国汉学界对《西游记》最早的片段翻译。卫礼贤的初次尝试中存在不少错漏的部分，甚至将原著中具有重要文学价值的诗词部分略去不译，如有学者在分析《三国演义》的英译时所指出的，外籍译者在客观上"会因为对相关中国古典文字、文学、文化领域知识的缺乏，在

---

① 胡陈尧博士参与了本章第二、三、四节初稿的撰写。

译介中与原著产生偏差"①。无论从翻译的完整性抑或译本的文学性来看,卫礼贤的翻译距离理想的文学译介都还有很长一段距离,但我们应该看到,在 20 世纪初期,囿于汉语人才的短缺和相关研究的滞后,以及中外文化间的隔阂,德国汉学界对《西游记》这样一部八十余万字的鸿篇巨制存在整体把握上的难度,普通德国读者对于中国传统文化更是十分陌生,尚没有形成有利的接受心态和开放的接受空间。在这样的历史语境下,译者选取可读性强并具有代表性的故事情节进行编译,既是译者作为翻译主体的能动选择,也是既定时代语境下的一种必然。这样的译介模式有利于吸引读者的阅读兴趣,从而拉近读者与中国文化之间的距离,为往后趋于完整与忠实的译介奠定了基础。

1947 年,乔吉特·博纳(Georgette Boner)和 玛丽亚·尼尔斯(Maria Nils)合译出版了《猴子取经记》(*Monkeys Pilgerfahrt*),该译本转译自 1942 年出版的英译本《猴子》(*Monkey*),而英译本译者阿瑟·韦理(Arthur Waley)只选取了原著中的 30 回进行翻译,其篇幅之和不到整本著作的三分之一。1962 年,约翰娜·赫茨费尔德(Johana Herzfeldt)的节译本《西方朝圣》(*Die Pilgerfahrtnach dem Westen*)问世,该译本依据的是《西游记》的中文原版与俄文译本,并附有译者序以及对原作者和小说历史背景的介绍。总的来说,这一时期的《西游记》译文在质与量两方面较之 20 世纪初卫礼贤的译本已有显著进步,但删改和误译现象依旧存在,转译带来的翻译忠实性问题也不可忽略,如赫茨费尔德就在译序中指出了原著的文言诗词给译者在理解和

---

① 许多:《译者身份、文本选择与传播路径——关于〈三国演义〉英译的思考》,《中国翻译》2017 年第 5 期,第 43 页。

阐释上带来的困难,并明确表示自己在译作中对原著的诗词部分进行了删减。

以上提及的节译和转译本应都算作贝尔曼所言的"引导性"翻译或"部分翻译",在德国的接受主要局限在少数中国文学研究者和爱好者当中,并未真正步入广大普通读者的文学阅读视野,也因而未能产生实质性的传播影响。2016 年,由瑞士译者林小发翻译的《西游记》(*Die Reise in den Westen*)全译本由德国雷克拉姆出版社出版,该译本以中华书局出版的《西游记》原版为依据,后者则以清代的《西游证道书》为底本。林小发完整翻译了原著的所有章回,并最大限度保留了原著中的文言诗词及传达中国传统哲学与宗教思想的相关内容。此外,林小发还在译后记中附上长达 18 页的神仙介绍列表,并对小说中可能给读者造成理解困难的中国传统文化要素进行了细致的分析和解读。林小发的全译本无疑是成功的:初印的 2000 册在短期内售罄,"过了短短五个月就准备印第四版"①,德国《法兰克福邮报》将其列为最适宜作为圣诞礼物馈赠的书籍之一推荐给读者,此外,"德国主流媒体《明镜》在线、《世界报》等亦对其进行了报道"②。2017 年 3 月,林小发凭借《西游记》的全译本一举摘得德国"莱比锡书展图书奖"翻译类的桂冠。从一部"被注视"的东方古典著作到成为畅销译著并荣获重要图书奖,《西游记》在德语世界的接受呈现出显著的阶段性特征。

---

① 宋宇:《在花果山的"应许之地"林小发和她的德语版〈西游记〉》,《南方周末》2017 年 3 月 30 日。

② 彭大伟:《〈西游记〉德文版译者:一个瑞士人的十七载"取经路"》,中国新闻网,2017 年 3 月 14 日,http://www.chinanews.com/cul/2017/03 - 14/8173388.shtml(2017 年 6 月 10 日读取)。

从《西游记》德译这一具有代表性的文学译介与接受个案中不难看出,中国文学外译往往需要经历一个迂回曲折的漫长历程,经由不同的历史阶段才能最终迎来"真正的、经典的翻译"①。究其原因,中西方在文化接受语境和读者接受心态等方面的差异与不平衡性是一个重要方面。不同文化间消除隔阂、相互沟通的目标不会轻而易举地实现,西方读者对中国文学的接受必将经历从陌生、排斥到了解、接纳的过程。翻译是一种历史性活动,我们应从翻译历史观出发,充分把握文学译介与接受的阶段性特征,深入考察并理性认识中国古典文学名著外译中客观存在的从删节、改译到全译的不同历史形式与阶段。

第三节 "变形"与"新生":文学接受的时代性

许钧指出,"翻译最本质的特征,就是符号转换性"②。符号转换既指语言符号之间的转换,也包括语言符号与音乐、绘画、图像等其他符号之间的转换。雅各布森从符号学观点出发对翻译进行分类,提出翻译可以在三个层面得到理论的界定,即语内翻译、语际翻译和符际翻译,其中"符际翻译"的概念指的就是"非语言符号系统对语言符号系统做出的阐释"③。相较于以单纯的语言符号为媒介的"语内翻译"和

---

① Antoine Berman, *Pour une critique des traductions*:*John Donne*, Paris:Éditions Gallimard,1995,p.57.

② 刘云虹、许钧:《如何把握翻译的丰富性、复杂性与创造性? ——关于翻译本质的对谈》,《中国外语》2016年第1期,第97页。

③ Roman Jakobson, *Essais de linguistique générale*, Nicolas Ruwet(tr.),Paris:Éditions de Minuit,1963,p.79.

"语际翻译",符际翻译将语言符号与各种非语言符号之间的转换和阐释纳入翻译范畴内,拓展了翻译活动的形式与内涵。在当下的新时代,科学技术和新媒体高速发展,文学译介的手段与途径进一步丰富,同时新的翻译观念与新的审美需求也不断出现,如有学者提出,在当前"读图的时代"中,"图像的翻译与转换"已成为"当代翻译的一种形式"①,也有论者认为,"重视经典、长篇、大部头的对外译介,忽视不完整、不系统、跨界、短平快、消费性极强的文化信息的传播,'严谨的输出导向'和'活泼的需求期待'之间存在缝隙,导致中国文化的国际形象常常过于死板紧张,缺少灵活变通"②,等等。这一切都促使翻译的"新生",文学作品的传播已不再囿于传统的纸质文本媒介,各种以"变形"为表征的符际翻译不断涌现,成为文学译介,尤其是中国古典文学的外译中不容忽视的现象。

《三国演义》在日本的译介、传播与接受便是一个颇能说明问题的个案。自江户时代传入日本以来,《三国演义》在日本先后经历了节译、改编和全译等译介过程,掀起了持续至今的"三国热",成为一部真正走入日本大众视野并产生广泛影响的中国古典文学名著。新的时代背景下,借助日新月异的高科技与新媒体,《三国演义》在日本的传播途径更为多元、传播形式也愈加丰富,在相对传统的连环画、电视连续剧、歌舞伎等改编形式之外,动漫和电子游戏等新颖而富有时代特色的传播途径为作品生命在日本的进一步传承与延续发挥了重要的推动作用。在众多由《三国演义》衍生出的动漫作品中,《最强武将传——三国演义》是耗资最多、影响最大的作品之一。这部52集的动

---

① 王宁:《重新界定翻译:跨学科和视觉文化的视角》,《中国翻译》2015 年第 3 期,第 12—13 页。

② 蒋好书:《新媒体时代,什么值得翻译》,《人民日报》2014 年 7 月 29 日。

画片由中日合作拍摄,2009年亮相东京国际动漫展,2010年登陆东京电视台并占据每周日上午9点至10点的黄金时段。除了动漫之外,电子游戏在《三国演义》传播与接受中所起的作用也不容小觑。自1985年日本著名游戏软件公司光荣株式会社发行《三国志》系列游戏的首部资料片以来,该游戏不断推陈出新,目前已有14部本传和多部外传。这一系列的历史模拟类游戏以《三国演义》《三国志》中的人物和故事为依据,并竭力"还原历史本源":"为了人物头像等细节,制作人大量参考了中国明清的三国人物白描绣像、民国时期香烟盒等文献资料,在人名地理等方面也力求精确,加上卫星扫描的地图,严谨的各种历史资料的考据。"①总体而论,新兴的大众传播文化与多元化的传播形式使《三国演义》这一中国古典文学名著的译介突破了传统的"从文本到文本"的限制,从而使其在日本传播与接受的广度和深度都得以进一步拓展。

如此的"变形"在中国古典文学名著外译中并不鲜见,《西游记》在英国的歌剧改编、《水浒传》在法国的连环画改编等都是颇为成功的文学译介与接受模式。2007年6月,华裔导演陈士争执导的现代歌剧《猴·西游记》(*Monkey: Journey to the West*)"登上了英国曼彻斯特国际艺术节的舞台,连演12场,场场爆满"②。该剧选取了《西游记》的9个回合,由中、英、法三国联合制作,融合了动画、灯光特效、武术、杂技等多种演绎方式,剧中音乐不仅有中国的传统乐器,还融入了电子音乐、打击乐等西方流行音乐元素,"为古老的中国传统神话故事吹来

---

① 舒小坚:《〈三国志〉系列游戏传播启示》,《当代传播》2011年第4期,第115页。
② 马桂花:《歌剧版西游记好评如潮 英国人掀起"大圣"热》,央视国际,2007年7月13日,http://discovery.cctv.com/20070713/107233.shtml(2017年6月11日读取)。

一股现代风潮"①。演员的表演也颇具特色,"通过歌唱、武打和杂技,将《西游记》步步惊心的情节和气势磅礴的场面还原给现场观众"②。《西游记》歌剧首映获得巨大成功,英国主要媒体纷纷给予高度评价,如《观察家报》认为"无论是中国导演、英国作曲和造型设计、法国的指挥,都打破了常规,在一个陌生地区进行大胆尝试"③。在英国首映取得成功后,该剧"又在法国巴黎的查特莱剧院、美国斯波莱托艺术节及英国伦敦皇家剧院上演,并在巴黎查特莱剧院创造了连演16场并加演3场的历史纪录"④;2013年7月,该剧"作为美国林肯中心艺术节的开幕大戏,亮相大卫·寇克剧院"⑤。据央视网报道,"美国观众对这部改编自中国经典神话故事的摇滚歌剧表现出了相当浓厚的兴趣,很多观众散场后都争相在海报前留影纪念,不少人还模仿起剧中'孙悟空'的经典形象,陶醉其中"⑥。

---

① 杨涛:《现代歌剧〈猴·西游记〉纽约掀起"猴旋风"》,央视网,2013年7月10日,http://news.cntv.cn/2013/07/10/ARTI1373451565844299.shtml(2017年6月11日读取)。

② 杨涛:《现代歌剧〈猴·西游记〉纽约掀起"猴旋风"》,央视网,2013年7月10日,http://news.cntv.cn/2013/07/10/ARTI1373451565844299.shtml(2017年6月11日读取)。

③ 马桂花:《歌剧版西游记好评如潮 英国人掀起"大圣"热》,央视国际,2007年7月13日,http://discovery.cctv.com/20070713/107233.shtml(2017年6月11日读取)。

④ 杨涛:《现代歌剧〈猴·西游记〉纽约掀起"猴旋风"》,央视网,2013年7月10日,http://news.cntv.cn/2013/07/10/ARTI1373451565844299.shtml(2017年6月11日读取)。

⑤ 杨涛:《现代歌剧〈猴·西游记〉纽约掀起"猴旋风"》,央视网,2013年7月10日,http://news.cntv.cn/2013/07/10/ARTI1373451565844299.shtml(2017年6月11日读取)。

⑥ 杨涛:《现代歌剧〈猴·西游记〉纽约掀起"猴旋风"》,央视网,2013年7月10日,http://news.cntv.cn/2013/07/10/ARTI1373451565844299.shtml(2017年6月11日读取)。

2012 年 10 月,法文版《水浒》连环画在法国出版,同样成为中国古典文学名著译介与传播中的代表性成功案例。据中国驻法国大使馆消息,法文版《水浒》连环画全套共 30 本,制作精良,面世后引发了法国主流媒体的热切关注,且销量可观,首次印刷 2500 套,出版后一个半月便售空。

无论《西游记》的歌剧改编,还是《水浒传》的连环画出版,都是中国古典名著在海外传播历程中创新且颇有成效的尝试,其成功得益于生动多元的文本阐释与表现形式,同时也深刻展现了文学接受的时代需求,促使古典名著的生命在当代接受中迎来崭新的绽放、实现最新的展开。这样的“变形”与“新生”深具启发意义,在中国古典文学名著译介与传播中,如何在传统的文本翻译之外,结合时代语境合理采用异域接受者喜闻乐见的鲜活方式引发他们对中国文化的兴趣,进而推动中国文化更好地“走出去”并“走进去”,这是一个值得深入思考的问题。如《猴·西游记》的导演陈士争所言:“要想让外国人对中国文化产生兴趣,首先要用吸引他们的方式将其引进门。而音乐、动画、服装等视觉形象和国际语言都为来自不同文化的观众提供了较为宽泛的切入点,让他们在欣赏异域文化时没有陌生感和语言障碍,不分男女老幼都能接受这部中国传奇。”①

但我们也注意到存在的另一种倾向,即在猎奇与娱乐的双重动机作用下,新的“变形”有可能走向极端,导致对原作人物形象和思想内涵的扭曲乃至颠覆。如美德合作拍摄的电视连续短剧《猴王》(The Monkey King)将唐僧塑造为担负拯救世界重任的乱世英雄,甚至还让

---

① 马桂花:《歌剧版西游记好评如潮 英国人掀起“大圣”热》,央视国际,2007 年 7 月 13 日,http://discovery.cctv.com/20070713/107233.shtml(2017 年 6 月 11 日读取)。

他与观音菩萨产生了一段情愫；又如在日本知名导演泽田镰作执导的电视连续剧《西游记》以及由原班人马出演的《西游记》电影中，孙悟空成为一个身着"迷你裙"、略带"神经质"的角色。如此天马行空式的改编显然背离了原著的意旨与思想价值，学界应予以充分关注并有所警惕。

历史在前行，翻译同样不断与时俱进。总体上看，在新技术与新媒体空前发展、世界各国文化交流日益丰富而多元的今天，文学译介与接受不可避免地体现时代特色、彰显时代诉求。从接受美学的角度来看，审美距离是决定文学作品被接受程度的重要因素。汉斯·罗伯特·姚斯（Hans Robert Jauss）认为，"一部文学作品在其出现的历史时刻，对它的第一个读者的期待视野是满足、超越、失望或反驳，这种方法明显地提供了一个决定其审美价值的尺度。期待视野与作品之间的距离，决定着文学作品的艺术特性"[1]。如果审美距离过大，接受者便难以对作品产生共鸣，作品的传播和接受也将随之受到限制。就中国古典文学名著外译而言，当下的异域读者早已远离古典名著诞生时的社会历史环境，而语言文化隔阂又使期待视野与作品间的距离被再度强化，这必然给文学接受造成巨大的困难。因此，关注审美期待与文学接受的时代特征，在文学译介与传播中适当融入易于沟通中西文化、拉近审美距离的时代元素，为文本在新的历史时空获得"新生"创造条件，以推动中国文学与文化更切实有效地走向世界，这或许应成为当前学界在探讨中国文学对外译介与传播中的一种理性共识。

---

[1]　H.R.姚斯、R.C.霍拉勃：《接受美学与接受理论》，周宁、金元浦译，沈阳：辽宁人民出版社，1987年，第31页。

第四节 "异"的考验：文学接受的发展性

随着世界各国文化交流的日益频繁与中国文化"走出去"战略的推进，越来越多的中国经典文学著作在海外得到译介，翻译的重要性受到各界的空前关注，有关文学译介与文化传播的问题也引起了学界的普遍重视。如何立足于文化双向平等交流的立场，理性看待翻译忠实性原则与文学接受、文化传播之间可能存在的矛盾关系，这在推进文学译介与传播，尤其是作为中国传统文化重要载体的古典文学名著外译中，显然是一个极为关键的问题。如上文所提及的，翻译面临"异"的考验，必然在其生成过程中呈现出阶段性特征。同样，我们也应充分意识到，阶段性既意味着局限，也意味着发展。以历史的目光来看，任何既定历史阶段的要素都不是固化的，时代的演变势必促使翻译场域中的各种关系与各种条件发生变化，而无论关系的发展，还是条件的更新，都可能成为翻译不断实现自我完善的驱动力。基于不同的时代背景、接受环境、集体规范、审美期待等，伴随着翻译自身的成长，对文学作品的接受也将呈现出鲜明的发展性特征。

考察《红楼梦》在法国的译介，可以看到，这部中国古典文学名著在法国走过了一条从陌生到熟悉、从误解到认同的曲折发展之路。法国对《红楼梦》的译介最早可以追溯到 1912 年法国汉学家乔治·苏利耶(Georges Soulié)在其所著的《中国文学论集》中选译的小说第一章片段；其后，数位中法学者对《红楼梦》的部分章节进行了摘译；1957年，法国翻译家阿梅尔·盖尔纳(Armel Guerne)根据德译本转译出版了《红楼梦》节译本；1981 年，由华裔翻译家李治华与法国妻子雅歌（Jacqueline Alézaïs）共同翻译、汉学家铎尔孟（André D'Hormon）校译的首个《红楼梦》法文全译本问世，至此，这部中国文化经典之作终于以完整的样貌进入法国读者视野。

伴随着从摘译、转译到最终实现全译的漫长译介历程，《红楼梦》在法国的接受也经历了一个不断发展与深化的过程。实际上，在首次摘译前，这部中国文学史上的旷世巨著就已得到部分法国作家和学者的关注，但他们对作品的理解中明显存在某些片面乃至极端的观点。例如法国作家菲利浦·达利尔（Philippe Daryl）认为："中国文学中有大量色情而淫秽的文学作品，这些叙事作品通常都配有彩色插图，其中最为流行的便是《红楼梦》（*Les Rêves de la chambre rouge*），其销量达到数百万册。"[①]将《红楼梦》理解为"色情而淫秽"的文学作品显然失之偏颇，但应该看到，在当时法译本尚未问世的情况下，达利尔之所以得出如此结论，想必是受到了清代中国文人对《红楼梦》的负面评价的影响。此后，多位留法中国学者或撰写文章，或出版专著，就《红楼梦》的故事内容、文学价值以及曹雪芹在中国文学史上的地位等加以详尽介绍，对促进作品在法国的接受与传播发挥了至关重要的作用。与此同时，法国学界对《红楼梦》的关注与理解也日益深入，如 1937 年埃斯卡拉（Jean Escarra）在其著作《中国与中国文化》中将《红楼梦》评价为一部"著名小说"[②]；1964 年，法国出版的《大拉鲁斯百科全书》第三卷认为《红楼梦》这部"极为成功的小说"，"语言十分纯净，充满诗意，心

---

① Philippe Daryl, *Le Monde chinois*, Paris：Hetzel Librairies-éditeurs, 1885, p.190.

② Jean Escarra, *La Chine et sa civilisation*, Paris：Librairie Armand Colin, 1937, p.78.

理描写非常出色"①;20世纪70年代法国《通用百科全书》对《红楼梦》的把握则更为准确:"《红楼梦》既不是一部描写真人真事的小说,也不是一部神怪小说或自传体小说,这是一部反映18世纪中国社会各个方面的现实主义古典作品。"②1981年,《红楼梦》全译本的问世为推动这部文学经典在法国的传播与接受带来了突破性进展,法国书评专家米歇尔·布罗多(Michel Braudeau)在《快报》上撰写评论文章,认为"这无疑是年度文学事件:全文译出中国五部古典名著中最美、最动人的这部巨著,[……]七星文库填补了长达两个世纪令人痛心的空白"③。从"色情小说"到填补法国翻译文学史空白的经典巨著,《红楼梦》在法国读者眼中的形象发生了质的转变,这一"华丽转身"及其背后的曲折历程,一方面源自翻译自身的成长与完善,另一方面也清晰地展现出翻译可能性不断拓展所实现的文学接受的深入与发展。

我们知道,翻译是一个由一系列选择贯穿其间的过程,而翻译过程中的选择都是自律与他律相结合的产物,既取决于译者对翻译活动的认识与理解,也与时代对翻译的需求及其为翻译提供的可为空间密切相关。无论自律还是他律,都是一种具有历史性的存在,须在过去与未来、局限与拓展之间的连续发展演变中得以确立。因此,翻译无"定本",文学接受对特定历史语境所带来的有限可能性的突破并非偶然,而是持续而永久的。仍以《西游记》的译介为例,林小发的全译本首次将这部中国古典文学名著完整且尽可能忠实地呈现在德国读者面前,就《西游记》本身的译介与传播以及中德文学与文化交流而言,

---

① *Le Grand Larousse encyclopédique*, Paris: Librairie Larousse, 1964, tome III.
② 陈寒:《〈红楼梦〉在法国的译介》,《红楼梦学刊》2012年第5期,第202页。
③ Michel Braudeau, Songes d'une nuit de Chine, *L'Express*, le 31 décembre 1981, p.16.

都应该说具有里程碑式的重要意义。然而，尽管译者具有很高的双语水平并在翻译过程中着力于忠实传达作品在文学与思想上的双重价值，但林译本中似乎仍存在有待商榷之处。有学者便撰文指出林译所参考的底本《西游证道书》是"一部删节评改本"，并非《西游记》的善本，认为"林小发译本采纳《西游证道书》的思想立意，不能全面、准确反映《西游记》的'丰富性、多样性'文化内容"①。这便揭示出，翻译求真之路永无止境，文学译介与接受只有处在不断的发展完善中，才能推动文学作品本身意义的不断丰富，实现文学作品生命的生成与延续。

张西平将四百年来中西文化关系的演变划分为三大阶段："蜜月期——文化相互的仰慕；不平等时期——西方文化统治世界，中国追随西方文化；平等对话时期——多元文化的共生。"②一方面，虽然目前中西文化关系被认为正处在以多元文化共生为基础的平等对话时期，但中西方文化接受上的不平衡仍然是不争的事实。基于此，就目前的中国古典文学名著外译而言，我们应认识到，在保留并传达作品中文化异质性与尽可能消除文化隔阂进而促进更为深入有效的文学接受这两者之间，需要进行某种程度的权衡。许钧曾指出："在目前阶段，为了更好地推进中国文学在西方的接受，译者在翻译中有必要对原著进行适当调整，使之在更大程度上契合读者的阅读习惯与期待视野。"③而另一方面，中外文化间的相互关系并非一成不变，随着中国经

---

① 竺洪波：《林小发德译〈西游记〉的底本不是善本》，《淮海工学院学报（人文社会科学版）》2017年第4期，第32页。

② 张西平：《中国古代典籍外译研究的跨文化视角》，《新疆师范大学学报（哲学社会科学版）》2015年第2期，第107页。

③ 许钧：《"忠实于原文"还是"连译带改"》，《人民日报》2014年8月8日。

济的发展和国际影响力的增强,中西文化交流的不平衡状态正在不断得到改善,西方读者对异质文化的态度趋于包容与开放,不再满足于"改头换面"式的翻译,中国文学也将以更为"本真"的姿态走入西方读者的视野。杜特莱曾明确表示:"法国读者希望读到的是一部中国文学作品,并不是一个适合他口味的文本。"①因此,我们要充分意识到文学接受的发展性,以历史的、开放的目光来看待目前中国文学外译的现实困境与未来发展。

从本质上看,文学翻译是一个由生成性贯穿始终的动态系统,以自身生命在时间上的延续、在空间上的拓展为根本诉求,永远面向未来的无限可能。在文学作品生命经由翻译而得以展开的生成过程中,文学接受是至关重要的一环,它与文学翻译本身一样,始终处于不断更新与完善、不断丰富与发展的历程之中。通过上文对中国古典文学名著外译中代表性案例的考察与分析,我们看到,无论其译介、传播还是接受,都呈现出一种清晰的历史发展趋势:从节译、改写到全译,从不忠实到相对忠实,从形式单一到形式多元。这样的个案探究应该说能够带来某种启示:只有充分认识中国文学外译的生成性接受及其具有的阶段性、时代性与发展性特征,才能坚持一种动态发展观,从而更理性地认识翻译、推动文学译介事业的发展。

---

① 刘云虹、杜特莱:《关于中国文学对外译介的对话》,《小说评论》2016 年第 5 期,第 42 页。

第七章 译研互动与翻译主体的探索
——雷威安对中国古典文学的译介①

---

① 陈嘉琨博士参与了本章初稿的撰写。

在文学译介实践中,居于主体地位的译者及其明确的追求与自觉的探索对翻译活动的走向与结果起着决定性作用。若梳理中国文学外译的成功案例,不难发现,译者的翻译与研究常常形成一种积极的互动,为翻译过程中译者主体作用的发挥提供了重要保障。考察法国著名汉学家、翻译家雷威安(André Lévy)对中国古典文学的译介,我们可以清晰地看到这一点。

雷威安在近半个世纪的职业生涯中致力于中国文学尤其是古代文学的翻译与研究,是中国古典小说与戏剧最重要的法译者之一,为中国文学在法语世界的译介与传播做出了杰出贡献。占据明代"四大奇书"半壁的《金瓶梅词话》和《西游记》,以及清代文言短篇小说集《聊斋志异》皆由他首度以全译本形式完整译入法语,《清平山堂话本》、"三言""二拍"等话本小说集里为数众多的经典作品经其选译编纂成集出版,《欢喜冤家》《一片情》《弁而钗》等明代白话世情小说通过他的译笔得以在法语语境中重新焕发生机,数目可观的唐代传奇小说也经由他翻译、结集成册出版。此外,雷威安先后翻译了汤显祖的戏剧名作《牡丹亭》和《邯郸记》,搜集并选译了一百首各朝代情诗,汇编成诗集,重译了此前已有多个法译本的儒学经典《论语》和《孟子》。

法国具有深厚的汉学传统。法兰西公学院于1814年正式设置汉语教授席位,汉学专业由此确立。沿革至20世纪初,在陆续出现的多个汉学机构的推动下,法国学院制汉学得到新的发展,愈加明显地呈现出向经院式、专业化演变的趋势。据汉学家戴密微（Paul Demiéville）所述，其导师沙畹（Édouard Chavannes）在此阶段初期成为主导人物，"被整个西方世界奉为汉学研究大师"①，而"沙畹去世后（1918 年）——应该说早在他逝世之前，法国汉学史就是其门徒们的专业历史了"②。二战期间，葛兰言（Marcel Granet）、马伯乐（Henri Maspero）、伯希和（Paul Pelliot）等汉学家相继辞世，给如日中天的法国汉学"造成了巨大的真空"，危难之中，戴密微担起"承前启后的角色"，"力排万难，领导法国汉学的战后恢复工作"。③ 这一背景下，二战后考入法国国立东方语言文化学院、师从戴密微研习中文的雷威安，可被视作在中国文化领域深入探究的第三代汉学家之一。

在早期的法国汉学界，文学往往被视作一种文化研究的工具或可能的视角，"以探求中国文化奥秘为最终取向"④，文学文本本身的研究不受关注，文学作品的翻译也零散而不成体系。同时，学界始终认为"'文'是非常正统的东西，不可以掺杂感官刺激成分，也不应该娱乐读者"⑤，描绘世俗人情的话本小说难登大雅之堂。尽管雷威安对中国文学的最初关注难免受到这一传统的影响，但随着研究的深入，他"越来

① 戴密微：《法国汉学研究史》，耿昇译，耿昇编：《法国汉学史论》，北京：学苑出版社，2015 年，第 116 页。

② 戴密微：《法国汉学研究史》，耿昇译，耿昇编：《法国汉学史论》，北京：学苑出版社，2015 年，第 119 页。

③ 钱林森：《法国汉学的发展与中国文学在法国的传播》，《社会科学战线》1989 年第 2 期，第 336—337 页。

④ 钱林森：《法国汉学的发展与中国文学在法国的传播》，《社会科学战线》1989 年第 2 期，第 335 页。

⑤ 雷威安、钱林森：《中国古典文学在法国——雷威安：我怎样翻译〈金瓶梅〉〈西游记〉〈聊斋志异〉》，钱林森：《和而不同——中法文化对话集》，南京：南京大学出版社，2009 年，第 326 页。

越受到中国式叙事艺术的吸引"①,并在翻译过程中,将注意力更多转向了文学作品本身所独有的美学与艺术价值。20 世纪 50 年代末,雷威安暂居越南期间见到了一些在法国难觅的中国话本小说,不久后便选译了凌濛初的"二拍",汇编成他的第一部译作:《牝狐之爱:古代中国的商人与文人》。在他看来,"文学既不是对社会简单的反映,亦非意识形态卑微的仆人",与市井生活关系密切的话本小说有可能带来"除文人、官吏以外的另一些声音"。② 以"二拍"为基点向前后扩展,雷威安展开了他的中国文学翻译版图。他重视翻译文本的完整性,且始终将文学研究与翻译并重,促使两者形成相互助益的积极互动。他对翻译文本的选择、翻译方法的运用有着细致考量与明确追求,并在实践中不断尝试拓展翻译的可能性。

第一节　以全译本揭示作品真实面貌

贝尔曼曾借诺瓦利斯(Novalis)的"翻译冲动"一词定义译者的翻译立场,指出"正是翻译冲动使译者成其为译者:它将译者'推'向了翻译行为,'推'入了翻译空间",而翻译立场则是"译者作为受翻译冲动驱使的主体领会翻译任务的方式与他'内化'周遭翻译话语('准则')

① André Lévy, Lire le chinois... mais en français!, Propos recueillis par Laurence Marcout. *Taïpei Aujourd'hui*, 2001(jan.-fév.), p.21.

② 雷威安、钱林森:《中国古典文学在法国——雷威安:我怎样翻译〈金瓶梅〉〈西游记〉〈聊斋志异〉》,钱林森:《和而不同——中法文化对话集》,南京:南京大学出版社,2009 年,第 325 页。

的方式之间的'折中'"①。具有独特价值与开创意义的首译本往往能更清晰地反映出翻译主体的立场与选择。作为将《金瓶梅词话》《西游记》《聊斋志异》首次完整译入法语的译者,雷威安俨然已与这三部全译本融为一体,后者甚至成了他最受瞩目和赞誉的翻译成就,而他对译本完整性的近乎严苛的追求态度,既源自一种翻译冲动,也彰显出他最鲜明也最坚定的翻译立场。

　　雷威安所译《金瓶梅词话》和《西游记》由伽利玛出版社"七星文库"分别于 1985 年和 1991 年出版。《金瓶梅词话》译本一经问世,《世界报》随即刊登了法国东方语言学家阿兰·贝罗贝(Alain Peyraube)撰写的书评,称该书是《水浒传》和《红楼梦》法译本问世以来"中国古典白话小说之无可争辩品质的一个全新例证",强调此译本是小说"已知最早版本的完整译本",而"法国人将是西方世界率先欣赏到这部作品的读者"②。事实上,法国读者通过巴赞(Antoine-Pierre-Louis Bazin)的伪节译、乔治·苏利耶的编译以及波雷(Jean-Pierre Porret)基于库恩(Franz Kuhn)德文译本的转译,早已对《金瓶梅》有所了解,但这种了解不仅片面且带有倾向性,甚至是歪曲的,因此贝罗贝断言,只有读过雷威安的译本,读者才能"知晓过去的不同编译本以何种程度的删节和随意改编,将此杰作降格为一部单纯描绘情色韵事的消遣读物"③。《金瓶梅词话》法文全译本的最终诞生离不开法国著名汉学家艾田蒲(René Étiemble)的积极推动。早在 20 世纪 40 年代末,艾田蒲就已开始关注这部小说,1966 年,他向伽利玛出版社提交了"给法语读

---

① Antoine Berman, *Pour une critique des traductions*: *John Donne*, Paris: Éditions Gallimard, 1995, pp.74 – 75.

② Alain Peyraube, Un grand roman érotique chinois, *Le Monde*, 1985(05.31).

③ Alain Peyraube, Un grand roman érotique chinois, *Le Monde*, 1985(05.31).

者一个完整且配得上原著的译本"①的《金瓶梅》翻译方案。1974年，艾田蒲作为评审委员会成员参加了雷威安的博士论文答辩，十分赞赏他的开创性研究。考虑到其研究对象与《金瓶梅》有着极高的相关性，艾田蒲当即决定，由雷威安担纲《金瓶梅》全本的翻译。② 据雷威安本人回忆，艾田蒲那时甚至已经得到将基巴特兄弟（Otto & Artur Kibat）的德译本转译为法文的版权，希望通晓德文的雷威安来完成这项转译工作。但雷威安并不赞同，指出该德译本所使用的原文本为张竹坡批评本，该批评本"遮蔽了小说的另一层面：它与职业说书人表演艺术的关联"③，而在30年代初已有成书年代更早、内容更完整的词话本被发现。他强调，"该词话本很有可能更接近于最原始的抄本，且在世界范围内尚未被翻译"④。除了对底本选择的考量，雷威安还坚持应由中文直接译出，最终他以日本大安影印本《金瓶梅词话》为原文本，用七年时间将该书全本译出，他在导言中直言："是时候让法语读者能完整阅读这部毁誉参半的杰作了。"⑤雷威安极其重视译本相较原作所能达到的完整度，并将完整移译原作视为译者对读者负有的责任。

《金瓶梅词话》出版后，雷威安将目光转向了明代四大奇书中另一

---

① René Étiemble, Préface, In Anonyme, *Fleur en Fiole d'Or I*, André Lévy (tr.), Paris: Éditions Gallimard, 1985, p.XI.

② René Étiemble, Préface, In Anonyme, *Fleur en Fiole d'Or I*, André Lévy (tr.), Paris: Éditions Gallimard, 1985, pp.XI - XII.

③ André Lévy, Les Quatre livres extraordinaires, *Magazine littéraire*, 1987 (242), p.37.

④ André Lévy, *Jin Ping Mei* and the Art of Storytelling, In Vibeke Børdahl & Margaret B. Wan (eds.), *The Interplay of the Oral and the Written in Chinese Popular Literature*, Copenhagen: NIAS Press, 2010, p.14.

⑤ André Lévy, Introduction, In Anonyme, *Fleur en Fiole d'Or I*, André Lévy (tr.), Paris: Éditions Gallimard, 1985, p.XXXIX.

部尚未被完整翻译的巨著——《西游记》。在法国,自 1839 年起,泰奥多·帕维(Théodore Pavie)、乔治·苏利耶、徐仲年、吴益泰等人都先后发表过《西游记》的节译。20 世纪 50 年代,在法国出现了两种《西游记》译本,一种由乔治·德尼凯(George Deniker)转译自韦理的英文节译本,另一种则由路易·阿弗诺尔(Louis Avenol)译自中文缩写本。在雷威安看来,前者"未能处处呈现文风之悦"①,后者"不完整且错误甚多"②,总之,"法语读者大众还没有发掘出这部无可比拟的世界文学杰作的真实面貌"③。因对已有译本不满,更出于对完整译本的热切期盼,雷威安向伽利玛出版社主动请缨翻译《西游记》,并用三年时间完成了全译本。

由于《聊斋志异》体裁本身的特殊性,法国对该作品的翻译在很长一段历史时期内都是零散、非系统的选译。雷威安指出,"一个多世纪以来对蒲松龄《聊斋志异》的法译成果似乎并不令人满意,整部作品中被翻译的部分几乎不到全书的五分之一","然而一些篇目——我们或许认为它们是蒲松龄写得最好的故事——却已经被翻译了四五次"。④在他看来,"唯有在完整的译本中,这部作品才能真正显露其面貌"⑤。于是,雷威安译完《西游记》后便投身于《聊斋志异》的翻译。1996 年,

① André Lévy, Bibliographie sommaire, In Wu Cheng'en, *La Pérégrination vers l'Ouest I*, André Lévy (tr.). Paris: Éditions Gallimard, 1991, p. CXLIV.

② 雷威安、何金兰:《雷威安教授》,《汉学研究通讯》1988 年第 3 期,第 154 页。

③ André Lévy, Les Quatre livres extraordinaires, *Magazine littéraire*, 1987 (242), p.38.

④ André Lévy, The *Liaozhaizhiyi* and *Honglou meng* in French Translation, In Leo Tak-hung Chan (ed.), *One into Many: Translation and the Dissemination of Classical Chinese Literature*, Amsterdam / New York: Rodopi, 2003, pp.89 - 90.

⑤ André Lévy, Introduction, In Pu Songling, *Chroniques de l'étrange* 1, André Lévy (tr.), Arles: Éditions Philippe Picquier, 2005, p.8.

毕基耶出版社以单行本出版了《聊斋志异》卷一、二（共计小说82则），却未允诺推出全译本。2000年，雷威安接受钱林森采访时，曾坦言已完成的《聊斋志异》全书译稿出版之事仍没有着落，甚至"已经不抱什么希望了"，但他仍泰然表示："虽然译稿未能全部出版成书，但是，使我感到不胜欣慰的是，在翻译过程中，我参阅了比长河小说的资料更加翔实丰富的文献，又能够尝试以中国这位优秀散文家的风格进行翻译。"[①]可见，雷威安已将完整翻译作品的冲动化为自己的内在需要与精神追求。所幸，毕基耶出版社于2005年出版了《聊斋志异》雷威安全译本，张友鹤辑校本所录503则故事悉数与法国读者见面。

第二节　翻译与研究的深刻互动

与大多数汉学家、翻译家的情况类似，翻译并非雷威安的主要工作。20世纪50年代中期至60年代末，他先后在法国国家科学研究中心和法国远东学院担任研究员，1969年进入波尔多大学任教，从事中国语言文学的教学与研究。研究者、教师和译者的多重身份使他得以将翻译与研究有机结合起来，并有意识地促成两者的深刻互动。1958年至2014年间，雷威安共撰写研究专著七部，主持编纂中国文学辞典一部，发表学术论文六十余篇、书评五十余篇、书目汇编百余则，为合著作品贡献的名词条目更是难以计数。雷威安首先是一位致力于中

---

① 雷威安、钱林森：《中国古典文学在法国——雷威安：我怎样翻译〈金瓶梅〉〈西游记〉〈聊斋志异〉》，钱林森：《和而不同——中法文化对话集》，南京：南京大学出版社，2009年，第331页。

国文学研究的学者,因翻译了研究领域内的重要文学作品而拥有翻译家身份。法国当代汉学家皮埃尔·卡赛(Pierre Kaser)认为雷威安翻译生涯的最初20年(1961—1981)具有鲜明特色和非凡意义,构成了他的"第一个翻译高潮"①,即雷威安专注于话本小说翻译的阶段。这一时期,他对该文学类型的研究也相当深入,翻译与研究呈现出明显的"共时性"。在60年代初至80年代初期间发表的三十余篇论文中,绝大部分文章都以宋代话本、明代拟话本为研究对象,内容涉及白话文学发展史、部分篇目的起源与文体、话本定义问题、版本考证等方方面面,且多篇文章后都附有相关文本的译文。自70年代起,雷威安开始为法国国家科学研究中心"中国文学与历史研究"项目编写《话本总目提要》,旨在为现今仍存的话本小说撰写附有批注的内容提要。该项目第一部分的第一、二卷由雷威安独立完成,篇幅达八百多页,《清平山堂话本》《熊龙峰小说》《喻世明言》《警世通言》《醒世恒言》等话本小说集所收录的篇目均囊括在内,分别于1978年和1979年出版,后与多人合作完成了该项目第二部分的两卷。此外,雷威安在其博士论文中更是以大量文本分析为基础,深入探究了明清短篇白话小说的发展历程及其来源。正因为对所译文本有深入的研究,雷威安才会采用与前辈不同的方式,真正将文本"作为文学作品,而非简单的社会学或历史学资料进行翻译"②,给予文学应有的尊重。

以"共时性"为主要特征的译研互动在雷威安此后的翻译与研究活动中依然显著,甚至其教学内容也体现了这种互动关系。在翻译

---

① Pierre Kaser, In memoriam André Lévy, *Études chinoises*, 2018(XXXVII - 1), p.16.

② Pierre Kaser, In memoriam André Lévy, *Études chinoises*, 2018(XXXVII - 1), p.14.

《金瓶梅词话》的七年间,雷威安先后发表了4篇与《金瓶梅》相关的文章,探讨作品的初刻本年代、版本与来源、作者考证等问题,不少观点在译本的注解中也有所体现。在巴黎七大任教期间(1981—1984),雷威安将《金瓶梅》引入硕士生课堂,开设"白话前现代文学:《金瓶梅》的研究方法"课程,并自编教材论述《金瓶梅》的版本、主题、来源、成书、语言与风格、叙事模式、文学史地位等问题。在《聊斋志异》译本付梓前,他先后于1992年、1997年和2003年发表文章,内容包括漫谈蒲松龄为《聊斋志异》所写的序言《聊斋自志》、分析作品中隐含的童年记忆、梳理《聊斋志异》在法国的译介历程等。此外,雷威安始终没有停下对《金瓶梅》的研究及对其翻译的反思。译本出版后,1986年至2010年间,他发表了9篇相关论文,其中大多数呈现出明显的"回顾性"。这些文章或进一步探讨作者身份,或分析作品叙事艺术,或揭示小说中若干章回的玄机,或考证字词含义,或反思翻译策略的选择与运用,不一而足,尤以针对"狼筋"问题所展开的回顾性研究为典型。1995年,雷威安发表《一种古老的破案工具:"狼筋"》一文,将读者带回十多年前翻译《金瓶梅词话》的现场,针对原作第四十三、四十四回中三次出现的"狼筋"(也作"狼觔")一词的所指、译法与原始出处进行了深入探讨。[①] 文中,雷威安把自己的相关译文和克莱门特·埃杰顿(Clement Egerton)的英译本、基巴特兄弟的德译本相对照,发现只有法译本在注释里对该词做了一定的释义。该注解大致说明这涉及一种类似神意审判的原始定罪方式,即通过焚烧"狼筋"使盗窃者因恐惧而招供,但译者当时未能找到确凿的资料以对该物件的具体形态做出

---

① André Lévy, Un vieil instrument de détection : le « nerf de loup », *T'oung Pao*, 1995(4/5), pp.320 - 327.

准确描述。雷威安没有轻易放下这一谜题,在查阅大量文献后,最终发现了《酉阳杂俎》对"狼筋"样貌的详尽描述。他在文中将此段文字完整译成法语供读者和研究者参考,使之成为译本注解之外的重要补记。

值得一提的是,雷威安自其翻译生涯的最早期开始便坚持不懈地为每一部中国古典文学译作撰写序或前言,这些副文本都可被视为"完整的文章,近乎研究",其中几篇甚至被认为是"法语中对相关作品解读最到位的批评文本"①。雷威安着手翻译《金瓶梅词话》时,原著在中国大陆处于封禁状态,中文研究资料匮乏,待到法译本出版之时,封禁已解除,相关研究大量涌现,对作品的多方位解读也逐步深入。许多年后,雷威安仍从容地认为自己"四分之一个世纪前所写的译序并没有完全过时"②,当年倾注的心血可见一斑。

第三节　在"不可能"中拓展翻译的可能性

翻译涉及两种语言的转换,许多因素都会导致译文与原文之间的距离,甚至出现意义的流失。有学者指出,"因为语言、文化、历史、社会、意识形态等差异的存在,原文的文本所承载的意义在转换中难以

---

① Pierre Kaser, In memoriam André Lévy, *Études chinoises*, 2018(XXXVII - 1), p.13.

② André Lévy, *Jin Ping Mei* and the Art of Storytelling, In Vibeke Børdahl & Margaret B. Wan (eds.), *The Interplay of the Oral and the Written in Chinese Popular Literature*, Copenhagen: NIAS Press, 2010, p.15.

——对等","对于译者而言,可行的道路就是从差异出发,去寻找克服翻译障碍的途径"①。1992 年,雷威安以颇令人震撼的"翻译是不可能的"为题撰文,论述了他所认为的中国古典文学法译的两大难题:一是汉语语言与文字间特殊关系的不可迁移性,即"在表现汉语的书写特异性时译者的无能为力"②;二是文言与白话的区别在译入语中的不可再现性,即"如何在达成共识的前提下使人体会到一种语言的文学性,以及与之相对的另一种同样不输文学性的语言的口语性"③。此后,雷威安将文言和白话称为中文里的"两种语言",认为两者的关系"有一点像拉丁语和法语的关系,但并不真正如此",因为"用拉丁文来翻译像蒲松龄那样的古典文学作家的作品是无法可想的"。为解决这一问题,雷威安在翻译文言作品时倾向于"使用精练的法语,辅之以虚拟式",在翻译《金瓶梅词话》一类的白话文学时,则采用"一种不过于文学化的语言","一种相当普通的语言","让中文的特点自行显现"。④

在 1999 年发表的《翻译的激情》一文中,雷威安又指出中国古典文学法译的第三个难题:译者如何处理作品本身固有的不可触知性。在他看来,确有一些晦涩不明、信息量稠密的文本令译者在翻译过程中感到束手无策,也超出了普通读者的理解与欣赏能力。文本的模糊晦涩往往是作者有意为之,人们不会要求原作清晰易懂,却对译文提

---

① 祝一舒:《语言关系与"发挥译语优势"——试析许渊冲的译语优势论》,《中国翻译》2017 年第 4 期,第 67—68 页。

② André Lévy, La traduction est impossible, *Perspectives chinoises*,1992(5/6),p.48.

③ André Lévy, La traduction est impossible, *Perspectives chinoises*,1992(5/6),p.49.

④ André Lévy, Traducteurs au travail, Propos recueillis par Jean Bertrand, *TransLittérature*,2006(31),p.5.

出这样的苛求。① 例如蒲松龄的《聊斋自志》一文，作者寥寥数语中隐含着大量典故，且以极其考究的文体写就，即便是在其生活的年代，也只有一小部分文人能够领会其中深意。雷威安在译文中几乎给每一个短句都增补了翔实的注释，然而这么做是否破坏了作者的原意？即便加以注释，文本的意义与价值又是否能真正为读者所感知？这似乎很难下定论。不可触知性在《金瓶梅词话》中同样显著，雷威安甚至直言自己"绝不会夸口说已完全理解这部小说"②。语言具有历史性和地域性特征，许多表达方式只能为生活在特定历史时期和地域的人所理解、所使用，而在更小范围内通行的方言、俚语、切口则更难以把握。例如，"任何一本辞典都不会解释16世纪窑子里的黑话"③，"人物间比较各自坐骑的冗长对话"④也令人费解，主人公描述庭院修葺方案时提及的某些植物名称无法翻译，还有"许多段落可作两三种不同的理解"⑤，雷威安的翻译历程可谓充满挑战。

本雅明指出，"如果译文是一种形式，那么，可译性就必然是某些作品的一个本质特征"⑥。雷威安也曾援引穆南有关"翻译在理论上是

———————

① André Lévy, La passion de traduire, In Viviane Alleton & Michael Lackner (ed.), *De l'un au multiple：Traduction du chinois vers les langues européennes*, Paris：Éditions de la Maison des sciences de l'homme, 1999, pp.168 - 170.

② André Lévy, Traducteurs au travail, Propos recueillis par Jean Bertrand, *TransLittérature*, 2006(31), p.5.

③ André Lévy, Traducteurs au travail, Propos recueillis par Jean Bertrand, *TransLittérature*, 2006(31), pp.5 - 6.

④ André Lévy, Lire le chinois... mais en français!, Propos recueillis par Laurence Marcout, *Taïpei Aujourd'hui*, 2001(jan.-fév.), p.23.

⑤ André Lévy, Traducteurs au travail, Propos recueillis par Jean Bertrand, *TransLittérature*, 2006(31), p.6.

⑥ 瓦尔特·本雅明：《译者的任务》，陈永国译，陈永国主编：《翻译与后现代性》，北京：中国人民大学出版社，2005年，第4页。

不可能的"这一论述,强调所谓的"不可能"仅限于"理论上",而译者则不断证明着"翻译在实践上的可能性"①。这位仿佛不知疲倦的译者在大量的翻译实践中不断体悟翻译的本质,思考翻译的原则与策略,坚持不懈地将看似"不可译"的中国文学译入法语,逐步形成了独具特色的翻译风格。应该说,雷威安对目标读者定位与翻译策略选择之间微妙关系的细致拿捏、对译文忠实度的透彻理解与把握,不仅构成其翻译思想的核心,更重要的是,体现出他为拓展翻译可能性所做的努力。

1. 翻译应以读者为导向

在雷威安看来,译者在翻译时必须时刻考虑目标读者身份以及他们的阅读感受。他曾多次明确表述过这一观点,"当然要考虑到我们所面向的读者大众,顾及他们的阅读期待"②,"翻译,永远取决于为谁而译"③。他指出,为数量有限的学界同行翻译和为大众读者翻译是有区别的,需要采取不同的翻译策略。④ 如对于"七星文库"来说,就应当重视读者的阅读体验,因为"尽管这些书是给内行读者看的,但他们仍然构成一个庞大的受众群"⑤。考察"七星文库"出版的《金瓶梅词话》

---

① André Lévy, La passion de traduire, In Viviane Alleton & Michael Lackner (ed.), *De l'un au multiple*: *Traduction du chinois vers les langues européennes*, Paris: Éditions de la Maison des sciences de l'homme, 1999, p.171.

② André Lévy, La traduction est impossible, *Perspectives chinoises*, 1992(5/6), p.48.

③ André Lévy, Traducteurs au travail, Propos recueillis par Jean Bertrand, *TransLittérature*, 2006(31), p.7.

④ André Lévy, Traducteurs au travail, Propos recueillis par Jean Bertrand, *TransLittérature*, 2006(31), p.7.

⑤ André Lévy, Traducteurs au travail, Propos recueillis par Jean Bertrand, *TransLittérature*, 2006(31), p.7.

和《西游记》译本，可以发现，雷威安力图从翻译的各个层面寻找突破点，在稳固译文整体风格的基础上对细微处精雕细琢，点面结合地探索以读者为导向的翻译的可能性。例如，就《金瓶梅词话》译本的注释而言，雷威安恪守这样的原则："力求呈现一个易于理解的译本，不必求助于注释。"①因为注释是"作为对信息的补充而存在的"，况且"七星文库"向来将注释部分放在书的最后，这也使查阅变得"相当费力"。②雷威安的做法是将注释中必不可少的信息或隐或显地融入译文，同时在注释中给出所有需要解释的内容，以满足读者的好奇心或研究的需要。

面对像《金瓶梅词话》这样人物众多的作品时，人名和称谓的翻译自然成了译者必须解决的难题。雷威安坦言这是"一项艰巨的工作"，小说中数以百计的出场人物的姓名及种类繁多的官衔和称呼"足以叫一位西方读者头昏脑涨"③。在处理这类问题时，他秉持的原则是"将外国语言的文字数缩减到不至于使记忆产生太大负担的程度"④。这一原则在人名翻译中表现为尽量避免音译，而是采用接近于意译的方法，传达全部或部分文字的字面意思，对于主要人物而言尤为明显。例如，"潘金莲"全名被译为"Lotus-d'Or Pan"，且在译文中常被简化为"Lotus-d'Or"。至于如何在法语中再现涉及家庭等级的称谓，雷威安认为它们"带有不可译的细微差别"，因此"不得不简化和灵活调整，使

---

① André Lévy, Introduction, In Anonyme, *Fleur en Fiole d'Or I*, André Lévy (tr.), Paris：Éditions Gallimard，1985，p.XLI.

② André Lévy, Traducteurs au travail, Propos recueillis par Jean Bertrand, *TransLittérature*，2006(31)，p.6.

③ 雷格拉：《访雷威安教授》，孔昭宇译，《香港文学》1987 年第 25 期，第 14 页。

④ André Lévy, Introduction, In Anonyme, *Fleur en Fiole d'Or I*, André Lévy (tr.), Paris：Éditions Gallimard，1985，p.XLI.

读者理清头绪且始终体察这些表示亲属关系的措辞所暗含的尊敬与亲密的杂糅"①。至于名目纷繁的官职名称，雷威安主张，以文学视角来看，若译名过于累赘，则可采用"惯常的对应词"②。

在译本内容的整体编排上，雷威安也不忘为读者考虑。《金瓶梅词话》原本共一百回，以十回为一卷，每一回有各自的标题，但卷前并无标题。考虑到西方读者或许对中国古典小说动辄长达百回的写作形式难以适应，雷威安决定根据故事情节赋予每卷一个提纲挈领的标题，从而使整部作品的故事脉络变得更为明晰。艾田蒲也认同此做法，认为这样的安排凸显了作品"如此富于表现力、如此意味深长的十个部分"③，同时也"很恰当地表明，这部长篇小说绝非极尽色情描写之能事，而是充溢着一层截然不同的含义"④。至于《西游记》的分卷，译本以五回为一卷，共二十卷，每卷的标题也全部由雷威安拟定。

为使读者更全面、深刻地理解作品，雷威安常在译本前后增补副文本。除去常规的前言和序，雷威安在《金瓶梅词话》正文前增加了"主要及次要人物名册""西门庆家业鼎盛时期妻妾仆人一览""西门庆地产总览""西门庆宅邸平面图""《金瓶梅词话》简明年表"等辅助型副文本，在《西游记》译本中还增添了"玄宗时期（602—664）西域各国与天竺地图""各回内容提要""八卦图""天干地支""二十四节气""二十

---

① André Lévy, Introduction, In Anonyme, *Fleur en Fiole d'Or I*, André Lévy (tr.), Paris: Éditions Gallimard, 1985, p.XLI.

② André Lévy, Introduction, In Anonyme, *Fleur en Fiole d'Or I*, André Lévy (tr.), Paris: Éditions Gallimard, 1985, p.XLI.

③ René Étiemble, Préface, In Anonyme, *Fleur en Fiole d'Or I*, André Lévy (tr.), Paris: Éditions Gallimard, 1985, p.XVII.

④ René Étiemble, Préface, In Anonyme, *Fleur en Fiole d'Or I*, André Lévy (tr.), Paris: Éditions Gallimard, 1985, p.XVI.

八宿"等副文本。至于《聊斋志异》，鉴于作者的人生经历对其文学创作有着不可忽略的影响，雷威安整理了一份详细的蒲松龄生平资料，以显现作者的世界观与其文学抱负之间的深刻关联。

2. 翻译应"尽可能保留原作的特异性"

雷威安对翻译的忠实性原则有过长久而深入的思索，他很清楚，译者应在实践中既有章可循又不拘一格地应对这一根本性问题。雷威安回忆《金瓶梅词话》的翻译时曾明确表示，"不能用逐字翻的手段达到'信'的标准，[……]最重要的是忠于原著的风格，严守小说中抒情诗般的意境及其原来的结构。这一点常常被多数翻译者所忽略"，而他所遵循的是"原著所特有的流畅叙述体风格"①，即"叙述的自然涌流"②。1992年，雷威安在《翻译是不可能的》一文中抛出了如下三问："是否本该将《红楼梦》的翻译交给庞德（Ezra Pound）而非霍克斯（David Hawkes）？""相对忠实翻译的平淡乏味，人们是否应鼓吹创造性翻译？""折磨法语，以求给《红楼梦》并不故作风雅的流畅文风强加一种矫揉造作的优雅，不是一种背叛吗？"③提问的措辞已表明作者的立场：翻译应杜绝矫饰，不可为译文之美而放弃忠实，作品的风格应在译文中得到如实传达。贝尔曼指出，"忠实"与"准确性"是"表明翻译经验的两个基本词汇"，也是"满载着意义与历史的两个词"④；雷威安

---

① 雷格拉：《访雷威安教授》，孔昭宇译，《香港文学》1987年第25期，第14页。

② André Lévy, Introduction, In Anonyme, *Fleur en Fiole d'Or I*, André Lévy (tr.), Paris: Éditions Gallimard, 1985, p.XL.

③ André Lévy, La traduction est impossible, *Perspectives chinoises*, 1992(5/6), p.48.

④ Antoine Berman, *La Traduction et la lettre ou l'auberge du lointain*, Paris: Éditions du Seuil, 1999, p.74.

曾将"忠实"喻为"准确性之背信弃义的孪生姐妹"①,联系下文可知,此处的"忠实"指的是逐字对应式的绝对忠实,雷威安随后在文中呈现了两个具有代表性的翻译选段,分别选自从拉丁文逐词译入法文的塔西陀的《编年史》,以及逐词译自日文的紫式部的《源氏物语》法文译本。若要做到这般"绝对忠实",塔西陀的译者远比紫式部的译者轻松,因为拉丁文与法文在句法结构上更接近,但即便如此,"拉丁文本身或许也经不起这样地抠字眼"②。通过这些反面例子,雷威安表明了他反对一味追求"字面忠实"的态度。同样,为了目的语文本的通顺而对出发语进行改写的做法也不可取。本雅明曾写道:"真正的翻译是透明的;它并不掩盖原文,并不阻挡原文的光,而是让仿佛经过自身媒体强化的纯语言更充足地照耀着原文。"③雷威安不赞成美而不忠的翻译,在他看来,翻译"不仅事关故事的结构,还涉及语言和思维方式","须尽可能保留原作的特异性"④,而译者"最崇高的任务便是成为他者、别处、异在的中间人,不使其雷同,而是尊重其差异"⑤。雷威安曾表示自己信服贝尔曼的翻译思想,认为"应该在目的语中保留一点出发语的

① André Lévy, La passion de traduire, In Viviane Alleton & Michael Lackner (ed.), *De l'un au multiple*:*Traduction du chinois vers les langues européennes*, Paris:Éditions de la Maison des sciences de l'homme, 1999, p.163.

② André Lévy, La passion de traduire, In Viviane Alleton & Michael Lackner (cd.), *De l'un au multiple*:*Traduction du chinois vers les langues européennes*, Paris:Éditions de la Maison des sciences de l'homme, 1999, p.164.

③ 瓦尔特·本雅明:《译者的任务》,陈永国译,陈永国主编:《翻译与后现代性》,北京:中国人民大学出版社,2005年,第10页。

④ André Lévy, Lire le chinois... mais en français!, Propos recueillis par Laurence Marcout. *Taïpei Aujourd'hui*, 2001(jan.-fév.), p.23.

⑤ André Lévy, La passion de traduire, In Viviane Alleton & Michael Lackner (ed.), *De l'un au multiple*:*Traduction du chinois vers les langues européennes*, Paris:Éditions de la Maison des sciences de l'homme, 1999, p.166.

毒素。不可将中国小说变成一部法国小说,但也不应夸大其中国性。这是一个剂量的问题"①。他强调,"过度的忠实可能是灾难性的,过分不忠亦然",译者需要找到一条"中间道路"②,"最理想的是让读者感觉得到在读中文,然而是一种看得懂的中文! 他不是在读一部法文小说,而是一部中文小说"③。

简言之,雷威安心目中的忠实翻译不以逐字对应为首要目标。字面上的忠实固然重要,但在难以实现或效果不理想的情况下,更高层次的忠实应产生于对文体风格的还原、对叙述流的再现。译者对译文忠实度"剂量"的把控,归根结底是在翻译场域内各种力量的博弈中探索前行。在翻译历程中,雷威安以忠实传达原作的异质性为根本,充分关注读者接受,灵活选择运用翻译策略与方法,在新的语言系统和文化语境中不断拓展翻译的可能性,一次又一次地实现了对原作生命的"馈赠"。

在中国文化"走出去"的战略背景和历史语境下,"讲好中国故事"和"传播好中国声音"是促进中外文化交流的迫切需求。那些致力于中国文学的海外译介并做出重要贡献的汉学家、翻译家值得译学界深入关注,因为经典个案中往往蕴藏着一定的普遍意义。作为中国文学外译的重镇,法国拥有不少孜孜不倦钻研、翻译中国古典文学的汉学家和翻译家,雷威安确为其中相当杰出的一位。在强烈的历史意识和译者使命感的驱动下,他甄选拟译文本,高度重视作品的文学性,以完

---

① André Lévy, Traducteurs au travail, Propos recueillis par Jean Bertrand. *TransLittérature*, 2006(31), p.10.

② André Lévy, Traducteurs au travail, Propos recueillis par Jean Bertrand. *TransLittérature*, 2006(31), p.9.

③ André Lévy, Lire le chinois… mais en français!, Propos recueillis par Laurence Marcout. *Taïpei Aujourd'hui*, 2001(jan.-fév.), p.23.

整再现原作内容与风貌为己任,半个世纪译笔不辍,开启了多部经典作品法译本从无到有、从劣到优、从缺憾到完整的历史进程。他将翻译融入研究与教学活动,形成深刻而有机的互动,卷帙浩繁的译文折射出他为中外文化交流所做的不懈努力,也展现出他为突破翻译困境所做的积极探索。这一切不仅应当被铭记,更亟待译学界的深入思考。

第八章 中国文学外译的方法

——葛浩文对中国现当代文学的译介

在中国文化"走出去"战略不断推进的过程中,中国文学外译受到各界的持续关注。作为最具代表性的中国文学外译实践个案之一,美国翻译家、汉学家葛浩文对中国现当代文学的译介是翻译学界重点探讨的论题,对思考与推动中国文学外译具有特别的启示意义。

葛浩文 1970 年毕业于旧金山州立大学,获文学硕士学位,1971 年进入印第安纳大学继续博士阶段的学习与深造,师从著名的中国文学教授柳无忌先生,钻研中国古典小说、元杂剧及鲁迅和左翼作家的作品,后确定以萧红研究为其博士论文的选题。1976 年,他在博士论文基础上完成并出版专著《萧红》,1985 年,该书被译为中文并以《萧红评传》为题出版,2011 年,在首届"萧红文学奖"评选中,葛浩文以《萧红评传》获得萧红研究奖。自 1974 年受聘于旧金山州立大学起,葛浩文从事中国文学的教学与研究三十余年,其间发表学术文章、创办并主编学术性刊物《中国现代文学》、主编或参编多部有关中国现当代文学的选集,研究范围"由萧红再到以萧军和端木蕻良为代表的东北作家群,继而转到伪满洲国时期的中国文学史,直至包括港台在内的中国现当代文学"①。葛浩文对中国文学持续的关注与探索,不仅推动了美国学界对中国文学的研究,也为其中国文学译介奠定了坚实基础。

葛浩文的文学翻译与文学研究并驾齐驱、相辅相成,共同源自对

---

① 吕敏宏:《论葛浩文现当代小说译介》,《小说评论》2012 年第 5 期,第 5 页。

中国文学的热爱。从 1974 年首次发表译文至今,他先后翻译了朱自清、萧红、杨绛、王蒙、端木蕻良、张洁、白先勇、贾平凹、莫言、王朔、虹影、苏童、毕飞宇、姜戎、老舍、刘震云、阿来等近三十位中国作家的五十余部作品,其中以小说为主,也包括一些散文和诗歌。如学者所言,"葛浩文的翻译书单如同一本中国当代作家的'名人录',不仅译品数量众多、选择精细,而且翻译功力深厚、文学性强"①。因在中国文学译介上的重要成就,葛浩文获得"美国文学翻译家协会年度翻译奖""古根海姆基金""中华图书特殊贡献奖"等多项荣誉,其译作也多次斩获"曼氏亚洲文学奖""纽曼华语文学奖"等奖项,②更被夏志清先生誉为"公认的中国现代、当代文学之首席翻译家"。2012 年,在英语译者葛浩文及瑞典语译者陈安娜、法语译者杜特莱夫妇、日语译者藤井省三等多位翻译家的助力下,莫言获得诺贝尔文学奖,中国文学在走向世界的进程中迈出了至关重要的一步。在他们之中,由于英语在全球无可比拟的地位,葛浩文自然是最重要也最具代表性的一位。

葛浩文的翻译不仅是中国文学外译中一个引人瞩目的成功个案,更在中国文学"走出去"的背景下折射出涉及翻译的诸多根本性问题,引发了译学界的深入思考。有学者认为,莫言获诺贝尔奖主要涉及了两个问题:"一个是莫言该不该获奖的问题,另一个是莫言凭什么获奖,或者说为什么获奖的问题。"③其中的第二个问题正与翻译密切相关。目前汉语在全球范围内的非主流地位是不争的事实,中国文学在

①　覃江华、刘军平:《一心翻译梦,万古芳风流——葛浩文翻译人生与翻译思想》,《东方翻译》2012 年第 6 期,第 42 页。

②　覃江华、刘军平:《一心翻译梦,万古芳风流——葛浩文翻译人生与翻译思想》,《东方翻译》2012 年第 6 期,第 42 页。

③　曾艳兵:《走向"后诺奖"时代——也从莫言获奖说起》,《广东社会科学》2013 年第 2 期,第 188 页。

世界范围内的阅读与接受肯定要依赖于翻译。尽管莫言作品本身的文学价值、艺术魅力与东方文化特质等构成其获奖的关键因素，但也应该看到，葛浩文等翻译家对莫言作品的译介在一定程度甚或很大程度上提升了莫言作品在世界范围内的知名度与影响力，并最终助力莫言获得以诺贝尔文学奖为代表的国际认可。应该说，莫言获诺奖后，翻译的作用受到前所未有的重视，译者的地位与作用、翻译策略与方法、文学译介与文化传播等诸多相关问题也得到广泛关注。

在这样的语境下，葛浩文在译介中国文学作品时所采用的特色鲜明的翻译方法引发了翻译界、文学评论界乃至整个文化界的热议，成为中国文学外译探讨中的一个焦点。然而，围绕所谓葛浩文式的翻译方法，各界出现了诸多观点的交锋。因此，有必要借助葛浩文对中国现当代文学的翻译这一典型案例，对中国文学外译的方法问题做出进一步思考，澄清一些模糊的认识。

第一节　莫言获奖与葛浩文的翻译

2012 年莫言获得诺贝尔文学奖，这一度成为中国学界和文化界最为关注的事件，各种媒体上都充斥着相关的报道、介绍或讨论。之所以如此引人注目，原因自然不言而喻：诺贝尔文学奖数十年以来让中国作家乃至整个文学界饱尝了渴望与等待，在鲁迅、沈从文、林语堂、老舍、巴金、北岛等作家一次又一次与诺奖擦肩而过之后，莫言终于让这根深蒂固的"诺奖情结"有了着落。除此之外，还有另外一个重要原因：莫言是一位真正的中国本土作家，从来没有用中文之外的其他语言进行写作,外国评论家和读者,当然也包括诺贝尔文学奖的评委们,除极少数汉学家以外,绝大多数都必须依赖莫言作品的外文译本来阅读、理解和评价莫言,于是,翻译对莫言获奖所发挥的重要作用以及与之相关的诸多问题使获奖事件有了各种引人关注也值得探讨的后续话题。

在中国驻瑞典大使馆举行的见面会上,莫言曾表示:"翻译的工作特别重要,我之所以获得诺奖,离不开各国翻译者的创造性工作。"①获诺贝尔文学奖离不开翻译,这不仅是莫言出席此次官方活动时的表述,也是他在不同场合多次表明的态度,更是在莫言获奖所带来的各种话题中深受国内媒体和学界关注的问题之一。如果说,一直默默耕耘的中国文学因为莫言问鼎诺奖而终于在国际舞台受到瞩目,那么,一直静静付出的翻译者们也借此一改昔日的"隐形人"身份,从幕后被推置台前,并收获了极为珍贵的肯定与赞美。莫言作品的英译者葛浩文当然也不例外。其实,在中国文学的视野下,无论作为中国文学的爱好者,还是执着于中国现当代文学研究并推动其在英语世界传播的学者,葛浩文远不是陌生、遥远的名字。尽管早已被了解甚至熟知,葛浩文在中国学界最绚丽的出场却得益于莫言的获奖以及由此产生的对翻译、创作与获奖三者之间关系等问题的大规模探讨。

实际上,莫言获奖后翻译的重要性以及译者的中介作用备受关注,这在目前的文化语境下应该说是一个不难理解的现象。虽然全球的汉语学习热已经是事实,但汉语仍然是远居英、法等西方语言之后的非主流语言,中国文学要想在世界范围内得到阅读、理解与接受,翻

---

① 沈晨:《莫言指出翻译的重要性:"得诺奖离不开翻译"》,中国新闻网,2012 年 12 月 8 日,http://www.chinanews.com/cul/2012/12 - 08/4392592.shtml(2013 年 5 月 11 日读取)。

译是必不可少的途径。于是,伴随着葛浩文的出场,国内学界围绕莫言获奖与葛浩文的翻译而展开的广泛探讨中涉及的首要问题就是翻译的作用。诺贝尔文学奖一经揭晓,国内各大媒体便不约而同地将莫言的获奖与其作品的翻译联系在一起,有关翻译在莫言获奖中起关键作用的报道不胜枚举,例如,《解放日报》的"莫言获奖,翻译有功"、《人民日报》海外版的"文学翻译助力莫言获诺奖"等等。与媒体的热烈反应相比,文化界和翻译界学者们的思考自然要冷静、缜密得多,但概括来看,除个别持谨慎态度,如有所保留地提出"莫言作品之所以能获得国际认同,固然不能缺少翻译环节,但其获奖的原因远没有这么简单"①之外,绝大部分都对以葛浩文、陈安娜为代表的外国译者在莫言得到国际认可过程中所发挥的重要作用给予了肯定。例如,有学者认为,"如果没有汉学家葛浩文和陈安娜将他的主要作品译成优美的英文和瑞典文的话,莫言的获奖至少会延宕十年左右,或许他一生都有可能与这项崇高的奖项失之交臂"②;还有学者提出,"中国的近现代史上文学贡献比莫言大者不在少数,单是林语堂就被提名诺贝尔文学奖多次,但最终都是无果而终。究其原因,作品由汉语译为英语的水平不足是重要原因,这次在一定程度上可以说是外国的译者成就了莫言"③。这些立场鲜明的论述颇具代表性。

随着国内媒体和学界围绕莫言获奖与葛浩文翻译的讨论逐渐深入,关注点也由翻译的作用问题进一步上升至中国文学、文化"走出

① 熊辉:《莫言作品的翻译与中国作家的国际认同》,《重庆评论》2012年第4期,第7页。

② 王宁:《翻译与文化的重新定位》,《中国翻译》2013年第2期,第7页。

③ 冯占锋:《从莫言获诺奖看文学翻译中的"随心所译"》,《短篇小说》(原创版)2013年第10期,第77页。

去"的策略或战略问题。也就是说,在莫言获奖之后葛浩文的翻译所引发的持续不断的话题中,受到广泛关注的不仅是单纯的翻译与创作、翻译与获奖的关系问题,而且是翻译对中国文学、文化走出去的影响和作用等具有更深层次意义的问题。诺贝尔文学奖设立以来的一百多年历史里,获奖者大多为欧洲和北美作家,除莫言之外,亚洲仅有印度的泰戈尔、以色列的阿格农和日本的川端康成、大江健三郎四位曾荣获这一奖项,基于这样的事实,语言问题一直被认为是文学作品能否赢得国际认可的关键所在。因此,对于深受语言因素制约的中国文学如何才能走出去的问题,翻译必然成为其中绕不过去的重要因素。这已经是翻译界、文学界和文化界的共识,正如有学者所指出的,"大家也都知道'中国文学、文化走出去'这个问题的背后有一个翻译问题"①。如何在中国文学、文化"走出去"这一目标下来看待翻译及其相关问题,这并非十分新鲜的论题,然而在莫言历史性的获奖和葛浩文翻译受到空前关注的背景下,对这一问题的讨论呈现出更为清晰的指向性,探讨和研究的主要内容集中于译者模式和翻译方法两个层面,即由什么样的译者、采用什么样的方法进行翻译才能有效地促进中国文学、文化"走出去"。对于译者模式问题,文化界和翻译界的观点相当一致,基本上都认同汉学家译者模式或汉学家与中国学者相结合的翻译模式。以 2012 年 12 月中旬由上海大学英美文学研究中心和上海市比较文学研究会举办的"从莫言获奖看中国文学如何走出去——作家、译家和评论家三家谈"学术峰会为例,针对"中国文学的外译工作怎样才能成功?""中国文学到底怎样才能走出去?"等问题,

---

① 谢天振:《中国文学、文化走出去:理论与实践》,《东吴学术》2013 年第 2 期,第45 页。

郑克鲁提出"文学外译还是让目标语翻译家来做"①,季进认为"真正好的翻译是汉学家与中国学者合作的产物"②,这些也正是与会的国内著名作家、翻译家和评论家中绝大多数人所持的观点。当然,并非所有的汉学家都能胜任推动中国文学、文化"走出去"这项工作,鉴于此,有学者对这一译者模式的理性建构进行了颇为深入的思考并指出:"汉学家译者模式的选择标准,大致应该以葛浩文为参照蓝本。总结起来,即中国经历、中文天赋、中学底蕴以及中国情谊。这四者的结合,无疑是汉学家模式选择中最理想的一种类型。"③诚然,葛浩文、陈安娜等国外著名汉学家对中国文学走出去所发挥的推动作用已经由于莫言的获奖而被有力证明,以葛浩文为参照的译者模式也因此得到了媒体的推崇和学界的认可,但对于中国文学外译中应采用什么样的翻译方法这一更具有普遍意义的问题,或许出于对葛浩文翻译方法的不同认识,或许出于翻译方法这一问题本身所蕴含的丰富内容与复杂关系,目前却存在着一些模糊的认识,有待国内学界特别是翻译研究界进行更为深入而理性的思考。

---

① 张毅、綦亮:《从莫言获诺奖看中国文学如何走出去——作家、译家和评论家三家谈》,《当代外语研究》2013 年第 7 期,第 54 页。
② 张毅、綦亮:《从莫言获诺奖看中国文学如何走出去——作家、译家和评论家三家谈》,《当代外语研究》2013 年第 7 期,第 57 页。
③ 胡安江:《中国文学"走出去"之译者模式及翻译策略研究》,《中国翻译》2010 年第 6 期,第 12 页。

第二节　葛浩文翻译方法与文学译介

如果说中国文学、文化"走出去"离不开翻译，那么在这一过程中我们需要的究竟是怎样的翻译？如果说葛浩文堪称文学译介中汉学家译者模式的参照和典范，那么他究竟采用了怎样的方法来翻译中国文学作品，国内文化界和译学界对此又是如何认识的？由于莫言获奖后媒体对翻译问题空前热切的关注，伴随着汉学家葛浩文的名字迅速进入公众视野的除了他的翻译作品、他对中国文学的执着热爱和有力推介，还有他在译介中国文学作品时所采用的翻译方法。在众多的媒体上，"删节""改译"甚至"整体编译"等翻译策略成了葛浩文翻译的标签。

或许文学经典的评价标准实在难以形成共识，诺贝尔文学奖似乎从来都无法赢得一致的赞誉，而翻译问题的加入，使原本就已经十分热闹的局面变得更为复杂。2013年1月10日，文学评论家李建军在目前国内文学评论重镇之一的《文学报》"新批评"专栏发表长文《直议莫言与诺奖》，对莫言的获奖提出了强烈质疑。针对莫言作品的翻译，他认为，文化沟通和文学交流上的巨大障碍使得"诺贝尔文学奖的评委们无法读懂原汁原味的'实质性文本'，只能阅读经过翻译家'改头换面'的'象征性文本'。而在被翻译的过程中，汉语的独特的韵味和魅力，几乎荡然无存；在转换之后的'象征文本'里，中国作家的各各不同文体特点和语言特色，都被抹平了"。基于这样的认识，文章作者数次提及葛浩文的翻译对莫言作品的美化，并指出："诺奖的评委们对莫言的认同和奖赏,很大程度上,就只能建立在由于信息不对称而造成的误读上——对莫言原著在语法上的错误,修辞上的疏拙,细节上的失实,逻辑上的混乱,趣味上的怪异,他们全然无从判断;同样,对于中国的文学成就,他们也无法准确而公正地评价。"因此,除了诺奖的选择和评价标准本身的"偏失"之外,莫言的获奖"很大程度上,是'诺奖'评委根据'象征性文本'误读的结果,——他们从莫言的作品里看到的,是符合自己想象的'中国'、'中国人'和'中国文化',而不是真正的'中国'、'中国人'和'中国文化'"。① 显而易见,在李建军看来,莫言是在以葛浩文为代表的翻译家的帮助下才得到了诺奖的垂青,换言之,打动诺奖评委们的并不是莫言作品本身,而是"脱胎换骨"、彻底"美化"的译文。并且,在这样的翻译所导致的"误读"中,中国文学的真正成就甚至中国文化的真正内涵都一并被误读了,这或许是比莫言的作品究竟应不应该获奖更值得深思的问题。在这个意义上,似乎可以再追问一句:中国文学、文化"走出去"固然是举国上下的共同目标,但倘若走出去的是某种程度上被误读、误解的文学和文化,那如此的"走出去"到底还值不值得期盼? 评论界从来都不缺观点,也不缺各种观点之间的交锋,何况是莫言获奖加葛浩文翻译再加评论家的"酷评"如此吸引眼球的事件。4月7日,《收获》杂志执行主编、作家程永新在微博上对李建军的这篇评论文章表示了不满与愤慨,认为"李建军对莫言的攻讦已越过文学批评的底线,纯意识形态的思维,'文革'式的刻薄语言,感觉是已经疯掉的批评家要把有才华的作家也一个个逼疯"②。两天后,《文学报》主编陈歆耕在接受《新京报》电话采访时对此给予了

---

① 李建军:《直议莫言与诺奖》,《文学报》2013年1月10日。
② 吴永熹、李永生:《〈收获〉主编宣布"罢看"〈文学报〉》,《新京报》2013年4月9日。

回击,他表示,"李建军万余字的文章,程永新仅用 100 多字便将其否定,这种做法简单、草率、缺乏学理依据"①。4 月 14 日,评论家杨光祖在《羊城晚报》发表《关于〈收获〉主编"罢看"〈文学报〉的一点想法》,直问:"中国作家、中国文坛,什么时候能够成熟起来呢? 能够容忍不同的声音? 能够给批评家成长一个宽容的空间? 中国的作家能不能既能听取廉价的表扬,也能听取严厉的、逆耳的批评呢?"②这样的观点对抗已经超出单纯的翻译范围,成为中国文学、文化"走出去"大背景下国内文化界与学术界对相关问题的关注、探讨甚至争论的一个缩影。

　　除了国内评论界,国外汉学界和美国评论界对葛浩文的翻译也有各自的观点和认识。德国汉学家沃尔夫冈·顾彬(Wolfgang Kubin)曾表示,莫言获奖的一个重要原因在于他遇到了葛浩文这位"杰出的翻译家"③,尽管如此,他对葛浩文的翻译方法却颇有微词,认为他的翻译"在很大程度上是创造了译本畅销书,而不是严肃的文学翻译",因为"他根本不是从作家原来的意思和意义来考虑,他只考虑到美国和西方的立场"④。对于这样的评价,葛浩文尽管没有正面回应,却始终坚持自己的立场:"为读者翻译。"美国当代著名小说家约翰·厄普代克(John Updike)曾经在《纽约客》上以《苦竹:两部中国小说》为题对苏童的《我的帝王生涯》和莫言的《丰乳肥臀》的译本进行了评价,这篇被认为对于中国文学在美国的影响而言颇为重要的评论文章中,作者提到了葛浩文的翻译并对某些译文提出了批评:"这样的陈词滥调式的英

---

　　① 江楠:《"新批评"文章不代表〈文学报〉立场》,《新京报》2013 年 4 月 10 日。

　　② 杨光祖:《关于〈收获〉主编"罢看"〈文学报〉的一点想法》,《羊城晚报》2013 年 4 月 14 日。

　　③ 转引自李建军:《直议莫言与诺奖》,《文学报》2013 年 1 月 10 日。

　　④ 李雪涛:《顾彬中国现当代文学研究三题》,《文汇读书周报》2011 年 11 月 23 日。

语译文,的确显得苍白无力。"①对此,葛浩文显然是不能接受的,他直言:"厄普代克那个评论非常有问题。也许他评艺术评得好,可他连翻译都要批评,他不懂中文,凭什么批评翻得好不好呢?他说 Duanwen was now licking his wounds 这句英语是什么陈词滥调,也许对他而言,这在英文里是陈词滥调,可是我回去看原文,原文就是'舔吮自己的伤口',还能翻成什么?"②

以上评论家之间、汉学家之间、评论家与译者之间的观点交锋尽管都直接或间接地涉及葛浩文的翻译方法,但有褒有贬,没有定论,也并非真正意义上对翻译方法的探讨。如果说,学界对此应该如杨光祖所言给予更宽容的空间的话,那么,最近一段时间来自翻译界的对葛浩文翻译方法的某种认识,以及由此产生的对中国文化"走出去"这一背景下的文学外译的讨论与呼吁,却不能不引起学界尤其是翻译理论界足够的重视。

谢天振是国内翻译研究的重要学者之一,长期致力于译介学研究,并从译介学的角度对中国文学、文化如何更好地"走出去"这一有着重要现实意义的问题进行了深入思考,提出了不少鲜明的观点。由于汉语的非主流语言地位,翻译活动肩负着促进中国文化更好地走出去这一历史使命,但"中国文化走出去不是简单的翻译问题",谢天振认为不能简单、表面地看待中国文化走出去进程中翻译的作用与影响,并一再提醒学界注意两个现象:"何以我们提供的无疑是更加忠实于原文、更加完整的译本在西方却会遭到冷遇?何以当今西方国家的

---

① 约翰·厄普代克:《苦竹:两部中国小说》,季进、林源译,《当代作家评论》2005年第4期,第39页。

② 季进:《我译故我在——葛浩文访谈录》,《当代作家评论》2009年第6期,第52页。

翻译家们在翻译中国作品时,多会采取归化的手法,且对原本都会有不同程度的删节?"①这两个现象或者"事实"指向的是翻译方法和翻译策略的问题,对此可以有两点最直接的理解:一是中国文学作品忠实的、完整的译本在西方的接受不如人意;二是归化和删节是西方在译介中国文学时惯常采用的翻译方法。在翻译研究视域下,无论方法还是策略,都与翻译观念息息相关,正因为如此,谢天振指出:"今天我们也开始越来越多地关心中译外的问题,越来越多地关心如何通过翻译把中国文化介绍给世界各国人民、让'中国文化走出去'的问题。然而,建立在千百年来以引进、译入外来文化为目的的'译入翻译'基础上的译学理念却很难有效地指导今天的'译出翻译'的行为和实践,这是因为受建立在'译入翻译'基础上的译学理念的影响,翻译者和翻译研究者通常甚少甚至完全不考虑翻译行为以外的种种因素,诸如传播手段、接受环境、译入国的意识形态、诗学观念等等,而只关心语言文字转换层面的'怎么译'的问题。因此,在这样的译学理念指导下的翻译(译出)行为,能不能让中国文化有效地'走出去',显然是要打上一个问号的。"②基于此,他认为,"我们在向外译介中国文学时,就不能操之过急,贪多、贪大、贪全,在现阶段不妨考虑多出节译本、改写本,这样做的效果恐怕更好"③,同时多次强调并呼吁,在中国文学向外译介

---

① 张毅、綦亮:《从莫言获诺奖看中国文学如何走出去——作家、译家和评论家三家谈》,《当代外语研究》2013 年第 7 期,第 55 页。

② 谢天振:《新时代语境期待中国翻译研究的新突破》,《中国翻译》2012 年第 1 期,第 14 页。

③ 张毅、綦亮:《从莫言获诺奖看中国文学如何走出去——作家、译家和评论家三家谈》,《当代外语研究》2013 年第 7 期,第 55 页。

的过程中"要尽快更新翻译观念"①。对于这样的认识,在深入分析之前,或许应关注两点:第一,翻译活动是涉及两种语言的双向交流,在语言、文化、历史、社会以及意识形态等多种因素的作用下,译入翻译和译出翻译必然有所差异,这应该是翻译活动中的客观事实,也是翻译界的基本共识。第二,在翻译研究的不断推进中,译学界对文学译介与传播活动的复杂过程已有较为深入的认识,鉴于此,倘若仍然提出"翻译者和翻译研究者通常甚少甚至完全不考虑翻译行为以外的种种因素,诸如传播手段、接受环境、译入国的意识形态、诗学观念等等,而关心语言文字转换层面的'怎么译'的问题"这样的论断并将此归结为翻译观念的陈旧,是否失之偏颇? 是否有悖于国内译学界在30多年的艰难探索中所取得的研究成果?

莫言获诺奖所产生的巨大影响力使国内媒体对翻译问题产生了浓厚兴趣。媒体的关注不仅涉及事件本身,还进一步延伸到译学界对翻译理论问题的探究。《文汇报》2013年9月11日头版"文汇深呼吸"专栏刊登了"中国文化如何更好地'走出去'"系列报道之七《"抠字眼"的翻译理念该更新了》。文章以"很多典籍有了英译本却'走不出去'"为例,并援引谢天振的话指出:"翻译的译出行为是有特殊性的。如果译者对接受地市场的读者口味和审美习惯缺乏了解,只是一味地抠字眼,讲求翻译准确,即便做得再苦再累,译作也注定是无人问津。"接着,文章论及莫言的获奖与葛浩文的翻译,认为"莫言摘获诺奖,其作品的外译者功不可没,其中包括莫言作品的英译者、美国汉学家葛浩文。要知道,葛浩文不仅没有逐字逐句翻译,离'忠实原文'的准则也

---

① 谢天振:《从译介学视角看中国文学如何走出去》,《中国社会科学报》2013年11月4日。

相去甚远。他的翻译'连译带改',在翻译《天堂蒜薹之歌》时,甚至把原作的结尾改成了相反的结局"。基于这样的认识,文章表示,"莫言热"带给翻译界的启示应该是"好的翻译可'连译带改'",并强调"一部作品的最终译文不仅取决于原文,还取决于它的'服务对象',以及译作接受地人们的语言习惯、审美口味、公众心理等非语言层面的因素。或许,只有从根本上认识这一点,卡在中国文化'走出去'途中的障碍才能消失"。① 一千余字的文章并不算长,却字字掷地有声,直指翻译标准、翻译方法以及翻译立场、翻译观念等翻译范畴内的根本性问题,并立足中国文化"走出去"的宏大背景对所谓"传统的翻译观念"提出责问,"陈旧的翻译理念""中国文学和文化'走出去'的绊脚石"等字眼屡屡让人触目惊心。《济南日报》、中国新闻网、人民网、新华网、中国经济网等国内主要媒体纷纷对该文进行了转载。

在此,有必要首先就文章的内容澄清一点,该文在表明葛浩文采用的是"连译带改"式的非忠实性翻译方法时,以莫言《天堂蒜薹之歌》的译本为例,称葛浩文"甚至把原作的结尾改成了相反的结局"。《天堂蒜薹之歌》的结尾确实发生了变化,可这一改动背后的事实究竟如何? 在一次访谈中,葛浩文对此进行了说明:"莫言的《天堂蒜薹之歌》,那是个充满愤怒的故事,结尾有些不了了之。我把编辑的看法告诉了莫言,十天后,他发给了我一个全新的结尾,我花了两天时间翻译出来,发给编辑,结果皆大欢喜。而且,此后再发行的中文版都改用了这个新的结尾。"② 可见,改动原作结尾的是莫言本人,只不过他是在葛浩文转达的建议下进行修改的,这似乎可以被理解为编辑、译者与原

---

① 樊丽萍:《"抠字眼"的翻译理念该更新了》,《文汇报》2013 年 9 月 11 日。

② 李文静:《中国文学英译的合作、协商与文化传播——汉英翻译家葛浩文与林丽君访谈录》,《中国翻译》2012 年第 1 期,第 59 页。

作者之间的互动与合作的一次生动例证,甚至是翻译中可遇而不可求的境界,但无论如何也不能算作葛浩文的单方面改动,更不能简单地由此得出译者不忠实于原著的定论。

或许,这只是不经意间的"疏忽",但文章意欲表明的立场昭然若揭:以"忠实"为原则的翻译观念阻碍了中国文化"走出去"的步伐,仿佛只有葛浩文的"连译带改"的翻译方法才是中国文学外译能获得成功的唯一模式。

第三节　文学译介的复杂性与不平衡性

在翻译界对翻译作用与翻译方法、对中国文学与文化如何更好地"走出去"等问题的持续关注与讨论中,这样一种呼吁更新翻译观念、转换翻译方法的声音不绝于耳,并在媒体的助力下似有形成主流认识之势。译学界利用这一契机,就翻译方法与翻译观念等核心问题进行反思,这对翻译研究的深化,对促进中国文学、文化更好地"走出去"都是及时和必要的。我们认为,至少有两个问题值得提出并思考:首先,葛浩文的翻译是否应被定性为"连译带改"、有悖于翻译忠实性原则的翻译? 其次,如果说葛浩文的翻译方法确实在某种程度上对翻译忠实性有所违背,那么将这种"不忠实"的翻译方法上升为中国文学外译中唯一正确的方法与模式并试图消解以"忠实"为原则的翻译观念,这是否合理?

就第一个问题而言,首先要排除纯粹主观性的判断,真正深入文本中,通过细致的文本对照有理有据地加以分析,同时应充分认识翻译"忠实"概念的不同层面与维度,并结合影响翻译行为的诸要素进行全面考察。葛浩文在回答关于翻译标准的提问时,曾表示:"忠实是大前提,也必须以读者为中心。"①这个回答在某种程度上颇能说明问题。一方面,葛浩文对翻译忠实性有自己的理解与追求;另一方面,满足读者的审美需求和阅读趣味是葛浩文在翻译中进行删改的一个重要原因,文学译介与传播不可能在真空中进行,读者接受是其中必然被考量的要素。第二个问题则不仅与如何认识葛浩文的翻译方法有关,与如何把握翻译观念、翻译价值和目标等深层次问题有关,更关涉到能否真正从自我与他者的互动关系与文化双向交流的宏观视野来看待中国文学外译中的文化交流不平衡性、文学接受阶段性等问题。

因此,有必要展开深入思考,对涉及翻译方法的某些观点和认识进一步加以辨析,澄清以下几个方面的问题。

1. 翻译方法与翻译忠实性。"忠实"是翻译研究的根本问题之一,也是翻译活动的基本原则之一,从伦理的角度来看则是保证翻译自身存在的内在需要。然而,在莫言获奖与葛浩文的翻译所引发的讨论中,忠实性却一再被用以批判所谓的传统翻译理念,一时间,翻译"忠实于原文"被视为影响中国文学走出去的陈旧翻译观念。而葛浩文采用删节和改译等翻译方法在中国文学译介中获得的成功仿佛成为这种观点的有力论据,换句话说,葛浩文在译介中国文学作品中的删节和改译等似乎被理解为与忠实性观念与原则相对立的翻译方法。

事实果真如此吗?也许应该首先想一想:"忠实"到底是什么?或者,当人们在谈论翻译的忠实性时,翻译到底应该忠实于原文的什么?

---

① 孟祥春:《"我只能是我自己"——葛浩文访谈》,《东方翻译》2014 年第 3 期,第 47 页。

是文字忠实、意义忠实、审美忠实、效果忠实抑或其他？国内翻译界曾经对村上春树的"御用"译者林少华的翻译有过不小的争议，有学者认为林少华用"文语体、书面语体"来翻译村上春树作品的"口语体"，其译作因而在风格和准确性上都存在问题。可是有意思的是，一方面，学术界对林译的忠实性表示怀疑；另一方面，林少华在报纸、杂志、博客等不同媒体多次表明他对文学翻译的理解、阐述他所信奉的"审美忠实"这一翻译观，并指出文学翻译的忠实性应体现在译文的"整体审美效果"，也就是说，"文学翻译最重要的是审美忠实"，因为"无论有多少理由，翻译文学作品都不该译丢了文学性"[1]。当然，我们无意在此评价关于村上春树作品汉译的争论，只是这个例子可以提醒我们关注一个事实，即翻译的忠实并非仅在于语言和文字层面，忠实于原文远远不能被局限在"抠字眼"的范畴内，无论就翻译观念还是翻译行为而言，对于忠实性原则的理解都存在着不同的层面和维度。译学界对翻译活动的复杂性已经有了越来越深刻的理解，那么对翻译的"忠实"也应当具有更加理性的认识。正如翻译史一再表明的，文字层面的忠实并不等同于伦理层面的忠实，同样，删节、改译等翻译方法折射出的也并不是"忠实"的绝对对立面。

再看另一个问题：如果说葛浩文在翻译中对原文的删节和改译在客观上有悖于人们对"忠实"一词的基本理解，那么翻译的忠实性原则在他的翻译过程中究竟是否存在？葛浩文在一次访谈中谈起自己的翻译计划时曾说道："还有家出版社邀我重翻《骆驼祥子》。《骆驼祥子》已经有三个译本了，都不好。最早的译本是抗战时一个日本集中

---

① 林少华：《文学翻译的生命在文学——兼答止庵先生》，《文汇读书周报》2011 年 3 月 11 日。

营里的英国人翻的,他认为英美读者看中国的东西要是一个悲剧的话,会接受不了,所以就改了一个喜剧性的结局,完全歪曲了原著。后来北京外文出版社又出一本,可是他们依据的是老舍根据政治需要改过的版本,又是照字面翻译,没了老舍作品的味儿。还有一个译本是一个美国人翻的,夏威夷大学出版社出的,这个译者不知道文学作品的好坏,英文的把握也很有问题。我觉得这实在对不起老舍。"①我们知道,伊万·金(Evan King)1945年翻译出版的《骆驼祥子》英译本对老舍作品真正走向世界具有重要意义,之后,不仅"以此英译本为基础,转译为法、德、意、瑞士、瑞典、捷克、西班牙等许多语种",还"带动了海外的老舍其他作品的翻译与研究活动"②。而葛浩文此番意欲重译《骆驼祥子》的原因很明确,并不在于原译本过于陈旧等,而是要"对得起"老舍,要尽可能忠实地再现老舍作品的精神价值和美学趣味,译本既不能"歪曲了原著",也不能"没了老舍作品的味儿"。这或许至少可以从一个侧面说明,葛浩文在翻译中对忠实性原则不但没有忽略,而且有所追求。

如此看来,葛浩文所采用的删节和改译等翻译方法不应被片面地视为一种对翻译忠实性的违背,更不应被用来否定以"忠实"为基本原则的翻译理念。林少华强调"审美忠实",在葛浩文那里,"忠实"不在于语言层面,而在于意义层面:"只要我在翻译词汇、短语或更长的东西上没有犯错,我的责任在于忠实地再现作者的意思,而不一定是他写出来的词句。这两者之间有细微差别,但也许是一个重要的区别。"③从这个意义上来认识葛浩文的翻译方法与翻译忠实性原则之间

---

① 季进:《我译故我在——葛浩文访谈录》,《当代作家评论》2009年第6期,第50页。

② 孔令云:《〈骆驼祥子〉英译本校评》,《新文学史料》2008年第2期,第152页。

③ 葛浩文:《作者与译者是一种亲密又独立的关系》,《文学报》2013年10月31日。

的关系,或许更为公允。

　　2. 翻译方法与翻译观念。 对于翻译方法与翻译观念之间的关系,译学界比较认同的观点是:翻译是一种语言层面上"脱胎换骨"的再生过程,也是一种具有主观意识和理性色彩的活动,正因为如此,翻译被视为一个选择的过程,从"译什么"到"怎么译"的整个翻译过程中译者时时处处面临选择,包括对拟翻译文本的选择、对翻译形式的选择、对文本意义的选择、对文化立场与翻译策略的选择等等。同样,任何翻译方法的运用也不是盲目的,而是自觉的、有意识的,渗透着译者对翻译本质、目标与价值的理解与认识。《选择、适应、影响——译者主体性与翻译批评》一文曾以林纾、鲁迅和傅雷的翻译为例,详细分析了翻译方法与翻译观念之间的密切关联,无论是林纾的"意译"、鲁迅的"直译",还是傅雷对"以流畅性与可读性为显著特征的译文语体"的运用,三位译者对翻译方法的选择都是以实现其心目中翻译所承载的价值为目标的,也就是说,"正是在翻译救国新民、翻译振兴中华民族、翻译重构文化的不同目标与理想下,林纾、傅雷和鲁迅在各自的翻译中做出了不同的选择"①。

　　葛浩文自然也不例外。那么,在翻译中国文学作品的过程中,葛浩文对翻译行为以及翻译的价值目标究竟有着怎样的理解? 作为译者的葛浩文虽然并不从事翻译理论研究,却对文学翻译持有鲜明的立场并在不同场合多次有所表述。一次演讲中他曾表示:"我们的工作目的是尽量取悦于一位不了解目标语国家语言的作家,尽力去忠实于他的原作吗? 答案当然是否定的。作者写作不是为了自己,也不是为

---

　　① 刘云虹:《选择、适应、影响——译者主体性与翻译批评》,《外语教学理论与实践》2012 年第 4 期,第 52 页。

他的译者，而是为了他的读者。而我们也是在为读者翻译。"①在一次访谈中，他又明确指出："我认为一个做翻译的，责任可大了，要对得起作者，对得起文本，对得起读者，我要多想的话，恐怕早就放弃了，所以我不大去想这些问题。我觉得最重要的是要对得起读者，而不是作者。"②可见，正如我们在上文所提到的，"为读者翻译"，这是葛浩文对于文学翻译所持的一贯立场与态度。为读者而翻译，葛浩文所面对的是出版社编辑这个特殊的读者以及"他所代表的英美读者"，如何让他们接受并喜爱充满异域情调和陌生氛围的中国文学作品，他必须在翻译策略和方法上有所选择。媒体和学界认为，葛浩文式的"连译带改"翻译方法常常体现在作品的开头部分，究其原因，葛浩文曾在访谈中做出如下解释："英美读者习惯先看小说的第一页，来决定这个小说是否值得买回家读下去；中国作家偏偏不重视小说的第一句话，而中国的读者对此也十分宽容，很有耐心地读下去。国外的编辑认为小说需要好的开篇来吸引读者的注意。"③在《苦竹：两部中国小说》中，厄普代克曾说，美国读者那颗"又硬又老的心，我不敢保证中国人能够打动它"④。倘若美国读者的心真的如此难以打动，他们又往往没有慢慢探寻和品味的耐心，那着实必须有一下子就能吸引眼球的精彩开头不可。因此，为了吸引读者，"除了删减之外，编辑最爱提的另一个要求是调整小说的结构"，以刘震云的《手机》为例，"编辑认为中国三四十

---

① 葛浩文：《作者与译者是一种亲密又独立的关系》，《文学报》2013 年 10 月 31 日。
② 季进：《我译故我在——葛浩文访谈录》，《当代作家评论》2009 年第 6 期，第 46 页。
③ 李文静：《中国文学英译的合作、协商与文化传播——汉英翻译家葛浩文与林丽君访谈录》，《中国翻译》2012 年第 1 期，第 59 页。
④ 约翰·厄普代克：《苦竹：两部中国小说》，季进、林源译，《当代作家评论》2005年第 4 期，第 37 页。

年前的事情是很难吸引美国的读者的,他们想要看的是现在发生的故事"。在这样的情况下,葛浩文没有完全忠实地翻译原著的开头,而是"把小说第二章讲述现在故事的一小部分拿出来,放在小说开头"①。通过这个例子可以清楚地看到,在坚持"为读者翻译"的葛浩文那里,翻译的目的是接受,是为了更多的不通汉语的英语读者能喜爱中国文学作品,因此,读者的期待与喜好对翻译中是否删改原著以及如何删改就具有了导向性意义。试想,如果每部小说的开头都像哈金《等待》的开篇第一句"孔林每年夏天都回到乡下去和他的妻子离婚"②那样既精彩又符合美国读者的审美标准的话,葛浩文也无需费力地在翻译中加以处理了。对原著的删改远不是翻译中必然采用的方法,更不是翻译中固定不变的模式,而是翻译观念作用下译者的一次选择。

3. 翻译方法与译者责任。莫言获诺贝尔文学奖后,创作与翻译、作家与译者之间的关系一直是颇为引人关注的话题,莫言对翻译采取的开放态度被认为不仅给译者很大的发挥空间,也对他的获奖发挥了至关重要的作用。如果说莫言对译者毫无保留地信任,其他作家却不尽然,比如另一位在海外颇具影响力的作家余华认为"在文学翻译作品中做一些内科式的治疗是应该的,打打针、吃吃药,但是我不赞成动外科手术,截掉一条大腿、切掉一个肺,所以最好不要做外科手术"③。昆德拉对译者的不满几乎是众所周知的,"作品《玩笑》的最初三个英译本让他大为不满——尤其不满译者动辄在不同地方换用同义词来

---

① 李文静:《中国文学英译的合作、协商与文化传播——汉英翻译家葛浩文与林丽君访谈录》,《中国翻译》2012 年第 1 期,第 59 页。
② 季进:《我译故我在——葛浩文访谈录》,《当代作家评论》2009 年第 6 期,第 53 页。
③ 高方、余华:《"尊重原著应该是翻译的底线"——关于中国文学译介与传播》,《中国翻译》2014 年第 3 期,第 48 页。

表达原文中同一个词的意思的做法。他曾公开对译者表示不满,说'你们这些搞翻译的,别把我们又是糟蹋,又是凌辱的'"①。可见,作家对翻译的态度因人而异,莫言在多种场合表示了对译者的信任和感谢,这或许因为"他很清楚汉语与英语之间不可能逐字逐句对应的,与其他语言之间也是如此",又或许因为他明白"翻译可以延长一部文学作品的生命,并可以揭示原来文本中所隐藏的东西"②,但恐怕另一个更为重要的原因在于,他遇到了葛浩文这样一个"真心喜欢莫言的所有小说",并如顾彬所言,"采用一种非常巧妙的方式"进行翻译的好译者。

莫言对葛浩文的态度不是盲目的,他所说的"想怎么弄就怎么弄"完全是出于对葛浩文的了解和信任。而这信任的另一面就是译者的责任问题。对任何一个有责任心的译者来说,翻译过程中的每一次抉择都不是随意的、盲目的,相反,是基于明确的目标,即通过理性解决翻译中遭遇的各种矛盾以实现翻译的价值。在这个意义上,具体到葛浩文的翻译方法,他对原文的删节、改译甚至整体编译无一不是其主体意志的体现。每部文学作品都具有各自的特色,删不删、改不改以及如何删、怎么改,都需要译者根据翻译所涉及的不同情况做出判断、进行综合考量。况且,译者对于每一次翻译选择都必须谨慎行事,一方面各种选择之间存在互为因果、互相影响的密切关系;另一方面各种选择都是语言、历史、文化、社会、政治等文本内部与外部诸多因素共同作用的结果。因此,如果说翻译活动中有很多不可为而为之的艰难,完全忠实于原著不易,那么删节、改译等体现主体性和创造性的行

---

① 王丹阳:《想当莫言,先得"巴结"翻译?》,《广州日报》2012 年 11 月 2 日。
② 葛浩文:《作者与译者是一种亲密又独立的关系》,《文学报》2013 年 10 月 31 日。

为也同样不易，"既要创造又要忠实——甚至两者之间免不了的折中——那股费琢磨劲儿"①完全是一种挑战。而这艰难与挑战的背后折射出的正是译者作为翻译主体的责任意识。莫言曾这样描述他与葛浩文的合作："我与葛浩文教授 1988 年便开始了合作，他写给我的信大概有一百多封，他打给我的电话更是无法统计，……教授经常为了一个字、为了我在小说中写到的他不熟悉的一件东西，而反复磋商，……由此可见，葛浩文教授不但是一个才华横溢的翻译家，而且是一个作风严谨的翻译家……"②毋庸置疑，这一百多封信和无法统计次数的电话所体现的，正是译者对原作、对原作者、对翻译活动所承担的一份责任。

对作家和译者之间关系的理解见仁见智，或像毕飞宇一再认同的那样，"一个好作家遇上一个好翻译，几乎就是一场艳遇"，或像余华认为的那样，"像是拳击比赛，译文给原文一拳，原文还译文一拳，你来我往，有时候原文赢了，有时候译文赢了，十个回合以后打了一个平手，然后伟大的译文出现了"③。然而从伦理角度来看，译者与原文之间首先具有一种责任关系，如林少华所言，"翻译可以成全一个作家也可以毁掉一个作家"④，这种颇为极端却又富有深意的说法或许是对译者责任的最好诠释。甚至，我们有理由认为，比起亦步亦趋地按照原文直译，当葛浩文采用删节和改译等翻译方法时，他对作者和读者所承担的责任都更为重大，因为无论原作者还是读者，对于从原文到译文究

---

① 王丹阳：《想当莫言，先得"巴结"翻译？》，《广州日报》2012 年 11 月 2 日。

② 文军、王小川、赖甜：《葛浩文翻译观探究》，《外语教学》2007 年第 6 期，第 78—79 页。

③ 高方、余华：《"尊重原著应该是翻译的底线"——关于中国文学译介与传播》，《中国翻译》2014 年第 3 期，第 49 页。

④ 王丹阳：《想当莫言，先得"巴结"翻译？》，《广州日报》2012 年 11 月 2 日。

竟发生了什么样的变化往往无从知晓。想必正是在这个意义上,葛浩文坦言:"作者与译者之间的关系可能是不安、互惠互利且脆弱的。"①

无论删节还是改译,葛浩文的翻译方法不仅彰显着显著的主体性特征,更要对原作、原作者和读者负起应有的责任,如何能将这样一种"不安而脆弱"的关系理解为文学译介中的唯一方法和固定模式?

4. 翻译方法与文化接受的不平衡性。翻译的根本目标在于促进不同文化之间的交流,而交流中极为重要的一点就是对来自异域的他者的认识与接受。因此,在文学译介,尤其是在两种存在显著差异的语言和文化之间进行文学译介时,读者的接受是翻译过程中译者必须考虑的问题。葛浩文之所以坚持"为读者翻译"的理念,离不开他对翻译接受的重要性的理解。然而,翻译的接受不会是简单的语言问题,目的语国家的文化语境、读者的接受心态以及两种文化之间的关系等因素都会在其中产生影响。

目前国内对于外国文学作品的翻译基本上以忠实于原著为原则,出版的一般都是全译本,改译、节译或编译等处理是不被接受甚至不能容忍的,这是因为,中国对外国文学的译介与接受已有相当长的历史,文化接受语境和读者接受心态都达到了较高的水平,忠于原著的翻译不仅在读者接受层面不会产生障碍,更成为社会对文学翻译活动的一种要求。而中国文学,尤其是中国当代文学在国外的译介,却仍处于起步阶段,现状不容乐观,据中国文化对外翻译与传播研究中心的相关数据,"目前,中国作家协会有注册会员作家七千多人,全国网络作家超过十万人,但有作品被译介到国外的作家仅有 200 多人,而

---

① 葛浩文:《作者与译者是一种亲密又独立的关系》,《文学报》2013 年 10 月 31 日。

作品在国外真正有影响力的当代中国作家可以说寥寥无几"①。可见，中译外与外译中之间的不平衡极为明显，中国文学输出与外国文学输入之间存在巨大的逆差，其结果就是中国与西方国家在文化接受语境和读者接受心态两方面的显著差距。而由于这样的差异和不平衡性，为了最大程度地吸引西方读者的兴趣从而推进中国文学在西方的接受，译者在翻译中就必然以读者为归依，对原著进行适当调整，使之在更大程度上契合读者的阅读习惯与期待视野。就葛浩文的翻译而言，他在翻译中国文学作品时采用的翻译策略与方法，也正是将西方读者的接受作为出发点，以便在西方目前的文化接受语境下更有力地推介莫言等优秀作家的作品。

实际上，在中国文学翻译史上也不乏类似的例子，最有代表性的就是林纾对西方文学作品的翻译。今天的翻译研究视野中，林纾的翻译往往由于他采取"意译"这一翻译方法以及由此产生的对原著的不忠实而备受责难，但在当时特定的历史与文化背景下，"林译小说"却将翻译在文化交流中"媒"和"诱"的作用发挥得淋漓尽致，在中国近代文学史上做出了卓越贡献。考察林纾翻译方法背后的动因，不难发现，文化接受语境是其中极为重要的一点。在林纾所处的晚清时代，文学界和评论界对外国小说怀有一种"根深蒂固的偏见"，普遍认为"吾国小说之价值，真过于西洋万万也"②。出于这样一种对西方文化的态度与对本土文化价值的立场，为了加强翻译小说的可读性从而激发读者的阅读兴趣，虽然林纾极力提倡借助外国小说来实现改良社

---

① 韩业庭：《中国文学走出去难在哪里》，《光明日报》2017 年 4 月 1 日。
② 王宏志：《重释"信、达、雅"——20 世纪中国翻译研究》，北京：清华大学出版社，2007 年，第 172 页。

会、救国新民的目标，但翻译中重要的只是保留原作的内容，完成译介小说"知风俗、鉴得失"的使命，任何被认为符合这一需要的删改都不是问题。我们也看到，任何翻译活动都具有其历史属性，林纾的翻译以及他采用的达旨、译述的翻译方法也是特定历史文化语境下的阶段性产物，有着深刻的时代印记。以史为鉴，我们可以试想，目前国内对葛浩文的翻译方法的推崇同样反映了中国和西方对异域文化接受程度的差异，体现出中国和西方在文学译介上的不平衡性，那么，随着差异的缩小、不平衡现状的改变，葛浩文式的翻译方法是否也如林纾的翻译那样，终将在未来某一个新的历史时期成为中国文学译介史上的曾经？

在中西方文化接受语境存在明显差异的情况下，除了读者的接受之外，另外有一点不得不提的就是商业利益问题。在市场和商业利益的作用下，正如葛浩文所言，"译者交付译稿之后，编辑最关心的是怎么让作品变得更好。他们最喜欢做的就是删和改"。如此情形下，葛浩文常常要一再坚持和"斗争"，为的就是"不能让编辑这样随意改动"并"尽量保留更多的原文"。① 诚然，倾向于市场化的译本最终对文学译介本身无益，可遗憾的是，经济利益至上的商业性出版社恐怕难以为了文学的前途而无私奉献。这种与出版者在抗争与妥协之间的博弈远非个案，其他的译者也同样面临此种状况。王安忆的《长恨歌》出版前，出版社主张将书名改为《上海小姐》，理由是"有这样一个书名做噱头好卖"，但译者白睿文一再坚持忠实于原名的翻译，最终《长恨歌》

---

① 李文静:《中国文学英译的合作、协商与文化传播——汉英翻译家葛浩文与林丽君访谈录》,《中国翻译》2012 年第 1 期,第 59 页。

的英文版辗转到美国非营利性的哥伦比亚大学出版社才得以出版。① 无论葛浩文还是白睿文，译者的无奈和坚持都显而易见，对原文的某种删节和改译恐怕真的是译者"完全不能控制的事情"②，是无论如何也不能将之与翻译方法本身的唯一性或正确性相提并论的。

以上几个问题从不同层面揭示出文学译介活动所涉及的多种复杂因素，而在中西方存在巨大差异的背景下，中国文学外译过程中尤其凸显出无法避免的阶段性和不平衡性等特征。葛浩文——其他译者也同样——对翻译策略与方法的选择运用一方面与特定的历史条件息息相关；另一方面也体现出译者自身的主观能动性。若用某种绝对的眼光看待葛浩文的翻译方法，认为非其不可，恐怕会失之偏颇，也无益于在中国文化"走出去"的战略意义上来讨论翻译的作用和价值等根本问题。

葛浩文对莫言作品的译介无疑是出色的，对中国文学与文化的国际传播具有重要的推动作用，但或许也应该思考这样一个问题：中国当代作家逐渐被译介到国外，包括莫言、余华、毕飞宇、苏童、刘震云等在内的一批作家都非常优秀，而葛浩文本人也已经翻译了中国近 30 位作家的作品，为何获得诺贝尔文学奖的是莫言？ 可见，虽然好的翻译是中国文学得到国际认可的必要条件，但并不是仅凭好的翻译就能获奖，莫言作品本身的精神价值、艺术魅力与东方文化特质等同样是其获奖的关键因素。葛浩文的成功在很大程度上得益于他作为译者的眼光和选择，因为他选择了莫言这位足以引起西方读者兴趣的作

---

① 姜智芹：《中国当代文学海外传播研究的方法及存在的问题》，《青海社会科学》2013 年第 3 期，第 149 页。

② 李文静：《中国文学英译的合作、协商与文化传播——汉英翻译家葛浩文与林丽君访谈录》，《中国翻译》2012 年第 1 期，第 59 页。

家。所以,删节和改译等翻译方法虽然对莫言获诺奖发挥了促进作用,也使得葛浩文的翻译收获了极大的赞誉,但对两人的成功而言并非决定性因素。几乎可以肯定,随着中外文学文化交往的深入,莫言等作家的国际知名度进一步提升,中国文学在世界范围内的影响力不断增加,西方国家对中国文学、文化的接受程度也将随之提高,那时,无论西方读者还是中国作家,都会逐渐不满足于目前的翻译处理方法,会对翻译的忠实性和完整性提出更高的要求,毕竟原汁原味的译本才能最大限度地再现文学的魅力。

文学作品的译介和传播确实是个非常复杂的问题,如果说用"外译中"的眼光来看待"中译外"是把问题简单化了,那么,将目前获得成功和认可的翻译方法视为中国文学外译中唯一正确的方法、唯一可行的模式,这同样是一种片面的理解。针对部分学者和媒体对葛浩文式翻译方法的推崇、对所谓传统翻译观念的批判,译学界应当以翻译活动的本质与目标为出发点,对相关问题进行深入的反思、对某些认识予以澄清和引导。

第四节　从独特经验到普遍意义

莫言获得诺贝尔奖之后,葛浩文的翻译因其对中国文学外译发挥的重要推动作用,也因其翻译本身呈现出的鲜明特色,不仅引起了热议,更引发了思考,既有译学界对翻译活动所涉及的诸多根本性问题的深入反思,也有各界对中国文学、文化走向世界进程中翻译的价值和作用等具有深层次意义问题的探讨。从呼兰河畔"热泪纵横"的萧红迷,到没有翻译"就不能生活"的翻译家,再到作者与译者"不安而脆弱"的关系中"我行我素"的探索者,葛浩文及其翻译构成中国现当代文学译介史上最为重要的个案之一,其意义甚至在一定程度上已经超出了个案层面。如何从整体上认识与把握葛浩文对中国现当代文学的译介,在此基础上探寻并构建这一个案对于中国文学外译可能存在的普遍意义?唯一可靠的路径就是不断深化、不断拓展相关研究。

从目前国内葛浩文翻译研究的代表性成果来看,翻译界主要就葛浩文的翻译理念与原则、葛浩文的翻译策略与方法及葛浩文翻译文本分析等方面展开探讨,不仅深层次考察了这位对中国文学外译做出杰出贡献的翻译家、汉学家四十余年的翻译实践经历与成果,以便系统回答翻译个案研究所涉及的重要问题,如:他翻译了什么?他如何认识与理解翻译?他是如何翻译的?他为什么如此翻译?同时,在新的历史时期翻译路径发生重要变化、译学界关注与探讨如何重新定位翻译的背景下,对如何促进中国文学在世界范围内更好地译介、传播与接受加以探索,对如何进一步理解翻译本质、认识翻译功能、把握翻译价值、深化翻译理论构建等翻译研究的根本性问题进行了深入思考。

围绕翻译理念与原则,译学界主要通过具体实例分析或重要文献解读,并结合葛浩文的生平及文学翻译实践经历,对葛浩文的翻译观、翻译思想与翻译原则进行整体观照与把握。相关研究认为葛浩文的文学翻译实践与其翻译理念、翻译思想密切相关,是良好的翻译理论意识指导下的一种理性行为,并着重从文学翻译的本质、文学翻译的可能性与必要性、文学翻译的文本选择、译者的角色与社会地位、文学翻译的读者因素及翻译出版商与编辑的干预等方面考察与评价葛浩文的翻译观与翻译思想,同时对翻译实践中葛浩文采取的在尽可能保持原文风貌基础上注重译文可读性的易化原则加以探讨。此外,学者还分别从翻译与语言变异、全球视野与文化身份、译者行为、翻译过程等不同视角对葛浩文的翻译态度、立场、动机及其影响下的翻译选择进行考察与分析,并探究葛浩文翻译对中国文学"走出去"的多重意义,其中既有共同的认识与理解,也不乏某些相异观点的直接交锋。

围绕翻译策略与方法,译学界主要关注葛浩文在翻译过程中采用的策略、方法及其译文呈现出的个人风格与基本特征,侧重点不尽相同,大致涉及以下几方面:1) 以葛浩文翻译个案为例,着重对中国文学"走出去"背景下的译者模式、翻译策略进行宏观探讨与整体把握,既对汉学家译者模式及着眼于"准确性""可读性""可接受性"的葛浩文式归化译法给予肯定,也就某种将葛浩文翻译方法绝对化或模式化的倾向做出理性反思;2) 立足于对葛译莫言小说的总体考察,或从细致的案例分析入手,揭示译者在内容细节与叙述手法上采取的调整策略,或借助语料库等研究途径,关注葛浩文翻译中凸显的译者风格并剖析葛浩文英译莫言小说获得巨大成功的主要原因;3) 对葛浩文翻译中的"误译"问题加以探究,部分观点认为所谓"误译"实则是译者突破文字束缚,通过创新性重构的策略,提高译本的可读性,实现对原文更好的忠实,同时促进了翻译跨文化交流目标的达成,另有论述则在总体肯定的基础上专门考察并分析葛译莫言小说在方言处理上的失误及其原因,以拓展葛浩文翻译研究的视域;4) 通过考察葛浩文译介莫言小说过程中采用的回顾式编译法,揭示译文编辑和出版商对文学译介活动的隐形制约因素并借以探寻文学外译中的作者—译者—原/译文编辑合作机制,为提升国家文化软实力提供参考;5) 基于对部分葛浩文英译莫言小说中意象话语翻译的考察,从发展的角度探讨葛浩文翻译策略的历时演变,并就其背后的原因进行探究。

围绕翻译文本分析,译学界侧重于对葛浩文代表性译著的文本分析。实践性是翻译的根本属性,因此以文本为归依、以方法为对象应是翻译研究的基本途径,特别在对葛浩文翻译这一某种程度上已成为"现象"甚至"事件"的代表性个案研究中,唯有细致、深入的文本分析与探讨才能避免一切印象式或标签化的评判。总体来看,这一方面的探讨呈现出以下特点:1) 以某部具体翻译文本,尤其是葛浩文最重要的译本为研究对象,主要集中于《红高粱家族》《丰乳肥臀》《生死疲劳》等莫言的代表性小说,兼有杨绛、毕飞宇和阿来等重要作家的作品;2) 通过对葛浩文译著的文本分析与整体把握,从叙事模式的转变、概念隐喻的处理、异化与归化策略的灵活运用、"陌生化"翻译准则的遵循及译者主体性发挥等多重角度,并结合副文本、翻译过程和翻译诗学等方面,揭示译本的整体风格特征、探讨葛浩文的文学翻译方法与策略;3) 从文本分析出发,借助葛浩文翻译个案研究,以更为宏观的视角观照译者—作者—读者之间的视界融合、中国文化的海外传播及翻译与世界主义、文学文化民族性等问题。

实际上,葛浩文的翻译就像一个多棱镜,折射出文学译介活动的方方面面,对葛浩文翻译的研究因而也具有多重意义,至少可以表现为以下几点:1) 加强"中译外"研究,推动中国文学、文化"走出去",迫切需要译学界对具有代表性的重要文学译介活动与成果进行深入考察;2) 有助于译学界对中国文学外译实践与研究中凸显的现实问题进行深刻反思;3) 有助于译学界从历史维度对翻译方法与译介效果进行整体把握;4) 有助于译学界在全面考察从翻译选择到读者接受的整个翻译过程基础上,深化对重要翻译家作用的认识。这样的研究必须依赖于细致的文本分析、深入的理论探究,更需要一种批评的目光。丰富的翻译实践活动,尤其是葛浩文对中国现当代文学的英译这样极具代表性的个案,既是翻译理论研究得以深化、发展的源泉,也应成为翻译批评推动翻译理论建构的重要契机。以批评的理性目光关注翻译实践，从历史发展与文化交流的高度深入认识与理解翻译，从而推动翻译事业健康发展、促进多元文化的交流互鉴，这是翻译研究者与批评者的共同责任所在。

第九章　翻译主体的选择与坚守

——杜特莱对中国当代文学的译介

"翻译什么"和"如何翻译"是关于"中译外"的探讨中两个受到高度重视的问题。要回答这一具有根本性意义的双重之问,除了首先必须深刻把握文学翻译的本质、目标与价值之外,另一个必不可少的方面就在于探析翻译主体在整个译介过程中的主观选择与能动作用。译本的品质如何、文学译介与传播的效果如何,甚至中国文学与文化"走出去"的目标能否得以实现,都在很大程度上取决于翻译家的自主性与创造性工作。在当下的中国文学外译研究中,国内译学界对中国文学在英语世界的译介探讨较多,对中国文学在法语世界的译介却相对关注较少。实际上,法国不仅具有自身深厚的文学传统,且对异域文化的开放和接纳程度较高,一直以来都是世界范围内译介中国文学的重镇之一。

　　杜特莱是法国著名翻译家、汉学家,多年来致力于中国当代文学的译介,是中国当代文学最重要的法译者之一。他先后翻译出版了阿城、韩少功、苏童、莫言等作家的20余部作品,他的翻译被认为对推动莫言获得诺贝尔文学奖发挥了重要作用。从翻译主体的选择出发,结合"翻译什么"和"如何翻译"这两个涉及中国文学外译的根本性问题,深入探析杜特莱30多年来致力于译介中国当代文学的发现、选择与坚守之路,这将有助于揭示翻译家在文学译介过程中如何发挥其能动性,从而推动中外文学、文化的交流与互动。

第一节　相遇、发现与选择

翻译首先是两种语言的相遇。杜特莱自 1969 年开始学习中文，当时的目标"并不是能用中文阅读文学经典作品，而是通过阅读小说来从'内部'了解中国社会"①。在后来研读中国文学作品和准备博士论文的过程中，杜特莱关注的重点一直是中国的报告文学，还专门撰写了学术论文《一种中国独特的文学形式：报告文学》，发表于法国中国研究会会刊 1982 年第 3 期。

在完成博士阶段学业后，杜特莱慢慢将关注的目光转向中国当代文学，并在中国朋友的推荐下开始阅读阿城的作品，出于喜爱，他很快便翻译了《棋王》《树王》《孩子王》三篇小说并于 1988 年结集出版。在不同场合谈及翻译过程中如何选择原著的问题时，杜特莱多次表示自己"对翻译的选择经常是出于偶然"，对阿城小说的翻译就是一个典型的例子："当我选择翻译阿城的小说时，是因为不少中国朋友向我推荐了他的小说集《棋王》。我想，有那么多中国人都在谈论这本书，一定值得翻译，于是就决定将它译成法语。"②如果说选择翻译阿城的小说，这或多或少源于偶然的相遇，那么，杜特莱对中国当代文学的选择却渗透着明确的理性意识。我们知道，在法国的汉学传统中，一直颇受

---

①　刘云虹、杜特莱：《关于中国文学对外译介的对话》，《小说评论》2016 年第 5 期，第 37 页。

②　刘云虹、杜特莱：《关于中国文学对外译介的对话》，《小说评论》2016 年第 5 期，第 38 页。

关注的是中国的古典或经典文学,当时的汉学家中并没有多少人对中国当代的"新文学"感兴趣,杜特莱之所以对中国当代文学情有独钟,是因为在他看来,通过阅读中国当代文学作品,"可以直接地了解中国人的精神状态以及他们的生活处境"①。而他在三十多年的翻译生涯中坚持译介中国当代文学作品,最根本的原因也正在于希望可以让法国读者更好地了解中国的社会现实、了解普通中国人的生活状况。

在确定了译介中国当代文学这个大方向后,杜特莱所要面对的便是如何选择具体翻译文本。其实,这不仅仅是译者在翻译过程中无法回避的问题。自 20 世纪 80 年代开始,由中文译出的文学作品在法国逐步增加,以汉学家何碧玉和安必诺的统计为例,1994—1997 年这四年间,法国翻译出版的中文文学作品至少有 66 部。② 杜特莱对此有自己的判断:"我觉得从八十年代初开始,中国当代文学有了令人惊异的进步,她自己的一片蓝天正在涌现,正如同俄国文学、日本文学、拉丁美洲文学所拥有的那样。"③在这样的背景下,法国翻译界和出版界同样必须面对"翻译什么"的问题。在杜特莱看来,译者和出版者必须解决一系列问题:"如何在中国期刊和出版社推荐的众多作品中进行选择? 应该选择中国读者喜爱的作品还是优先考虑法国大众可能喜欢的作品?[……]应该认为任何一种文学创作都是自足的,因为它具有

---

① 刘云虹、杜特莱:《关于中国文学对外译介的对话》,《小说评论》2016 年第 5 期,第 38 页。

② Noël Dutrait, Traduire la littérature chinoise contemporaine au début du XXIᵉ siècle, une question de choix, In Paul Servais (ed.). *La Traduction entre Orient et Occident, modalités, difficultés et enjeux*, Louvain-la Neuve: Harmattan-Academia, 2011, pp.77 – 78.

③ 杜特莱:《跟活生生的人喝着咖啡交流——答本刊主编韩石山问》,《山西文学》2005 年第 10 期,第 6 页。

普世价值并因此可为所有读者接受;抑或认为读者需要前言、后记、用语汇编、注释等可以帮助理解的补充信息?"①他对翻译文本选择之于中国当代文学译介的重要性有着明确认识,同时敏锐地注意到 20 世纪 80 年代中期法国文学界在对中国当代文学的认知与接受立场上的变化。法国哲学家、汉学家弗朗索瓦·于连(François Jullien)对这一"新目光"曾有如此论述:"人们通常把中国当代文学视为纯粹的文献。文学服务于历史(和历史学家):它阐明外国观察者无法直接理解的(中国有意无意向我们'隐藏的')东西;它用以测量这个大国的意识形态温度;它被当作证词、标记、指数或症候来阅读。而从今以后,我们也许应该开始从另一种角度来看待今天的中国文学:作为文学的角度。"②

把中国当代文学视为真正意义上的文学,而不再是证词、文献或某种揭露,即充分重视作品的文学性及其内在价值,这恰是杜特莱在选择翻译中国当代文学作品时自始至终秉持的原则。文学之镜固然可以透视社会现实与个体境遇,但文学的内在价值必然首先体现在其文学性上。翻译不仅是"历史的奇遇",更是一种有温度的相遇,对作品发自心底的喜爱恰是对这温度最好的注解。杜特莱曾不止一次表示自己很喜欢中国小说的文学性,并坦言:"对于选择来翻译的作家,

---

① Noël Dutrait, Traduire la littérature chinoise contemporaine au début du XXIᵉ siècle, une question de choix, In Paul Servais (ed.).*La Traduction entre Orient et Occident, modalités, difficultés et enjeux*, Louvain-la Neuve: Harmattan-Academia, 2011, p.78.

② Noël Dutrait, Traduire la littérature chinoise contemporaine au début du XXIᵉ siècle, une question de choix, In Paul Servais (ed.).*La Traduction entre Orient et Occident, modalités, difficultés et enjeux*, Louvain-la Neuve: Harmattan-Academia, 2011, p.83.

我所欣赏的是其笔下的艺术灵性及叙述方式。"①自翻译出版阿城的三篇小说起,杜特莱真正开启了译介中国当代文学的漫长历程,无论从原作的思想内涵、艺术价值还是所取得的成就来看,作为翻译家,杜特莱在文本选择上可谓眼光独到。

早在莫言获诺贝尔文学奖之前,杜特莱就开始关注并翻译他的作品。2002 年的一次访谈中,当被问及"在您的视野中,在大陆和台湾仍在进行活跃创作的作家中,会不会出现一个诺贝尔奖获得者?"时,他便直言"莫言很有可能"②。2000 年至今,他共翻译出版了莫言的五部小说:《酒国》(2000)、《丰乳肥臀》(2004)、《师傅越来越幽默》(2005)、《四十一炮》(2008)和《战友重逢》(2017)。对莫言作品的译介是杜特莱翻译经历中非常重要的一部分。在近二十年的莫言作品译介历程中,杜特莱与作家本人结下了深厚友谊,他曾回忆道:"我第一次与莫言见面是 1999 年在北京。那时我正在翻译《酒国》,我问了他很多问题。后来,我去过高密两次,第一次是和莫言一起,参观了他童年的旧居。当时我正在翻译《丰乳肥臀》,能亲眼看看小说故事发生的地方,这对我来说非常有意思。在高密和莫言的朋友们一起聚餐时的欢乐气氛,让我感受到了《酒国》中所描绘的喝酒艺术,这在山东确实是一个现实。第二次,我在莫言获得诺奖后去了高密,我想参观高密的莫言纪念馆和他曾经居住过的地方。再后来,2015 年,莫言来到埃克斯-马赛大学参加了一个关于他的作品的国际研讨会,并被授予名誉博士学位。当我翻译莫言的小说时,我经常给他发电子邮件,他总是耐心

———————

① 杜特莱:《跟活生生的人喝着咖啡交流——答本刊主编韩石山问》,《山西文学》2005 年第 10 期,第 6 页。

② 刘云虹、杜特莱:《关于中国文学对外译介的对话》,《小说评论》2016 年第 5 期,第 40 页。

地回答我的问题。"①

　　论及杜特莱对莫言及其作品的选择,文学性依然是他考量的首要因素。在他看来,莫言作品几乎涉及了关于中国社会的所有主题,并大量书写、揭露社会问题,具有鲜明的介入特征,但更重要的是,莫言"不是一个站在这边或那边的政治激进主义分子,而是一个讲故事的人、一位作家、一个关注周围世界的观察者。他能探测人类的灵魂,并展现美与丑、人性与非人性在什么程度上是接近的"②。而作家的使命,也即文学的意义,就在于探索笔下芸芸众生的人性。此外,杜特莱十分欣赏莫言在作品形式上的探索与创新,以被法国媒体誉为"小说中的小说"的《酒国》为例,无论是其中潜心营造的"套中套"多重结构,还是字里行间渗透出的幽默风格、侦探小说的味道,无不深深吸引着他,令他欣然接受出版社的邀约,翻译这部莫言的重要作品。丰富的主题与创新的风格,尤其是对人的自然本性的深刻揭示,都是杜特莱眼中最为可贵的文学品质与价值,也是促使他选择译介莫言并大力推动其作品在法国的接受与传播的根本原因。

　　与绝大多数翻译家一样,杜特莱并非职业译者,他的主要工作是在法国埃克斯-马赛大学从事中国语言文学的教学与研究。据不完全统计,自 1982 年至今,杜特莱发表了三十余篇关于中国当代文学研究的文章并出版了颇具影响的《中国当代文学爱好者阅读指南》一书,除了对莫言、阿城等重点译介的作家有深入研究之外,对张抗抗、池莉、刘震云、余华、阎连科、姜戎等其他代表性作家也有所关注。就翻译与

---

　　① 刘云虹、杜特莱:《关于中国文学对外译介的对话》,《小说评论》2016 年第 5 期,第 40 页。
　　② 刘云虹、杜特莱:《关于中国文学对外译介的对话》,《小说评论》2016 年第 5 期,第 40 页。

文学研究的关系,杜特莱曾明确表示,"对我来说,翻译是一种帮助我对中国当代文学作品及其翻译与在法语国家的接受进行研究的工具"①。我们知道,文学翻译范畴内,翻译实践与文学研究之间应形成一种紧密结合、相辅相成的互动关系。在杜特莱那里,事实即是如此,一方面翻译促进了他对中国当代文学及其译介的研究;另一方面,他在相遇并译介中国当代文学过程中的可贵发现和理性选择,都与他对中国当代文学的深刻理解和整体把握分不开,而后者则完全源自他对中国当代文学的长期关注与研究。

第二节　翻译伦理的坚守

近年,翻译的重要性进一步突显并受到学界和媒体的深入关注。翻译在文学译介与文化传播中的重要作用得到充分肯定,然而,翻译原则与方法、译者的选择与责任以及翻译观念、标准、价值取向等涉及中国文学外译的一些根本性问题却不断引发争议,亟待翻译研究界进一步展开深入探讨。如《翻译的挑战与批评的责任——中国文学对外译介语境下的翻译批评》一文所指出的,"在受到学界和文化界普遍关注与空前重视的同时,翻译在种种现实问题下无疑也面临着巨大的挑

---

① Noël Dutrait, Quelques problèmes rencontrés dans la traduction de la littérature chinoise, In Nicoletta Pesaro (ed.), *The Ways of Translation: Constraints and Liberties of Translating Chinese*, Venise: Cafoscarina, 2013, p.109.

战"①。翻译方法的运用关乎译作的风格与品质,从根本上影响着中国文学在海外接受与传播的效果,因此,翻译所面临的首要挑战便是在中国文学外译中如何选择恰当的翻译方法。翻译是否要忠实于原文?所谓葛浩文式"连译带改"的翻译方法是否应在中国文学外译中加以推崇?如果说翻译方法不应被孤立看待,那么其背后涉及的深层次要素有哪些?

如上文所述,目前国内译学界对葛浩文的翻译颇为关注,从理论思考与文本分析相结合的途径对葛浩文的翻译理念与原则、翻译策略与方法进行了较为深入的探讨并已形成丰富而具有启发性的研究成果。那么,作为中国当代文学最重要的法译者之一,作为长期致力于中国当代文学在法语世界的译介与传播并做出杰出贡献的翻译家、汉学家,杜特莱在其翻译过程中究竟遵循何种翻译理念与原则、采取何种翻译策略与方法,这同样是我们在考察中国文学外译中有必要深入考察的重要方面。

倘若我们借贝尔曼的目光来探究文学翻译的过程与目标,"方法"是一个需要谨慎对待的字眼,因为把翻译视为交流、归于方法的观念在翻译界几乎根深蒂固。如果把翻译仅仅视为一个交流的过程、一个从出发语到目的语的"信息"传递过程,那么它就只与方法有关。贝尔曼认为,"尽管同样包含着信息,但文学作品并不传递任何形式的信息,而是向一个世界的经验开放"②。本雅明在《译者的任务》中也明确指出:"翻译是有意为不懂原文的读者而作的吗?[……]那么一部文

---

① 刘云虹:《翻译的挑战与批评的责任——中国文学对外译介语境下的翻译批评》,《中国外语》2014 年第 5 期,第 90 页。

② Antoine Berman, *La Traduction et la lettre ou l'auberge du lointain*, Paris: Éditionsdu Seuil, 1999, p.70.

学作品'说'什么呢？它传达什么呢？它几乎没有什么可以'告诉'理解它的人。它的本质属性不是交流或传达什么信息。"①这就意味着，翻译不应被理解为单纯的交流与传达，翻译自身的最终目标是"在书写层面与他者展开某种联系，通过异域的媒介来丰富自我"②。因此，贝尔曼一再强调，翻译不仅仅是方法的，而首先是伦理的、诗学的和哲学的，是"与真理的某种关联"③。

正如利科所指出的，翻译"对所有交流而言都构成一种范式，不仅是从语言到语言，也是从文化到文化"④。许钧同样认为，"异语间的交流，就是不同文化之间的交流"。他强调："在这种交流中，各自的独特性虽然为对方通过他者之镜认识自己、丰富自己提供了可能，但也在很大程度上成为一种严峻的考验。'异'的考验不仅体现在语言的差异给翻译造成的障碍上，更表现在对'异'的认识上，体现在对待异域文化的态度上。"⑤所以，译者如何对待渗透于原文中的语言文化差异性，如何内化翻译活动的根本目标，并在此基础上进行原则与方法等层面的选择，实际上构成了翻译伦理的重要维度之一。

考察杜特莱译介中国当代文学之路，我们发现，其间不仅有美好的相遇、敏锐的发现和理性的选择，更有一种弥足珍贵的对翻译伦理的坚守。具体而言，可从以下两个主要方面进行探讨。

---

① 瓦尔特·本雅明：《译者的任务》，陈永国译，陈永国主编：《翻译与后现代性》，北京：中国人民大学出版社，2005年，第3页。

② Antoine Berman, *L'Épreuve de l'étranger*, Paris：Éditions Gallimard，1984，p.16.

③ Antoine Berman, *La Traduction et la lettre ou l'auberge du lointain*, Paris：Éditionsdu Seuil，1999，p.74.

④ Paul Ricœur, Cultures：du deuil à la traduction, *Le Monde*，2004(05.25).

⑤ 刘云虹、许钧：《异的考验——关于中国翻译伦理的对谈》，《外国语》2016年第2期，第72页。

1. 以忠实为翻译的根本原则。翻译是一个渗透着译者主观选择的能动过程,翻译理性意味着译者必须自觉遵循一定的原则、合理运用一定的方法。杜特莱在译介中国当代文学的过程中始终以忠实为其基本翻译原则,他明确表示:"我始终努力做一个尽可能忠实的译者,即使作家本人有时候鼓励我进行改写或删去一些对法国读者来说难以理解的段落。"①从翻译史的角度来看,尽管"忠实"历来是一个具有重要意义的概念,但对于翻译忠实性原则的争议似乎从未停止过,翻译的"忠实"究竟该如何理解?是忠实于原文的文字、意义、风格,还是忠实于原文的审美效果,抑或忠实于读者的审美需求与体验?在对葛浩文翻译的探讨中,忠实性就是一个难以简单定论的问题。如果说"为读者服务"在某种程度上可视为葛浩文对翻译忠实的理解,那么,杜特莱则明确表示,"在我看来,必须尽可能尊重出发语"②。确实,翻译最终面向的是读者,翻译策略与方法的选择既取决于译者的翻译观念与原则,也离不开对读者接受的关注。围绕文学翻译的可接受性及其与翻译的忠实性原则之间可能存在的矛盾,译学界在中国文学外译研究的语境中有过颇多探讨。有学者认为,只有得到读者的广泛接受,文学译介才算是成功的;有学者却持不同意见,提出不能仅仅以读者接受情况来衡量文学译介的意义,尤其强调,若以可接受性为目标而对异域作品进行改写,并导致对原作中语言文化异质性的抹杀,这将是对翻译伦理的背离。究竟如何在原作和读者之间进行选择?对

---

① 刘云虹、杜特莱:《关于中国文学对外译介的对话》,《小说评论》2016 年第 5 期,第 39 页。

② Elodie Karaki & Chloé Carbuccia, Entretien avec Noël Dutrait, un traducteur «principalement fidèle», *Les chantiers de la création*, 2013(6), p.7.

于这一点,杜特莱的态度十分明确:"首先为作者服务,其次为读者服务。"①他认为"不应该对我们翻译的作品进行改写",也"从未打算用法语来改写任何一部中文小说"。他直言:"某些译者从头至尾地对作品进行改写,读者读到的根本不是张三或李四的书,而是杜邦先生或迪朗先生的书。我总是害怕读我的翻译的法国读者会觉得阿城、韩少功、莫言或苏童都用同样的方式写作。如果是这样的话,那对我来说就是彻底的失败。这也就意味着我没有能力翻译出这些作者迥然不同的风格。"②

翻译的"忠实"不仅由其本质所决定,而且从伦理的角度来看甚至是确立翻译自身的内在需要。如上文所提及的,在贝尔曼的视域中,翻译活动在他者与自我之间构建一种对话关系,并以对自我的革新与丰富为最终目标。尽管具体的翻译结果永远是有待完善的一种历史性存在,但忠实应成为译者自始至终的追求,其关键在于对翻译最终目标的忠实。对此,杜特莱有明确的认识,在他看来,"无论如何,如果一部作品在翻译中被删改了,那么它很可能会在以后的重译得到完整的呈现。一部出版的文学作品既不属于它的作者,也不属于它的译者,它是世界文学的一部分。因此,迟早有一天,一定有译者会完成一个比现有译本更加忠实的重译本"③。可见,杜特莱不仅始终秉持翻译的忠实性原则,对于翻译忠实性的理解也具有明确的历史意识。

---

① 刘云虹、杜特莱:《关于中国文学对外译介的对话》,《小说评论》2016 年第 5 期,第 39 页。

② 刘云虹、杜特莱:《关于中国文学对外译介的对话》,《小说评论》2016 年第 5 期,第 39 页。

③ 刘云虹、杜特莱:《关于中国文学对外译介的对话》,《小说评论》2016 年第 5 期,第 39 页。

2. 依据原文灵活选择适合的翻译策略与方法。 在杜特莱眼中,对出发语和原文的尊重并非一种孤立或僵化的信条,他主张以灵活的方式来应对翻译的障碍与困难,即"根据不同情况来处理翻译问题,既要始终考虑最好地尊重原文,让读者感受到原文的特质,又应保持译文的可理解性与可接受性,避免陷入异国情调、神秘或可笑之中"①。

从根本上看,尊重原作就意味着尊重原作的语言文化异质性。"尊重"是翻译伦理的核心概念之一,贝尔曼主张尊重差异性的翻译伦理,提出翻译的本质是"开放、对话、交杂和非中心化"②,韦努蒂提倡差异性伦理,将翻译活动定位为"不再是一种同化行为,而是一种对跨语言和跨文化差异性的承认"③,明确提出翻译的伦理就是对语言和文化的差异给予更多的尊重。在对翻译的价值判断上,他们都认为,保存并展现异域文本中的语言和文化差异性的翻译是"好"的翻译;反之,压抑甚至抹杀异域文本中的语言与文化差异的翻译就是"坏"的翻译。同样,杜特莱强调,在翻译过程中应注重对原文语言文化异质性的保留与传达,因为"如果删除所有的异域特征,或在译文中抹去一切可能使读者感到困惑的东西,那么就会存在令小说失去其趣味和'现实性'的巨大危险"④。译者若可以在完全尊重原文的情况下毫无困难地、完

---

① Noël Dutrait, Quelques problèmes rencontrés dans la traduction de la littérature chinoise contemporaine, In Nicoletta Pesaro (ed.), *The Ways of Translation: Constraints and Liberties of Translating Chinese*, Venise: Cafoscarina, 2013, p.110.

② Antoine Berman, *L'Epreuve de l'étranger*, Paris: Éditions Gallimard, 1984, p.16.

③ Barbara Godard, L'Ethique du traduire: Antoine Berman et le «virage éthique» en traduction, *Traduction, terminologie, rédaction*, 2001(2), p.56.

④ Noël Dutrait, Traduction de la réalité et du réalisme magique chez Mo Yan, In Noël Dutrait & Charles Zaremba (ed.), *Traduire: un art de la contraite*, Aix-en-Provence: Publications de l'Université de Provence, 2010, p.92.

美地译出一句话,自然再好不过。但两种语言文化之间的差异客观存在并有可能相当显著,译者在翻译过程中时常要面临难以传译的内容或对目的语读者来说难以理解的表达,绝对的忠实往往无法实现。杜特莱对此有深刻认识,他曾说:"在我看来,译者在翻译中国文学作品时遇到的最大困难,是动词时态问题。当中国作家没有明确指出故事是在现在、过去,还是在将来进行叙述时,常常难以判断在法语中应该使用哪种时态。译者的选择因此就变得很棘手。"①以《战友重逢》的翻译为例,他谈到文学译介中时态处理的困难:"我刚刚翻译了莫言的小说《战友重逢》,这部小说讲述了两个参加了 1979 年中国对越自卫反击战的士兵在战后重逢的故事。读者很容易明白,他们已经死了,因此时态对他们并没有影响。在我的翻译中,当他们两人互相交谈时,我选择让他们用现在时说话,但是,一旦叙述者开始讲述过去的事实,我就不得不使用过去时态,包括简单过去时、复合过去时或者未完成过去时。我们知道,在法语中,只有在书面语中才使用简单过去时。如果使用简单过去时来翻译这两个中国士兵之间的对话,读者就会感觉他们在用一种非常奇怪的方式说话。"②针对这样的翻译障碍,他认为,"译者总是像走在钢丝绳上一样,左右摇摆。他必须努力保持平衡,既不掉在这边,也不掉在那边,换句话说,就是既不完全是'异化翻译',也不完全是'归化翻译',而是根据他所翻译的文本进行合理的选择"③。因此,在杜特莱看来,为更好地解决翻译过程中棘手的时态问

①　刘云虹、杜特莱:《关于中国文学对外译介的对话》,《小说评论》2016 年第 5 期,第 38 页。

②　刘云虹、杜特莱:《关于中国文学对外译介的对话》,《小说评论》2016 年第 5 期,第 38 页。

③　刘云虹、杜特莱:《关于中国文学对外译介的对话》,《小说评论》2016 年第 5 期,第 39 页。

题，"高声朗读翻译好的文本，听听小说中人物的对话是不是与法国人在类似语境下交谈时采用的方式相同，这一点非常重要"。再举一个简单的例子。杜特莱认为每一种语言都有其停顿规则和标点符号体系，在翻译过程中他非常重视对标点符号的处理，主张应像翻译文字一样翻译标点符号。从实际经验出发，他看到，"绝对忠实于原文的标点符号只能改变作者的风格（有时会将中文里完全'古典的'风格变为法语中的'现代主义风格'）"，因此提出对于标点符号的翻译而言，重要的是必须"在法语中找到恰当的对等，就像在句子中为词和分句找到对应的位置一样"①。相反，他也意识到，如果过于干涉原文的标点符号，则可能妨碍原文风格的再现。在翻译苏童的《米》时，杜特莱就遇到这种情况。这部小说中，作者将对话和内心独白混杂在一起，完全不以引号或破折号加以区分。在杜特莱看来，这一形式恰恰体现出《米》区别于其他文学作品的文学风格上的异质性，应在译文中予以保留，以求最大程度地再现原文和原作者的风格。杜特莱在忠实性原则基础上灵活而合理地选择翻译策略与方法，一方面尽可能接近原文、再现原文的语言文化异质性，另一方面注重译文的可读性和可接受性，这种在两者间建立平衡的努力使得他对中国当代文学的译介在法国获得了巨大成功。

中国文学外译是中国文化走向世界进程中必不可少的一环。尽管随着莫言摘得诺贝尔文学奖、阎连科获卡夫卡文学奖以及《狼图腾》《解密》《三体》等一批中国文学作品在海外热销，中国文学在国际舞台上的认知度和影响力有所提高，但中国文学尤其是中国当代文学的整

---

① Noël Dutrait & Liliane Dutrait, Traduire la littérature chinoise contemporaine, *Vestnik of Nizhny Novgorod Linguistic University*, 2007(1)，p.128.

体译介和传播状况并不理想。作为不同语言、文化间的双向交流,文学译介必定是一个漫长而曲折的过程,对于仍处于世界文学中相对边缘位置的中国文学的外译来说,尤其如此。在这样的背景下,海外著名汉学家、翻译家对中国文学外译的积极推动作用日益凸显。杜特莱是中国当代文学最重要的法语译者与推介者之一,数十年致力于中国当代文学作品的翻译,为中国当代文学在法语世界乃至全球范围内的推广做出了突出贡献。探寻杜特莱译介中国当代文学之路,可以看到,那是一条饱含热情的探索与发现之路,更是一条充满理性的选择与坚守之路,不仅值得我们致以深深的敬意,也为中国文学外译及其研究带来了宝贵的启迪。

第十章 文学外译与中国作家的新生命

—— 以莫言为例

2012 年 10 月，莫言荣获诺贝尔文学奖，在国内外都引发了关注。有学者将莫言获诺奖的国外反响归纳为"新闻事件、政治事件、文学事件"三方面：首先，世界各大主流媒体对莫言获奖进行了及时、广泛的报道；其次，国外媒体对莫言获奖的报道很快由新闻事件转向了政治事件，"莫言作为体制内作家的身份、莫言的政治姿态甚至中国的自由民主"等成为媒体评论的重点；再次，从文学角度来看，国外媒体和学界的评论可谓毁誉参半，有汉学家认为莫言是"一位伟大的作家"，其获奖是"实至名归"，也有观点认为"2012 年的诺贝尔文学奖授予莫言是典型的不顾文学品质的做法"。① 诺贝尔文学奖似乎总是伴随着争议，国外如此，国内也不例外。莫言获奖令国人多年难圆的诺贝尔文学奖之梦终于得以实现，整个中国文化界不禁为之欢呼、为之振奋。然而，赞誉中也不乏批评。政治层面，有莫言的批评者"或指责其与体制的亲近，或紧盯其道德'瑕疵'不放，或怀疑获奖背后有不可告人的政治交易"②。文学层面，有评论者直言"莫言的创作并没有达到我们这个时代精神创造的最高点。他的作品缺乏伟大的伦理精神，缺乏足

---

① 姜智芹：《莫言作品海外传播研究》，南京：南京大学出版社，2019 年，第 213—219 页。

② 吴子林：《"重回叙拉古？"——论文学"超轶政治"之可能》，张志忠、贺立华主编：《莫言：全球视野与本土经验》，济南：山东大学出版社，2014 年，第 51 页。

以照亮人心的思想光芒,缺乏诺贝尔在他的遗嘱中所说的'理想倾向'"①。另有学者对诺贝尔文学奖本身持不信任态度,认为"诺贝尔评奖委员会不具备某种权威性,是一种社会体制、文化团体的存在。它与文学性没有关系,与优秀作品更没有必然关系,只有或然意义,只有统计学意义"②。此外,媒体、学界一致认为,莫言问鼎诺奖离不开翻译的助力,甚至"可以说莫言获奖,也可以说翻译获奖"③。总之,国内外的各种反应、各种说法可谓纷繁复杂、莫衷一是,但至少有一点可以肯定,即新的历史时期,在中外文化交流互鉴的时代语境中,中国文学"走出去"受到的关注前所未有,经由文学译介构建的中国文学与世界的关系从来没有像今天这样紧密过。

在中国艺术研究院举行的"祝贺莫言获诺贝尔文学奖座谈会"上,莫言说道:"将近一个月来,我经历了一场人生的洗礼,围绕着诺贝尔文学奖这个问题,诸多的争论是一面镜子,透过这面镜子我看到了人心、看到了世态,当然更重要的是我看到了我自己。"④今天,莫言获诺奖后的喧哗之声已渐渐远去,当作家携"十年蕴积,人事全新"的作品以期"带给我们陌生惊喜的阅读体验"⑤时,我们不妨借助"他者之镜",从文学的伦理价值、审美价值以及文学经典化等维度,再看一看文学译介视野中的莫言,探寻其作品在异域的新生命之旅。

---

① 李建军:《直议莫言与诺奖》,《文学报》2013 年 1 月 10 日。

② 高旭东等:《诺贝尔文学奖与中国:从鲁迅到莫言》,《山东社会科学》2013 年第 2 期,第 50 页。

③ 高旭东等:《诺贝尔文学奖与中国:从鲁迅到莫言》,《山东社会科学》2013 年第 2 期,第 50 页。

④ 莫言:《在"祝贺莫言获诺贝尔文学奖座谈会"上的发言》,《艺术评论》2012 年第 11 期,第 5 页。

⑤ 莫言:《晚熟的人》,北京:人民文学出版社,2020 年,"封底语"。

第一节　莫言作品的异域生命空间

　　莫言作品的译介可以追溯至 20 世纪 80 年代,1988 年,英文版《中国文学》(*Chinese Literature*)刊登了莫言的短篇小说《民间音乐》。同年,另一篇短篇小说《枯河》分别被译为法语和日语,并由法国的《重见天日:中国短篇小说集(1978—1988)》[*La Remontée vers le jour, nouvelles de Chine*(1978 - 1988)]、日本的《中国现代小说》季刊收录发表。1989 年,《枯河》被纽约兰登书屋出版的《春竹:中国当代短篇小说选》(*Spring Bamboo:A Collection of Contemporary Chinese Short Stories*)收录,短篇小说《秋水》被翻译发表于日本《现代》杂志。莫言的重要代表作之一《红高粱》也在这一年被译为日语,由日本的德间书店出版,成为世界范围内对莫言中长篇小说的最早译介。莫言作品的海外传播之旅由此开启,并不断延续和发展。

　　据人民文学出版社公众号,莫言作品目前已被翻译成五十余种语言,共计两百多个外文译本。姜智芹在《莫言作品海外传播研究》中列举了其中的大部分语种,分别为"英语、法语、越南语、日语、西班牙语、德语、韩语、瑞典语、荷兰语、波兰语、意大利语、塞尔维亚语、俄语、斯洛文尼亚语、罗马尼亚语、捷克语、希伯来语、挪威语、阿拉伯语、泰语、阿尔巴尼亚语、巴斯克语、保加利亚语、加泰罗尼亚语、世界语、希腊语、匈牙利语、印度尼西亚语、曼丁果语、旁遮普语、波斯语、泰米尔语、土耳其语",以及"葡萄牙语、芬兰语、丹麦语、乌克兰语、克罗地亚语、爱沙尼亚语、波斯尼亚语、斯洛文尼亚语、斯洛伐克语、哈萨克语、锡伯语、格鲁吉亚语等"①。不难看出,莫言作品译介涉及的语种非常多,不仅有英语、法语、西班牙语、德语等西方主要语种,有日语、韩语等东方主要语种,还有塞尔维亚语、斯洛文尼亚语、泰语等我们不太熟悉的东西方语种,乃至更为冷僻的非洲曼丁果语及主要流通于印度和巴基斯坦部分地区的旁遮普语等。当然,这些语种的译本是在莫言作品逐步走向世界的进程中陆续出现的。据学者 2013 年的统计,"莫言的作品已经翻译成 17 种文字"②,另有学者在 2015 年发表的文章中指出,据莫言的经纪人管笑笑统计,"迄今为止,莫言作品在全世界已有近 40 种语言的译本印行"③,这些数据或许并不十分精确,但足以让我们管窥到,莫言作品译介目的语的数量处于持续增长之中,而随着语种的增多,其海外传播的疆域也在不断拓展。

从地域上看,莫言作品的译介在东西方世界基本呈现出齐头并进的态势,西方以法国、美国、西班牙、意大利为主,东方则集中于日本、越南、韩国。不少研究者指出,法国是翻译出版莫言作品最多的国家,④自短篇小说《枯河》之后,持续译介了莫言的三十余部作品,其中包括被公认的莫言的成名作《透明的红萝卜》(1993),以及莫言的多部重要代表作,如《红高粱家族》(1990)、《天堂蒜薹之歌》(1990)、《酒国》(2000)、《檀香刑》(2001)、《丰乳肥臀》(2004)、《师傅越来越幽默》(2005)、《四十一炮》(2008)、《生死疲劳》(2009)、《蛙》(2011)、《变》(2013)、《食草家族》(2016)、《战友重逢》(2017)等。尽管莫言获诺贝

---

① 姜智芹:《莫言作品海外传播研究》,南京:南京大学出版社,2019 年,第 3 页。
② 宁明编译:《海外莫言研究》,济南:山东大学出版社,2013 年,第 1 页。
③ 林敏洁:《莫言文学在日本的接受与传播——兼论其与获诺贝尔文学奖的关系》,《文学评论》2015 年第 6 期,第 98 页。
④ 参见杭零:《莫言在法国的翻译与接受》,《东方翻译》2012 年第 12 期;张寅德:《莫言在法国:翻译、传播与接受》,刘海清译,《文艺争鸣》2016 年第 10 期。

尔文学奖"为其在法国的译介与接受注入了新的动力",但法国"对莫言的兴趣由来已久"①,莫言作品法译本中的绝大部分在2012年之前就已翻译出版。这应该与法国自身深厚的文学传统及对世界多元文化相对开放的接受心态分不开。美国是英语世界中译介莫言作品较多的国家,从1980年代后期的零散译介,到1993年翻译出版《红高粱》,再到新世纪以来《酒国》(2000)、《丰乳肥臀》(2004)、《生死疲劳》(2008)、《四十一炮》(2012)、《蛙》(2014)等多部长篇小说的翻译,莫言作品在美国得到了持续关注。英译本的不断问世为某些"小语种"国家由英文转译莫言作品提供了可能,对推动其海外译介与传播具有不可低估的作用。西班牙和意大利两国对莫言作品的译介均始于20世纪90年代翻译出版的《红高粱》,分别是1992年的西班牙语版和1994年的意大利语版。此后,西班牙译介了《丰乳肥臀》(2007)、《天堂蒜薹之歌》(2008)、《生死疲劳》(2009)、《酒国》(2010)、《蛙》(2011)、《变》(2012)、《四十一炮》(2013)、《檀香刑》(2014)等十余部莫言作品,无论是早期从英译本转译,还是由汉语原著直接译出,基本保持每年一部长篇小说的出版节奏。除《红高粱》外,意大利还翻译出版了莫言的八部中长篇小说:《丰乳肥臀》(2002)、《檀香刑》(2005)、《生死疲劳》(2009)、《变》(2011)、《蛙》(2013)、《天堂蒜薹之歌》(2014)、《酒国》(2016)、《四十一炮》(2017),以及一部短篇小说集《养猫专业户》(1997)。无论从译介开始的时间,还是从近三十部的译本数量来看,日本都可算作世界范围内对莫言作品关注最多、接受最深入的国家之一,莫言的大部分作品在其获诺贝尔文学奖之前便已有日译本。除长

① 张寅德:《莫言在法国:翻译、传播与接受》,刘海清译,《文艺争鸣》2016年第10期,第47页。

篇小说外,日本对莫言的中短篇小说也十分重视,翻译出版了《来自中国农村——莫言短篇小说集》(1991)、《怀抱鲜花的女人》(1992)、《师傅越来越幽默——莫言自选中短篇集》(2002)、《白狗秋千架——莫言自选短篇集》(2003)等多部小说集。在越南,莫言是"一枝独秀"的外国作家,自1999年《红高粱》被收入同名短篇小说集中翻译出版以来,其作品得到了"全面而系统的译介",不仅译本数量达二十余部之多,而且翻译涉及的文体多样,"从长篇、中短篇小说,到散文、杂文,都有越南语译本"①。韩国也是较早翻译出版莫言作品的国家,从1989年的《红高粱》起,迄今共译介了莫言的近二十部作品,并且与日本、越南的情况类似,在莫言获诺贝尔文学奖之前便译出其主要的长篇小说。

从社会学角度看,翻译场域中的象征资本对文学译介与传播具有重要作用。这一点在莫言作品的外译中有明显体现。若考察上述莫言作品的主要译介国,可以发现,其译者群体较为稳定,且基本由知名汉学家构成,包括法国的杜特莱和尚德兰(Chantal Chen-Andro)、瑞典的陈安娜、美国的葛浩文、日本的藤井省三和吉田富夫、越南的陈廷宪和陈忠喜等等。他们不仅是翻译家,也是热爱中国文学、多年致力于中国文学研究的汉学家。如杜特莱长期从事中国语言文学的教学与研究,对中国当代文学的总体特征与发展进程有深刻了解和全面把握,是公认的中国当代文学最重要的法译者之一;葛浩文在中国现当代文学译介上成就卓著,其文学翻译与文学研究之间有着深刻互动;藤井省三是著名的中国文学研究专家、文学批评家、日本汉学界最重要的学者之一,他的鲁迅研究具有广泛的国际影响。此外,莫言作品的出版方同样表现出权威和相对稳定两大特征,在英语世界是哥伦比

---

① 姜智芹:《莫言作品海外传播研究》,南京:南京大学出版社,2019年,第30页。

亚大学出版社、芝加哥大学出版社等知名大学出版社及企鹅出版集团等大型商业出版机构;在法国,出版"巨头"瑟伊出版社几乎包揽了莫言作品的所有法译本;在意大利,"出版莫言小说最多的"艾伊纳迪出版社规模可观,其操作"与零散或小型出版社的散漫推介不同",而是"用系列文本群的方式将莫言推向意大利文化,出版风格保持高度一致"①。再者,文学奖项也是翻译场域中不可小觑的象征资本。在获诺贝尔文学奖之前,莫言在域外获得了多个文学奖项:2001年《酒国》获法国洛尔·巴塔庸外国文学奖;2003年《檀香刑》获越南作家协会的"翻译文学奖";2004年获法兰西艺术与文学骑士勋章;2005年获意大利诺尼诺国际文学奖;2006年获日本福冈亚洲文化奖;2008年《生死疲劳》获第一届美国纽曼华语文学奖;2011年获韩国万海文学奖。上述奖项多为其所在国中享有最高荣誉的文学奖项,在这些象征资本的推动下,莫言逐步赢得了更多的国际关注与认可。值得注意的是,莫言所获国际奖项恰好分布在作为莫言作品译介重镇的法国、美国、意大利、日本、越南和韩国,这并非简单的巧合,而是颇为有力地说明了象征资本在文学传播与接受中的重要意义。同时,译介与获奖之间很可能存在的互动关系也揭示出,翻译活动对作家与作品在异域新生命的构建具有深刻影响。

---

① 彭倩:《文学场域中的权力与象征资本——莫言在意大利的传播与接受》,《中国比较文学》2020年第3期,第115页。

第二节 阐释参照与莫言作品的经典化

卡萨诺瓦认为,"对于所有'远离中心的'作家而言,翻译是通往文学世界的主要通道:它是文学认同的一种形式,而不是简单的语言转换"①。经由译介,莫言作品得以进入世界多元文化空间,这既意味着莫言获得国际认可的可能性,也意味着其作品将不断遭遇来自不同地域、不同文化的他者目光。在世界文学场域内,无论文本的传播与接受,还是作品"来世的生命"的构建,其中起导向性作用的,往往不是普通读者的阅读,而首先是文学、翻译和批评等各界的阐释与评论。

"经典的确认不仅体现了多数人对文学价值的判断和他们对文学流传的良好愿望,也体现了在不同历史时期多数人的审美价值观念与评价文学的道德意志。"②因此,文学的经典化过程取决于历史性的集体观念和意志。若考察世界范围内对莫言作品的译介及相关评论,便不难发现,世界文学经典视域下凸显某种集体认同的参照式解读是莫言作品国际阐释中的一条重要路径。2012 年诺贝尔文学奖公布之际,诺奖评委会表示:"莫言将现实和幻想、历史和社会角度结合在一起。他创作中的世界令人联想起福克纳和马尔克斯作品的融合,同时又在

---

① Pascale Casanova,*La République mondiale des Lettres*,Paris:Éditions du Seuil,2008,pp.198-199.

② 聂珍钊:《文学伦理学批评导论》,北京:北京大学出版社,2014 年,第 140 页。

中国传统文学和口头文学中寻找到一个出发点。"①除了提及福克纳和马尔克斯,诺奖的授奖词还在概括莫言的文学特质时,将他比作文艺复兴时期法国伟大的人文主义作家拉伯雷和18世纪英国著名讽刺作家斯威夫特。实际上,早在莫言作品的海外译介之旅刚刚开启时,通过参照阐释的方式对莫言作品所进行的解读和评价就已经出现。如学者所观察到的,正是在最早译介莫言作品的日本,评论者首先将莫言与世界文学经典作家联系在一起加以阐释。1989年,藤井省三在日本杂志发表《中国的加西亚·马尔克斯——莫言》一文,并就《红高粱家族》评价道:"高密平原的男女老幼的体内奔腾着如红高粱果实一般鲜红的热血,这腔热血不时喷涌而出。莫言描绘了他们不屈服、果敢的生活方式。这个异想天开、拍案惊奇的世界比起马尔克斯的杰作《百年孤独》中描写的马孔多小镇和布恩迪亚一族的兴亡故事可以说有过之而无不及。虽然或许《红高粱家族》被理解成是一部充满着迷信、流血、暴力、性等众多荒诞轶事的作品,但是对于从1920年代到'文革'时期历经了半世纪动荡的中国人来说,均具有现实性。"②值得一提的是,当时日本评论界并没有完全认同这样的解读,而是很快出现了不同观点。如1990年出版的《红高粱》续卷的"译者后记"中,莫言作品的首位日译者井口晃认为"寻根文学"与其原型拉丁美洲文学"完全相异",并就类比式的莫言作品阐释提出异议:"将《红高粱》的作者莫言称为'中国的加西亚·马尔克斯'或者将其称之为超越了加西亚·马尔克斯的人——半个世纪之前就已经流行的'中国的高尔基'

---

① 叶小文:《莫言获奖空前不绝后》,《人民日报》(海外版)2012年10月13日。
② 林敏洁:《莫言文学在日本的接受与传播——兼论其与获诺贝尔文学奖的关系》,《文学评论》2015年第6期,第101页。

第十章 文学外译与中国作家的新生命

231

'中国的契诃夫'等诸如此类,根本就是非文学的类比,大肆泛滥的这一'现实'让我不禁感到震惊。我认为,这样陈旧、无意义的类比难道停止不是更好吗?"①今天回顾来看,藤井省三通过类比马尔克斯来解读莫言的作品,并明确指出莫言的写作具有"魔幻现实主义"风格,应该说是很有见地的。在《为什么读经典》中,伊塔洛·卡尔维诺(Italo Calvino)对"经典"进行定义时指出:对于一部经典作品,人们"一下子就认出它在众多经典作品的系谱中的位置"②。从这个角度来看,将莫言作品置于世界经典文学谱系中加以定位和解读,不仅在参照中准确把握莫言文学创作的特点,也通过世界文学的视域拓展了莫言作品的阐释空间,对其经典化进程同样是一种有力的推动。

此外,特别值得关注的是,在对莫言作品的参照式解读中,各国大都倾向于寻找莫言作品与本国民族文学传统的共通之处。在法国,"出版商会毫不犹豫地将'莫言:中国的加西亚·马尔克斯','《丰乳肥臀》:中国版《百年孤独》'字眼印上封面"③,但同时,"在法国读者看来,莫言作品还具有着某些法国文学的特质,他们在莫言对历史的思考和描述方式中还看到了文艺复兴时期重要的人文主义作家拉伯雷的影子。在法国,拉伯雷被认为是民间诙谐文化和荒诞讽刺文学的代表,而在《丰乳肥臀》这幅令人目眩的中国历史画卷中,莫言富于创造性的、气势磅礴、激情澎湃的语言,讽刺夸张的描写,民间故事的风格,对

① 林敏洁:《莫言文学在日本的接受与传播——兼论其与获诺贝尔文学奖的关系》,《文学评论》2015 年第 6 期,第 100 页。

② 伊塔洛·卡尔维诺:《为什么读经典》,黄灿然、李桂蜜译,南京:译林出版社,2012年,第 7 页。

③ 张寅德:《莫言在法国:翻译、传播与接受》,刘海清译,《文艺争鸣》2016 年第 10期,第 49 页。

荒谬现象的有力批判都不禁令法国评论者联想到拉伯雷的《巨人传》"①。在意大利,《生死疲劳》中"对在地狱里被牛头马面拷打的西门闹这位主要人物的描写,让意大利读者联想起了但丁在《神曲·地狱》篇里描写的恶魔"②。在俄罗斯,评论界则关注到莫言小说与20世纪中期苏联乡村小说的相似之处。文学评论家邦达连科认为:"《酒国》无论'从名称上',还是'从内容上',都更多地指向'俄罗斯',而非'中国'。作为一名乡土文学作家,莫言的作品与苏联作家阿斯塔菲耶夫和阿·伊万诺夫颇有相似之处,他的《丰乳肥臀》很容易让俄罗斯读者联想起伊万诺夫的《永恒的呼唤》。"③不论是思想内容共通,还是文学特质相近,这种将外国文学和本土文学联系在一起的比较阐释一方面表明莫言作品在各国读者中引起了共鸣,另一方面也经由比较阐释更激发出文学接受中的某种亲近感,因而有效促进了莫言作品在世界文学中的经典化。在泰戈尔看来,"寻求个别的人性与人类普遍人性之间的联系"正是"人类灵魂的本性",在《世界文学》一文中他写道:"当人性的光辉穿越重重障碍得到充分展示时,我们就倍感欢欣,我们所发现的东西就是不断延伸的自我。"④"不断延伸的自我"不仅是读者心灵与作品所构建的文学世界之间的交融,也是民族文学与世界文学在相互碰撞中生成的新的意义,一部经典作品的价值或许正在于此。

从诺贝尔文学奖的授奖词到不同接受语境对莫言作品的解读与

---

① 杭零:《莫言在法国的翻译与接受》,《东方翻译》2012年第12期,第12页。

② 芭芭拉:《在意大利看莫言》,《海南师范大学学报(社会科学版)》2014年第6期,第30页。

③ 杨明明:《"不语者":莫言的俄罗斯式解读》,《小说评论》2013年第6期,第40页。

④ 泰戈尔:《世界文学》,大卫·达姆罗什·刘洪涛·尹星主编:《世界文学理论读本》,北京:北京大学出版社,2013年,第56页。

评论,参照式的阐释让我们看到莫言因其具有普遍价值的文学创作而被纳入世界文学经典谱系中,但世界文学"不会导向一种超然的普遍性"①,文化间的差异、民族文学的特质以及作家的独特风格都是无法被忽视或被遮蔽的现实存在。因此,"一个作家在异域能否真正产生影响,特别是产生持久的影响,最重要的是要树立起自己的形象"②。就文学层面而言,世界文学视域中的文学审美需求应被理解为作品普遍价值与文学特质的融合。就翻译层面而言,"翻译具有内在的伦理属性和伦理目标,而尊重他者、尊重差异正是实现翻译伦理目标的基础与核心"③,这就意味着文学译介应尽可能保留和传达原作在语言和文化上的异质性。莫言作品通过译介在世界范围内得到广泛传播与接受,其异域的新生命构建中必然带有属于莫言的独特文学印记。在《文学谱系:福克纳,加西亚·马尔克斯和莫言》一文中,美国学者 M.托马斯·英奇(M.Thomas Inge)指出:"莫言不仅继承了福克纳和马尔克斯的艺术视野与手法,还用莫言自己独特的方式发扬了下去。"④俄罗斯评论界也关注到"莫言文学创作所表现出的那种独立性",认为莫言尽管受到多位经典作家的影响,但他"不仅没有丧失自我,还成功地将自己确立为一位具有高度独立性、强大有力却又绝不与人雷同的作家,他创造了令人称奇的独特艺术世界,塑造了众多多姿多彩、有血有

---

① 大卫·丹穆若什:《什么是世界文学?》,查明建、宋明炜等译,北京:北京大学出版社,2014 年,第 312 页。

② 许钧、宋学智:《20 世纪法国文学在中国的译介与接受》,武汉:湖北教育出版社,2007 年,第 184 页。

③ 刘云虹、许钧:《异的考验——关于翻译伦理的对谈》,《外国语》2016 年第 2 期,第 74 页。

④ 王汝蕙、张富贵:《莫言小说获奖后在美国的译介与传播》,《文艺争鸣》2018 年第 1 期,第 167 页。

肉的人物形象"①。汉学家叶果夫特别强调:"他既非卡夫卡,亦非福克纳,也非马尔克斯,他就是——莫言。"②这样的评价在莫言作品的国际接受中颇有代表性,也让我们认识到,正是在既寻求共鸣又凸显个性的阐释参照中,莫言作品打开了属于自己的文学经典化之旅。文学经典之所以不朽,并非仅仅出于权威和敬意,也更因为一代又一代读者真挚的喜爱,那种熟悉又陌生的阅读体验或许最能激发心灵的愉悦。

第三节　原作生命丰富性的拓展

经由译介,文学作品获得超越时空的新的存在形式,进入新的生命历程。如果说"文学作品通过被他国的文化空间所接受而成为世界文学的一部分"③,那么"接受"首先意味着异域读者的阅读和理解。在不同国家、不同时代的读者的阅读过程中,文本意义理解与阐释的可能性不断拓展,文学作品从"可能的存在"转化为"现实的存在",从而拥有持续生成的鲜活生命。诺贝尔文学奖得主、法国作家让-马里·古斯塔夫·勒克莱齐奥(Jean-Marie Gustave Le Clézio)在《法国文学经典译丛》的"致中国读者"中写下这样一句话:"这一部部伟大的作品超越时间与空间,向你们敞开,期盼你们阅读,而通过阅读,你们参与了

---

① 杨明明:《"不语者":莫言的俄罗斯式解读》,《小说评论》2013 年第 6 期,第 40 页。
② 王树福:《形象、镜像与幻象:莫言在俄罗斯的接受症候》,《中国比较文学》2018 年第 1 期,第 157 页。
③ 大卫·丹穆若什:《什么是世界文学?》,查明建、宋明炜等译,北京:北京大学出版社,2014 年,第 311 页。

再创造,有助于这些经典之作在你们伟大的国家获得新的生命。"许钧也指出:"经典不应该是供奉在文学殿堂里的'圣经',而应在阅读、理解与阐释中敞开生命之源。"①可见,他们都强调读者的阅读对作品生命价值的再创造意义。经典之作之所以能抵抗时间和空间的阻隔而焕发出持久的生命力,一个根本的原因就是,通过读者的创造性阅读,作品在无数个独特的对话关系中激发新的理解与共鸣,其内涵、价值与影响也因此始终处于生成与拓展之中。从中外文学交流史来看,无论外国文学进入中国,还是中国文学走向国外,唯有与读者相遇,与多元文化相互碰撞,作品的生命才会在延续和拓展中有力地绽放。莫言作品的域外传播也同样如此。在五十余种语言、两百多个外文译本构成的阅读空间里,各国读者带着自身独特的文化传统、审美期待和个体经验,以各自不同的方式进入莫言的文学世界,有理解与阐释,有认同与赞赏,也不免有误解与批评。如学者所言,世界文学是"一种阅读模式"②,且与"主体文化的价值取向和需求相关"③,那么不管理解还是误解,认同还是批判,译介所促成的更为多元的阅读在根本上为莫言作品异域新生命的不断丰富创造了条件。

由于中西方意识形态存在显著差异,西方读者对莫言作品乃至整个中国当代文学的接受中存在某种刻意突出作品意识形态内涵或从政治角度进行解读的倾向。虽然这一事实不可否认也不应忽略,但就总体而言,各国评论界并没有过多纠缠于莫言的所谓"体制内作家"或

---

① 许钧:《经典的阅读、理解与阐释——〈法国文学经典译丛〉代总序》,安托万·德·圣埃克苏佩里:《小王子》,刘云虹译,南京:南京大学出版社,2017年。

② 大卫·丹穆若什:《什么是世界文学?》,查明建、宋明炜等译,北京:北京大学出版社,2014年,第309页。

③ 大卫·丹穆若什:《什么是世界文学?》,查明建、宋明炜等译,北京:北京大学出版社,2014年,第311页。

"官方作家"身份,而是以文学本身为主要考量来阅读、阐释与评价莫言的作品,尤其彰显出莫言作品的伦理价值与审美价值,同时,多元视角也丰富了对莫言作品的理解。我们认为,至少有以下两方面值得特别关注。

首先,注重莫言作品对普遍人性的探求与展现。当歌德提出"世界文学的时代已经开始"①时,他意欲彰显的是一种超越民族的文化情怀。在莫言作品的国际传播中,这样的文化情怀对于发现并把握莫言作品的文学价值具有重要作用,因为作品能否获得"文学的'国际化'特质与世界性意义",其决定性因素之一正是"作品中所包含的超越民族和地域限制的'人类性'共同价值的含量"②。梳理莫言作品外译的相关讨论,可以发现,无论在法国、日本等最早开始译介莫言作品的国家,还是俄罗斯等在莫言作品的接受中相对滞后的国家,莫言小说所探求并展现的普遍人性是评论界理解莫言、构建莫言作品文学价值的一个重点。这并不难理解,从文学伦理批评来看,文学经典具有伦理特性。文学作品之所以能成为经典,原因不完全在于"陌生性""原创性"或"神性与人性的爱恨纠葛"③,而更因为其中所蕴含的伦理价值,也就是说,"文学是否成为经典是由其伦理价值所决定的"④。杜特莱长期关注中国当代文学并有相当精深的研究,他认为,"莫言的作品内容丰富,中国当下社会中的诸多主题——例如社会关系、腐败、传统的印记等等,他都给予关注,表现出了人类与社会关系的复杂性",不仅

① 歌德:《歌德论世界文学》,大卫·达姆罗什、刘洪涛、尹星主编:《世界文学理论读本》,北京:北京大学出版社,2013年,第4页。

② 张清华:《关于文学性与中国经验的问题——从德国汉学教授顾彬的讲话说开去》,《文艺争鸣》2007年第10期,第2页。

③ 聂珍钊:《文学伦理学批评导论》,北京:北京大学出版社,2014年,第141页。

④ 聂珍钊:《文学伦理学批评导论》,北京:北京大学出版社,2014年,第142页。

如此,更为重要的是,莫言"总是从人性的角度来思考和写作这些问题"①。正是由于这种"探测人类的灵魂"②的勇气与追求,莫言作品引发读者对人的存在以及人在特定境遇中的伦理选择进行深刻思索并从中受到教益。文学翻译是文学接受的一个特别而极为重要的方面,作为译介活动中具有伦理身份意识的主体,译者对其所译作家作品的深入理解与阐释往往具有导向性作用,积极推动着原作新生命在目的语语境中的丰富与拓展。在日本,莫言作品的两位主要译者井口晃和吉田富夫同样十分关注莫言作品中对芸芸众生的存在、对人类本性的不懈探索与深刻揭示。井口晃在评论《枯河》时指出这部短篇小说"既不是对'文革'时期的凄惨和权力的残酷进行告发,也不是揭露中国农村残存的'黑暗面'",而是"通过一名最终离世的少年的所看所想,描写了人生中无可避免的阴郁和无法估量、难以理解的黑暗"③。吉田富夫则借《丰乳肥臀》的译后记表达了自己对小说的理解,在他看来,不应对作品进行过多的政治性解读,因为"'丰乳肥臀'所象征的'母性'才是这个长篇故事的核心内在"④。俄罗斯评论界认为《丰乳肥臀》与肖洛霍夫的《静静的顿河》具有多方面的相似性,《丰乳肥臀》的译者、俄罗斯汉学家叶果夫特别指出,两位作家在创作中"都将关注的焦点集中于战争带给普通人的痛苦与牺牲,而这一点在当代中国文学中则

---

① 崔悦:《法国热评莫言获诺贝尔文学奖》,北方网,2012 年 10 月 14 日,http://news.enorth.com.cn/system/2012/10/14/010125792.shtml(2020 年 10 月 17 日读取)。

② 刘云虹、杜特莱:《关于中国文学对外译介的对话》,《小说评论》2016 年第 5 期,第 40 页。

③ 林敏洁:《莫言文学在日本的接受与传播——兼论其与获诺贝尔文学奖的关系》,《文学评论》2015 年第 6 期,第 99 页。

④ 朱芬:《莫言在日本的译介》,《中国比较文学》2014 年第 4 期,第 127 页。

是十分罕见的"①。

　　其次，注重莫言作品在叙事技巧上的革新。莫言自称是"一个讲故事的人"，认为"文学最重要的、区别于其他艺术门类的一点，就是它是语言的艺术"，因此他十分注重通过文学叙事技巧"把故事讲得引人入胜，讲得韵味无穷"。② 仅以《酒国》的国际接受为例，便能清晰地看到，这一点在莫言作品的海外传播中引发了深刻共鸣。《酒国》是莫言小说中极具文本实验意义和文体价值的一部，在国内出版后并不被看好，没有引起评论界和研究界的充分关注。然而，《酒国》的异域新生命是另一番景象，它不仅受到多国读者的青睐，2001 年还获得了法国洛尔·巴塔庸外国文学奖，在法国等译介中国文学的主要国家甚至成为"各界阐释、理解莫言的主要依据"③。为什么《酒国》在国内外的反响有如此差异？所有的阐释都是"一种突出重点的活动"④，这个意义上，《酒国》在世界范围内备受瞩目的一个重要原因在于，各国尤其是具有深厚文学传统的欧美国家对作品的文学特质与艺术创新更为敏感，普遍注重和欣赏莫言在叙事技巧上的革新。这一点，从法国洛尔·巴塔庸外国文学奖对《酒国》的授奖词即可窥见一斑："由中国小说家莫言原创、汉学家杜特莱翻译成法文的《酒国》，是一个实验性文体。其思想之大胆，情节之奇幻，人物之鬼魅，结构之新颖，都超出了大多数读者的阅读经验。这样的作品不可能被广泛阅读，却会为刺激

---

　　①　杨明明：《"不语者"：莫言的俄罗斯式解读》，《小说评论》2013 年第 6 期，第 40 页。

　　②　莫言、刘琛：《把"高密东北乡"安放在世界文学的版图上——莫言先生文学访谈录》，《东岳论丛》2012 年第 10 期，第 10 页。

　　③　杭零：《莫言在法国的翻译与接受》，《东方翻译》2012 年第 12 期，第 10 页。

　　④　汉斯-格奥尔格·加达默尔：《真理与方法——哲学诠释学的基本特征》，洪汉鼎译，上海：上海译文出版社，1999 年，第 492 页。

小说的生命力而持久地发挥效应。"①我们看到,法国评论界充分肯定《酒国》在文体上的实验性,并强调这样的实验性文体可以令小说焕发出不竭的生命力。法国主流媒体也持相同观点,对莫言在《酒国》中展现出的精湛艺术技巧大加赞赏,《世界报》的评论特别指出莫言"没有使用刻板的语言"来揭露社会问题,相反,"他将寓言、虚幻故事、道家思想和荒诞离奇熔为一炉;他游刃有余地使用镜像效果,模糊了现实与想象的界限"②。美国读者和媒体对《酒国》的评价中也不吝褒奖之词,对其中展现出的叙事革新与魅力尤为关注。莫言作品的主要英译者、汉学家葛浩文十分欣赏《酒国》中丰富而极具想象力的创作手法,认为"之前没有任何小说可以让读者惊喜地发现如此聚集的喜剧性、创新性与技巧的灵活性"③。《纽约时报》有书评"赞赏这部小说'从功夫小说、侦探小说、中国神话、美国西部小说和魔幻现实主义小说中借鉴多种叙述元素而形成的一个迷人的后现代的大杂烩'"④。德国著名作家马丁·瓦尔泽(Martin Walser)在读了《酒国》之后,直言"它是非常丰富的一部作品",并高度评价了小说的结构和艺术创作方式。⑤ 俄罗斯评论界则盛赞《酒国》"是一部震撼力的小说,是新作家风格的典范,是本世纪的非凡之作",并洞察到"丰富多彩地讲故事是莫言独一

---

① 莫言研究会:《莫言与高密》,北京:中国青年出版社,2011 年,第 172—173 页。

② Jean-Luc Douin, "Mo Yan et les ogres du Parti," *Le Monde*, 2000(3.31).

③ 葛浩文:《作者与译者:一种不安、互惠互利,且偶尔脆弱的关系》,王敬慧译,刘云虹主编:《葛浩文翻译研究》,南京:南京大学出版社,2019 年,第 637 页。

④ 张晶:《框架理论视野下美国主流报刊对莫言小说的传播与接受》,《当代作家评论》2015 年第 3 期,第 170 页。

⑤ 魏格林:《沟通和对话——德国作家马丁·瓦尔泽与莫言在慕尼黑的一次面谈》,《上海文学》2010 年第 3 期,第 79 页。

无二的文学创作风格"①。值得一提的是,《酒国》的国际评价深深地影响了国内文学批评界对这部小说的认知,如学者所言,当葛浩文、杜特莱、叶果夫等重要的汉学家都称赞《酒国》是莫言最好的小说或"小说中的小说"之后,国内的一些文学批评家,即便此前并不这么看,也大多认同了这个看法。②

当莫言把高密东北乡安放在了世界文学的版图上③,当中国的莫言变为世界的莫言,莫言作品的异域传播之旅不可避免地遭遇来自多元他者的审视目光。在中外不同思想文化的相遇、碰撞与融合中,莫言作品以其深刻的思想与伦理价值以及独特的文学魅力赢得了属于自己的崭新生命。随着新的理解与阐释不断出现,新的视域逐步生成,原作新生命也处于日益丰富的历史进程中。当然,作为"一种社会话语产品",文学作品具有"认识属性",文学接受也不可避免地"表现为一种特殊的认识活动"④。因此,各国读者对莫言作品的阅读和接受不可能采取单一的文学视角,加之莫言小说强烈的现实性和社会批判性,探察中国的历史与社会现实自然也构成莫言的国际解读中的一个常见路径。一方面,异域读者期待通过莫言作品对中国近现代及当代历史的书写走进中国的历史与社会,另一方面,这种深入了解中国的意愿又激发着读者对莫言小说的阅读与理解,而就阅读参与文本生命创造的根本意义而言,这无疑也推动了莫言作品新生命的不断丰富与

---

① 郑英魁:《简论莫言在俄罗斯的译介与传播》,《当代作家评论》2015 年第 3 期,第 182 页。

② 孟繁华:《中国当代文学经典化的国际语境——以莫言为例》,《文艺研究》2015 年第 4 期,第 25 页。

③ 莫言、刘琛:《把"高密东北乡"安放在世界文学的版图上——莫言先生文学访谈录》,《东岳论丛》2012 年第 10 期,第 5 页。

④ 童庆炳:《文学理论教程》,北京:高等教育出版社,2018 年,第 340 页。

拓展。

　　不可否认,获得诺贝尔文学奖给莫言带来巨大的国际声誉,也有力提升了莫言作品的国际影响力。但从以上的梳理和分析中可以看出,通过译介及其所拓展的阅读空间,莫言作品的国际传播早在20世纪八九十年代便已形成并持续推进。在跨文化的多元阐释中,莫言作品逐步实现其经典化,在世界文学之林展现出更为蓬勃而丰富的生命活力。同样不可否认的是,莫言作品在走向世界的过程中遇到了多重困难,有文学接受中受到的冷遇、误解甚至批判,更有中外语言文化隔阂给文学翻译本身带来的无法完全逾越的障碍。莫言作品的主要韩语译者朴明爱曾说:"中国文学若要占据世界文学的中心,要走的路尚有多远,这完全取决于以莫言为代表的当代中国文人手中的笔。"[①]究竟还有多远的路要走或许无法准确预计,但可以肯定的是,这不仅取决于作家们手中的创作之笔,也同样取决于为世界文学与文化的多元交流而不懈努力的翻译者们手中的译笔,取决于多方合力下作品在异域从"生"到"成"的生命历程。

---

　　① 朴明爱:《扎根异土的异邦人——莫言作品在韩国》,《作家》2013年第7期,第4页。

第十一章 文学翻译批评事件与翻译理论建构

当下，翻译界对加强"中译外"研究的重要性有着越来越深刻的认识。有学者敏锐地指出，以往在"外译中"相关考察与探讨基础上所形成的翻译理论思考虽有很大的借鉴价值，但绝不能被完全照搬来认识和指导中国文学外译活动。面对当前中外文化交流、文明互鉴背景下的中国文学外译，译学界需要不断探索与反思，在翻译理论层面有所创新，以应对翻译活动中的重大变化。翻译在本质上是一种实践性活动，翻译理论的产生必须立足于翻译实践，翻译实践是翻译理论得以建构的源泉。如果没有对翻译实践经验的总结与理性思考，所谓翻译理论的创新只能是无源之水、无本之木。作为联结翻译理论与翻译实践的纽带，翻译批评有沟通并促进两者实现互动的功能，对翻译理论建设而言不可或缺。通过对译本的分析，对翻译现象的关注以及对整个翻译生产与传播过程的考察，翻译批评发现翻译实践中存在的问题，凸显出翻译实践所遭遇的困难、疑惑或危机，不断加深对翻译的认识与理解并促使译学界对翻译相关问题进行深入思考，从而推动翻译理论建构不断获得新的动力、实现新的突破。无论就"外译中"还是"中译外"而言，这一点都具有重要意义。总体来看，由于自身理论建设的相对薄弱，翻译批评往往因其不在场或缺乏活力而遭受诟病，尽管如此，在我国翻译理论从无到有、由浅入深的发展历程中，翻译批评对翻译理论的建构价值毋庸置疑，尤其是具有事件性的翻译批评，以其创新的意愿与力量，对翻译理论的生成与不断深化发挥着积极作用。

　　20世纪中期以来,西方哲学研究日益呈现出一种事件转向,马丁·海德格尔(Martin Heidegger)、米歇尔·福柯(Michel Foucault)、雅克·拉康(Jacques Lacan)、德勒兹、阿兰·巴迪欧(Alain Badiou)、斯拉沃热·齐泽克(Slavoj Žižek)等思想家纷纷把关注目光转向事件,对事件引发的哲学问题与理论问题进行了思考。在此背景下,J.希利斯·米勒(J. Hillis Mlller)、德里克·阿特里奇(Derek Attridge)、特里·伊格尔顿(Terry Eagleton)等文学理论家将"事件"这一哲学概念引入文学批评,把文学作品既视为事实,也视为行动,着重从文学的生成性、行动力及策略、意图与效果之间的复杂关系等不同角度对文学事件加以探讨。在《事件》中,齐泽克提出事件的一个基本属性在于,"事件总是以某种出人意料的方式发生的新东西,它的出现会破坏任何既有的稳定架构"①。也就是说,从事件的角度看待文学,能够突出文学的能动性和创造性。② 作为一种建立在理解和对话基础上的评价活动,翻译批评不仅构成评价的事实,也意味着评价的行动,蕴含着"批评"一词与生俱来的反叛精神与批判意识,指向能动的过程及其创造性结果。因此,将翻译批评作为事件看待,同样具有积极意义,有助于凸显翻译批评的行动者姿态及其沟通理论与实践、促进翻译理论走向深入的导向性和生成力。基于这样的认识,我们以中外文化双向交流的视角,选取我国文学翻译批评史上产生了广泛影响的《红与黑》汉译讨论及当下正在发生的中国文学外译批评这两个代表性案例,从事件的角度对其中具有规律性的内容加以探究,一方面揭示翻译批评对翻译理论

────────────

①　斯拉沃热·齐泽克:《事件》,王师译,上海:上海文艺出版社,2016年,第6页。
②　何成洲:《全球在地化、事件与当代北欧生态文学批评》,何成洲、但汉松主编:《文学的事件》,南京:南京大学出版社,2020年,第163页。

的建构力量；另一方面借以思考如何构建翻译批评事件，促使翻译批评更好地展现其推动翻译理论创新的价值。

第一节 "问题性"与翻译理论建构的驱动力

在德勒兹的事件哲学中，奇点和问题性是两个重要概念。《意义的逻辑》之系列9专门就"问题性"展开论述，德勒兹开篇便明确提出一个问题："什么是理想的事件？"，对此，他回答道："这就是一种独特性。或者说一系列独特性和奇点，它们构成一条数学曲线、一个有形的事态、一个具有心理特征和道德品格的人。它们是尖点和拐点；是瓶颈、结扣、火源、中心；是熔点、凝结点、沸点；是泪点和快乐点，是疾病点和健康点，是希望点和焦虑点，是所谓的敏感点。"①可以看到，在德勒兹那里，事件就是奇点，它是突兀的，尖尖地竖立，它又是转折的，拒绝在既定结构上平铺直叙，它还是性状的改变，是强烈的生存体验。总之，如德勒兹所言，事件或奇点"与常规相悖"②。尽管不同"寻常"，但奇点居于中心或关键位置，它具有敏感性，以对问题的敏感而激发理性的思考。因此它与问题性密切关联，它使问题得以表征，使问题赖以形成的条件得以确立。德勒兹认为，"事件的样态，是问题性"，在他看来，"这不意味着存在一些有疑问的事件，而是说事件特别关涉问题并确定其条件"，事实上，"问题只能由表明其条件的诸多奇点所确定"③。

---

① Gilles Deleuze, *Logique du sens*, Paris：Éditions de Minuit, 1969, p.67.
② Gilles Deleuze, *Logique du sens*, Paris：Éditions de Minuit, 1969, p.67.
③ Gilles Deleuze, *Logique du sens*, Paris：Éditions de Minuit, 1969, p.69.

德勒兹强调问题性在事件框架内的积极意义,反对将其看作主观性的不完善,他指出:"我们应该与一种长期以来的思维习惯决裂,它令我们将问题性视为一个认知的主观范畴,视为一个经验时刻,该时刻仅表明方法的缺陷,表明我们所处的无法预先知晓这一可悲的必然,它将随着知识的获取而消失。"①所以,德勒兹明确提出,"事件本身具有问题性和问题化倾向"②。

作为中国文学翻译批评史上影响深远的一次批评事件,《红与黑》汉译讨论表现出显著的问题性特征。20 世纪 90 年代初,围绕《红与黑》汉译为代表的名著复译现象,评论界出现了不同的反响,各方观点相持不下,形成针对《红与黑》多个译本的激烈争论,涉及《读书》《文汇读书周报》《光明日报》《文艺报》等多家报刊及赵瑞蕻、许渊冲、方平、罗新璋、施康强、郭宏安、许钧等数位知名翻译家和学者。借助舆论对《红与黑》汉译的热衷,1995 年 4 月,《文汇读书周报》编辑部与南京大学西语系翻译研究中心以问卷调查的形式,联合发起了《红与黑》汉译读者意见征询,将《红与黑》汉译讨论推入高潮,引向更为激烈的观点交锋。整个《红与黑》汉译批评事件的一个奇点由此生成。翻译批评的惯常路径是文本比较,该意见征询虽同样涉及文本比较,但在设置比较前首先就读者对《红与黑》汉译的基本看法提出了十个问题:1.《红与黑》多次复译,现已有十几个版本,您对此现象怎么看? 2. 文学翻译应着重于文化交流还是文学交流? 3. 翻译外国文学名著,是否应尽量再现原作风格? 译者是否应该尽量克服自己的个性,以表现原作的个性? 4. 文学翻译语言应该带有"异国情调",还是应该完全归

---

① Gilles Deleuze, *Logique du sens*, Paris: Éditions de Minuit, 1969, pp.69-70.

② Gilles Deleuze, *Logique du sens*, Paris: Éditions de Minuit, 1969, p.69.

化？5.有人认为文学翻译首先应该求精彩而不应求精确，您认为对不对？6.有人认为文学翻译可多用汉语四字词组，您的看法如何？7.文学翻译是否应该发挥译语优势，超越原作？8.有人认为文学翻译是再创造，再创造的最高标准是"化境"，主张一切都应该汉化，您怎么看？9.您喜欢与原文结构比较贴近，哪怕有点欧化的译文，还是打破原文结构，纯粹汉化的译文？10.您主张译文与原作的等值，还是对原作的再创造？这意味着，《红与黑》事件从形式层面首先表现出明显的问题化倾向，提出了与《红与黑》汉译活动密切关联的翻译风格、再创造及其限度、原作与译作的关系等一系列问题。当然，《红与黑》汉译讨论的问题性不仅局限于形式，也远非只与《红与黑》的翻译相关，而是更深层次地关涉翻译活动的根本性问题和基本原则，正如许钧所说，"从《红与黑》一部书的翻译推开去，其中的许多曲直是非，是当今整个译坛种种倾向的浓缩"[①]。

通过问题的提出及其探讨，《红与黑》汉译讨论以翻译实践经验与翻译理论思考之间的深刻互动为基础，深化了人们对翻译活动的认识，为翻译理论研究"实现质的飞跃"[②]发挥了强有力的推动作用。

1. 揭示翻译方法背后的立场与伦理内涵。《红与黑》汉译讨论的主要内容是关于"直译"与"意译"的争论，"等值"与"再创造"、"异国情调"与"归化"、"欧化"与"汉化"等二元选择都与之息息相关。曾有学者对此表示了疑虑，认为"沸沸扬扬的'《红与黑》事件'所争议的似乎是一个假问题。'假'问题的说法似乎有点过分，但这个问题的确是没有什么意义的。有关'直译''意译'的问题，自汉译佛经以来到本世

---

① 许钧：《〈红与黑〉汉译的理论与实践——代引言》，许钧主编：《文字·文学·文化——〈红与黑〉汉译研究》（增订本），南京：译林出版社，2011年，第16页。

② 袁筱一：《翻译事件是需要构建的》，《外国语》2014年第3期，第5页。

纪,一直有人议论,但始终没什么结果"①。姑且不论问题是真是假,若回顾事件的整个过程,不难发现,在事件进程的推动下,翻译家们对批评者和读者就《红与黑》翻译提出的看法积极予以回应,无论说明、解释,或商榷、反驳,并不限于从语言层面对译文在遣词造句上的选择进行分析,而往往更注重表明各自的翻译观、翻译立场或翻译原则。如意译派代表之一许渊冲先生在《红与黑》译者前言中重申自己的翻译观,他认为,"翻译是两种语言的竞赛,文学翻译更是两种文化的竞赛。译作和原作都可以比作绘画,所以译作不能只临摹原作,还要临摹原作所临摹的模特"②。正是在此文学翻译"认识论"的基础上,他提出翻译再创造的"方法论"和翻译哲学层面的"目的论",并在翻译过程中践行其"化之艺术"。再如直译派代表郝运先生,虽不专门研究翻译理论,但他对翻译所面临的抉择有明确的认识,对翻译活动也有鲜明的价值追求,他表示,"我从事法国文学译介工作时间不算短,但始终不敢好高骛远,只追求一个目标:把我读到的法文好故事按自己的理解尽可能不走样地讲给中国读者听。我至今认为做到这一点并不容易。有时候原作十分精彩,用中文复述却不流畅,恰似营养丰富的食品偏偏难以消化。逢到这种情况,我坚持请读者耐着性儿咀嚼再三,而决不擅自用粉条代替海蜇皮"③。短短几句话也透露出译者在充当文化"摆渡人"角色时所秉持的文化交流观。这让我们看到,直译也好,意译也罢,都不会孤立地存在,而总是由一定的翻译立场所决定。这一

---

① 赵稀方:《二十世纪中国翻译文学史》,天津:百花文艺出版社,2009年,第235页。

② 许渊冲:《译者前言》,许钧主编:《文字·文学·文化——〈红与黑〉汉译研究》(增订本),南京:译林出版社,2011年,第255页。

③ 郝运:《关于〈红与黑〉汉译的通信(四)——郝运致许钧》,许钧主编:《文字·文学·文化——〈红与黑〉汉译研究》(增订本),南京:译林出版社,2011年,第45页。

点,《红与黑》汉译讨论的策划与组织者有十分清醒的认识,在作为讨论成果的《文字·文学·文化——〈红与黑〉汉译研究》一书的"代引言"中,许钧不止一次地指出众译家对原作语言特色与风格的不同处理方式是各自翻译原则的具体体现,反映了各自的翻译观,他强调,"《红与黑》汉译证明,翻译不仅有理论,而且有不同的理论和观点;翻译不仅有理论指导,而且在不同的理论指导下,有了不同的实践,出现了风格殊异的译文"①。实际上,直译和意译在翻译方法层面不会截然相对地存在,而是形成一种有机互补,只有作为一种立场,两者才呈现出非此即彼的二元对立姿态。进一步来看,翻译立场也非凭空产生,其背后有着更深层次的伦理内涵。这一点也在《红与黑》汉译批评事件中得以深刻揭示。

2. 突出译者在翻译过程中的核心地位,推动我国翻译研究的译者转向。《红与黑》汉译讨论中,通过对谈、通信、专论和问卷调查等形式,翻译场域的各主体要素之间就文学翻译所涉及的多方面问题深度交流与探讨,形成了积极的互动。这样的互动既前所未有地架设起译者与读者之间的沟通桥梁,也将学界的关注引向译者,使译者的心声得到倾听,对翻译方法背后的立场和伦理内涵的揭示更令译者在翻译过程中的核心地位与能动作用得以彰显。这场讨论"充分展示了正反双方对于翻译的认识,以及对具体翻译过程的极具个性化的见解,为中国翻译学界的译者研究提供了最直接也最丰富的第一手资料"②,为译学界在文本、立场、视域、语境等翻译主客观因素的综合作用下深入

---

① 许钧:《〈红与黑〉汉译的理论与实践——代引言》,许钧主编:《文字·文学·文化——〈红与黑〉汉译研究》(增订本),南京:译林出版社,2011年,第16页。
② 王东风:《"〈红与黑〉事件"的历史定位:读赵稀方"〈红与黑〉事件回顾——中国当代翻译文学史话之二"有感》,《外语教学理论与实践》2011年第2期,第22页。

探寻译者行为拓展了空间,具有观念上与方法上的双重意义。正如有学者敏锐地洞察到的,《红与黑》汉译讨论的一个先进之处就是"在中国译学界开启译者转向"①。借由《红与黑》汉译讨论所关注的翻译主体问题,译学界逐步认识到译者在翻译整个动态过程中的能动作用,也越来越深刻地意识到翻译主体研究在深化对翻译活动的理解及推进翻译理论建设上的重要性,并在此领域展开了深入而全面的探索。以我国译学研究的重要刊物之一《中国翻译》为例,该刊 2003 年第 1 期专门设立了"翻译主体研究"专栏,并在此后的两三年间刊登了多篇以"翻译主体"为研究内容的学术论文,从不同理论视角对翻译主体问题进行了多元化思考,如许钧的《"创造性叛逆"和翻译主体性的确立》、查明建和田雨的《论译者主体性——从译者文化地位的边缘化谈起》、穆雷和诗怡的《翻译主体的"发现"与研究——兼评中国翻译家研究》、屠国元和朱献珑的《译者主体性:阐释学的阐释》、陈大亮的《谁是翻译主体》等。仅就前两篇来看,据中国知网 2022 年 8 月 2 日数据,第一篇论文下载 16327 篇次,被引 2262 篇次,第二篇下载 29745 篇次,被引 3327 篇次。无疑,这些研究成果本身也在国内翻译界产生了重要影响,为翻译理论研究在深度和广度上的推进发挥了积极作用。

3. 重视翻译的文化属性,凸显文字、文学与文化的和谐统一。文学译介是文化交流的一种重要形式与有效途径,《红与黑》汉译讨论中各方争议颇多的"文字翻译"与"文学翻译"不仅在于文字和文学层面,更与其背后的文化息息相关。许渊冲曾借助英语中"literal translation"和"literary translation"的区别,专门撰文探讨了"文字翻译"与"文学翻

---

① 王东风:《"〈红与黑〉事件"的历史定位:读赵稀方〈红与黑〉事件回顾——中国当代翻译文学史话之二"有感》,《外语教学理论与实践》2011 年第 2 期,第 22 页。

译"。他特别以《红与黑》中的"魂归离恨天"为例,认为这一译文是比文字翻译更高明的文学翻译,不仅精确而且精彩,并就此对中国文学翻译界应"何去何从"提出疑问:"到底是闭关自守,夜郎自大,坚持自己洋泾浜式的'翻译腔',还是参考国际和国内舆论,改文字翻译为文学翻译呢?"①对此,许钧着眼于文字、文学、思维方式与文化之间的统一关系,认为要通过文学作品了解西方的思维方式与文化特色,从而达到中外文化交流的目的,"就离不开对西方文学作品的语言表达习惯和形式价值的把握与传达"②。因此,他明确指出:"当我们读到带有'欧化'倾向的西方文学作品时,不能简单地贬之为'文字翻译',也许这种翻译正是体现了一种传达异域文化、风俗、思维、审美的追求。而我们读到纯粹'汉化',不带一点翻译痕迹的外国文学翻译作品时,我们也不要轻率地就褒之为'文学翻译',因为若过分'汉化',原作所蕴含的异国情调,所承载的异域文化,就可能被冲淡,甚至被取代了,就达不到交流的目的。"③在《文学事件》中,伊格尔顿认为,"接受理论的成就在于使长久以来像睡觉、呼吸一样自然的阅读成为一个理论问题,这几乎是伴随着文学现代主义而来的必然结果,对后者来说,文本的模糊晦涩——需要呕心沥血的阅读——不是偶然现象,而是作品意义的核心所在"④。推及文学翻译,译者在再现原作语言风格、文学特

---

① 许渊冲:《文字翻译与文学翻译——读方平〈翻译杂感〉后的杂感》,许钧主编:《文字·文学·文化——〈红与黑〉汉译研究》(增订本),南京:译林出版社,2011年,第60页。

② 许钧:《〈红与黑〉汉译的理论与实践——代引言》,许钧主编:《文字·文学·文化——〈红与黑〉汉译研究》(增订本),南京:译林出版社,2011年,第20页。

③ 许钧:《〈红与黑〉汉译的理论与实践——代引言》,许钧主编:《文字·文学·文化——〈红与黑〉汉译研究》(增订本),南京:译林出版社,2011年,第20—21页。

④ 特里·伊格尔顿:《文学事件》,阴志科译,陈晓菲校译,郑州:河南大学出版社,2017年,第209页。

征时采取谨慎态度与忠实立场,其中所涉及的不单是文字或文学的问题,也非倾向于某一方的片面文化观,而是具有文字、文学与文化协调统一、文化双向交流并重的深层次动因。《红与黑》汉译讨论所引发的一个深刻思考正在于此。这个意义上,有学者将之称为"中国翻译研究之文化转向的第一炮"①并不为过。

第二节 "转捩中的事件"与翻译理论深化的契机

如果说《红与黑》汉译讨论以显著的问题性特征构成一个批评事件,提供了翻译理论建构与创新的生动例证,那么新的历史时期,在翻译实践的不断拓展中,翻译活动路径发生的重大变化则为翻译批评助力翻译理论探索提供了新的契机。

近年来,在中外文明交流互鉴的时代背景下,翻译路径呈现出显著变化。以往的"外译中"占主导的局面已转向"中译外"与"外译中"并重的态势,中国文学文化的外译与传播成为翻译活动中一个越来越不容忽视的领域。谢天振认为,"在这个时代,无论是翻译的对象,还是翻译的方式、方法、手段和形态,以及外译在整个翻译活动中所占的比重,都发生了巨大的,甚至是根本性的变化"②。翻译"巨变"之一就在于"翻译领域不再是译入行为的一统天下,民族文化的外译也成为

① 王东风:《"〈红与黑〉事件"的历史定位:读赵稀方"〈红与黑〉事件回顾——中国当代翻译文学史话之二"有感》,《外语教学理论与实践》2011年第2期,第22页。

② 谢天振:《翻译巨变与翻译的重新定位与定义——从2015年国际翻译日主题谈起》,《东方翻译》2015年第5期,第4—5页。

当前许多国家翻译活动中的一个越来越重要的领域"①。面对我国翻译活动经历的重大转变,文化界、评论界、翻译界等各方在关注的同时,围绕中国文学对外译介与传播展开了具有批评性质的探讨,既在某些方面形成了一定共识,也存在颇具差异性的不同观点。

上文提到,德勒兹认为事件就是"一系列独特性和奇点",事件中的问题由奇点所确定,而在齐泽克那里,"事件乃是一个激进的转捩点"②。德勒兹强调独特性,齐泽克则强调转变。在《事件》中,齐泽克概述了近代早期人们在对于运动的理解上发生的认识架构变化,借以说明事件的性质,他写道:"中世纪的物理学理论认为,推动力是物体运动的原因。静止是物体的自然状态,物体受到外力的作用产生运动,当外力消失,物体便逐渐减速以致停止。为了维持物体的运动状态,我们必须持续对其施加推力,而推力则是我们能够感知到的东西。[……]这样看来,如果地球在不断转动,为什么我们完全感觉不到它的运动? 哥白尼无法给出这个问题的满意回答……伽利略则认为:我们能感知的不是速度,而是加速度,因此地球的匀速运动并不会被察觉。物体运动的速度只有在受到外力时才会发生改变,这种对于*惯性*的全新认识,取代了旧的推动力观念。"③由此,他明确提出,"在其最基础的意义上,并非任何在这个世界发生的事都能算是事件,相反,事件涉及的是*我们借以看待并介入世界的架构的变化*"④。也就是说,在事

---

① 谢天振:《翻译巨变与翻译的重新定位与定义——从 2015 年国际翻译日主题谈起》,《东方翻译》2015 年第 5 期,第 5 页。

② 斯拉沃热·齐泽克:《事件》,王师译,上海:上海文艺出版社,2016 年,第 211 页。

③ 斯拉沃热·齐泽克:《事件》,王师译,上海:上海文艺出版社,2016 年,第 12—13 页。

④ 斯拉沃热·齐泽克:《事件》,王师译,上海:上海文艺出版社,2016 年,第 13 页。

件中，发生改变的不仅仅是事物本身，"转捩点改变了事实所呈现的整个场域的面貌"①。

翻译路径的变化，要求我们看待翻译、评价翻译的方式也发生改变，以"外译中"翻译经验和思考为基础的翻译研究与批评应将目光转向"中译外"活动，从中国文学外译的基本特征、涉及要素与根本诉求出发，以期形成新的理论思路，达到对翻译活动新的认识与把握，推动中国文学文化更好地"走出去"。转捩，即转折，指事物在发展过程中改变原来的方向、形势等。改变原来的方向，就意味着寻求并确立新的方向。作为一个"转捩中的事件"，中国文学外译批评面临巨大挑战，却也恰好成为推动翻译理论深化的机遇。

把握这一契机，译学界立足于深入考察、积极探究中译外活动中遭遇的困难与困惑，就其中凸显的翻译根本性问题进行了重新审视。相关讨论中，尤其是伴随着葛浩文式翻译所引发的不同观点的对立，翻译策略的制定与翻译方法的选择成为各界深切关注的重点问题。有学者认为，由于中西方文化存在显著差异，现阶段的中国文学外译不能强求"忠实"，而应采取适度"改写"的策略，以便为文化认同奠定基础。另有学者反对僵化地看待外国读者对中国文化的期待与理解力，主张在中西方文化交流已逐步深入的今天，翻译方法的运用不应固守归化原则。文学评论界甚至有观点对葛浩文式翻译的严肃性和诚信度表示担忧，认为翻译若变成改写，便近似一种欺骗。究竟应该坚持"信"的原则，忠实于原著，还是以读者接受为主要考量，采取某种"变通"的翻译方法？文学界、翻译界、评论界对此莫衷一是，往往各执一词。同样的问题性或问题化倾向也涉及翻译的文本选择、价值取

---

① 斯拉沃热·齐泽克：《事件》，王师译，上海：上海文艺出版社，2016年，第211页。

向、读者接受、译介效果等诸多方面。例如,问题之一:应该翻译什么?也就是说,代表中国文学、文化"走出去"的究竟应该是什么样的作品、什么样的文学?到底是被认为面向"小众"、难免曲高和寡的经典文学,还是更易于被外国读者接受并喜爱的通俗文学或类型文学更应该"走出去"?问题之二:翻译应有的价值如何体现?面对中国文学文化在翻译中有可能被误读、被曲解的困境,翻译究竟如何展现自身价值?问题之三:如何理性看待读者接受在文学外译中的意义?以外国读者的审美旨趣和阅读期待为导向确定翻译方案?抑或相反地通过原汁原味的翻译引导读者对中国文学文化的认识与接受?问题之四:中国文学如何才算"走出去"?面对整体译介和传播效果亟待加强的现实,到底以何标准来判断中国文学是否"走出去"?海外读者对译本的接受是否从根本上决定着中国文学的"走出去"与否?

针对这些问题,尤其在中国文学主动外译的必要性、中国文学外译的方法及中国文学外译的接受这三个重要方面,译学界以敏锐的学术目光、冷静的理论思考重新予以审视,澄清误解、深化理解,就 21 世纪处于关键转变时期的翻译活动形成了合理而有价值的认识。特别重要的一点在于,中国文学外译的评价与思考深刻揭示出,上述各种问题既涉及文化交流的途径、模式与方法,也在更深层次上关系到文学译介的立场与根本诉求。换言之,所谓途径、模式与方法的选择,从根本上取决于文化交往中如何看待自我与他者关系的立场,说到底是个翻译伦理的问题,其实际指涉的是一个更为本质的问题,即如何从中国文化与世界多元文化平等交流、共同发展这个开放的视野下来认识与理解翻译?因此,必须警惕"对翻译的单向性定位"以及由此导致的"某些狭隘、功利和单向主义的翻译观念与翻译行为"①。许钧明确

---

① 刘云虹、许钧:《翻译的定位与翻译价值的把握——关于翻译价值的对谈》,《中国翻译》2017 年第 6 期,第 59 页。

指出："我们应该看到翻译的交流与沟通作用对两种文化都是非常有益而必要的,双向平等交流,这不仅是翻译文化价值得以实现的保证,更是各种文明真正得以交流互鉴、通过他者之镜认识自身并丰富自身的保证。"①随着中国文学外译评价与研究的不断深入,各界越来越意识到唯有从中外文明交流互鉴、中华文化传承发展的高度定位中国文学外译,才能促使中国文学、文化在"走出去"的过程中得到真实有效的传播,真正实现文学译介在中外文化交流中的根本目标。这些认识对新的历史语境下深化翻译理论研究具有十分重要的意义。

第三节　如何构建翻译批评事件?

翻译批评事件对推动翻译理论创新发挥着重要作用,但它并非自行生成,而是需要进行构建。那么,如何构建翻译批评事件呢? 从前面的举例分析中可以看出,翻译批评事件的生成是环境、问题、主体等主客观多重要素共同作用的结果,总体而言,翻译批评事件的构建主要取决于以下几方面。

1. 翻译批评事件的构建需要一定的契机。批评事件的发生固然离不开时代背景和文化环境,但能否把握时代和环境提供的机遇,则尤为重要。把握契机,在于密切关注翻译现实,抓住典型案例。《红与黑》汉译讨论之所以能成为影响深远、意义重大的翻译批评事件,关键

---

① 刘云虹、许钧:《翻译的定位与翻译价值的把握——关于翻译价值的对谈》,《中国翻译》2017 年第 6 期,第 59 页。

正是抓住了那一时期汹涌澎湃的文学名著复译热潮。试想,倘若没有对翻译现实的敏锐关注,就不可能将舆论对《红与黑》汉译的关切演化为一场有组织的大规模讨论,并使之成为浓缩文学翻译的"曲直是非"、沟通翻译场域各主体要素的一次批评事件,也就无法形成"中国当代翻译史上很值得书写的一章"①。当下正在发生的中国文学外译批评事件同样抓住了新世纪以来翻译所经历的重大变化,关注翻译界、文学界、汉学界、评论界等各领域对中国文学外译相关问题的探讨与评价,尤其对葛浩文的翻译这个具有典型意义的中译外案例进行了较为深入的研究。有学者全面梳理葛浩文的文学翻译实践历程,深入探究葛浩文的翻译观、翻译思想与翻译原则;有学者着重探讨葛浩文在翻译过程中采用的策略、方法,考察其译文呈现出的个人风格与基本特征,尤其关注葛浩文英译莫言小说获得巨大成功的根本原因、葛浩文翻译中的"误译"及葛浩文翻译策略的历时演变等问题;也有学者侧重于对葛浩文代表性译著的文本分析,通过细致深入的文本考察,或从叙事模式的转变、概念隐喻的处理及译者主体性的发挥等维度展现译本的整体风格特征,或以宏观视角观照翻译过程中各主体之间的视界融合、中国文化的海外传播等问题。从典型案例的把握与探讨到翻译根本性问题的深刻反思,再到中国文学、文化走向世界进程中翻译的价值导向与伦理坚守等深层次问题的揭示,中国文学外译批评为翻译理论研究在新形势下的拓展与深化创造了可能。这一事件仍在生成之中,其推动翻译理论建构的力量也将持续展现。

2. 翻译批评事件的构建离不开问题驱动。前面提及,德勒兹认为事件本身具有问题化倾向,同时他强调"只有在问题中才能谈论事

---

① 赵稀方:《二十世纪中国翻译文学史》,天津:百花文艺出版社,2009年,第228页。

件","只有把事件作为某个问题域中展开的独特性才能谈论事件"。①
在《红与黑》汉译讨论和中国文学外译评价这两个批评案例中，不难发
现，恰是一系列问题的提出及围绕问题进行的探究推动整个事件不断
进展，从而走向翻译理论的建构之途。问题意指需研讨并加以解决的
矛盾或疑难，有问题才能激发思考，有思考才能导向创新。相比可能
找到的解答，问题本身或许更具价值，因为问题中包含的质疑与分歧
构成了认知不断发展的前提条件。德勒兹甚至说："解答不会取消问
题，而是相反地在问题中找到继续存在的条件，没有这些条件，解答将
毫无意义。"②事件的构建需要有问题施与驱动力，并且这一驱动力会
随着新的问题化倾向的出现而持续存在，不断推动事件的生成。举例
来看，在关于林纾翻译的批评事件中，商务印书馆 2018 年出版的日本
学者樽本照雄所著《林纾冤案事件簿》一书及其旗帜鲜明的观点便可
视为一个新的问题。该书以追查事实真相，澄清林纾所受的不公正评
价为主旨，力图对林纾的翻译进行重新评价。郑振铎 1924 年发表的
《林琴南先生》是一篇关于林纾的重要评论文章，影响深远，此后各个
时期的林纾翻译研究与评价基本未见实质性突破。郑振铎在文中批
判林纾将莎士比亚和易卜生的戏剧改译为小说，他指出，"小说与戏
剧，性质本大不同。但林先生把许多的极好的剧本，译成了小说——
添进了许多叙事，删减了许多对话，简直变成与原本完全不同的一部
书了"，并由此认为"林先生大约是不大明白小说与戏曲的分别的"③。

---

① Gilles Deleuze, *Logique du sens*, Paris：Éditions de Minuit, 1969, p.72.

② Gilles Deleuze, *Logique du sens*, Paris：Éditions de Minuit, 1969, p.72.

③ 郑振铎：《林琴南先生》，薛绥之、张俊才编：《林纾研究资料》，北京：知识产权出版社,2009 年，第 142 页。

在樽本照雄看来,这一评价完全是一种误解,构成了"林译小说冤案的原点"①,因为林译所依据的并不是莎士比亚和易卜生的剧本,在林译和原作之间实际上存在着他人将原作改成小说的英文书籍。在他看来,导致林纾"冤案"的原因一是郑振铎"没有看清楚这个问题",在《林琴南先生》一文中做出了经验性误判;二是"后来的研究者也只是追随郑振铎,不做检验的尝试"②。史实探究的重要性毋庸置疑,但就翻译理论而言,日本学者借由不免触目惊心的"冤案"判定所提出的实际上是间接翻译的问题。在翻译研究领域,这并不是新颖的论题,然而在百年林纾翻译评价中,底本考证和间接翻译问题的提出却以"奇点"的姿态彰显出其独特性,在一定程度上可为深刻认识与理性评价林纾的翻译带来新的路径、提供新的驱动力。

3. 翻译批评事件的构建依赖于主体的意图与策略。批评是一种主体性的精神活动,主体是翻译批评事件生成中的关键要素。无论把握契机、抓住典型案例,还是提出并力图解决问题,都离不开翻译场域内各相关主体的积极参与及主体间的密切互动。就《红与黑》汉译讨论而言,有翻译家、翻译理论研究者、出版人、媒体和众多读者等;就中国文学外译批评而言,有翻译家、翻译理论研究者、作家、汉学家、文学评论者和媒体等。在《存在与事件》中,巴迪欧认为,"没有自然的事件,也没有中立的事件。在自然或中立状况下,只有事实。事实与事件的区别归根结底在于自然或中立情势与历史情势之间的区别"③。因此,他指出,"任何事件都在某种历史情势中占据一个可彰显其独特

---

① 樽本照雄:《林纾冤案事件簿》,李艳丽译,北京:商务印书馆,2018年,第367页。

② 樽本照雄:《林纾冤案事件簿》,李艳丽译,北京:商务印书馆,2018年,第306页。

③ Alain Badiou, *L'être et l'événement*, Paris: Éditions du Seuil, 1988, p.199.

性的位置"①。事件取决于情势的历史性,而某种特定的历史境况必定与其中发挥能动作用的主体紧密关联,所以事件的构建不仅需要主体的参与和互动,更依赖于主体的非中立性意图与策略。这对翻译批评来说尤为重要,因为翻译批评的价值正在于彰显其理性与导向性。作为一场有组织地推进的翻译批评事件,《红与黑》汉译讨论之所以取得成功并形成深远影响,关键的一点就是事件主体,尤其是组织者的主观意图、追求及其采取的策略。首先,问卷调查既是批评形式上的创新,也实实在在地为沟通译者的翻译追求、理论研究者的翻译思考与读者的审美期待搭建了一个平台,读者反馈的意见"尽管多是自发的经验积累和直觉指导下的漫谈,却恰恰为我们象牙塔里的专家学者们提供了许多新的视角、新的思路、新的层面"②,甚至颠覆了某些译者对读者喜好的主观判断。其次,从策略的角度来看,学者提出的所谓"假问题"说倒并非全无道理,因为在《红与黑》事件中,"直译"与"意译"的对立不过是用以组织读者调查的一个切入点、一种可操作的方式,或者说只是一个表面问题,其背后指向的"真"问题是翻译的立场与伦理。事件组织者对此有着清醒的认识,所以,《红与黑》汉译讨论展现和评价的并非某种方法及其结果的优劣,而是促使方法选择与结果产生的那个翻译立场。

从事件的角度考察翻译批评,同时在此基础上有意识地推动翻译批评事件的构建,可以有助于探寻并进一步彰显翻译批评的建设性,以推动翻译理论研究,进而促使翻译活动更健康、有效地开展。对此,

---

① Alain Badiou, *L'être et l'événement*, Paris: Éditions du Seuil, 1988, p.200.

② 许钧、袁筱一:《为了共同的事业》,许钧主编:《文字·文学·文化——〈红与黑〉汉译研究》(增订本),南京:译林出版社,2011年,第73页。

翻译界应予以关注。如齐泽克所言,事件是"一个激进的转捩点",是"一种被转化为必然性的偶然性",事件不仅改变事物本身,也改变着事物所在场域的秩序,也就是说,"事件产生出一种普遍原则,这种原则呼唤着对于新秩序的忠诚与努力"①。在翻译事业蓬勃发展却潜藏危机的当下,具有建构性力量的批评事件或可为翻译批评带来新的活力,推动翻译理论不断创新。

---

① 斯拉沃热·齐泽克:《事件》,王师译,上海:上海文艺出版社,2016 年,第 211—212 页。

结

语

加斯东·巴什拉（Gaston Bachelard）说："我们永远无法肯定能通过'回到'自身、通过走向螺旋的中心而更加靠近自己；往往就是在存在的核心处，存在漂泊不定。"①作为一种生命的存在，翻译于我们这个以变革为主题的时代，似乎正经历着某种"漂泊不定"。新路径、新现象和新问题的出现带来诸多困惑与挑战，翻译所涉及的根本问题仍悬而未决，不断激发讨论甚至争议。"中译外"的重要性越来越凸显，成为当前我国翻译研究界深入关注并着力探讨的关键论题，也成为各种认识、各种观点彼此对抗的"是非"之地。翻译场域新秩序的建立往往需要一个越辩越明的过程，但条件是必须有一种批评的目光，以实现对方向的把握、对价值的引领，否则便真的如巴什拉所言，我们身处"螺旋"之中，"不再立刻知道我们是奔向中心还是在逃逸"②。本研究从批评的角度，聚焦中国文学外译，直面中国文学外译的核心问题，力求在积极介入翻译活动的基础上，发挥批评的导向性与建构性。

1. 翻译定位问题。定位翻译，主要包括辨识翻译的特征、把握翻译的本质与确立翻译的价值等方面。近年来，针对翻译活动的新特点和新变化，尤其是中国文化"走出去"战略背景下中国文学外译肩负的

---

① Gaston Bachelard, *La poétique de l'espace*, Paris: Presses universitaires de France, 1961, p.194.

② Gaston Bachelard, *La poétique de l'espace*, Paris: Presses universitaires de France, 1961, p.193.

重大责任,学界提出应重新定位翻译。"重新"意味着以历史的目光观照翻译,一方面超越变动不居的各种影响因素,探索翻译内在的最根本属性;另一方面则立足时代变革,思考翻译在新的历史语境中应发挥的作用。从狭义翻译过程来看,翻译最本质的特征在于符号转换性,对此有充分认识,才能深刻理解翻译所具有的开放精神与创造精神。在当前翻译认识中出现工具性和功利性倾向的情况下,这一点应该说尤为重要。从广义翻译过程来看,翻译最本质的特征在于生成性,由翻译之"生"与翻译之"成"共同构成的生命时空里,生成是译本生命从无到有的外在表征,更是译本生命不断丰富与拓展的内在驱动力。伴随着中国文学外译遭遇的挑战、引发的争议,翻译自身的价值也遭受诘问,如何在中外文化双向交流中彰显翻译应有的价值、实现翻译所承载的历史使命,这是对翻译进行定位时需特别关注的一个方面。我们应将翻译视为"主导世界文化发展的一种重大力量"[1],从跨文化交流的高度,以推动中外文化在对话中共同发展为目标来思考翻译的价值,建立科学的翻译价值观。唯有如此,才能促使翻译真正成为推动民族间文化平等双向交流的使者。使者,不仅指涉信息的传递,更意味着某种先锋性。在五四运动中,"翻译是先锋"[2],在当前民族复兴与中外文明交流互鉴的时代诉求下,翻译理应同样发挥先锋的作用。

2. 翻译方法问题。"如何译"是翻译实践的基本问题,也在中国文学外译相关讨论中引发了多方面的关注。翻译方法之所以如此重要,是因为就过程而言,它并不拘泥于单一的语言或技术层面,方法的选

---

[1] 许钧:《关于新时期翻译与翻译问题的思考》,《中国翻译》2015年第3期,第9页。

[2] 许钧:《关于翻译的新思考》,杭州:浙江大学出版社,2020年,第53页。

择深深关涉语言、文本、时代语境、文化关系等多重因素,具有不可简约的内在复杂性;就结果而言,它并不局限于单一的翻译层面,尤其是狭隘的功利性文本接受层面,而应被置于文化交流的宏大背景中加以考察,也就是说要从促进中外文明的对话与融合这一根本目标出发来检视方法的运用及其产生的译介效果。围绕中国文学外译的方法,尤其是葛浩文在译介中国现当代文学过程中所采用的"连译带改"式翻译方法,翻译界、文学界和评论界存在差异性认识,甚至有彼此对立的不同观点。但总体上,各方在看待这一问题时逐步走向理性,从多元视角对葛浩文译介中国现当代文学这个具有典型意义的个案进行了全面剖析,并力图从中揭示出某种普遍意义。同时,以围绕翻译方法的讨论为契机,学界对翻译活动的动态发展过程,对方法背后折射出的翻译观念、翻译伦理等根本性问题展开了更为深刻的思考。作为翻译活动的能动主体,葛浩文对翻译方法的选择引人深思,同样,雷威安、杜特莱这两位法国翻译家、汉学家在成功译介中国古典文学和中国当代文学的过程中对翻译方法的选择运用也颇具启发性。前者让我们明确认识到应以历史发展的目光看待翻译,不能将阶段性的"权宜之计"唯一化、模式化,后者则凸显出翻译方法本身不可被忽视的灵活性。某种绝对化观念往往把直译和意译对立看待,认为翻译方法的选择意味着在对原作异质性的传达与译文的可接受性之间进行取舍。而无论雷威安,还是杜特莱,他们恪守翻译伦理,坚持翻译的忠实性原则,却又主张灵活而非僵化地选用翻译方法,寻求通过合理的方法运用构建一种平衡,既忠实再现原文的异质性特征,又尽可能符合读者的审美期待和阅读习惯,为实现良好的译介效果提供可能。这些宝贵的翻译实践经验为我们进一步深入探究翻译方法问题提供了有益的参照。

3. 译本接受问题。 译本接受是文学译介中至关重要的一环,接受效果从根本上决定着中国文学文化对外译介与传播的有效性。我们看到,围绕这一问题,学界既有对其意义的共同认识,也有针对中国文学外译接受所涉及的读者期待、接受立场、接受效果评价等方面的不同观点。这既表明文学接受问题的重要性,也揭示出其复杂性。就理论层面而言,文学翻译的生成性本质与文学译介活动的客观规律告诉我们,接受是文本生命不断生成的表征,始终处于多重影响因素所构成的可为空间内,处于各种关系演变所推动的历史发展进程中,对异域文学文化的接受在根本上具有阶段性和发展性。因此,中国文学外译评价中的唯接受论或为"走出去"而"走出去"的功利性倾向值得警惕。就实践层面而言,无论是以四大名著为代表的文学经典,还是以莫言作品为代表的当代文学,其译介与接受都随着中外文化交流的深入以及中外文化关系的演变经历了不同的发展阶段。从节译、改写到全译,从不忠实到力求忠实,从文本的单一模式到多模态译介,中国古典文学名著外译呈现出阶段性、时代性与发展性的特征。从最初的零星译介,到目前被全世界五十余种语言的读者阅读,莫言作品的异域生命空间不断拓展,在日趋丰富而深入的跨文化多元阐释中,其生命力和影响力得以逐步提升。在中国文学外译中,相比"走出去","走进去"同样甚至更为重要,接受问题不仅是本研究着重探讨的一个方面,在今后的中国文学外译研究中也应得到持续深入的关注。历史性是翻译的根本属性之一,研究译本接受问题必须坚持动态发展观,以历史的目光理性看待文学译介过程中的障碍与得失,为推动中外文化间更为真实有效的交流创造有利条件。

4. 审美批评问题。 当前中国文学外译中一个值得特别重视的现象是接受的非文学倾向。审美是文学接受的根本属性,一旦文学接受的审美属性被悬置,就可能遮蔽中国文学外译的本质诉求。对此,翻译批评要充分发挥其导向作用,积极倡导并展开审美批评,有效推动中国文学以本真的"文学"姿态走向世界。乔治·布莱(George Poulet)就文学批评指出:"一切批评都首先是,从根本上也是一种对意识的批评。"①文学翻译批评也理应如此。立足中国文学外译开展审美批评意味着,作为翻译与批评主体的译者以及作为批评主体的批评者都必须首先有明确的审美批评意识,进而在从译本诞生到译本接受、阐释与评价的整个文学译介过程中,力求把握与展现中国文学作品在美学层面的价值。第五章指出,目前并非完全没有从审美维度对中国文学外译展开的批评,但已有的审美批评总体上仍存在较为突出的问题,即对翻译审美问题的考察在一定程度上服务于对翻译策略与方法的讨论或侧重于译文在目的语语境中的可接受性,突出中国文学的独特艺术魅力的价值导向不明确。解决问题的关键就在于翻译界和批评界要树立明确的审美批评意识,而批评界更应从实践评价和理论探讨两个层面积极发挥其引导作用。在充分的审美批评自觉之下,如何将文学审美转化为真实有效的翻译审美,这是解决问题的另一个关键。为此,开展中国文学外译批评,应着重考察明晰化翻译倾向与文学的含混性、归化翻译策略与陌生化以及局部变通与整体审美把握等方面,并有意识地就每一方面所涉及的两者间可能存在的矛盾关系进行深入思考。只要讨论的是文学译介,那么审美批评的重要性便不可忽略,而当前"中译外"的实践与研究中迫切需要解决的问题之一正在于此,翻译界、批评界有必要予以重视。

中国文学外译是一个生成过程,也是一个漫长的历史进程。伴随

---

① 乔治·布莱:《批评意识》,郭宏安译,南昌:百花洲文艺出版社,1993年,第287页。

新现象的出现,新的问题不断产生,而新问题的产生又持续激发新的思考。本研究着重探讨了中国文学外译中的翻译定位、翻译方法、译本接受和审美批评等问题,力求以问题为导向,以理论探索为目标,通过批评的建设性力量促进对中国文学外译的原则、机制与价值的把握。这些问题或可以为"中译外"研究领域的进一步探索拓展空间。以此为基础,笔者今后将继续关注中国文学外译的理论与实践,在翻译主体、翻译过程、中外文化关系中的文学外译批评等方面展开深入探讨,并着重思考中国文学外译研究之于翻译理论建设的意义。有必要强调一点,即以上提到的所有问题实际上并不局限于"中译外"场域,而是关乎整个翻译活动,值得学界在深化翻译系统性研究的过程中持续加以探究。

　　翻译研究要秉持一种批评立场,以批评的介入姿态与求真精神推动翻译回应时代的呼唤、承担历史赋予的使命。时代在发展,与时代共生的翻译也将不断迎来新的变革、遭遇新的挑战。批评者应永远在场。

附

录

走进翻译家的精神世界

——关于加强翻译家研究的对谈

一、重新认识翻译家的在场

刘云虹:许老师,您好! 在新的历史时期,翻译活动呈现出前所未有的丰富性与复杂性,翻译与翻译研究也受到学界的普遍关注。我发现一个有意思的现象,在近期关于翻译的探讨与研究中,翻译家似乎越来越走向前台。《中国翻译家研究》(三卷本)的出版颇令人瞩目,这套书遴选了中国翻译史上最具代表性的近百位翻译家,述评其生平、翻译活动、著译作品、翻译思想及翻译影响,可谓是对我国翻译家群体的一次集中展现。在您总主编的"翻译理论与文学译介研究文丛"中,两本关于翻译家研究的著作《杨宪益翻译研究》和《葛浩文翻译研究》新近也先后出版。我知道,您近期还在《中国翻译》开设了"译家研究"专栏,主旨就在于全面深刻地理解翻译家的活动、评价翻译家的作用。进入新世纪,特别是近十年来,随着中国文化"走出去"战略的实施,中国文学在国外的译介与传播得到了有力推动,尤其是莫言获得诺贝尔文学奖之后,莫言作品的几位主要译者也一改往日的"隐形人"身份,在中国似乎一夜成名,如美国的葛浩文、法国的杜特莱、瑞典的陈安娜等。作为翻译活动的主体,翻译家对于翻译实践开展及整个翻译史的书写都具有不言而喻的重要意义,就如何科学认识与评价翻译家及其贡献,我也有过一些思考,今天,我想从这一方面出发,着重向您请教关于如何进一步加强翻译家研究的一些问题。

　　许钧:我同意你关于新时期翻译活动日趋丰富与复杂的基本判断,我们也曾就如何把握翻译的丰富性、复杂性与创造性进行过比较深入的讨论。当时我说,如何认识翻译、理解翻译,这是翻译研究的出发点,而对翻译主体在翻译活动中的核心地位与能动作用的把握则应为认识与理解翻译的基本内涵之一。翻译活动越是丰富、越是复杂,就越不能忽略翻译主体,尤其不能忽略优秀的翻译家。在数千年的翻译史中,由于翻译活动与生俱来的所谓"从属性",加之人们对翻译的认识曾长期局限于语言层面,译者往往被定位为仆人的角色,至今似乎仍难以摆脱。无论在东方还是在西方,论及译者,都有"一仆侍二主"的说法,也就是说,译者不仅是仆人,还要同时侍奉原著和译文读者这两个主人。因此,历史上,译者的普遍存在状态往往是隐形的,甚至译者也以其隐身作为美德。哪怕最卓越的翻译家,也似乎难逃被遮蔽在原作者光辉之中的命运。如果说翻译是桥梁,那么翻译家搭建了桥梁、沟通了陌生的彼此后,往往就被轻而易举地遗忘了。我曾在南京大学教授了多年的翻译通论课,第一节课时,我会让修课的研究生列举三个翻译家的名字,就三个,应该说很容易,可写不出来的同学并不在少数。许多名著,学生们对作者都很熟悉,可问起是谁翻译的,基本上不知道。我个人觉得,这不是简单的知或不知的问题,更深刻的原因在于,对绝大部分读者而言,翻译家是谁并不重要。近年来,正如你所观察到的,这样的情况有所好转。除了你刚刚提到的《中国翻译家研究》(三卷本)等研究成果和海外翻译家"走红"的现象,我最近还在《光明日报》上读到了宋学智的研究文章《对傅雷翻译活动的再认识》,对傅雷这位重要翻译家的翻译活动及其价值进行重新认识与阐释,我觉得非常必要,也很有现实意义。不仅翻译界,社会各界也开始重视翻译家的工作,比如中国作家协会已多次主办汉学家文学翻译国际研讨会,邀请世界各国著名的中国文学翻译家来中国,共同探讨中国文学的译介与传播问题。

　　刘云虹:是的,翻译是跨文化交流的必由之路,在中外文明互融互鉴及中国文学对外译介与传播的时代语境下,翻译家的作用日益凸显。获得诺贝尔文学奖后,莫言曾多次对翻译家的工作表示肯定和感谢,如在中国驻瑞典大使馆举行的见面会上,他说:"翻译的工作特别重要,我之所以获得诺奖,离不开各国翻译者的创造性工作。"[①]实际上,就我所知,早在十多年前,确切地说,在 2001 年 10 月 8 日北京大学世界文学研究所成立大会上,莫言就发表了一次很有影响的演讲,题目叫《翻译家功德无量》。他在演讲中特别强调:"翻译家对文学的影响是巨大的,如果没有翻译家,世界文学这个概念就是一句空话。只有通过翻译家的创造性劳动,文学的世界性才得以实现。没有翻译家的劳动,托尔斯泰的书就只能是俄国人的书;没有翻译家的劳动,巴尔扎克也就是法国的巴尔扎克;同样,如果没有翻译家的劳动,福克纳也就是英语国家的福克纳,加西亚·马尔克斯也就是西班牙语国家的加西亚·马尔克斯。同样,如果没有翻译家的劳动,中国的文学作品也

---

　　① 沈晨:《莫言指出翻译的重要性:"得诺奖离不开翻译"》,中国新闻网,2012 年 12 月 8 日,http://www.chinanews.com/cul/2012/12-08/4392592.shtml(2013 年 5 月 11 日读取)。

不可能被西方读者阅读。如果没有翻译家,世界范围内的文学交流也就不存在。如果没有世界范围内的文学交流,世界文学肯定没有今天这样的丰富多彩。"①莫言的这番话不仅涉及对翻译家的整体评价,还重点提到翻译家的创造性劳动及其在中外文学交流与构建世界文学方面的贡献问题,对我们进行翻译家研究有重要启示。

许钧:我们应该看到,无论隐身幕后还是走向前台,无论被忽略还是受重视,在中华文明发展、中外文化交流的历程中,翻译家始终在场。我在多个不同的场合说过,翻译是历史的奇遇。无论外国文学在中国的翻译,还是中国文学在国外的译介,不少翻译家的名字往往与作家的名字紧紧连在一起。比如叶君健与安徒生、傅雷与罗曼·罗兰、朱生豪与莎士比亚、葛浩文与莫言、何碧玉与余华等等。如果我们把目光放远一些,想一想中国历史上的翻译活动,谈到佛经翻译,我们会想到鸠摩罗什与玄奘,谈到西学东渐,会想到严复,谈到西方文学在中国最初的译介,会想到林纾,而一谈到五四运动前后的翻译,我们就会想到鲁迅。这一个个名字,不仅与某位作家、某种思潮或流派紧密地联系在一起,而且想到他们,会感觉到中国的文明发展史、中外的文化交流史仿佛有了生命,是鲜活的,是涌动的。这些翻译家就像是一个个重要的精神坐标,引发我们对中华文明的延续与发展、对中外文化的交流与互鉴做出更深刻的思考。

---

① 莫言:《莫言讲演新篇》,北京:文化艺术出版社,2010年,第6—7页。

二、积极评价翻译家的历史贡献

刘云虹:在新的历史语境下,翻译的重要性日益凸显,对翻译家的研究也亟待进一步加强。就中法文学交流史而言,我们有很多工作可以去做。法国不仅自身文学传统深厚,而且对异域文化的开放和接纳程度较高,一直以来都是世界范围内译介和传播中国文学的重要阵地之一。但在当下对中国文学外译的探讨中,学界普遍重视的仍是中国文学在英语世界的译介,针对葛浩文翻译的研究成果就非常丰富,相比之下,对法国及其他非英语国家与地区的中国文学译介情况和重要翻译家却明显关注不够。以我比较熟悉的法国著名翻译家、汉学家杜特莱为例,他是中国当代文学最重要的法译者之一,多年来致力于中国当代文学的译介,他先后翻译出版了阿城、韩少功、苏童、莫言等作家的二十余部作品,其中包括莫言的主要作品《酒国》《丰乳肥臀》《四十一炮》等,对中国当代文学在法语世界乃至全球范围内的推广做出了突出贡献。然而目前国内译学界几乎没有针对杜特莱翻译的专门研究,这不能不说是一种遗憾。又如同样对中国文学在法国的译介与传播做出了巨大贡献的法国翻译家、汉学家雷威安,他热爱中国文学,将大半生奉献于中国文学的翻译与研究,不仅首度完整译出《西游记》《金瓶梅词话》《聊斋志异》等中国古典名著,还翻译出版了白先勇、李昂等当代作家的多部重要作品。而对这样一位翻译家,国内译学界的相关研究更是凤毛麟角。

许钧:确实如此。我也有相同的体会,法国翻译家是译介与传播中国文学的一支不容忽视的重要力量，可我们对当代法国的中国文学翻译家群体的了解还相当不够，对法国历史上为中国文学译介做出过贡献的翻译家，也基本没有展开深入的研究。在中国，往往一个算不上一流的作家就成为博士学位论文研究的对象，可对中外文化交流史上做出过重要贡献的翻译家，学界却缺乏必要关注，这样的状况应该有所转变。为此，我多次呼吁，要加强翻译家研究。

刘云虹：对翻译家进行研究，必然涉及对翻译家的贡献的评价问题。一个翻译家，到底有何贡献？学界又如何去认识与评价翻译家的贡献？记得您在《中国翻译》"译家研究"专栏的"主持人语"中，曾对翻译家的历史贡献做了定位："翻译，在其根本意义上，是跨文化的交流活动，是社会发展、人类进步的重要推动力，在人类文明的交流与发展史中，发挥着不可替代的作用。回望中国的翻译历史，可以看到一代又一代的优秀翻译家，为'延续民族文化血脉'，推进中外'文明交流交融互学互鉴'，做出了不可磨灭的贡献。"同时，您也对如何进行翻译家研究提出了指导性意见："人类的翻译活动历史悠久，丰富而复杂，翻译家是其中最为活跃的因素。从文本的选择、文本的理解与阐释，再到文本的传播，翻译家的活动贯穿文本译介与传播的全过程，而翻译活动本身又要受到诸如社会、政治、文化等外部因素的影响。在这个意义上，要理解翻译家的活动、评价翻译家的作用，应该有对翻译本质的整体把握，有翻译价值观的指导。"①这就是说，在您看来，要合理评价翻译家的贡献，最根本的出发点在于对翻译本质与翻译价值的深刻理解。

许钧：正如我多次强调过的，对任何研究而言，不断认识自身、理

---

① 许钧：《主持人语》，《中国翻译》2017年第4期，第59页。

解自身永远是其发展的必然基础和原动力,翻译研究不例外,作为翻译研究重要维度之一的翻译家研究自然也不会例外。对翻译活动复杂性的认识是一个逐步深化的渐进过程,只有充分把握翻译活动在形式与内涵上的丰富性,不断提出并思考"什么是翻译"这个核心命题,才能更好地认识翻译、理解翻译,进而结合整个翻译动态过程合理评价翻译家的行为与贡献。合理评价翻译家的贡献,除了深刻理解翻译本质之外,还要对翻译价值有深刻认识,建立正确的翻译价值观。对于研究者来说,评价并非主观感受的表达,而必须有所依据,所谓有理有据的评价才能是科学而有说服力的。翻译不是简单的语言转换行为,翻译活动反映并建构的是自我与他者的关系,甚至可以说,翻译是主导民族间相互关系的一种重大力量。因此,正如韦努蒂所指出的,通过对文化身份的塑造,翻译促使目的语文化形成一种对异域文化的基本态度,而这种态度既可能是"尊重",也可能是"蔑视"或"仇恨"。这就导致,在翻译的理想目标与翻译活动所发挥的实际作用之间可能存在一定差距,若考察中西方翻译史,可以发现翻译产生反作用和负面影响的例子并不鲜见。在我们关于翻译价值的交流中,我曾就此谈过看法。这在一定程度上揭示出,翻译研究的基础首先就在于建立翻译价值观,进而为翻译定位。一个研究者,如果没有形成正确的翻译价值观,对翻译价值缺乏深刻的认识,就很难对翻译及翻译活动中的能动主体做出合理评价。在这方面,我自己有很深的体会。在对傅雷的研究中,如何评价傅雷翻译的价值与影响,就是问题。一开始,我们关注的主要是傅雷对作家的影响,因为相关材料比较丰富,不少作家曾撰文坦陈自己的创作受到过傅雷的影响。但我们没有局限于这一点,而是从影响的层面与价值两方面展开更深入的研究,如影响的层面,就可以从文化的传播与国人精神的塑造、语言革新与汉语发展、翻译选择与文学观念等方面加以思考。所以,我一直强调,建立正确的翻译价值观,对深化与拓展翻译家研究具有重要意义。

刘云虹:翻译是一个选择的过程,从"译什么"到"怎么译",翻译家的选择贯穿于整个翻译过程,涉及翻译活动的方方面面,并由此对译本的品质与译介效果产生决定性作用。而决定翻译选择的一个根本因素就是译者的翻译价值观,也就是说,译者在翻译中的种种选择都是以实现其心目中翻译所承载的价值为目标的。我曾以林纾、傅雷和鲁迅的翻译为例,对这一问题进行过探讨,提出"正是在翻译救国新民、翻译振兴中华民族、翻译重构文化的不同目标与理想下,林纾、傅雷和鲁迅在各自的翻译中做出了不同的选择"①。同时,翻译是一种社会活动,具有深刻的社会属性,翻译家的任何选择都是主客观因素综合作用的产物,也都无一例外地被烙上深深的时代印记。因此,在翻译家研究中,也应着眼于历史维度,从具体的历史条件出发,从特定的文化语境出发,来考察、认识与评价翻译家的翻译活动及其贡献。

许钧:你说得很有道理。科学、合理地评价翻译家的贡献,我觉得需要有历史的思考。翻译历史有三个重要部分,一是翻译事件,二是翻译家,三是翻译结果,即文本。以往的研究中,我们对翻译结果的考察比较多。这固然重要,但翻译研究一定不能忽略翻译文本赖以生成的历史文化语境,不能忽略翻译现象与事件得以产生的深层次背景,自然更不能忽略翻译的主体。近些年来,国内翻译史研究取得了不小的进展,对翻译家及其贡献的研究正是其中十分重要的一部分。没有对翻译家历史贡献的剖析,就不可能建构真正的翻译史。我一直在思

---

① 刘云虹:《选择、适应、影响——译者主体性与翻译批评》,《外语教学理论与实践》2012 年第 4 期,第 52 页。

考,文学史的书写,有的基本上以作家为基点,而中华翻译史的书写,目前还没见到类似的探索。一部中国翻译史,可以说就是优秀翻译家的实践史,也应该是中华文明的发展史、中外文化的交流史。对翻译家进行研究,不应仅梳理其翻译实践或分析其翻译结果,还要把他的主观选择与实际贡献放在推动中华文明发展、促进中外文化交流的维度上进行评价。近二十年来,在翻译研究不断拓展与深化的进程中,我们对这一方面越来越重视了。如果不能从历史层面对翻译活动及其主体进行整体性的思考与研究,那么我们对翻译家的评价就有可能出现偏差。在《翻译批评研究》一书中,你就讨论过从历史、文化与翻译价值等多重角度对林纾和鲁迅的翻译进行评价的问题,我觉得很有必要。在我看来,单纯从方法与文本的角度来看待一个翻译家的行为、评价一个翻译家的贡献,是不够的。

刘云虹:是的,林纾和鲁迅的翻译是中国翻译史上两个很有代表性的个案,对我们思考如何评价翻译家的历史贡献有重要的启发意义。就林纾而言,他在翻译中因采取"意译"翻译策略而导致对原作的种种背叛与不忠实以及明显的误译、对原作体裁的改变等,常常为学界所诟病,如果局限于文本层面来评判,显然不可能对"林译小说"的价值、对林纾这样一位成就卓著的翻译家的贡献做出合理评价。而从历史的维度来看,林纾的翻译不仅在社会政治和思想方面发挥了重要作用,更对中国近代文学的发展产生了巨大而深远的影响。在《二十世纪中国翻译文学史·近代卷》中,连燕堂对林纾及其翻译在中国文学史上的影响与贡献给予了中肯的评价,他认为:第一,林纾向中国人民介绍了一批世界文学名著,有力地打开中西文学交流的大门;第二,林纾的译文有相当的文学价值,在客观上提高了小说(尤其是翻译小说)的地位;第三,林纾通过翻译小说对中西文学进行了比较研究,是中国比较研究的开创者之一；第四，林纾使用较为自由活泼的文言翻译小说，不自觉地促进了语言和文体的变革；第五，林译小说哺育了一批文学新人，直接或间接地影响到五四新文化运动。① 连燕堂的这一评价正是从林译小说生成的那个特定时代出发，从语言变革、文学发展、中西方文化交流及思想观念革新等多重角度出发，对林纾的翻译活动加以历史性与整体性把握。关于林纾，商务印书馆新近在其海外汉学书系中出版了一本很有意思的书，是日本学者樽本照雄的著作《林纾冤案事件簿》。如书名所示，该书的主旨在于追查事实真相，澄清林纾所蒙之冤，进而对林纾进行重新评价。且不论关于作为旧势力代表的林纾的"冤案"，就翻译家林纾而言，樽本照雄的重点在于指出，批判林纾将莎士比亚和易卜生的戏剧改译为小说，这并没有事实根据，完全是一种误解，因为林译的底本并不是莎士比亚和易卜生的剧本，而是中间隔着一个他人的改写本。也就是说，导致了中国翻译研究史上所谓林纾冤案的根源实际上来自转译。我们知道，在中外文学交流的进程中，无论外译中还是中译外，转译可以说是一个相当普遍的现象，在林纾那个时代，各国文学之间的沟通或者构建"世界文学"的可能性更是不得不依赖于经由中介译本的转译活动。对此，学界在评价林纾及其翻译时应有明确认识。还原史实的重要性不言而喻，但我想，《林纾冤案事件簿》所带来的思考中，最根本的一点也正在于应立足历史语境，真正从时代可能性与历史价值层面来认识翻译行为、理解翻译选择，进而对翻译家的贡献做出积极、合理的评价。

　　许钧：这一点特别重要，其实，历史性是翻译的本质特征之一，是

---

　　① 连燕堂：《二十世纪中国翻译文学史·近代卷》，天津：百花文艺出版社，2009年，第182—191页。

探讨翻译理论与实践的基本着眼点。评价翻译家的贡献、加强翻译家研究也要从这个本质特征出发,其意义除了我们刚刚谈到的内容,我想还在于从人类历史发展与翻译成长的角度来考察,可以既反映出特定历史条件下具体翻译活动所必然存在的局限,也揭示出翻译不断超越局限、不断发展的必要性。正如你在《试论文学翻译的生成性》一文中所讨论的,"只要时代在发展,翻译所赖以进行的各种关系与各种条件就同样处于发展变化之中,条件的积累和关系的发展将为翻译的发生与成长提供直接可能"①。历史性地评价翻译家,不仅是对翻译主体行为及其翻译实践成果做出客观、合理的评判,更让我们明确认识到,翻译是一个动态发展过程,始终在人类自身发展与文化相互交流的进程中寻求时间上的延续与空间上的拓展。

三、深入探寻翻译家的精神世界

刘云虹:随着翻译理论研究的推进,人们对影响并制约翻译的多重主客观因素的认识日益加深,翻译主体研究也越来越受到学界的重视。您应该是国内翻译界最早开始关注这一领域的学者之一,我读过您的两部相关著作,印象非常深刻。一部是 2001 年出版的《文学翻译的理论与实践——翻译对话录》,该书辑录了您先后与季羡林、萧乾、文洁若、叶君健、方平、赵瑞蕻、吕同六、杨武能、郭宏安等二十多位翻译家的对话,以一种独特方式对国内译坛一批卓有成就的代表性翻译

---

① 刘云虹:《试论文学翻译的生成性》,《外语教学与研究》2017 年第 4 期,第 616 页。

家的翻译经验与翻译思想进行了系统梳理,在翻译家研究与翻译基本问题的理论思考两方面为译学界提供了丰富且极为珍贵的第一手资料。在该书增订本的"再版序"中,您明确指出对优秀翻译家进行访谈的一个主要目的就在于,"与翻译家一起交流,以问题为中心,以他们丰富的翻译实践经验为基础,结合他们在实际翻译中所遇到的障碍和困难,对涉及文学翻译的一些重要方面进行深层次的思考与探索,进而挖掘他们的翻译思想,总结他们的翻译策略与方法,为年轻的翻译工作者指路"[①]。我想,这一成果不仅对指引翻译实践具有特别价值,同时也对推动国内译学界关注翻译家群体并切实展开翻译主体研究发挥了开拓性作用。另一部是 2016 年出版的《傅雷翻译研究》,该书结合对傅译的个案研究,从傅雷的翻译诗学、翻译风格、翻译选择、文艺思想及傅译的文化意义与傅雷的当下意义等多个层面,对傅雷及其翻译活动进行了深入而系统的梳理、阐释与探究,可以说是国内翻译家研究最为重要的成果之一。就您的体会而言,您认为,除了深刻把握翻译价值观与翻译历史观之外,还有哪些层面是我们在加强翻译家研究中应特别关注的?

许钧:翻译家研究可以从多个方面展开,各个方面互为补充,都很重要。但有一点必须明确,正如我们在翻译研究中不应局限于对方法、策略的考察与评价,对翻译家的研究也不能止于对翻译方法、翻译艺术的讨论,而应该对翻译家的精神世界有深入的探索。否则,很难理解像傅雷这样的翻译家为什么会把翻译作为终身的选择,也无法解释为什么傅雷的翻译会产生如此广泛而持久的影响。我想,能否称得

[①] 许钧等:《文学翻译的理论与实践——翻译对话录》(增订本),南京:译林出版社,2010 年,"再版序",第 2 页。

上优秀的翻译家,这不是由翻译数量多少来决定的。当代翻译家中,在翻译总量上超过傅雷的有不少,但他们仍然难以与傅雷比肩,翻译质量自然是重要的衡量因素,但一定还有更为深刻的原因值得去我们去探究。就个人来说,我对傅雷的认识是不断发展的。在纪念傅雷逝世四十周年举办的"傅雷著译作品研讨会"上,我曾谈到过,我最早关注的是傅雷翻译过的一部部经典作品,后来关注的是傅雷的翻译艺术,再后来思考的则是傅雷的精神世界:对于傅雷而言,翻译意味着什么? 他为何如此专注于翻译? 他做出的种种翻译选择背后的动因有哪些? 他的翻译到底给中国,给中国文化,给现代汉语的发展,给中国读者的精神世界的丰富与拓展带来了什么? 走进傅雷的精神世界,我们发现,作为中国真正知识分子的典型代表,傅雷不仅怀有一颗赤子之心,还拥有一份人文情怀,他将自我的命运置于民族进步与社会发展之中,将自身的精神追求融合在高品位的艺术追求之中。在他身上,人生境界与艺术境界始终契合、交融,进而产生出巨大的动力源泉,促使他忘我地投入翻译事业中,终将自己的精神力量与艺术心血化作极富魅力的文字,成就了一部又一部经典之作。正如傅敏所言,"真"是傅雷"最大的特点"。走进傅雷的精神世界,我们发现,傅雷每一次翻译选择的背后都深深镌刻着一个"真"字。对此,我在《傅雷翻译研究》的前言中曾有过论述,具体而言,这种"求真"的精神表现为"选择翻译路途时不愿同流合污的'纯真';选择翻译文本时'忧国忧民'的'真心';坚持'神似论'翻译美学时所表现出的对于原作与原作者的'真实';以及对于精神生活与艺术追求的'真挚'"[1]。翻译家是有血有肉的人,我们要研究他,就必须深入其精神世界,了解他的喜好、

---

[1]　许钧、宋学智、胡安江:《傅雷翻译研究》,南京:译林出版社,2016年,第3页。

他的立场、他的动机、他的选择和他的追求。这些深层次的因素贯穿并作用于他的翻译活动过程中,应结合具体的翻译行为予以考察。在当下的中国文学外译研究中,对具有代表性的优秀汉学家与翻译家的关注是一个重要方面,例如关于葛浩文及其翻译的研究成果已经相当丰富,围绕他的翻译方法的讨论也很激烈,甚至还引发了学界不同观点之间的交锋。但我总觉得,目前这方面的研究似乎仍浮在表面,关于翻译家葛浩文及其翻译的某些更深层次的内容有待进一步探究。实际上,这里同样涉及一个对作为翻译主体的人的研究问题。

刘云虹:我很赞成您的观点,在翻译活动中,策略和方法从来都并非单纯技术层面的选择,而是与译者的主体意识密切相关。就中国文学外译的实践与研究而言,美国翻译家、汉学家葛浩文是一个无法被绕开的名字。从 1974 年首次发表译文至今,他先后翻译了近 30 位中国作家的 50 余部作品,不仅被夏志清先生誉为"公认的中国现代、当代文学之首席翻译家",更被学界普遍认为对莫言获得诺贝尔文学奖发挥了至关重要的作用。在访谈中,葛浩文说过,"对我而言,翻译就像空气一样,没有翻译,我就不能生活"[①],他也曾直言,"我只能是我自己,我只能是葛浩文"[②]。那么,他为什么如此痴迷于翻译? 他是如何认识和理解翻译的? 他何以在作者、读者与译者的复杂关系中"我行我素"? 正如傅雷翻译研究所揭示的,对于葛浩文这样的翻译家,若局限于对其翻译方法和翻译结果进行探讨,即使讨论再热烈、成果再丰富,可能也是不够的。葛浩文为中国文学对外译介与传播做出了重要贡献,但应该看到,他首先是那个在呼兰河畔"热泪纵横"的萧红迷,那

---

① 付鑫鑫:《葛浩文"没有翻译,我就不能生活"》,刘云虹主编:《葛浩文翻译研究》,南京:南京大学出版社,2019 年,第 609 页。

② 孟祥春:《我只能是我自己——葛浩文访谈》,《东方翻译》2014 年第 3 期,第 49 页。

个钟情于中国文学并做出深入研究的探索者。因此,研究葛浩文的翻译,必须了解他对中国文学、对文学翻译怀有的一份挚爱,考察他的翻译追求以及他在翻译选择中或坚守或妥协的背后动因。例如,在学界对葛浩文翻译的探讨中,忠实性问题是一个受到普遍关注并引发诸多质疑和争议的问题,有学者将所谓葛浩文式"连译带改"的翻译方法视为对翻译忠实的违背而加以诟病,另有观点认为葛浩文翻译的成功说明好的翻译可以连译带改,并据此提出在中国文学外译中应破除以忠实性为原则的翻译理念。我们知道,"忠实"不仅是文字层面的,更是伦理层面的,对这一涉及翻译的根本性问题,显然无法仅就文本、结果或现象进行简单定论。若进一步从主体意识和精神的维度来考察,会发现葛浩文对"忠实"概念的理解与他对文学翻译的基本立场、对翻译的价值追求息息相关。他多次强调自己遵循的忠实原则不在语言层面,而是在意义层面:"只要我在翻译词汇、短语或更长的东西上没有犯错,我的责任在于忠实地再现作者的意思,而不一定是他写出来的词句。这两者之间有细微差别,但也许是一个重要的区别。"[1]因为,在他看来,"我们的工作目的是尽量取悦于一位不了解目标与国家语言的作家,尽力去忠实于他的原作吗? 答案当然是否定的。作者写作不是为了自己,也不是为他的译者,而是为了他的读者。而我们也是在为读者翻译"[2]。或许,从这个意义上来认识葛浩文的翻译方法与翻译行为,我们才能纠正葛浩文翻译研究中的某些片面观点,才能进一步深化对这位极具代表性的翻译家的认识,也才有可能在个案研究的基

---

[1] 葛浩文:《作者与译者:一种不安、互惠互利,且偶尔脆弱的关系》,王敬慧译,刘云虹主编:《葛浩文翻译研究》,南京:南京大学出版社,2019 年,第 644 页。

[2] 葛浩文:《作者与译者:一种不安、互惠互利,且偶尔脆弱的关系》,王敬慧译,刘云虹主编:《葛浩文翻译研究》,南京:南京大学出版社,2019 年,第 644 页。

础上,从一个翻译家的独特经验中凝结出某种普遍意义。

许钧:对翻译家的研究,还有一点很重要,就是应注重对其翻译过程的考察与分析。在这方面,我们还有很多工作需要做。比如,都说傅雷对待翻译特别认真,但他到底认真到何种程度?有何体现?研究者不能仅凭傅雷自己所言或某种主观印象,就认定他是认真的。在某些问题上,单纯考察翻译结果很难抵达事实的真相,很难揭示现象或结果背后的深层次原因。就拿翻译中的删改问题来说,其中涉及的因素非常多,也很复杂,仅从翻译方法层面是根本无法考察清楚的。你前面谈到的林纾的翻译就是一个典型案例,他在文字和体裁上的不忠实背后都有值得探究的主客观原因。那位要澄清林纾冤案的日本学者所做的,正是深入林纾的翻译过程中,揭示林纾翻译中某些遭受误解的事实真相。我认为,进行翻译家研究,必须有理有据,任何定性的结论都要谨而慎之。如果我们能掌握第一手材料、挖掘出可信的历史资料,比如翻译家的手稿、翻译家与作家的通信、翻译家与出版社编辑的通信等,进而切实考察译本生成的实际过程,我们的研究就会更全面,也更深刻。这也涉及翻译家研究的方法问题。都说史无定法,但我想方法还是很重要的,史论结合是翻译家研究应特别坚持的方法。我最近读到《外语教学与研究》2018 年第 3 期上许诗焱和许多合作撰写的《译者—作者互动与翻译过程——基于葛浩文翻译档案的分析》一文,文章以俄克拉荷马大学中国文学翻译档案馆收藏的葛浩文、林丽君翻译《推拿》过程中与作者毕飞宇之间的往来邮件为基础,就译者与作者之间的积极互动及其对译本生成的意义展开了深入探讨,对我们的翻译家研究很有启发。

刘云虹:据该文介绍,成立于 2015 年的俄克拉荷马大学中国文学翻译档案馆收藏了葛浩文从事中国文学翻译四十余年以来与大陆、台湾、香港作家之间的大量信件，并且计划建立中国文学翻译在线档案馆①，这就为深入考察葛浩文的翻译过程提供了丰富而可靠的资料，也为在史论结合基础上进一步深化对这位具有代表性的重要翻译家的研究提供了可能。但就目前而言，这样的翻译档案资料还很欠缺，如果翻译家、作家、出版机构和学术界能共同有意识地推动第一手翻译档案的保存、收集与交流，那将对促进翻译家研究及整个文学翻译实践与理论的探索发挥重要作用。

　　许钧：确实如此。最后，我想强调一下，目前的翻译家研究主要集中于对文学翻译家的研究，从中国翻译史的角度看，这是不够的。我们应该关注各个领域翻译家的历史贡献，如佛经翻译家、中国典籍翻译家、哲学翻译家、法律翻译家、外交事务翻译家等等，这些领域的翻译与中华文明发展、中外交流之间都具有密切关系，需要特别予以重视。

　　（本文系国家社会科学基金项目"中国文学外译批评研究"的阶段性成果，原载于《外国语》2020 年第 1 期）

---

① 许诗焱、许多：《译者—作者互动与翻译过程——基于葛浩文翻译档案的分析》，《外语教学与研究》2018 年第 3 期，第 450 页。

中西翻译批评研究的共通与互补
——以许钧和安托万·贝尔曼为例

一、引言

新的历史时期,翻译在社会发展、文化交流等各个方面发挥着越来越重要的作用,翻译活动本身也日益呈现出丰富性与复杂性,同时,翻译界也存在着翻译价值观混乱、翻译质量低劣、翻译风气浮躁等亟待关注与解决的问题。在这一背景下,翻译批评的实践介入与理论建设都显得尤为重要。考察当代中西译学发展历程,如果说翻译理论研究方面,我国在早期更多地表现为对西方翻译理论的吸收与借鉴,那么翻译批评研究领域中,中西方却存在诸多契合之处,彰显着共同发展的态势。近二三十年以来,作为一个相对年轻的学科领域,翻译批评的发展仍较为滞后,但在学者的不懈探索与积极推动下,中西翻译批评研究都取得了令人欣喜的进展。回顾中西翻译批评研究的重要成果,我国著名翻译理论家许钧教授与法国著名翻译理论家安托万·贝尔曼(Antoine Berman)教授的相关研究可以说在其中具有突出的代表性,对推动两国乃至世界翻译批评实践与理论的发展做出了重要贡献。本文拟对两位学者的翻译批评研究进行比较分析,揭示其共性与特性,并在此基础上考察中西翻译批评研究的共通与互补,把握翻译批评研究的核心问题,力求促使翻译批评在理论与实践两个层面发挥其应有作用。

二、从共性看中西翻译批评研究的共通

20 世纪 90 年代,随着翻译活动的繁荣开展与翻译理论研究的逐步深入,学界开始关注翻译批评在实践与理论两个层面的建设。1992年,许钧的《文学翻译批评研究》由译林出版社出版,这是我国第一部关于文学翻译批评的理论著作,国内译学界普遍将之视为我国翻译批评研究的"开山之作"。王克非、王殿忠、刘峰等多位学者发表评论文章,对该书在文学翻译批评途径与方法上的开拓性研究予以高度评价,认为该书针对翻译批评存在的问题与局限,在文学翻译批评探索中"走出了很有意义的一步"①。同一时期,许钧还在《中国翻译》、《语言与翻译》及香港中文大学的《翻译学报》(创刊号)等翻译研究重要刊物上发表了《关于文学翻译批评的思考》(1992)、《论文学翻译批评的基本方法》(1993)、《试论翻译批评》(1997)等多篇有关翻译批评研究的论文。1995 年,法国伽利玛出版社出版了安托万·贝尔曼的著作《翻译批评论:约翰·多恩》。该书由理论探索与批评实践两部分构成,以促使长期处于非理性状态并缺少"一种象征性地位"的翻译批评

① 王克非:《关于翻译批评的思考——兼谈〈文学翻译批评研究〉》,《外语教学与研究》1994 年第 3 期,第 33 页。

得以合法化、理论化为目标，探寻建构性的翻译批评模式。该书不仅是法国翻译界最具系统性与影响力的翻译批评论著，在国际、国内译学界的翻译批评研究领域同样具有开创性意义。

这两部中西翻译批评研究的代表性著作出版时间极为相近，前后仅相差三年。这在一定程度上表明，相比国内译学界对中国翻译研究落后于西方的基本判断，中西翻译批评研究却明显呈现出同步性。我国与西方翻译学界共同关注到翻译批评存在的局限，并几乎同时在理论探索上取得了具有重要价值的成果。如果说著作问世时间的一致或许只是某种表面上的"巧合"，那么深入考察两位学者的翻译批评研究，就会发现他们在诸多方面存在共性。

1. 立足翻译实践，由经验导向理性思考。 作为一种评价活动，翻译批评的根本属性之一是其对象性。翻译批评以翻译实践为根本对象，只有在深入考察翻译实践中凸显的各种问题与现象的基础上，对问题与现象背后折射的翻译根本性问题进行深入思考，才能有针对性地对翻译活动加以监督、规范与引导。因此，丰富的翻译实践经验对于翻译批评而言不可或缺。许钧不仅是翻译理论家，更是一位译著等身的翻译家，翻译出版法国文学与社科名著 30 余部，代表性译著有普鲁斯特的《追忆似水年华》（卷四）、勒克莱齐奥的《诉讼笔录》、昆德拉的《不能承受的生命之轻》、雨果的《海上劳工》、布尔迪厄的《关于电视》、贡巴尼翁的《现代性的五个悖论》等。在《文学翻译批评研究》一书的"后记"中，许钧明确表示，该书"从自己对翻译活动的基本认识出发，结合具体的翻译作品，通过实实在在的批评实践，试图在探索合理、科学、公允地评价文学翻译的基本途径与方法上有所收益"①。可以看到，该书几乎一半篇幅是针对《追忆似水年华》汉译的分析与评

---

① 许钧：《文学翻译批评研究》，南京：译林出版社，1992 年，第 195 页。

价,立足于他本人在这一文学名著翻译过程中遭遇的困难及积累的经验,许钧对文学翻译中"变通"和"再创造"的原则与方法,对长句处理、隐喻再现与风格传达等问题,都进行了深入细致的探讨,力求在剖析翻译得失的基础上,探索具有普遍意义的理论问题与翻译方法。在一次对谈中,许钧坦言,"《文学翻译批评研究》一书正是在很大程度上得益于我的翻译实践,如果我没有参加《追忆似水年华》的翻译,就不可能那么深切地体会到翻译普鲁斯特的困难,也不可能发现在翻译过程中出现的有关翻译原则、翻译方法等问题,自然也就谈不上对诸如此类涉及翻译的根本性问题进一步加以思考和研究了。"①

同样,贝尔曼也是一位具有丰富翻译实践经验的翻译家,翻译了大量西班牙语、德语、英语等语种的文学作品及社科著作,如罗伯特·阿尔特的《七个疯子》、施莱尔马赫的《论翻译的不同方法》、巴斯托斯的《我,至高无上者》等。贝尔曼在《始于译者》一文中表示,"事实上,我对翻译的思考均源于我的翻译活动","正是翻译经验构成了我与翻译的普遍联系中的重心。我之所以是译论者,仅仅因为我首先是一名译者"②。以《七个疯子》为例,阿尔特的这部代表作以其独特的语言风格与创作手法给翻译带来了极大的挑战,作为译者,贝尔曼在民族主义中心式的翻译与对原作的忠实之间面临选择,作为译论者,贝尔曼在每一次权衡得失的抉择中思考翻译必然面对的价值、方法与伦理问题,从而在经验与思考的深刻互动中实现对翻译与翻译批评根本性问题的探索。

无论国内还是国外,"缺席"长期以来都是翻译批评难以摆脱的否

① 刘云虹、许钧:《翻译批评与翻译理论建构——关于翻译批评的对谈》,《外国语》2014年第4期,第3页。

② Antoine Berman, Au début était le traducteur, *TTR*, 2001(2), pp.15 - 16.

定性标签,而要真正介入翻译批评,就必须从翻译实践出发,完成从感性认识到理性思考的升华。对具有很强实践性的翻译批评而言,这一点尤为重要。否则,缺乏实践基础的翻译批评研究,只能是"无源之水""无本之木",无法真正发挥翻译批评应有的作用。

2. 清醒认识翻译批评现状,拓展翻译批评的理论途径。 批评是一个相当宽泛的概念,法国当代著名美学家杜夫海纳曾指出,"无论我们是不是专家,我们都在以自己的方式作为批评家而存在,我们会毫不犹豫地评价呈现在我们眼前的东西"①。但真正意义上的翻译批评应具有批评的理性之光,展现批评促使其对象实现自身价值的力量,这就要求批评者必须对翻译批评现状有清醒的认识。这在许钧和贝尔曼两位学者身上同样表现出具有共性的契合。在《文学翻译批评研究》中,许钧明确指出:"若留心我国的文学翻译批评现状,也许会发现两个值得注意的倾向:一是'过死',二是'过活'。前者只处于翻译批评的基本层次,也可以说最低层次,无需理论的指导,只要对照原文与译文,挑出其中的错误(往往是逻辑意义层次的错误),也就罢了;后者则超越这一最基本的层次,纯粹是感想式的,一册译文在手,不及细读,凭着自己的主观印象,以及自己的好恶,对译文作出结论式的评价。"②正是清醒地认识到"显微镜"式的文本比较批评与"望远镜"式的印象主义批评存在较大的局限性,无法彰显翻译批评的理性与科学性,因而也无法切实发挥翻译批评对翻译活动的规范与引导作用,许钧对翻译批评究竟应如何开展进行了深刻反思。在他看来,真正的翻译批评应立足文本,但不能囿于单一的文字层面,而要充分关注翻译

---

① 毛崇杰:《颠覆与重建——后批评中的价值体系》,北京:社会科学文献出版社,2002 年,第 3 页。

② 许钧:《文学翻译批评研究》,南京:译林出版社,1992 年,第 33 页。

过程以及其中涉及的文本内外多重复杂因素。因此,结合"文学翻译批评现状和一些带有倾向性的问题",他指出翻译批评不能"仅仅局限于原文和译文的正误判别与总体感觉",而要"从文化、语言与审美等各个层次去进行多角度的发掘"①,探索以文字、文学、文化三位一体,关注文本与关注过程紧密结合为根本取向的翻译批评理论途径。

贝尔曼对翻译理论途径的探寻同样立足于他对翻译批评现状的清醒认识,正是看到了已有翻译批评的不足,他力求为翻译批评构建新的理论途径。在《翻译批评论:约翰·多恩》中,贝尔曼对亨利·梅肖尼克的介入批评与特拉维夫学派(以图里和布里塞为代表)的功能主义批评进行了严厉批判。在他看来,梅肖尼克的批评模式在本质上从属于其诗学范畴,具有明显的出发语倾向,并且梅肖尼克在翻译批评中始终采取一种论战式态度,仅满足于对译文不足进行摧毁性的评判,对造成原文缺陷的原因却未能加以深入分析。而特拉维夫学派的批评模式却走向另一个极端,具有明显的目的语倾向,它忽视了翻译的自治性及文学移植的阶段性,盲目地将翻译文学纳入文学多元系统中,并以可接受性作为翻译的首要和主要目标。在该模式下,真正的翻译被认为是在某一时刻"恰当的"翻译,但"恰当"不是指与原作相符,而是指与目的语文化相符,从而将文学翻译沦为一种由目的语文化规范主导的、以可接受性为归宿的改写过程。贝尔曼认为,这两种翻译批评模式都具有某种机械性,都在某种程度上忽视了翻译主体这一能动的、将原作及其语言文化与目的语语言文化以特定方式联结在一起的中点,无益于揭示翻译的真理。基于这样的认识,他从翻译主体入手,借鉴现代阐释学相关理论,将译者置于翻译立场、翻译方案与

---

① 许钧:《文学翻译批评研究》,南京:译林出版社,1992年,第121页。

翻译视域中进行考察,探索以译者为中心,以建设性为目标的翻译批评模式。

3. 把握本质,构建翻译批评理论体系。翻译批评尽管肩负着促进翻译活动健康、繁荣发展的重要使命,但长期处于"缺席"和"失语"状态,难以真正展现其应有价值,在国内外翻译界都同样如此。究其原因,起步较晚及关注不足的事实固然无可否认,但理论研究的滞后以及由此导致的科学意识与理性精神的缺失更加不容忽视。应该说,没有自主理论体系作为依托,翻译批评就无法取得令人满意的进展。对此,许钧和贝尔曼都有深刻认识。许钧看到,"由于缺乏理论的指引,翻译批评在相当长的时期内一直处于非理性状态,往往拘泥于'技'的层面的探讨,被局限在'挑错式'与否定性的评价中,甚至被简约为'好'与'坏'的评判,这就使得翻译批评是否具有专门的研究领域和系统的研究对象受到质疑,翻译批评的必要性与迫切性也就始终没有得到译学界足够的重视"①。因此,他多次强调翻译批评应加强自身的理论建设。贝尔曼则提出,翻译批评应是"一种自省的、以自身特性为批评主体的并因此能产生自身方法论的评论形式;它不仅产生自身的方法论,还寻求将该方法论建立在有关语言、文本和翻译的明晰的理论之上"②。两位学者不仅明确意识到翻译批评理论建设的重要性,并且身体力行地从翻译批评实践出发展开翻译批评研究,致力于翻译批评理论体系的构建。对任何研究而言,认识自身永远是其得以发展的必要基础与原动力,翻译批评当然也不例外。因此,为构建翻译批评理

---

① 刘云虹、许钧:《翻译批评与翻译理论建构——关于翻译批评的对谈》,《外国语》2014 年第 4 期,第 2 页。

② Antoine Berman, *Pour une critique des traductions:John Donne*, Paris:Éditions Gallimard, 1995, p.45.

论体系,许钧和贝尔曼首先要做的便是为翻译批评正名,只有深入把握翻译批评的本质,才有可能为翻译批评提供一个科学、合理并具有操作性的方案。就许钧而言,针对翻译批评的本质这一问题,他开门见山地指出,我国翻译批评存在"随意性"和"浅表性"两个特点,其必然结果就是翻译批评的"片面性",而导致这些问题产生的一个最根本的原因就在于"对何为翻译批评的认识不清"①。借助比较文学家、文学批评史家雷纳·韦勒克对"批评"一词的理解与界定,许钧区分了广义的翻译批评与狭义的翻译批评,他认为,"从广义上讲,翻译批评就是'理解翻译与评价翻译';从狭义上讲,翻译批评是对翻译活动的理性反思与评价,既包括对翻译现象、翻译文本的具体评价,也包括对翻译本质、过程、技巧、手段、作用、影响的总体评析"②。通过这样的界定,他不仅厘清翻译批评的根本属性,即理解与评价,并且明确提出翻译批评应立足文本又超越文本,对文本之外的翻译现象,对翻译的根本性问题都应深入关注,真正展现翻译批评沟通翻译理论与翻译实践的纽带作用。在对于"何为翻译批评"的理性思考中,许钧特别强调两个方面:一是他提出"建立一定的翻译价值观是进行翻译批评的基础"③,也就是说,翻译价值观的形成,是翻译批评的科学性与合理性的基本保障;二是他认为翻译批评"并不仅仅在于对具体译作或译法作裁判性的是非判别,更在于对翻译活动何以进行、如何进行加以反思与检讨"④,这一点与贝尔曼的主张不谋而合,在贝尔曼看来,梅肖尼克的介入批评之所以无法承载翻译批评的全部意义,其根本原因正在于

----

① 许钧:《文学翻译批评研究》(增订本),南京:译林出版社,2012 年,第 196 页。
② 许钧:《文学翻译批评研究》(增订本),南京:译林出版社,2012 年,第 197 页。
③ 许钧:《文学翻译批评研究》(增订本),南京:译林出版社,2012 年,第 200—201 页。
④ 许钧:《文学翻译批评研究》(增订本),南京:译林出版社,2012 年,第 197 页。

它局限于简单的是非评价,而缺少对翻译内在成因的深入探析。

何为翻译批评?就贝尔曼而言,这同样是他在构建翻译批评理论体系中首先要解决的问题,也是在为翻译批评提供一个可操作的方案前迫切需要澄清的问题。因为,"翻译批评"这一概念本身就面临来自"批评"与翻译两方面的危险,"批评"一词固有的否定性以及人们对翻译活动的所谓"附属性"和"缺陷性"的成见,导致翻译批评无法获得其应有之名。对此,贝尔曼旗帜鲜明地指出,"批评是肯定性的,并且这种肯定性是批评的真理所在:任何纯粹否定的批评都不是真正的批评"①。在他看来,批评绝不是作品的附庸,而是应作品的需要和呼唤产生,它"服务于作品,使其得以延续与阐明,也服务于读者"②。因此,正如翻译不应被当作原文"苍白的影像"与"回声"③,翻译批评也远远不是某种附属,而理应成为一种"大写的批评",与各个时代最伟大的文本批评具有相同地位。贝尔曼认为,翻译批评意味着"对译作进行细致分析,分析其根本特征、其赖以产生的方案与视域,分析译者的立场",而就根本而言,翻译批评意味着"对翻译真理的揭示"④。

在深刻把握翻译批评本质的基础上,许钧与贝尔曼立足翻译批评的"名"与"实"两大层面,即何为翻译批评及如何进行翻译批评,对翻译批评的本质、价值、原则、方法、标准等根本性问题进行系统性探索,

---

① Antoine Berman, *Pour une critique des traductions*:*John Donne*,Paris:Éditions Gallimard,1995,p.38.

② Antoine Berman, *Pour une critique des traductions*:*John Donne*,Paris:Éditions Gallimard,1995,p.13.

③ Antoine Berman, *Pour une critique des traductions*:*John Donne*,Paris:Éditions Gallimard,1995,p.92.

④ Antoine Berman, *Pour une critique des traductions*:*John Donne*,Paris:Éditions Gallimard,1995,pp.13-14.

并形成了丰富而珍贵的翻译批评思想。

从以上论述不难看出,许钧与贝尔曼这两位中西翻译批评界的代表性人物共同致力于翻译批评的实践与理论两方面建设,他们的翻译批评研究在研究的实践基础、理论的系统构建及关注的内容与重点等方面呈现出明显的共性。这样的契合不仅体现了两位学者在翻译批评研究中不约而同的努力与追求,更彰显出中西译学界在翻译批评研究领域具有不谋而合的共通之处。就以上提到的从翻译实践出发开展翻译批评、从翻译批评现状出发拓展翻译批评理论途径、从把握本质出发构建翻译批评理论体系这三个重要方面而言,两位学者的研究共性展现了中西翻译批评研究的共通,从而也揭示出翻译批评研究的基点与核心内容,对深化翻译批评研究具有显著的导向作用。若进一步深入分析,还可以发现中西翻译批评研究中另外两个同样不容忽视的共通点:

一是,主张翻译批评必须深入考察翻译过程。翻译批评的对象自然是翻译,但这里的翻译不仅指翻译的静态结果,即文本,也应包括翻译的动态过程,所谓知其然,更要知其所以然。若仅仅停留于文本的对比分析,即便分析得再仔细、再全面,也无法成为科学意义上的翻译批评。正如德里达所言,原文与译文之间的关系不是"再现的或繁殖的","翻译既不是一种镜像,也不是一种复制"①,从原文转换到译文的过程中必然经历刻有深深的主体烙印的一次又一次选择。局限于对翻译结果的考察,而缺少对翻译过程中译者的翻译动机与翻译选择的深入关注,这样的翻译批评无疑是狭隘而片面的。在各自对翻译批评

---

① Jacques Derrida, Des tours de Babel, *Psyché. Inventions de l'autre*, Paris: Éditions Galilée, 1987, p.215.

的探索中,许钧和贝尔曼都特别重视这一点。许钧为翻译批评提出的第一条原则便是"重视对翻译过程的深刻剖析",他进一步指出,"注意对翻译过程的剖析,不仅能够帮助阐发翻译活动本身的规律与价值,赋予翻译批评以指导性意义,而且有助于拓展评论者的视野",并由此"为批评的合理性提供可能,避免单一的或片面性的评价"①。贝尔曼之所以在构建其翻译批评体系中特别强调对翻译主体的关注并主张将译者置于翻译立场、翻译方案、翻译视域中进行考察,原因也正在于他看到忽略过程、忽略主体给翻译批评带来的缺陷。

　　二是,强调正确把握翻译活动的本质是翻译批评的基础。许钧坚持认为,翻译批评的开展必须立足于一定的翻译价值观,而"翻译价值观的最终形成,有赖于我们对翻译本质的认识"②。从"批评"这一术语的根本属性来看,翻译批评首先是对翻译的理解,然后才是对翻译的评价,倘若不能正确理解翻译活动并把握其本质,就难以对翻译活动进行科学、理性的评价。贝尔曼之所以严厉批判特拉维夫学派的批评模式,一个根本原因就在于图里等人没有正确把握"自治性"这一翻译本质特征,以"翻译文学"的概念混淆了文学移植与其中心时刻"翻译"之间的关系。在他看来,对文学翻译的一切分析与评价都应在关于"文学移植"的总体理论中进行,因为,"翻译文学的地位既不是边缘的,也不是中心的"③,实际上,"翻译文学并非融合于本土文学","而是构成一个单独的、自治的区域"④,其中混杂并存着预翻译、引导性介

---

① 许钧:《文学翻译批评研究》,南京:译林出版社,1992年,第38页。
② 许钧:《文学翻译批评研究》(增订本),南京:译林出版社,2012年,第192页。
③ Antoine Berman, *Pour une critique des traductions*: *John Donne*, Paris: Éditions Gallimard, 1995, p.54.
④ Antoine Berman, *Pour une critique des traductions*: *John Donne*, Paris: Éditions Gallimard, 1995, p.58.

绍、部分翻译、真正的翻译等不同文学移植形式。

三、从特性看中西翻译批评研究的互补

许钧和贝尔曼这两位中西翻译批评界最具代表性的学者,在几乎相同的时期致力于翻译批评研究,对翻译批评理论问题进行了系统性探索,展现出诸多共通之处,为推动中西翻译批评研究的发展做出了具有开拓性、引领性的重要贡献,也促使中西翻译批评研究形成共同发展的态势。同时,我们也看到,由于中西翻译研究在理论传统、发展路径等方面的普遍性差异,以及两位学者自身学术研究的背景、视野、侧重点等方面的不同,许钧和贝尔曼的翻译批评研究在共性的基础上也存在某些特性。

1. 基于不同传统的理论资源。我国翻译学建设大致有两个理论资源,一个是西方翻译理论,另一个就是罗新璋在《我国自成体系的翻译理论》一文中所提的"古典文论与传统美学"[①],尤其是中国传统的佛经翻译理论。绵延千年的佛经翻译是我国翻译史上第一个重要的翻译时期,贯穿其间的"文质之争"对当时及后世的翻译理论与实践产生了深远影响,构成我国当代翻译理论研究的一个重要基础。重"文"还是重"质",这是古往今来翻译活动始终无法回避的两难困境。在这一背景下,许钧看到,就当代翻译批评研究而言,直译与意译、形与神、归

———————

① 罗新璋:《我国自成体系的翻译理论》,罗新璋、陈应年编:《翻译论集》(修订本),北京:商务印书馆,2009 年,第 19 页。

化与异化等诸多二元对立的难题仍然存在并不断引发争议,导致"人们在两难的选择中陷入矛盾的重重旋涡之中"①。我们知道,考察与评价翻译的最基本的标准之一是忠实。可"忠实"与"叛逆"同样是一对难以化解的矛盾,况且,对于更接近艺术活动的文学翻译来说,其显著的再创造特征往往将译者置于顾此失彼的困境。译者如何在克服差异与表现差异的双重目标中寻求平衡? 对此,在深入探讨可译与不可译、异与同、形与神等翻译活动遭遇的根本性矛盾的基础上,许钧提出应充分关注文学翻译中主体的再创造,尤其要深刻认识再创造中的度的问题,并从辩证的观点强调翻译活动应"把握分寸,尽量做到公允",也就是说要尽可能"在忠诚中显出创造,创造中又不偏离"②。基于此,许钧在《文学翻译批评研究》中就如何把握文学翻译再创造的度进行了深入思考,并提出应着重处理好四个方面的关系:一是积极与消极的关系,即文学翻译再创造必须遵循积极性原则,因为目的明确,行为积极,就有助于探索各种行之有效的手段,转达原作韵味及妙处;二是整体与局部关系,提出翻译中应坚持局部服从整体的原则,再现文学作品的整体效果,力求译文风格统一,意境和谐;三是创新与规范的关系,主张翻译中应该既不辱翻译使命,又要了解与尊重目的语读者的审美习惯,做到既避免强加于读者,又不一味迎合读者的需要,走向贫乏或庸俗的极端;四是客观与主观的关系,强调翻译中要力戒主观随意性,避免脱离原文的自由发挥。③ 同时,许钧特别看到翻译活动是"一个复杂的多层次活动",思维、语义和美学三大层次中的诸多要素都会作用于翻译过程中的再创造,为翻译与翻译评价带来重重困难。

---

① 许钧:《翻译论》,武汉:湖北教育出版社,2003 年,第 256 页。

② 许钧:《文学翻译批评研究》,南京:译林出版社,1992 年,第 26—27 页。

③ 许钧:《文学翻译批评研究》,南京:译林出版社,1992 年,第 27—31 页。

因此,他主张在认识、理解与评价翻译活动中,"首先要避免认识的简单化,[……]其次要力戒评价的片面性及忽视这一活动的整体性效果;再次要注重各种因素的综合衡量,尤其是译者的创造性和读者的无形参与因素"①。或许无法断言我国佛经翻译中的"文质之争"对许钧的直接影响,但不难发现,许钧对翻译矛盾问题的敏感和关注与中国传统译论有着割不断的联系,而他的观点与东晋高僧慧远在"文质之争"中秉持的"以裁厥中"的主张更是一脉相承。慧远认为,翻译时既不能"以文应质",也不能"以质应文",而应"简繁理秽,以详其中,令质文有体,义无所越"②。所谓"义无所越"就是说翻译中必须掌握一定的分寸和尺度。翻译中把握再创造的度,评价中遵循整体性的综合衡量原则,这两方面相辅相成,既有助于化解翻译面临的种种矛盾对立,也有助于深刻认识翻译的创造性与局限性,在此基础上对翻译进行客观评价,并拓展翻译的可为空间。

贝尔曼的翻译研究具有深厚的哲学底蕴,他从西方哲学研究中汲取灵感,将诸多哲学概念与观点融会贯通,构建了兼具思辨性与实证性的翻译思想体系。在翻译批评研究中,他的相关思考受到现代阐释学直接而深刻的影响,在《翻译批评论:约翰·多恩》一书的引言中,他明确表示,"我的批评计划基于保罗·利科和汉斯·罗伯特·姚斯在海德格尔的《存在与时间》基础上发展的阐释学"③。现代阐释学认为,"通过文字固定下来的东西已经同它的起源和原作者的关联相脱离,

① 许钧:《文学翻译批评研究》,南京:译林出版社,1992 年,第 166—172 页。
② 慧远:《大智论钞序》,罗新璋、陈应年编:《翻译论集》(修订本),北京:商务印书馆,2009 年,第 52 页。
③ Antoine Berman, *Pour une critique des traductions：John Donne*, Paris: Éditions Gallimard, 1995, p.15.

并向新的关系积极地开放"①,因此,理解不是一种复制行为,而始终是一种创造性行为。同样,正如德里达所言,翻译也不可能是"镜像"或"拷贝",翻译活动的本质决定它必定面临文本、意义与理解之间的复杂关系,也必然是一种以创造性为根本属性之一的行为。在这里,贝尔曼看到了现代阐释学与翻译思考的契合之处。借助于现代阐释学,贝尔曼为翻译批评研究展开了一个极为重要的维度:寻找译者,并力图以此消解长期存在的忠实于原作与适应目的语语言文化之间的矛盾对立。他指出,面对"译者是谁"这一翻译阐释学的核心问题,我们可以设想出种种提问,例如:译者是职业翻译家还是从事另一种与翻译相关行业的业余翻译家? 他除了翻译之外是否进行纯粹意义上的创作? 他通常翻译的是哪些类型的作品? 他的语言和文学层次如何? 等等。② 但这些问题"可能只是纯粹的'信息'",翻译批评者对翻译主体的考察必须走得更远,必须揭示"他的翻译立场、翻译方案与翻译视域"③。在贝尔曼看来,任何译者都与其翻译活动之间保持一种特别的联系,也就是说,"对翻译行为及其意义、目的、形式与方式具有某种'理解'与'认识'"。因此,翻译立场就是"译者作为受制于翻译冲动的主体对翻译任务的认知方式,以及他'内化'关于翻译的环境话语的方式这两者之间的'妥协'"④。此外,译者的翻译立场还与他的语言立场

① 汉斯-格奥尔格·加达默尔:《真理与方法——哲学诠释学的基本特征》,洪汉鼎译,上海:上海译文出版社,1999年,第505页。
② Antoine Berman, *Pour une critique des traductions*:*John Donne*, Paris: Éditions Gallimard, 1995, pp.73 - 74.
③ Antoine Berman, *Pour une critique des traductions*:*John Donne*, Paris: Éditions Gallimard, 1995, p.74.
④ Antoine Berman, *Pour une critique des traductions*:*John Donne*, Paris: Éditions Gallimard, 1995, pp.74 - 75.

相关,贝尔曼指出,"如果我们能同时考察译者的翻译立场、语言立场与文字立场,那么一种'翻译主体理论'将成为可能"①。关于翻译方案,他指出,"任何翻译都是由一种方案支撑的",而翻译方案"取决于翻译立场和不同原作提出的特别要求",从目标来看,"翻译方案一方面决定译者将以何种方式完成文学移植,另一方面也保证翻译本身的完成,即译者选择什么样的翻译策略和方法"②。贝尔曼认为,无论是翻译立场还是翻译方案,都被包含于一种"视域"之中。翻译视域可以被大致界定为"所有'决定'译者所感、所为、所思的一切语言、文学、文化与历史因素"③。因此,"视域"具有双重性质,一方面,它为译者开启了行动空间,但另一方面,它又将译者限制在一个有限可能性的范围内。借助这一概念,贝尔曼意欲避免一切绝对的价值判断,在辩证对立中把握翻译维度:它既是客观的也是主观的,既是有限的也是开放的。

2. 各有侧重的翻译批评标准。开展翻译批评,必须依据一定的标准。倘若没有标准作为参照和评价尺度,翻译批评就有可能失去方向,甚至沦为依赖个人趣味和个体主观体验的纯感性判断,而无法彰显批评的理性力量。在翻译批评理论的体系化建设中,许钧和贝尔曼都非常重视翻译批评标准问题,但思考路径和着眼点等方面存在显著差异。在《文学翻译批评研究》(增订本)中,许钧对翻译批评标准专门进行了探讨。在他看来,尽管一个"公认的客观标准"不可能完全成

---

① Antoine Berman, *Pour une critique des traductions*: *John Donne*, Paris: Éditions Gallimard, 1995, p.75.

② Antoine Berman, *Pour une critique des traductions*: *John Donne*, Paris: Éditions Gallimard, 1995, p.76.

③ Antoine Berman, *Pour une critique des traductions*: *John Donne*, Paris: Éditions Gallimard, 1995, p.79.

立,"但是随着翻译理论的基本问题被进一步地澄清(这本身就需要翻译批评的推动),在一定的历史时期,就某一个问题,一个为大多数译家所接受的、能动的价值取向却可望达到相对的统一"①。在此,许钧不仅看到确立具有普遍意义的标准的必要性与可行性,同时着重强调了翻译批评标准的历史发展性。在他看来,翻译批评反对一切僵化的、绝对的价值判断,评价标准不能是某种一成不变的僵化,也不能是某种非黑即白的绝对,无论僵化的标准还是绝对的标准,都将对开展科学、合理、有效的翻译批评造成阻碍。这一观点实际上与许钧对翻译本质和翻译批评本质的深刻把握密切相关,他认为,在对翻译的认识与理解中,应树立明确的历史价值观,尤其"要从历史的角度来看翻译的可能性",原因在于"翻译作为跨文化的人类交际的活动,有着不可避免的历史局限性。就具体的翻译活动而言,无论是对原文的理解与阐释,都不是一个译者一次就能彻底完成的"②。因此,考察翻译,应有意识地"从历史的发展来看翻译活动的不断丰富的内涵和不断扩大的可能性"③,那么作为对翻译的理解与评价,翻译批评所采取的标准也不可能是永恒不变的,而是处于不断发展、不断完善的动态过程中。他明确提出,"翻译批评标准应有一定的规范性,标准的建立应全面考虑翻译的目的、作用,且应以一定的翻译价值观为基础,同时,应该认识到翻译批评标准是多元且动态发展的"④。正是由于深刻把握翻译批评标准的历史发展性,许钧对我国传统译论中的"信达雅"说有着清醒的认识。针对国内译学界围绕"信达雅"翻译标准是否过时的长期

---

① 许钧:《文学翻译批评研究》(增订本),南京:译林出版社,2012年,第202—203页。
② 许钧:《文学翻译批评研究》(增订本),南京:译林出版社,2012年,第191页。
③ 许钧:《文学翻译批评研究》(增订本),南京:译林出版社,2012年,第191页。
④ 许钧:《文学翻译批评研究》(增订本),南京:译林出版社,2012年,第202—203页。

中国文学外译批评研究
308

争论,他敏锐地看到,在理论界备受质疑的"信达雅"在实践领域却拥有强大的生命力与深远的影响力,究其原因,他认为,对"信达雅"的信奉不是盲目的,更不是所谓需要破除的"迷信",相比其他林林总总各具特色的翻译标准,"它更为深刻、全面、简明,实践针对性和可操作性也更强"①。因此,他明确指出,"'信达雅'没有过时,关键在于要根据时代要求,注入新的活力,赋予新的内涵"②。

翻译批评标准的确立也是贝尔曼的翻译批评体系中的重要一环。贝尔曼以翻译主体为支点,借助翻译诗学,尤其是翻译伦理研究,建立了翻译批评的双重标准:诗学标准与伦理标准。诗学标准在于衡量译者是否完成一项真正的文本工作,该工作是否与原作的文本特性有较为密切的关联。也就是说,考察译文能否"立得住",能否通过统一的节奏、连贯的风格、和谐的体系展现诗学所要求的文本的内在生命力。贝尔曼强调,译者必须在"翻译—创造"中以"完成作品"为追求。如果说诗学标准针对目的语和译作而言,伦理标准则指向出发语和原作。对伦理标准的关注源自贝尔曼对翻译伦理问题的深入探索。作为西方翻译伦理研究的开创者,贝尔曼主张遵循"尊重他异性"的翻译伦理。他清醒地看到,翻译自身的最终目标在于"在书写层面与他者展开某种联系,通过异域的媒介来丰富自我"③。基于这一认识,他明确提出,"翻译的伦理行为在于把'他者'当作'他者'来承认和接受"④。

---

① 刘云虹、许钧:《理论的创新与实践的支点——翻译标准"信达雅"的实践再审视》,《中国翻译》2010 年第 5 期,第 18 页。

② 许钧:《生命之轻与翻译之重》,北京:文化艺术出版社,2007 年,第 140 页。

③ Antoine Berman, *L'Épreuve de l'étranger*, Paris: Éditions Gallimard, 1984, p.16.

④ Antoine Berman, *La Traduction et la lettre ou l'auberge du lointain*, Paris: Éditions du Seuil, 1999, p.74.

因此,贝尔曼认为,在翻译批评的语境中,伦理标准"在于尊重,或更确切地说,在于对原作的某种尊重"①。借用法国学者让-伊夫·马松的话,他进一步指出,"如果译者尊重原作,那么他能够甚至必须与原作进行对话,以平等的姿态昂首面对它"②。尊重并不意味着译者的隐身,也不意味着对原作文字的"臣服",译文应当首先被视为"对原作的一种馈赠"。在贝尔曼看来,诗学和伦理的双重标准首先保证译文与原文及其语言之间的呼应与交流,同时也保证在目的语语言中进行再创造,从而以一部真正的作品来实现对原作生命力的延续、拓展与丰富。

从以上分析可以看到,许钧和贝尔曼立足于中西方不同的理论传统,因循各自的探索路径,对翻译批评的一系列重要问题进行了各具特色的探讨和论述。面对长期困扰翻译与翻译批评研究的诸多二元对立的矛盾,许钧看到翻译再创造中尺度与分寸的重要性,提出应深入关注文学翻译再创造的度的问题,同时也深刻认识到翻译的局限性,主张通过翻译批评拓展翻译的可能性;贝尔曼则注重对翻译主体的考察,并富有见地地提出"走向译者"的具体路径与方法。在致力于探索翻译批评标准的过程中,许钧着重强调批评标准的历史性和发展性,贝尔曼则着眼于诗学标准与伦理标准两方面的融合。两位学者的探索互为补充,在共同揭示翻译批评研究核心问题的基础上,各自以不同的方式拓展了翻译批评研究的视野,丰富了翻译批评研究的内涵。

---

① Antoine Berman, *Pour une critique des traductions*:*John Donne*, Paris:Éditions Gallimard, 1995, p.92.

② Antoine Berman, *Pour une critique des traductions*:*John Donne*, Paris:Éditions Gallimard, 1995, p.92.

四、结语

翻译批评的重要性不言而喻,然而,翻译批评发展较为滞后在国内外译学界都是不争的事实。所幸,以许钧、贝尔曼为代表的中外翻译研究者不懈探索,逐步推动翻译批评研究从稚嫩走向成熟,从零散走向系统。中西翻译批评研究既有共性也有特性,既相互契合又互为补充,共同为翻译批评在理论与实践两方面的建设贡献智慧与力量。当前,翻译在形式、功能与目标等方面都发生着深刻变化,翻译批评研究的视野与内涵也亟待进一步拓展与丰富。例如,已有的翻译批评研究成果绝大多数以文学翻译为思考对象,对于非文学翻译的批评有待学界予以深入关注;此外,在目前信息技术与翻译科技迅猛发展的背景下,科技和人文学科交叉与融合的趋势日益显著,促使翻译研究途径发生了重要的变革,翻译批评也应与时俱进,借助语料库技术、键盘记录和眼动仪技术等手段,充分发挥翻译过程实证研究在翻译批评中的作用。作为"联结翻译理论与翻译实践的一条重要纽带",翻译批评任重道远,唯有不断立足翻译实践,加强翻译批评研究,才能推动翻译批评更好地发挥自身作用,推动翻译事业的理性与繁荣发展。

(本文系国家社会科学基金项目"中国文学外译批评研究"的阶段性成果,原载于《中国外语》2020 年第 6 期)

Bachelard, Gaston, *La poétique de l'espace*, Paris: Presses universitaires de France, 1961.

Badiou, Alain, *L'être et l'événement*, Paris: Éditions du Seuil, 1988.

Berman, Antoine, *L'Épreuve de l'étranger*, Paris: Éditions Gallimard, 1984.

Berman, Antoine, *Pour une critique des traductions: John Donne*, Paris: Éditions Gallimard, 1995.

Berman, Antoine, *La Traduction et la lettre ou l'auberge du lointain*, Paris: Éditions du Seuil, 1999.

Berman, Antoine, Au début était le traducteur, *TTR*, 2001(2).

Braudeau, Michel, Songes d'une nuit de Chine, *L'Express*, le 31 décembre 1981.

Brierre, Jean-Dominique, *Milan Kundera: une vie d'écrivain*, Paris: Éditions Ecriture, 2019.

Casanova, Pascale, *La République mondiale des Lettres*, Paris: Éditions du Seuil, 2008.

Compagnon, Antoine, Les cinq paradoxes de la modernité, Paris:

Éditions du Seuil, 1990.

Daryl, Philippe, *Le Monde chinois*, Paris: Hetzel Librairies-éditeurs, 1885.

Deleuze, Gilles, *Logique du sens*, Paris: Éditions de Minuit, 1969.

Derrida, Jacques, *L'écriture et la différence*, Paris: Éditions du Seuil, 1967.

Derrida, Jacques, La différance, *Marges de la philosophie*, Paris: Éditions de Minuit, 1972.

Derrida, Jacques, Des tours de Babel, *Psyché. Inventions de l'autre*, Paris: Éditions Galilée, 1987.

Dutrait, Noël & Dutrait, Liliane, Traduire la littérature chinoise contemporaine, *Vestnik of Nizhny Novgorod Linguistic University*, 2007(1).

Dutrait, Noël, Traduction de la réalité et du réalisme magique chez Mo Yan, In Noël Dutrait & Charles Zaremba (ed.), *Traduire: un art de la contraite*, Aix-en-Provence: Publications de l'Université de Provence, 2010.

Dutrait, Noël, Traduire la littérature chinoise contemporaine au début du XXIᵉ siècle, une question de choix, In Paul Servais (ed.).*La Traduction entre Orient et Occident, modalités, difficultés et enjeux*, Louvain-la Neuve: Harmattan-Academia, 2011.

Dutrait, Noël, Quelques problèmes rencontrés dans la traduction de la littérature chinoise contemporaine, In Nicoletta Pesaro (ed.), *The Ways of Translation: Constraints and Liberties of Translating*

Chinese, Venise: Cafoscarina, 2013.

Escarra, Jean, *La Chine et sa civilisation*, Paris: Librairie Armand Colin, 1937.

Étiemble, René, Préface, In Anonyme, *Fleur en Fiole d'Or I*, André Lévy (tr.), Paris: Éditions Gallimard, 1985.

Godard, Barbara, L'Éthique du traduire: Antoine Berman et le «virage éthique» en traduction, *Traduction*, *terminologie*, *rédaction*, 2001(2).

Jakobson, Roman, *Essais de linguistique générale*, Nicolas Ruwet (tr.), Paris: Éditions de Minuit, 1963.

Jean-Luc, Douin, "Mo Yan et les ogres du Parti", *Le Monde*, 2000 (3.31).

Karaki, Elodie & Carbuccia, Chloé, Entretien avec Noël Dutrait, un traducteur «principalement fidèle», *Les chantiers de la création*, 2013(6).

Kaser, Pierre, In memoriam André Lévy, *Études chinoises*, 2018 (XXXVII - 1).

Lederer, Marianne, *La traduction aujourd'hui. Le modèle interprétatif*, Paris: Éditions Hachette, 1994.

Le Grand Larousse encyclopédique, Paris: Librairie Larousse, tome III, 1964.

Le Nouveau Petit Robert, Paris: Édition Dictionnaires Le Robert, 2000.

Levinas, Emmanuel, *Totalité et infini. Essai sur l'extériorité*, La Haye: Martinus Nijhoff, 1971.

Lévy, André, Introduction, In Anonyme, *Fleur en Fiole d'Or I*, André Lévy (tr.), Paris: Éditions Gallimard, 1985.

Lévy, André, Les Quatre livres extraordinaires, *Magazine littéraire*, 1987(242).

Lévy, André, Bibliographie sommaire, In Wu Cheng'en, *La Pérégrination vers l'Ouest I*, André Lévy (tr.), Paris: Éditions Gallimard, 1991.

Lévy, André, La traduction est impossible, *Perspectives chinoises*, 1992(5/6).

Lévy, André, Un vieil instrument de détection: le «nerf de loup», *T'oung Pao*, 1995(4/5).

Lévy, André, La passion de traduire, In Viviane Alleton & Michael Lackner (ed.), *De l'un au multiple: Traduction du chinois vers les langues européennes*, Paris: Éditions de la Maison des sciences de l'homme, 1999.

Lévy, André, Lire le chinois... mais en français!, Propos recueillis par Laurence Marcout. *Taïpei Aujourd'hui*, 2001(jan.-fév.).

Lévy, André, The *Liaozhai zhiyi* and *Honglou meng* in French Translation, In Leo Tak-hung Chan (ed.), *One into Many: Translation and the Dissemination of Classical Chinese Literature*, Amsterdam / New York: Rodopi, 2003.

Lévy, André, Introduction, In Pu Songling, *Chroniques de l'étrange* 1, André Lévy (tr.), Arles: Éditions Philippe Picquier, 2005.

Lévy, André, Traducteurs au travail, Propos recueillis par Jean

Bertrand. *TransLittérature*, 2006(31).

Lévy, André, *Jin Ping Mei* and the Art of Storytelling, In VibekeBørdahl & Margaret B. Wan (eds.), *The Interplay of the Oral and the Written in Chinese Popular Literature*, Copenhagen: NIAS Press, 2010.

Meschonnic, Henri, *Pour la poétique* II, *Epistémologie de l'écriture*, *Poétique de la traduction*, Paris: Éditions Gallimard, 1973.

Mounin, Georges, *Les problèmes théoriques de la traduction*, Paris: Éditions Gallimard, 1963.

Oustinoff, Michaël, *La traduction*, Paris: Presses Universitaires de France, 2003.

Peyraube, Alain, Un grand roman érotique chinois, *Le Monde*, 1985(05.31).

Picoche, Jacqueline, *Dictionnaire étymologique du français*, Paris: Éditions Dictionnaires Le Robert, 2010.

Ricœur, Paul, Cultures: du deuil à la traduction, *Le Monde*, 2004 (05.25).

Ricœur, Paul, La condition d'étranger, *Esprit*, 2006(3).

Sartre, Jean-Paul, *Qu'est-ce que la littérature?*, Paris: Éditions Gallimard, 1948.

Sartre, Jean-Paul, *La naissance de Huis Clos*, in Michel Contat et Michel Rybalka, *Les écrits de Sartre*, Paris: Éditions Gallimard, 1992.

Steiner, Georges, *Après Babel*, Lucienne Lotringer (tr.), Paris: Éditions Albin Michel, 1978.

芭芭拉:《在意大利看莫言》,《海南师范大学学报(社会科学版)》2014年第6期。

白烨:《麦家"走出去"的解密》,《人民日报》2014年7月1日。

保罗·德曼:《评本雅明的〈译者的任务〉》,陈浪译,谢天振主编:《当代国外翻译理论导读》,天津:南开大学出版社,2008年。

鲍晓英:《从莫言英译作品译介效果看中国文学"走出去"》,《中国翻译》2015年第1期。

布特罗斯·布特罗斯-加利:《世界化的民主化进程——加利答伊夫·贝尔特罗问》,张晓明、许钧译,南京:南京大学出版社,2003年。

蔡新乐、郁东占:《文学翻译的释义学原理》,开封:河南大学出版社,1997年。

曹丹红、许钧:《关于中国文学对外译介的若干思考》,《小说评论》2016年第1期。

陈大亮、许多:《英国主流媒体对当代中国文学的评价与接受》,《小说评论》2018年第4期。

陈寒:《〈红楼梦〉在法国的译介》,《红楼梦学刊》2012年第5期。

陈善伟:《翻译科技新视野》,北京:清华大学出版社,2014年。

陈伟:《中国文学外译的基本问题反思:软实力视角》,《当代外语研究》2014年第10期。

陈永国主编:《翻译与后现代性》,北京:中国人民大学出版社,2005年。

大卫·丹穆若什:《什么是世界文学?》,查明建、宋明炜等译,北京:北京大学出版社,2014年。

戴密微:《法国汉学研究史》,耿昇译,耿昇编:《法国汉学史论》,北京:学苑出版社,2015年。

戴铮:《日本文学急于"走出去"》,《东方早报》2010年3月28日。

杜特莱:《跟活生生的人喝着咖啡交流——答本刊主编韩石山问》,《山西文学》2005年第10期。

恩斯特·贝勒尔:《德国浪漫主义文学理论》,李棠佳、穆雷译,南京:南京大学出版社,2017年。

法云:《翻译名义集自序》,罗新璋、陈应年编:《翻译论集》(修订本),北京:商务印书馆,2009年。

樊丽萍:《"抠字眼"的翻译理念该更新了》,《文汇报》2013年9月11日。

费孝通:《全球化与文化自觉——费孝通晚年文选》,方李莉编,北京:外语教学与研究出版社,2013年。

冯全功:《葛浩文翻译策略的历时演变研究——基于莫言小说中意象话语的英译分析》,刘云虹主编:《葛浩文翻译研究》,南京:南京大学出版社,2019年。

冯占锋:《从莫言获诺奖看文学翻译中的"随心所译"》,《短篇小说》(原创版)2013年第10期。

付鑫鑫:《葛浩文"没有翻译,我就不能生活"》,刘云虹主编:《葛浩文翻译研究》,南京:南京大学出版社,2019年。

傅雷:《"高老头"重译本序》,罗新璋、陈应年编:《翻译论集》(修订本),北京:商务印书馆,2009年。

傅雷:《论文学翻译书》,罗新璋、陈应年编:《翻译论集》(修订本),北京:商务印书馆,2009年。

傅小平:《中国作家的思想还未真正走向世界?》,《文学报》2014年5月8日。

高尔泰:《草色连云》,北京:中信出版社,2014 年。

高方、余华:《"尊重原著应该是翻译的底线"——关于中国文学译介与传播》,《中国翻译》2014 年第 3 期。

高旭东等:《诺贝尔文学奖与中国:从鲁迅到莫言》,《山东社会科学》2013 年第 2 期。

歌德:《歌德论世界文学》,大卫·达姆罗什、刘洪涛、尹星主编:《世界文学理论读本》,北京:北京大学出版社,2013 年。

葛浩文:《中国文学如何走出去》,《文学报》2014 年 7 月 7 日。

葛浩文:《作者与译者是一种亲密又独立的关系》,《文学报》2013 年 10 月 31 日。

葛浩文:《作者与译者:一种不安、互惠互利,且偶尔脆弱的关系》,王敬慧译,刘云虹主编:《葛浩文翻译研究》,南京:南京大学出版社,2019 年。

H.R.姚斯、R.C.霍拉勃:《接受美学与接受理论》,周宁、金元浦译,沈阳:辽宁人民出版社,1987 年。

韩业庭:《中国文学走出去难在哪里》,《光明日报》2017 年 4 月 1 日。

韩子满:《中国文学的"走出去"与"送出去"》,《外国语文》2016 年第 3 期。

汉斯-格奥尔格·加达默尔:《真理与方法——哲学诠释学的基本特征》,洪汉鼎译,上海:上海译文出版社,1999 年。

杭零:《莫言在法国的翻译与接受》,《东方翻译》2012 年第 12 期。

郝雨:《中国文学在文化走出去战略中的核心地位与意义》,《文艺报》2017 年 2 月 17 日。

郝运:《关于〈红与黑〉汉译的通信(四)——郝运致许钧》,许钧主编：《文字·文学·文化——〈红与黑〉汉译研究》(增订本)，南京：译林出版社，2011年。

何成洲：《全球在地化、事件与当代北欧生态文学批评》，何成洲、但汉松主编：《文学的事件》，南京：南京大学出版社，2020年。

胡安江：《中国文学"走出去"之译者模式及翻译策略研究》，《中国翻译》2010年第6期。

胡亚敏、肖祥：《"他者"的多副面孔》，《文艺理论研究》2013年第4期。

胡燕春：《提升当代文学海外传播的有效性》，《光明日报》2014年12月8日。

黄勤、范千千：《葛浩文〈红高粱家族〉英译本中说唱唱词之翻译分析——基于副文本的视角》，刘云虹主编：《葛浩文翻译研究》，南京：南京大学出版社，2019年。

慧远：《大智论钞序》，罗新璋、陈应年编：《翻译论集》(修订本)，北京：商务印书馆，2009年。

J.希利斯·米勒：《解读叙事》，申丹译，北京：北京大学出版社，2002年。

吉尔·德勒兹：《批评与临床》，刘云虹、曹丹红译，南京：南京大学出版社，2022年。

季进：《从中国文本到世界文学——以麦家小说为例》，《人民日报》(海外版)，2018年4月11日。

季进：《我译故我在——葛浩文访谈录》，《当代作家评论》2009年第6期。

季进：《作为世界文学的中国文学——以当代文学的英译与传播为例》，《中国比较文学》2014年第1期。

季羡林:《东学西渐与"东化"》,《光明日报》2004 年 12 月 23 日。

季羡林、许钧:《翻译之为用大矣哉》,许钧等:《文学翻译的理论与实践——翻译对话录》,南京:译林出版社,2001 年。

江楠:《"新批评"文章不代表〈文学报〉立场》,《新京报》2013 年 4 月 10 日。

姜玉琴、乔国强:《中国文学"走出去"的多种困惑》,《文学报》2014 年 9 月 11 日。

姜智芹:《莫言作品海外传播研究》,南京:南京大学出版社,2019 年。

姜智芹:《中国当代文学对外传播中的几组矛盾关系》,《南京师范大学文学学报》2014 年第 4 期。

姜智芹:《中国当代文学海外传播研究的方法及存在的问题》,《青海社会科学》2013 年第 3 期。

姜智芹:《中国新时期文学在国外的传播与研究》,济南:齐鲁书社,2011 年。

蒋好书:《新媒体时代,什么值得翻译》,《人民日报》2014 年 7 月 29 日。

金元浦:《接受反应文论》,济南:山东教育出版社,2001 年。

居斯塔夫·朗松:《〈沉思集〉百周年》,昂利·拜耳编:《方法、批评及文学史——朗松文论选》,徐继曾译,北京:中国社会科学出版社,1992 年。

瞿秋白:《再论翻译——答鲁迅》,罗新璋、陈应年编:《翻译论集》(修订本),北京:商务印书馆,2009 年。

孔令云:《〈骆驼祥子〉英译本校评》,《新文学史料》2008 年第 2 期。

劳伦斯·韦努蒂:《翻译与文化身份的塑造》,查正贤译,刘健芝

校,许宝强、袁伟选编:《语言与翻译的政治》,北京:中央编译出版社,
2001年。

雷格拉:《访雷威安教授》,孔昭宇译,《香港文学》1987年第25期。

雷吉斯·德布雷:《媒介学宣言》,黄春柳译,南京:南京大学出版
社,2016年。

雷威安、何金兰:《雷威安教授》,《汉学研究通讯》1988年第3期。

雷威安、钱林森:《中国古典文学在法国——雷威安:我怎样翻译
〈金瓶梅〉〈西游记〉〈聊斋志异〉》,钱林森:《和而不同——中法文化对
话集》,南京:南京大学出版社,2009年。

李建军:《为顾彬先生辩诬》,《文学报》2014年2月13日。

李建军:《直议莫言与诺奖》,《文学报》2013年1月10日。

李文静:《中国文学英译的合作、协商与文化传播——汉英翻译家
葛浩文与林丽君访谈录》,《中国翻译》2012年第1期。

李雪涛:《顾彬中国现当代文学研究三题》,《文汇读书周报》2011
年11月23日。

连燕堂:《二十世纪中国翻译文学史·近代卷》,天津:百花文艺出
版社,2009年。

梁晓晖:《〈丰乳肥臀〉中主题意象的翻译——论葛浩文对概念隐
喻的英译》,刘云虹主编:《葛浩文翻译研究》,南京:南京大学出版社,
2019年。

廖七一编著:《当代西方翻译理论探索》,南京:译林出版社,
2000年。

林敏洁:《莫言文学在日本的接受与传播——兼论其与获诺贝尔
文学奖的关系》,《文学评论》2015年第6期。

林少华:《文学翻译的生命在文学——兼答止庵先生》,《文汇读书

周报》2011 年 3 月 11 日。

刘军平：《西方翻译理论通史》，武汉：武汉大学出版社，2009 年。

刘宓庆：《翻译美学导论》（修订本），北京：中国对外翻译出版公司，2005 年。

刘宓庆：《翻译与语言哲学》，北京：中国对外翻译出版公司，2001 年。

刘莎莎：《莫言获奖折射我国文学翻译暗淡现状》，《济南日报》2012 年 10 月 24 日。

刘亚猛：《"拿来"与"送去"——"东学西渐"有待克服的翻译鸿沟》，胡庚申主编：《翻译与跨文化交流：整合与创新》，上海：上海外语教育出版社，2009 年。

刘亚猛、朱纯深：《国际译评与中国文学在域外的"活跃存在"》，《中国翻译》2015 年第 1 期。

刘云虹、杜特莱：《关于中国文学对外译介的对话》，《小说评论》2016 年第 5 期。

刘云虹：《翻译的挑战与批评的责任——中国文学对外译介语境下的翻译批评》，《中国外语》2014 年第 5 期。

刘云虹：《试论文学翻译的生成性》，《外语教学与研究》2017 年第 4 期。

刘云虹、许钧：《翻译的定位与翻译价值的把握——关于翻译价值的对谈》，《中国翻译》2017 年第 6 期。

刘云虹、许钧：《翻译批评与翻译理论建构——关于翻译批评的对谈》，《外国语》2014 年第 4 期。

刘云虹、许钧：《理论的创新与实践的支点——翻译标准"信达雅"的实践再审视》，《中国翻译》2010 年第 5 期。

刘云虹、许钧:《如何把握翻译的丰富性、复杂性与创造性?——关于翻译本质的对谈》,《中国外语》2016年第1期。

刘云虹、许钧:《文学翻译模式与中国文学对外译介——关于葛浩文的翻译》,《外国语》2014年第3期。

刘云虹、许钧:《异的考验——关于翻译伦理的对谈》,《外国语》2016年第2期。

刘云虹:《选择、适应、影响——译者主体性与翻译批评》,《外语教学理论与实践》2012年第4期。

鲁迅:《鲁迅和瞿秋白关于翻译的通信——鲁迅的回信》,罗新璋、陈应年编:《翻译论集》(修订本),北京:商务印书馆,2009年。

吕敏宏:《论葛浩文现当代小说译介》,《小说评论》2012年第5期。

罗新璋:《我国自成体系的翻译理论》,罗新璋、陈应年编:《翻译论集》(修订本),北京:商务印书馆,2009年。

马会娟:《英语世界中国现当代文学翻译:现状与问题》,《中国翻译》2013年第1期。

马修·阿诺德:《当代批评的功能》,拉曼·塞尔登编:《文学批评理论——从柏拉图到现在》,刘象愚、陈永国等译,北京:北京大学出版社,2000年。

毛崇杰:《颠覆与重建——后批评中的价值体系》,北京:社会科学文献出版社,2002年。

孟繁华:《中国当代文学经典化的国际语境——以莫言为例》,《文艺研究》2015年第4期。

孟祥春:《"我只能是我自己"——葛浩文访谈》,《东方翻译》2014年第3期。

米兰·昆德拉:《被背叛的遗嘱》,余中先译,上海:上海译文出版社,2003年。

米兰·昆德拉:《小说的艺术》,董强译,上海:上海译文出版社,2004年。

莫里斯·布朗肖:《未来之书》,赵苓岑译,南京:南京大学出版社,2015年。

莫言、刘琛:《把"高密东北乡"安放在世界文学的版图上——莫言先生文学访谈录》,《东岳论丛》2012年第10期。

莫言:《莫言讲演新篇》,北京:文化艺术出版社,2010年。

莫言:《在"祝贺莫言获诺贝尔文学奖座谈会"上的发言》,《艺术评论》2012年第11期。

莫言研究会:《莫言与高密》,北京:中国青年出版社,2011年。

聂珍钊:《文学伦理学批评导论》,北京:北京大学出版社,2014年。

宁明编译:《海外莫言研究》,济南:山东大学出版社,2013年。

彭倩:《文学场域中的权力与象征资本——莫言在意大利的传播与接受》,《中国比较文学》2020年第3期。

朴明爱:《扎根异土的异邦人——莫言作品在韩国》,《作家》2013年第7期。

钱好:《中国文学要带着"本土文学特质"飞扬海外》,《文汇报》2018年8月7日。

钱林森:《法国汉学的发展与中国文学在法国的传播》,《社会科学战线》1989年第2期。

乔治·布莱:《批评意识》,郭宏安译,南昌:百花洲文艺出版社,1993年。

乔治·斯坦纳:《阐释的步骤》,刘霁译,谢天振主编:《当代国外翻译理论导读》,天津:南开大学出版社,2008年。

萨特：《存在与虚无》，陈宣良等译，北京：生活·读书·新知三联书店，2014年。

塞缪尔·泰勒·柯勒律治：《文学传记》，拉曼·塞尔登编：《文学批评理论——从柏拉图到现在》，刘象愚、陈永国等译，北京：北京大学出版社，2000年。

邵岭：《当代小说，亟待摆脱"被翻译焦虑"》，《文汇报》2014年7月14日。

邵璐：《翻译中的"叙事世界"——析莫言〈生死疲劳〉葛浩文英译本》，刘云虹主编：《葛浩文翻译研究》，南京：南京大学出版社，2019年。

石剑峰：《"中国文学走出去，还需要几十年"》，《东方早报》2014年4月22日。

舒小坚：《〈三国志〉系列游戏传播启示》，《当代传播》2011年第4期。

斯拉沃热·齐泽克：《事件》，王师译，上海：上海文艺出版社，2016年。

宋宇：《在花果山的"应许之地"林小发和她的德语版〈西游记〉》，《南方周末》2017年3月30日。

苏珊·巴斯奈特：《文化研究的翻译转向》，江帆译，谢天振主编：《当代国外翻译理论导读》，天津：南开大学出版社，2008年。

孙会军：《葛浩文和他的中国文学译介》，上海：上海交通大学出版社，2016年。

孙俊新、王曦：《中国图书版权对外贸易发展报告（2009—2018）》，李小牧主编：《中国国际文化贸易发展报告（2019）》，北京：社会科学文献出版社，2020年。

泰戈尔：《世界文学》，大卫·达姆罗什、刘洪涛、尹星主编：《世界文学理论读本》,北京:北京大学出版社,2013年。

覃江华、刘军平:《一心翻译梦,万古芳风流——葛浩文翻译人生与翻译思想》,《东方翻译》2012年第6期。

谭载喜:《西方翻译简史》(增订版),北京:商务印书馆,2004年。

汤一介:《"拿来主义"与"送去主义"的双向互动》,《中华读书报》2001年9月19日。

特贾斯维莉·尼南贾纳:《为翻译定位:历史、后结构主义和殖民语境》,袁伟译,许宝强、黄德兴校,许宝强、袁伟选编:《语言与翻译的政治》,北京:中央编译出版社,2001年。

特里·伊格尔顿:《文学事件》,阴志科译,陈晓菲校译,郑州:河南大学出版社,2017年。

童庆炳:《文学理论教程》,北京:高等教育出版社,2018年。

瓦尔特·本雅明:《译者的任务》,陈永国译,陈永国主编:《翻译与后现代性》,北京:中国人民大学出版社,2005年。

王丹阳:《想当莫言,先得"巴结"翻译?》,《广州日报》2012年11月2日。

王东风:《"〈红与黑〉事件"的历史定位:读赵稀方"〈红与黑〉事件回顾——中国当代翻译文学史话之二"有感》,《外语教学理论与实践》2011年第2期。

王宏志:《重释"信、达、雅"——20世纪中国翻译研究》,北京:清华大学出版社,2007年。

王化冰:《出版这十年版权贸易逆差逐渐缩小》,《人民日报》2011年9月7日。

王嘉军:《存在、异在与他者》,上海:上海社会科学院出版社,2019年。

王克非：《关于翻译批评的思考——兼谈〈文学翻译批评研究〉》，《外语教学与研究》1994年第3期。

王宁：《翻译与文化的重新定位》，《中国翻译》2013年第2期。

王宁：《重新界定翻译：跨学科和视觉文化的视角》，《中国翻译》2015年第3期。

王汝蕙、张富贵：《莫言小说获奖后在美国的译介与传播》，《文艺争鸣》2018年第1期。

王树福：《形象、镜像与幻象：莫言在俄罗斯的接受症候》，《中国比较文学》2018年第1期。

王彦：《"文化逆差"致中国经典频遭误读》，《文汇报》2014年12月3日。

王岳川：《现象学与解释学文论》，济南：山东教育出版社，1999年。

威廉·燕卜荪：《朦胧的七种类型》，周邦宪、王作虹、邓鹏译，杭州：中国美术学院出版社，1996年。

魏格林：《沟通和对话——德国作家马丁·瓦尔泽与莫言在慕尼黑的一次面谈》，《上海文学》2010年第3期。

文军、王小川、赖甜：《葛浩文翻译观探究》，《外语教学》2007年第6期。

吴永熹、李永生：《〈收获〉主编宣布"罢看"〈文学报〉》，《新京报》2013年4月9日。

吴子林：《"重回叙拉古?"——论文学"超轶政治"之可能》，张志忠、贺立华主编：《莫言：全球视野与本土经验》，济南：山东大学出版社，2014年。

西奥·赫曼斯：《翻译研究及其新范式》，江帆译，谢天振主编：《当代国外翻译理论导读》，天津：南开大学出版社，2008年。

夏天:《走出中国文学外译的单向瓶颈》,《中国社会科学报》2016年7月18日。

肖家鑫、巩育华、李昌禹:《"麦家热"能否复制》,《人民日报》2014年7月29日。

肖家鑫:《文化传播是个慢活》,《人民日报》2014年7月28日。

谢光辉、李文红编著:《汉语字源字典》,北京:北京大学出版社,2000年。

谢天振:《从译介学视角看中国文学如何走出去》,《中国社会科学报》2013年11月4日。

谢天振:《翻译巨变与翻译的重新定位与定义——从2015年国际翻译日主题谈起》,《东方翻译》2015年第5期。

谢天振、王宏志、宋炳辉:《超越文本超越翻译——当代翻译和翻译研究三人谈》,《东方翻译》2015年第1期。

谢天振:《现行翻译定义已落后于时代的发展》,《中国翻译》2015年第3期。

谢天振:《新时代语境期待中国翻译研究的新突破》,《中国翻译》2012年第1期。

谢天振:《中国文化走出去不是简单的翻译问题》,《社会科学报》2013年12月5日。

谢天振:《中国文学、文化走出去:理论与实践》,《东吴学术》2013年第2期。

谢天振:《中国文学走出去:问题与实质》,《中国比较文学》2014年第1期。

谢勇强:《葛浩文:我翻译作品先问有没有市场》,刘云虹主编:《葛浩文翻译研究》,南京:南京大学出版社,2019年。

熊辉：《莫言作品的翻译与中国作家的国际认同》，《重庆评论》2012年第4期。

许多、许钧：《中华文化典籍的对外译介与传播——关于〈大中华文库〉的评价与思考》，《外语教学理论与实践》2015年第3期。

许多：《译者身份、文本选择与传播路径——关于〈三国演义〉英译的思考》，《中国翻译》2017年第5期。

许钧：《当下翻译研究中值得思考的几个问题》，《当代外语研究》2017年第3期。

许钧等：《文学翻译的理论与实践——翻译对话录》（增订本），南京：译林出版社，2010年。

许钧：《翻译论》，武汉：湖北教育出版社，2003年。

许钧：《翻译论》（修订本），南京：译林出版社，2014年。

许钧：《关于翻译的新思考》，杭州：浙江大学出版社，2020年。

许钧：《关于新时期翻译与翻译问题的思考》，《中国翻译》2015年第3期。

许钧：《经典的阅读、理解与阐释——〈法国文学经典译丛〉代总序》，安托万·德·圣埃克苏佩里：《小王子》，刘云虹译，南京：南京大学出版社，2017年。

许钧：《生命之轻与翻译之重》，北京：文化艺术出版社，2007年。

许钧、宋学智、胡安江：《傅雷翻译研究》，南京：译林出版社，2016年。

许钧、宋学智：《20世纪法国文学在中国的译介与接受》，武汉：湖北教育出版社，2007年。

许钧：《文化差异与翻译》，《江苏社科名家文库·许钧卷》，南京：江苏人民出版社，2017年。

许钧:《文学翻译批评研究》,南京:译林出版社,1992年。

许钧:《文学翻译批评研究》(增订本),南京:译林出版社,2012年。

许钧:《我看法国现当代文学在法国的译介》,《中国外语》2013年第5期。

许钧、袁筱一:《为了共同的事业》,许钧主编:《文字·文学·文化——〈红与黑〉汉译研究》(增订本),南京:译林出版社,2011年。

许钧:《中西古今之变下的翻译思考》,《中国外语》2015年第4期。

许钧:《"忠实于原文"还是"连译带改"》,《人民日报》2014年8月8日。

许钧主编:《文字·文学·文化——〈红与黑〉汉译研究》(增订本),南京:译林出版社,2011年。

许钧:《主持人语》,《中国翻译》2017年第4期。

许诗焱:《基于翻译过程的葛浩文翻译研究——以〈干校六记〉英译本的翻译过程为例》,《外国语》2016年第5期。

许诗焱、许多:《译者—作者互动与翻译过程——基于葛浩文翻译档案的分析》,《外语教学与研究》2018年第3期。

许渊冲:《文字翻译与文学翻译——读方平〈翻译杂感〉后的杂感》,许钧主编:《文字·文学·文化——〈红与黑〉汉译研究》(增订本),南京:译林出版社,2011年。

许渊冲:《译者前言》,许钧主编:《文字·文学·文化——〈红与黑〉汉译研究》(增订本),南京:译林出版社,2011年。

雅克·德里达:《书写与差异》,张宁译,北京:生活·读书·新知三联书店,2001年。

亚里士多德:《诗学》,拉曼·塞尔登编:《文学批评理论——从柏拉图到现在》,刘象愚、陈永国等译,北京:北京大学出版社,2000年。

杨光祖:《关于〈收获〉主编"罢看"〈文学报〉的一点想法》,《羊城晚报》2013 年 4 月 14 日。

杨利英:《新时期中国文化"走出去"战略的意义》,《人民论坛》2014 年第 8 期。

杨明明:《"不语者":莫言的俄罗斯式解读》,《小说评论》2013 年第 6 期。

叶小文:《莫言获奖空前不绝后》,《人民日报》(海外版)2012 年 10 月 13 日。

伊塔洛·卡尔维诺:《为什么读经典》,黄灿然、李桂蜜译,南京:译林出版社,2012 年。

伊塔玛·埃文-佐哈:《翻译文学在文学多元系统中的地位》,江帆译,谢天振主编:《当代国外翻译理论导读》,天津:南开大学出版社,2008 年。

袁筱一:《翻译事件是需要构建的》,《外国语》2014 年第 3 期。

约翰·厄普代克:《苦竹:两部中国小说》,季进、林源译,《当代作家评论》2005 年第 4 期。

曾艳兵:《走向"后诺奖"时代——也从莫言获奖说起》,《广东社会科学》2013 年第 2 期。

查明建、吴梦宇:《文学性与世界性:中国当代文学海外译介的着力点》,《外语研究》2019 年第 3 期。

张柏然、辛红娟:《译学研究叩问录——对当下译学研究的新观察与新思考》,南京:南京大学出版社,2016 年。

张成智、王华树:《论翻译学的技术转向》,《翻译界》2016 年第 2 期。

张春柏:《如何讲述中国故事:全球化背景下中国文学的外译问题》,《外语教学理论与实践》2015 年第 4 期。

张晶:《框架理论视野下美国主流报刊对莫言小说的传播与接受》,《当代作家评论》2015 年第 3 期。

张清华:《关于文学性与中国经验的问题——从德国汉学教授顾彬的讲话说开去》,《文艺争鸣》2007 年第 10 期。

张西平:《中国古代典籍外译研究的跨文化视角》,《新疆师范大学学报(哲学社会科学版)》2015 年第 2 期。

张毅、綦亮:《从莫言获诺奖看中国文学如何走出去——作家、译家和评论家三家谈》,《当代外语研究》2013 年第 7 期。

张寅德:《莫言在法国:翻译、传播与接受》,刘海清译,《文艺争鸣》2016 年第 10 期。

张稚丹:《麦家谈〈解密〉畅销海外:我曾被冷落十多年》,《人民日报》(海外版)2014 年 5 月 23 日。

赵稀方:《二十世纪中国翻译文学史》,天津:百花文艺出版社,2009 年。

郑海凌:《"陌生化"与文学翻译》,《中国俄语教学》2003 年第 2 期。

郑英魁:《简论莫言在俄罗斯的译介与传播》,《当代作家评论》2015 年第 3 期。

郑振铎:《林琴南先生》,薛绥之、张俊才编:《林纾研究资料》,北京:知识产权出版社,2009 年。

仲伟合:《对翻译重新定位与定义应该考虑的几个因素》,《中国翻译》2015 年第 3 期。

周明伟:《重视"中译外"高端人才培养》,《人民日报》2014 年 8 月 1 日。

周晓梅:《试论中国文学外译中的认同焦虑问题》,《外语与外语教学》2017 年第 3 期。

周晓梅：《中国文学外译中的读者意识问题》，《小说评论》2018 年第 3 期。

朱芬：《莫言在日本的译介》，《中国比较文学》2014 年第 4 期。

朱刚：《从"多元"到"无端"——理解列维纳斯哲学的一条线索》，列维纳斯：《总体与无限：论外在性》，朱刚译，北京：北京大学出版社，2016 年。

朱振武：《文化外译要建立在自信基础之上》，《社会科学报》2018 年 8 月 2 日。

朱振武：《中国文学走出去的多元透视专栏"主持人按语"》，《山东外语教学》2015 年第 6 期。

竺洪波：《林小发德译〈西游记〉的底本不是善本》，《淮海工学院学报（人文社会科学版）》2017 年第 4 期。

祝一舒：《语言关系与"发挥译语优势"——试析许渊冲的译语优势论》，《中国翻译》2017 年第 4 期。

樽本照雄：《林纾冤案事件簿》，李艳丽译，北京：商务印书馆，2018 年。

　　新的历史时期,中国翻译学界有一个共识,即在翻译研究中要密切关注翻译领域发生的各种变化,特别是翻译路径的变化。基于这一认识,译学界围绕新时代语境下出现的中国文学外译实践展开了多方面的探讨与思考。对翻译批评学者而言,积极介入翻译实践是一种责任,也是一份担当。我一直以来主要从事翻译批评方向的研究,从硕士论文和博士论文的撰写到出版学术专著《翻译批评研究》,十余年间就翻译批评的理论建构与路径探索进行了系统思考。在这个基础上,以介入的立场,关注中国文学外译并围绕相关问题展开批评性研究,应该说是一种有意识的选择。

　　中国文学外译是在中国文化"走出去"的国家战略与时代背景下进行的,不同于以往占主导地位的"外译中"。作为一种具有新特点和新定位的翻译实践活动,"中译外"不仅激发了较为深入的探讨,也催生出不同的认识和思考,甚至引起了一些困惑、质疑和诸多观点的交锋。翻译批评不仅要介入翻译实践,更需要以在场的姿态发挥应有的建构性和导向性作用。因此,批评者有必要对中国文学外译展开系统性的理论思考,以回应学界的相关困惑和质疑、澄清一些模糊的认识,进而推动中国文学外译更健康有效地开展。在中国文学外译批评研究中,我特别关注了四个方面。首先,在把握翻译活动的丰富性、复杂性与创造性的基础上,对翻译理论进行探索,力求在理论上有一定的创新。在我看来,翻译研究者理应在这一方面有所追求。本书中对文学翻译生成性、异质性等问题的思考正是出于理论探索的目标。其次,对中国文学外译的原则、模式、价值与发展趋势等方面有整体把握,同时关注中译外典型个案和代表性翻译家,使理论探讨与个案剖析融为一体。因此,本书着重考察了中国古典文学外译、以莫言作品为代表的中国当代文学外译,以及雷威安、葛浩文和杜特莱等翻译家的翻译观念、翻译行为,并试图从个案探究中揭示出具有普遍性的意义。再次,通过对中译外涉及的翻译根本性问题的思考、对中译外相关讨论中各种观点的交会与碰撞的呈现以及对中译外实践案例的具体分析等,为中国文学外译的未来发展提供理论参照和价值指引。故而,本书立足中国文学外译,就翻译历史观、翻译定位、翻译价值、翻译伦理等问题进行了思考,也提出了明确的观点,特别强调要从中外文明积极对话、交流互鉴的意义上认识中国文学外译的根本目标。最后,通过对中国文学外译的批评性研究,进一步拓展翻译批评的理论视野与实践路径,一方面深化翻译批评研究,另一方面充分发挥翻译批评沟通翻译理论与实践的作用,为翻译理论创新带来新的活力。这既是贯穿全书的一种研究诉求,也是书中专门借助两个具有事件性特征的文学翻译批评个案,对翻译批评之于翻译理论创新的意义加以探讨的缘由所在。

本书是在国家社科基金项目支持下完成的,从"中国文学外译批评研究"获得立项到项目阶段性成果在《外语教学与研究》《中国翻译》《中国外语》《外国语》《外语教学》《外语教学理论与实践》《上海翻译》等期刊发表,再到项目成果以"优秀"的成绩通过结项鉴定,其间我得到了很多专家和学者的帮助。每一次的指点、提携和鼓励都无比珍贵，它们汇集成的是一种催人奋进的力量，也是一股总能使人在难免的挫败感中重拾信心的暖流。真诚地感谢每一位关心和支持我的人！

此外，我还想对我的导师许钧教授表达特别的谢意。从研究项目成果的角度来看，2016 年"中国文学外译批评研究"获批立项可以算作本书的起点，但我对中国文学外译的关注至少要追溯到 2012 年莫言获诺贝尔文学奖并引发各界热议时。在翻译界、文学批评界、汉学界和媒体的种种观点中，我隐约看到翻译批评应有所介入也可能有所作为的地方。正是在老师的鼓励和指导下，我把思考集中于中国文学外译的模式与方法问题，并有幸与老师合作撰写了近两万字的长文《文学翻译模式与中国文学对外译介——关于葛浩文的翻译》，发表在《外国语》2014 年第 3 期上。应该说，这篇文章开启了我对中国文学外译相关问题的深入思考，构成了我投身中国文学外译批评研究的一个非常重要的契机。在展开项目研究的过程中，我和老师共进行了五次学术对谈，分别涉及翻译批评与翻译理论建构、翻译本质、翻译伦理、翻译价值和翻译家研究等论题。虽然，"对谈"不同于"访谈"，更具对话的性质，且我在执笔的过程中也常常试图在内容上起一定的主导作用，心里窃以为可以借此向老师表明我的成长，但只要细读就不难发现，无论在思想层面还是精神层面，老师才是那个真正的引领者。不仅是对我的学术研究的引领，更是对翻译理论探索的引领。就像我在《翻译批评研究》后记里曾说过的，我的每一点成绩和每一次进步都离不开老师的指引和鼓励，以前和现在如此，相信未来也同样如此。感激的话从来无需多言，唯有更用心地研究、更执着地追求，方能回报老师，回报所有关心和支持我的人。

本书的撰写以及我在学术研究上取得的点滴成绩都离不开我的家人的支持，他们是我坚强的后盾，衷心地对他们说一声"谢谢"！要特别感谢我可爱的女儿锐涵，她不仅督促我"写好多稿子"，也能跟我就翻译问题像模像样地讨论一番。看到她不断地成长、进步，我更没有任何懈怠的理由。

随着中外文化关系的演变和发展，随着中国文化"走出去"战略的推进，中国文学外译实践必然会不断提出新的问题、激发新的思考，我愿意并期待在未来的研究中继续以积极的介入立场和理性的批评目光，为深化中国文学外译的实践批评与理论探索做出不懈的努力，为建立具有中国特色的翻译学发挥应有的作用。

翻译始终在必要性和不可能性的悖论中创造新的文本生命，翻译研究也同样致力于寻求突破既有的局限，不断拓展可为空间、趋向翻译的真理。一个翻译研究者的幸福或许正在于此，正如法国哲学家巴迪欧所说："任何幸福都是对抗有限的一种胜利。"①

刘云虹

2022 年 10 月 28 日

---

① Alain Badiou, *Métaphysique du bonheur réel*, Paris: Presses Universitaires de France, 2017, p.53.